W9-AYN-172

Nacida para seducir

Boulevard

Nacida
para seducir

Susan Elizabeth Phillips

Traducción de María José Losada Rey
y Rufina Moreno Ceballos

VERGARA
GRUPO ZETA

Barcelona · Bogotá · Buenos Aires · Caracas · Madrid · México D.F. · Montevideo · Quito · Santiago de Chile

Título original: *Natural Born Charmer*

Traducción: María José Losada Rey y Rufina Moreno Ceballos

1.ª edición: octubre 2008

© 2007 by Susan Elizabeth Phillips
© Ediciones B, S. A., 2008
   para el sello Javier Vergara Editor
   Bailén, 84 - 08009 Barcelona (España)
   www.edicionesb.com

Printed in Spain
ISBN: 978-84-666-3811-1
Depósito legal: B. 11.024-2008

Impreso por A & M GRÀFIC, S.L.

Para Liam,
él sí que es un auténtico encanto

1

No todos los días se encontraba uno con un castor sin cabeza caminando por el arcén de la carretera, ni siquiera Dean Robillard.

—Hijo de... —Pisó de golpe el freno de su Aston Martin Vanquish recién estrenado y detuvo el coche justo al lado.

La castora caminaba en línea recta, con la gran cola plana rebotando en la carretera y la respingona naricita apuntando bien alto. Parecía bastante enfadada.

Y, definitivamente era una castora, porque al tener la cabeza descubierta, podía ver que llevaba el sudoroso pelo oscuro recogido en una descuidada coleta corta. Como Dean llevaba rato rezando para que apareciera alguna pequeña distracción, abrió la puerta y bajó con rapidez a la carretera de Colorado. Su último par de botas de Dolce & Gabbana fue lo primero que salió, luego siguió el resto, todo un metro noventa de duro músculo, reflejos muy afilados y esplendorosa belleza... o, al menos, eso le gustaba decir a su agente publicitario. Y si bien era cierto que Dean no era tan vanidoso como la gente se pensaba, dejaba que lo creyeran para evitar así que se le acercaran demasiado.

—Señora, eh... ¿necesita que le eche una mano?

Las patas no bajaron el ritmo.

—¿Tiene un arma?

—Aquí no.

—Entonces usted no me sirve de nada.

Y siguió caminando.

Dean sonrió ampliamente y echó a andar tras ella. Con sus larguísimas piernas sólo necesitó un par de zancadas para ponerse a la altura de las cortas patas peludas.

—Bonito día —dijo él—. Demasiado calor para estas alturas de mayo, pero no me puedo quejar.

Ella le fulminó con unos grandes ojos de pirulí violeta, por lo visto una de las pocas cosas redondas que observaba en esa cara. El resto, según pudo apreciar, era todo planos y delicados contrapuntos: unos pómulos marcados en contraposición a una pequeña nariz respingona y una barbilla tan afilada que bien podría cortar el cristal. Pero después de todo, tampoco parecía tan peligrosa. Un voluptuoso arco llamaba la atención sobre un labio carnoso. El labio inferior era incluso más exuberante y daba la impresión que de alguna manera ella se había escapado de un libro de rimas infantiles de Mamá Ganso, no apto para menores.

—Una estrella de cine —dijo ella con un deje de burla—. Vaya suerte la mía.

—¿Por qué piensa que soy una estrella de cine?

—Usted es todavía más guapo que mis amigas.

—Es una maldición.

—¿No le da vergüenza?

—Son cosas que uno termina por aceptar.

—Tío... —gruñó contrariada.

—Me llamo Heath —dijo él, mientras ella seguía andando—. Heath Champion.

—Parece un nombre falso.

Lo era, pero no de la forma que ella pensaba.

—¿Para qué necesita un arma? —preguntó Dean.

—Para cargarme a mi ex novio.

—¿Fue él quien le escogió el vestuario?

Su gran cola golpeó la pierna de Dean cuando se giró hacia él.

—Piérdase, ¿vale?

—¿Y perderme la diversión?

Ella dirigió la vista al coche deportivo; el sinuoso y letal Aston Martin Vanquish negro con un motor de doce válvulas. Esa preciosidad le había costado doscientos mil dólares, una fruslería para sus bolsillos. Ser el *quarterback* de los Chicago Stars era muy parecido a ser dueño de un banco.

Ella casi se sacó un ojo al apartarse un mechón de pelo de la mejilla con un gesto brusco de la pata, que no parecía ser desmontable.

—Podría llevarme en el coche.

—¿Me roería la tapicería?

—Deje de meterse conmigo.

—Usted perdone. —Por primera vez en el día, se alegró de haber decidido salir de la interestatal. Señaló el coche con la cabeza—. Venga, suba.

Aunque había sido idea suya, ella vaciló. Finalmente, lo siguió arrastrando los pies. Debería haberla ayudado a entrar —incluso le abrió la puerta—, pero se limitó a observarla divertido.

Lo más difícil era meter la cola. Esa cosa estaba llena de muelles y al intentar sentarse en el asiento de cuero del copiloto, le rebotó en la cabeza. Se sintió tan frustrada que intentó arrancársela de un tirón y, al no conseguirlo, empezó a patalear.

Él se rascó la barbilla.

—¿No está siendo un poco ruda con el viejo castor?

—¡Ya está bien! —Y comenzó a alejarse por la carretera.

Dean sonrió ampliamente y le gritó:

—¡Lo siento! No me extraña que las mujeres no respeten a los hombres. Me avergüenzo de mi comportamiento. Vamos, deje que la ayude.

La observó debatirse entre el orgullo y la necesidad, y no se sorprendió al darse cuenta de cuál de las dos emociones había ganado. Al regresar a su lado, permitió que la ayudara a doblar la cola. Mientras ella se la apretaba firmemente contra el pecho, él la ayudó a sentarse. Tuvo que hacerlo sobre una nalga y mirar por un lado de la cola para poder ver por el parabrisas. Él se puso detrás del volante. El disfraz de castor desprendía un olor almizcleño que le recordaba al olor del vestuario del instituto. Abrió un par de centímetros la ventanilla antes de dar marcha atrás e incorporarse de nuevo en la carretera.

—¿Adónde nos dirigimos?

—Siga hacia delante unos dos kilómetros. Luego gire a la derecha hacia la Iglesia Bíblica del Espíritu y la Vida.

Ella sudaba como un *linebacker* bajo todo ese pelaje maloliente y él puso el aire acondicionado a tope.

—¿Es fácil encontrar trabajo como castor?

La mirada burlona que ella le dirigió le indicó claramente que sabía que se estaba divirtiendo a su costa.

—Estaba haciendo una promoción para la tienda de bricolaje El Gran Castor de Ben, ¿vale?

—¿Cuando dice promoción quiere decir...?

—Al parecer el negocio no marcha todo lo bien que debiera, o por lo menos, eso es lo que me dijeron. Llegué a la ciudad hace nueve días. —Señaló con la cabeza—. Esta carretera conduce a Rawlins Creek y a la tienda de bricolaje de Ben. Esa autopista de ahí atrás, la de los cuatro carriles, conduce a la tienda de bricolaje Home Depot.

—Ya empiezo a entenderlo.

—Exacto. Cada fin de semana, Ben contrata a alguien para que se pasee por la carretera con carteles que anuncian los negocios que hay de camino a su tienda y así atraer compradores. He sido la última en picar.

—La recién llegada a la ciudad.

—Es difícil encontrar a alguien lo suficientemente desesperado como para hacer el trabajo dos fines de semana seguidos.

—¿Y el cartel? No importa. Lo habrá dejado con la cabeza.

—Era imposible regresar a la ciudad con la cabeza puesta.

Lo dijo como si él fuera corto de entendederas. Dean sospechaba que esa mujer ni siquiera habría intentado regresar al pueblo con el disfraz puesto si llevara ropa debajo.

—No he visto ningún coche por la carretera —dijo él—. ¿Cómo llegó hasta allí?

—Me llevó la mujer del dueño después de que mi Camaro escogiera precisamente este día para pasar a mejor vida. Se suponía que tenía que venir a buscarme hace una hora, pero no apareció. Estaba tratando de decidir qué hacer cuando de pronto vi al rey de los gilipollas en el Ford Focus que yo misma le ayudé a pagar.

—¿Su novio?

—Ex novio.

—El que quiere asesinar.

—No estoy bromeando. —Miró por el lado de la cola—. Allí está la iglesia. Gire a la derecha.

—¿Si la llevo al lugar del crimen, me convertiré en su cómplice?

—Sólo si quiere.

—Claro. ¿Por qué no? —Giró en la calle llena de baches que conducía a un barrio residencial de clase media donde la mayoría de las destartaladas casas estilo rancho estaban rodeadas de hierbajos. Aunque Rawlins Creek estaba sólo a unos treinta kilómetros al este de Denver, no corría peligro de convertirse en una ciudad dormitorio popular.

—Es esa casa verde con el cartel en el patio —dijo ella.

Él se detuvo frente a un rancho de estuco, donde un ciervo metálico entre girasoles dorados montaba guardia desde un cartel móvil en el que se podía leer: SE ALQUILAN HABITACIONES. Algún graciosillo había escrito un gran NO delante. Un sucio Ford Focus plateado estaba aparcado en el camino de entrada. Al lado, una morena de piernas largas apoyaba las caderas contra la puerta del copiloto mientras se fumaba un cigarrillo. Cuando vio el coche de Dean se enderezó.

—Esa debe de ser Sally —siseó Castora—. El último ligue de Monty. Yo fui el anterior.

Sally era joven, delgada, con grandes pechos y mucho maquillaje, lo que dejaba a Castora con el pelo sudado en gran desventaja a pesar de que aparecer en un Aston Martin deportivo con él tras el volante podría haber puesto un estadio en pie. Dean vio por el parabrisas cómo un tío melenudo con aspecto de bohemio y gafas redondas de montura metálica salía de la casa. Ése debía de ser Monty. Llevaba unos pantalones militares con una camisa que parecía robada a una pandilla de revolucionarios sudamericanos. Tendría unos treinta y tantos, era bastante mayor que Castora y mucho más viejo que Sally, que no debía de tener más de diecinueve.

Monty se detuvo en seco cuando vio el Vanquish. Sally apagó el cigarrillo con la punta de una brillante sandalia rosa y se los quedó mirando. Dean se tomó su tiempo para salir, rodear el coche y abrir la puerta del acompañante para que Castora pudiera soltar su jerga aniquiladora. Por desgracia, cuando ella intentó poner las patas en el suelo, la cola se interpuso en su camino. Trató de echarla a un lado, pero lo único que consiguió fue que se desenrollara y le golpeara en la barbilla. Se quedó tan aturdida por el golpe que perdió el equilibrio y se cayó de bruces a sus pies con la gran cola balanceándose sobre su trasero.

Monty se la quedó mirando fijamente.

—¿Blue?

—¿Ésa es Blue? —dijo Sally—. ¿Es payasa o algo así?

—No la última vez que la vi. —Monty desvió la atención de Castora, que trataba de ponerse a cuatro patas, a Dean—. ¿Y tú quién eres?

El tío tenía ese tipo de tono falsete de la clase alta que hacía que Dean quisiera escupir tabaco y decir: «¿Qué *pacha* tío?»

—Un hombre misterioso —dijo con acento arrastrado—. Amado por unos. Temido por otros.

Monty pareció desconcertado, pero cuando Castora logró finalmente ponerse en pie, su expresión se volvió francamente hostil.

—¿Dónde lo tienes, Blue? ¿Qué has hecho con él?

—¡Mentiroso, hipócrita, poetucho de tres al cuarto! —Ella arrastró los pies por el camino de grava con la cara brillante de sudor y el asesinato reflejado en los ojos.

—No te he mentido. —Lo dijo de una manera tan condescendiente que si a Dean, que no tenía por qué molestarse, le enfureció, no podía imaginarse cómo se lo tomaría Castora—. No te he mentido nunca —seguía diciendo—, te lo explicaba todo en la carta.

—Una carta que no leí hasta después de haberlo abandonado todo, plantado a tres clientes y conducido más de dos mil kilómetros a través del país. ¿Y qué me encontré cuando llegué aquí? ¿Me encontré al hombre que llevaba los dos últimos meses rogándome que dejara Seattle para venir a vivir con él? ¿Me encontré con el hombre que lloraba como un bebé al teléfono, me hablaba de que se iba a suicidar, me decía que era la mejor amiga que había tenido nunca y la única mujer en la que confiaba? No, claro que no. Lo que encontré fue una carta en la que ese hombre, que juraba que yo era la única razón de su existencia, me decía que ya no me quería porque se había enamorado de una chica de diecinueve años. Una carta donde también se me decía que por favor no me lo tomara como algo personal. ¡Ni siquiera tuviste el valor de decírmelo a la cara!

Sally dio un paso hacia delante con expresión furibunda.

—Eso es porque eres una tocapelotas.

—¡Tú ni siquiera me conoces!

—Monty me lo contó todo. No quiero que creas que soy una bruja, pero deberías ir a terapia. Te ayudará a dejar de sentirte amenazada por el éxito de otras personas. En especial de Monty.

Las mejillas de Castora se pusieron de un rojo brillante.

—Monty se pasa la vida escribiendo poemas penosos y haciendo trabajos para chicos universitarios que son demasiado vagos para hacerlos ellos mismos.

La fugaz expresión de culpabilidad de Sally llevó a Dean a sospechar que así era exactamente cómo había conocido a Monty. Pero aquello no la detuvo.

—Tienes razón, Monty. Es una víbora.

Castora tensó con fuerza la mandíbula y avanzó de manera amenazadora hacia Monty.

—¿Le has dicho que soy una víbora?

—Sí, pero no siempre —dijo Monty con arrogancia—. Sólo lo eres cuando se trata de mi trabajo creativo. —Se colocó las gafas—. Ahora dime dónde está mi CD de Dylan. Sé que lo tienes tú.

—Si soy tan víbora como dices, ¿por qué no has podido escribir ni un solo poema desde que abandonaste Seattle? ¿Por qué me dijiste que yo era tu musa?

—Eso fue antes de conocerme a mí —interpuso Sally—. Antes de que nos enamoráramos. Ahora su musa soy yo.

—¡Si lo conociste hace dos semanas!

Sally se recolocó el tirante del sujetador.

—El corazón no necesita más tiempo para reconocer a su alma gemela.

—Su alma de mierda querrás decir —replicó Castora.

—Eso ha sido cruel, Blue —dijo Sally—, y muy ofensivo. Sabes que es la sensibilidad de Monty lo que le hace ser un magnífico poeta. Y es el motivo por el que lo atacas. Porque estás celosa de su creatividad.

Sally empezaba a poner a Dean de los nervios, así que no se sintió sorprendido cuando Castora se giró hacia ella y le dijo:

—Si vuelves a abrir la boca, te tragas la lengua. ¿Entendido? Esto es entre Monty y yo.

Sally abrió la boca, pero algo en la expresión de Castora debió de hacerla reflexionar porque se detuvo y la cerró otra vez. Lástima. Le hubiera gustado ver cómo Castora la ponía en su sitio. Aunque Sally parecía estar en buena forma para hacerle frente.

—Sé que estás molesta —dijo Monty—, pero llegará el día en que te alegres por mí.

Ese tío se había graduado con honores en estupidez. Dean observó cómo Castora se intentaba remangar las patorras.

—¿Alegrarme?

—No quiero discutir contigo —dijo Monty con rapidez—. Siempre quieres discutirlo todo.

Sally asintió.

—Eso es lo que haces, Blue.

—¡Y tienes razón! —Sin más advertencia, Castora se arrojó sobre Monty que cayó con un ruido sordo.

—¿Qué haces? ¡Basta! ¡Apártate de mí!

Ese tío gritaba como una chica, y Sally se acercó para ayudarlo.

—¡Déjalo en paz!

Dean se apoyó contra el Vanquish para disfrutar del espectáculo.

—¡Mis gafas! —chilló Monty—. ¡Cuidado con mis gafas!

Se hizo un ovillo para protegerse cuando Castora le arreó un mamporro en la cabeza.

—¡Fui yo quien pagó esas gafas!

—¡Para! ¡Déjalo! —Sally cogió la cola de Castora y tiró de ella con todas sus fuerzas.

Monty se debatía entre proteger su bien más preciado o sus preciosas gafas.

—¡Te has vuelto loca!

—¡Todo se pega! —Castora intentó darle otro sopapo, pero no acertó. Demasiada pata.

Sally tenía buenos bíceps y lo demostró cuando tiró de nuevo de la cola con todas sus fuerzas, pero Castora había tomado ventaja, y no pensaba retirarse hasta ver correr la sangre. Dean no había visto una pelea tan divertida desde los últimos treinta segundos del partido contra los Giants la pasada temporada.

—¡Me has roto las gafas! —lloriqueó Monty, apretándose la cara con las manos.

—Pues prepárate. ¡Ahora toca tu cabeza! —Castora volvió a la carga.

Dean hizo una mueca de dolor, pero al final, Monty recordó que tenía un cromosoma Y en alguna parte y con ayuda de Sally se las arregló para empujar a Castora a un lado y ponerse en pie.

—¡Voy a denunciarte! —gritó como un llorica—. Voy a conseguir que te arresten.

Dean no pudo soportarlo más y se acercó. Con los años, había visto suficientes grabaciones de sí mismo como para saber la impresión que causaba su caminar pausado, así que se irguió cuan alto era, exhibiendo su larga y ominosa figura, con el sol arrancándole destellos a su pelo dorado. Hasta los veintiocho años había llevado pendientes de diamantes en la oreja porque le gustaba chulearse, pero aquella etapa ya había pasado y ahora se conformaba con llevar sólo un reloj.

Incluso con las gafas rotas, Monty lo vio y se quedó pálido.

—Tú has sido testigo —lloriqueó el poetucho—. Has visto lo que me ha hecho.

—Lo único que he visto —dijo Dean con acento arrastrado—,

fue otra razón más para que no te invitemos a nuestra boda. —Se situó al lado de Castora y, pasándole un brazo por los hombros, miró cariñosamente esos sorprendidos ojos violetas—. Voy a tener que pedirte perdón, cariño. Debería haberte creído cuando me dijiste que este William Shakespeare de pacotilla no merecía que le dieras explicaciones. Pero no, tuve que convencerte para venir a hablar con este pobre hijo de perra. La próxima vez, recuérdame que confíe en ti. Sin embargo, estarás de acuerdo conmigo en que deberías haberte cambiado de ropa antes de venir, tal y como te sugerí. No creo que nuestra extravagante vida sexual sea de la incumbencia de nadie.

Castora no parecía el tipo de mujer a la que se podía sorprender con facilidad, pero al parecer él lo había logrado, y para ser un hombre que se ganaba la vida con las palabras, la verborrea de Monty parecía haber caído en dique seco. Sally apenas pudo emitir un graznido.

—¿Vas a casarte con Blue?

—Nadie está más sorprendido que yo —dijo Dean encogiéndose de hombros con modestia—. ¿Quién podía imaginar que me aceptaría?

¿Y qué podían replicar ellos a eso?

Cuando Monty finalmente recuperó el habla, comenzó a lloriquearle a Blue sobre el CD de Bob Dylan, que Dean suponía que sería una más que probable copia pirata. Monty pareció venirse abajo tras oír eso, pero Dean no pudo resistirse a hurgar en la herida. Cuando el poetucho y Sally se subieron al coche, se giró hacia Castora y le dijo en un tono lo suficientemente alto como para que oyeran sus palabras:

—Vamos, cielito. Vayamos a la ciudad para comprar ese diamante de dos quilates que demostrará a todo el mundo que eres la dueña de mi corazón.

Hubiera jurado que oyó gemir a Monty.

El triunfo de Castora fue efímero. El Focus ni siquiera había abandonado el camino de entrada cuando la puerta de la casa se abrió de repente y salió al porche una corpulenta mujer con el pelo teñido de negro, las cejas pintadas y la cara muy maquillada.

—¿Qué está pasando?

Castora miró la nube de polvo del camino y dejó caer los hombros.

—Cosas nuestras.

La mujer cruzó los brazos sobre su amplio pecho.

—Supe en cuanto te vi que causarías problemas. No debería haber permitido que te quedaras. —Mientras le soltaba el rollo a Castora, Dean pudo captar lo suficiente para reconstruir los hechos. Al parecer, Monty había vivido en la casa de huéspedes hasta diez días antes, cuando se había largado con Sally. Castora había llegado justo un día después, había encontrado la carta donde le daba plantón y había optado por quedarse allí hasta decidir qué hacer.

Unas gotas de sudor perlaban la frente de la propietaria de la casa de huéspedes.

—No te quiero en mi casa.

Castora pareció recobrar su espíritu combativo.

—Me largaré a primera hora de la mañana.

—Será mejor que me pagues antes los ochenta y dos dólares que me debes.

—Por supuesto. —Castora irguió la cabeza con rapidez. Jurando entre dientes, pasó junto a la mujer y entró en la casa.

La mujer centró la atención en Dean y luego en el coche. Por lo general, todos los habitantes de Estados Unidos se ponían en fila para besarle el culo, pero parecía que ella no era aficionada al fútbol americano.

—¿Eres traficante de drogas o algo así? Como lleves droga en el coche, llamaré al sheriff.

—Sólo llevo paracetamol. —Y algunos calmantes más fuertes que no pensaba mencionar.

—Así que eres un graciosillo. —La mujer le dirigió una mirada aviesa y entró en la casa. Dean lamentó su desaparición. Por lo visto, la diversión había terminado.

No lo ilusionaba volver a ponerse en camino, a pesar de que había decidido hacer ese viaje para aclarar sus ideas y comprender por qué parecía haberse acabado su buena suerte. Había sufrido bastantes golpes y magulladuras jugando al fútbol, pero habían sido cosas insignificantes. Ocho años en la NFL, la Liga Nacional de Fútbol Americano, y ni siquiera se había roto el tobillo, sufrido un esguince o dañado el talón de Aquiles. Nada más grave que un dedo roto.

Pero esa situación había llegado a su fin tres meses antes, en el partido de los *playoffs* de la AFC contra los Steelers. Se había dislocado el hombro y desgarrado el tendón. La cirugía había funcionado bastante bien. El hombro respondería durante algunas temporadas más, pero nunca a pleno rendimiento, y ése era el problema. Se había acostumbrado a considerarse alguien invencible. Eran los demás jugadores los que sufrían lesiones, no él, por lo menos hasta ese momento.

Su maravillosa vida también había llegado a su fin en otros aspectos. Había comenzado a pasar demasiado tiempo en los clubs. Luego, casi sin darse cuenta, tíos a los que apenas conocía dormían en su casa, y mujeres desnudas se bañaban en su bañera. Al final, había optado por hacer un largo viaje en solitario por carretera, pero cuando le faltaban ochenta kilómetros para llegar a Las Vegas, había llegado a la conclusión de que la Ciudad del Pecado no era el mejor lugar para poner orden en su cabeza, así que enfiló hacia el este atravesando Colorado.

Por desgracia, la soledad no le sentaba nada bien. En lugar de ver las cosas con mejor perspectiva, había terminado todavía más deprimido. La aventura con Castora había sido una gran distracción que, para su desdicha, había llegado a su fin.

Cuando se dirigía hacia el coche, llegaron hasta él los estridentes chillidos de una violenta discusión entre mujeres. Un segundo después, se abrió la puerta mosquitera de golpe y salió volando una maleta. Aterrizó en mitad del césped, abriéndose y derramando todo el contenido: vaqueros, camisetas, un sujetador morado y algunas bragas naranja. Después apareció una bolsa azul marino. Y luego Castora.

—¡Aprovechada! —gritó la propietaria de la casa de huéspedes antes de dar un portazo.

Castora tuvo que sujetarse a un pilar para no caerse del porche. En cuanto recuperó el equilibrio, pareció perdida, así que se sentó en el último escalón y se sujetó la cabeza entre las patas.

Ella le había dicho que su coche no funcionaba, lo que le daba una excusa para posponer su aburrido viaje en solitario.

—¿Quieres que te lleve? —gritó.

Cuando ella levantó la cabeza, pareció sorprendida de que él todavía estuviera allí. El que una mujer hubiera olvidado su existencia era algo tan inusual que despertó su interés. Ella vaciló, luego se puso de pie con torpeza.

—Vale.

La ayudó a recoger sus ropas, en concreto las prendas más delicadas que requerían mayor destreza manual. Como las bragas. Que, como verdadero experto en el tema, consideraba más de un Wall-Mart que de una marca de ropa interior cara como Agent Provocateur, pero, a pesar de ello, tenía un bonito surtido de sujetadores de llamativos colores y provocativos estampados. Nada de lazos. Y, lo más desconcertante aún, nada de encajes. Algo extraño, ya que esa delicada cara angulosa de Castora —a pesar del sudor y el pelaje que la acompañaban— tenía cierto parecido a un personaje de los libros de Mamá Ganso, la pequeña pastorcilla Bo Peep vestida de lazos y encajes.

—A juzgar por la actitud de tu casera —le dijo mientras metía la maleta y la bolsa en el maletero del Vanquish—, supongo que no le has pagado los ochenta y dos dólares.

—Peor todavía. Me han robado doscientos dólares de la habitación.

—Al parecer tienes mala suerte.

—Ya estoy acostumbrada. Pero no ha sido mala suerte. Ha sido más un caso de estupidez. —Dirigió una mirada a la casa—. Sabía que Monty regresaría en cuanto encontré el CD de Dylan bajo la cama. Pero en vez de esconder el dinero en el coche, lo metí entre las páginas de un ejemplar de *People*. Monty odia *People*. Dice que sólo lo leen los retrasados mentales, así que supuse que el dinero estaría seguro.

Dean no solía leer *People*, pero le tenía cierto cariño. Había posado en una sesión de fotos para esa revista y el personal había sido muy amable con él.

—Supongo que querrás ir a la tienda de bricolaje El Gran Castor de Ben —dijo después de ayudarla a subir—. A menos claro está, que estés intentando imponer una moda.

—¿Puedes dejarme allí antes de ir a... —Castora parecía sentir una fuerte aversión por él, lo que era bastante desconcertante, puesto que era una mujer y él era..., bueno, era Dean Robillard. Ella bajó la mirada al navegador GPS— Tennessee?

—Voy de vacaciones cerca de Nashville. —La semana anterior le había gustado como sonaba. Ahora no estaba seguro. Aunque vivía en Chicago era un californiano de pura cepa, ¿para qué diablos se había comprado una granja en Tennessee?

—¿Eres cantante de country?

Él consideró la idea.

—No. Acertaste a la primera. Soy una estrella de cine.

—No he oído hablar de ti.

—¿Has visto la última película de Reese Witherspoon?

—Sí.

—Pues era el que salía antes que ella.

—Por supuesto. —Soltó un largo suspiro y reclinó la cabeza contra el respaldo del asiento—. Tienes un coche increíble y ropa carísima. Mi vida va de mal en peor. Acabo de caer en manos de un traficante de drogas.

—¡No soy traficante! —replicó él indignado.

—Lo que está claro es que no eres una estrella de cine.

—No hace falta que me lo restriegues por la cara. La verdad es que soy un modelo casi famoso que aspira a convertirse en estrella de cine.

—Eres gay. —Fue una afirmación no una pregunta, lo que habría cabreado a muchos deportistas, pero él tenía bastantes seguidores gays y no le gustaba insultar a la gente que, al fin y al cabo, le mantenía.

—Sí, pero aún no he salido del armario.

Ser gay podía tener algunas ventajas, decidió. No las reales —eso era impensable—, pero sí las de poder disfrutar de la compañía de una mujer sin tener que preocuparse de que se sintiera atraída por él. Se había pasado los últimos quince años de su vida quitándose de encima a mujeres que querían ser la madre de sus hijos, y ser homosexual lo libraría de ese tipo de problemas. Podría relajarse y tener una amiga. La miró.

—Si se llegaran a conocer mis preferencias sexuales, mi carrera quedaría arruinada, así que te agradecería que fueras discreta.

Ella arqueó una ceja sudorosa.

—Me da que es un secreto a voces. Supe que eras gay cinco segundos después de conocerte.

Se estaba quedando con él.

Ella se mordisqueó el labio inferior.

—¿Te importa si te acompaño parte del camino?

—¿Y tu coche?

—No vale la pena arreglarlo. Habría que remolcarlo. Además, sin la cabeza del castor, no creo que me paguen lo que me deben.

21

Dean reflexionó sobre ello. Sally la había calado bien. Castora era una tocapelotas, el tipo de mujer que menos le gustaba. Pero era muy divertida.

—Podemos probar durante un par de horas —dijo—, pero no puedo prometerte más.

Se pararon frente a un edificio de chapa metálica pintado en un desafortunado tono azul turquesa. Era domingo por la tarde y en el aparcamiento de la tienda de bricolaje El Gran Castor de Ben sólo había dos vehículos, un oxidado Camaro azul y una camioneta último modelo. El letrero de «CERRADO» colgaba sobre la puerta que habían dejado entreabierta para que entrara la brisa de la tarde. Siempre caballeroso, Dean salió para ayudarla.

—Sujeta la cola.

Ella le dirigió una mirada desdeñosa mientras intentaba salir de una manera elegante, y luego se dirigió arrastrando los pies a la puerta de la tienda. Cuando la abrió, Dean vio a un hombre con el pecho fuerte y grueso apilando tablones. Luego ella desapareció en el interior.

Acababa de observar el poco impresionante paisaje —un montón de contenedores y postes de alumbrado— cuando ella salió con un montón de ropa entre los brazos.

—La esposa de Ben se cortó la mano y tuvo que llevarla a urgencias. Por eso no me fueron a buscar. Por desgracia, no puedo quitarme esto yo sola. —Le dirigió una mirada malhumorada al tío del almacén—. Y me niego a dejar que ese pervertido me abra la cremallera.

Dean sonrió. ¿Quién podía suponer que un estilo de vida alternativo podía tener tantas ventajas?

—Estaré encantado de ayudarte.

La siguió por un lateral del edificio hasta una puerta metálica con la silueta descolorida de un castor con una diadema en la cabeza. En el baño había un inodoro no muy limpio, aunque podía considerarse aceptable; suelo blanco, paredes grises y un espejo lleno de manchas encima del lavabo. Cuando ella buscó con la mirada un lugar limpio donde dejar su ropa, él bajó la tapa del inodoro y —por respeto a sus hermanos gays— la cubrió con papel higiénico.

Ella dejó las ropas y le dio la espalda.

—Tiene una cremallera.

En ese espacio mal ventilado, el disfraz de castor olía peor que un vestuario, pero como veterano de más entrenamientos de los que podía recordar, había olido cosas peores. Mucho peores. Algunos rizos oscuros se habían soltado de esa pobre imitación de coleta, y él se los apartó de la nuca que era blanca como la leche salvo por el leve trazo de una vena azul pálido. Hurgó entre el pelaje hasta encontrar una cremallera. Era un experto en desnudar mujeres, pero apenas había deslizado la cremallera unos centímetros cuando se enganchó en el pelaje. La liberó, pero tras otros centímetros, la cremallera se volvió a enganchar.

A trompicones, el pelaje fue dejando al descubierto una leve porción de piel lechosa, y cuanto más se abría la cremallera, menos homosexual se sentía. Intentó distraerse conversando.

—¿Qué fue lo que me delató? ¿Cómo supiste que era gay?

—¿Me prometes que no te ofenderás? —preguntó ella con fingida preocupación.

—La verdad nos hará libres.

—Bueno, tienes un buen bronceado y músculos de diseño. Ese tipo de tórax no se consigue cambiando tejados.

—Muchos tíos van al gimnasio. —Resistió el deseo de tocar su húmeda piel.

—Sí. Pero esos tíos tienen alguna cicatriz en la barbilla o en alguna otra parte del cuerpo, y la nariz rota. Tus facciones están mejor esculpidas que las caras del monte Rushmore.

Era cierto. La cara de Dean permanecía intacta. Su hombro, sin embargo, era otra historia.

—Y además está tu pelo. Es dorado, espeso y brillante. ¿Cuántos potingues utilizaste esta mañana? No importa, no me lo digas. No quiero sentirme acomplejada.

Lo único que había usado era champú. Un buen champú, cierto, pero a fin de cuentas, champú a secas.

—Es que llevo un buen corte —replicó, su corte era producto del estilista de Oprah.

—Y esos vaqueros son de Gap.

Cierto.

—Y llevas botas de gay.

—¡Éstas no son botas de gay! Me costaron mil doscientos dólares.

—Exacto —dijo ella triunfalmente—. ¿Qué hombre en su sano juicio pagaría mil doscientos dólares por unas botas?

Ni siquiera esa dura crítica a su calzado podía enfriarlo. Había conseguido bajarle la cremallera hasta la cintura, y, como había imaginado, no llevaba sujetador. Las delicadas protuberancias de su columna desaparecían en el interior de la V del disfraz como un delicado collar de perlas tragado por el Yeti. Le costó Dios y ayuda no meter las manos dentro y examinar con exactitud lo que escondía Castora.

—¿Por qué tardas tanto? —preguntó ella.

—La cremallera no hace más que atascarse, eso es todo —respondió malhumorado, sus vaqueros no había sido pensados para acomodar lo que ahora mismo necesitaba ser acomodado—. Si crees que puedes hacerlo mejor, te invito a intentarlo.

—Hace mucho calor aquí dentro.

—A mí me lo vas a decir. —Con un último tirón, bajó la cremallera del todo, lo que venía a ser unos veinte centímetros por debajo de la cintura. Pudo observar la curva de la cadera y el borde elástico de unas bragas de intenso color rojo.

Ella se apartó y cuando lo miró, sostuvo el disfraz contra su pecho con las patas.

—Puedo seguir sola.

—Oh, por favor. Como si tuvieras algo interesante de ver.

La comisura de la boca de Castora tembló ligeramente, pero él no pudo asegurar si era por diversión o por fastidio.

—Fuera.

Bueno, por lo menos lo había intentado.

Antes de que saliese, ella le pasó las llaves y le pidió —sin demasiada amabilidad por cierto— que sacara sus cosas del coche. Dentro del abollado maletero del Camaro encontró un par de cajas de madera llenas de pinturas, unas cajas de herramientas manchadas y un lienzo grande. Acababa de cargar todo en su coche cuando el tío que estaba trabajando dentro salió a inspeccionar el Vanquish. Tenía el pelo grasiento y barriga cervecera. Algo le dijo a Dean que éste era el tío pervertido que había enfurecido a Castora.

—Hombre, esto sí que es un coche. Vi uno igual en una película de James Bond. —Y luego, le echó un buen vistazo a Dean—. ¡Joder! Eres Dean Robillard. ¿Qué estás haciendo aquí?

—Estoy de paso.

El tío comenzó a flipar.

—Santo cielo. Ben debería haber dejado que Sheryl fuera sola a urgencias. Espera que le diga que *Boo* ha estado aquí.

Los compañeros de universidad de Dean le había puesto ese mote por el tiempo que se había pasado en la playa de Malibú, y que los lugareños conocían como *Boo*.

—Vi cómo te lesionabas en el partido contra los Steelers. ¿Qué tal el hombro?

—Tirando —contestó Dean. Y estaría mucho mejor si dejara de recorrer el país sintiendo lástima por sí mismo y se dedicara a ir al fisio.

El tipo se presentó a sí mismo como Glenn, luego se dedicó a repasar la temporada de los Stars. Dean asentía a sus comentarios automáticamente, deseando que Castora se diera prisa. Pero tardó unos buenos diez minutos en aparecer. La recorrió con la mirada de pies a cabeza.

Había habido una equivocación.

La pastorcilla Bo Peep había sido secuestrada por un ángel del infierno. En lugar del vestido de volantes, el sombrerito de lazos y el bastón de pastorcilla, se había puesto una camiseta sin mangas de un negro descolorido, unos vaqueros flojos y unas viejas botas militares que él había visto en el baño, pero que ni siquiera había considerado. Esbelta y delicada, debía de medir uno sesenta y cinco, y era tan delgada como había imaginado. Incluso sus pechos que, aunque definitivamente femeninos, no eran demasiado memorables. Al parecer, se había pasado la mayor parte del tiempo aseándose en el baño, porque cuando se acercó, olía a jabón en vez de a pelaje rancio. Su pelo oscuro estaba mojado y se aplastaba contra la cabeza como si fuera tinta. No llevaba maquillaje, aunque tampoco lo necesitaba con esa piel cremosa. Bueno, un poco de lápiz de labios y algo de rímel no le habrían venido mal.

Prácticamente le tiró el disfraz de castor a Glenn.

—La cabeza y el cartel están en el cruce. Los dejé detrás del generador.

—¿Y qué quieres que haga con eso? —replicó Glenn.

—Supongo que ya se te ocurrirá algo.

Dean abrió la puerta del coche antes de que ella se decidiese a soltar otra pulla. Cuando ella subió, Glenn le tendió la mano libre a Dean.

—Ha sido estupendo hablar contigo. Espera a que le cuente a Ben que Dean Robillard pasó por aquí.

—Dale recuerdos de mi parte.

—Me dijiste que te llamabas Heath —dijo Castora cuando salían del aparcamiento.

—Heath Champion es mi nombre artístico. Mi verdadero nombre es Dean.

—¿Cómo conocía Glenn tu nombre de verdad?

—Nos conocimos el año pasado en un bar de gays de Reno. —Se puso con rapidez unas gafas de Prada con cristales verdes ahumados y montura de titanio.

—¿Glenn es gay?

—No me digas que no lo sabías.

La ronca risa de Castora tuvo cierto deje pícaro, como si se estuviera riendo de algún chiste privado. Pero después, cuando se puso a mirar por la ventanilla, la risa se desvaneció y la tristeza oscureció esos ojos color violeta. Aquello le hizo preguntarse si Castora no ocultaría algunos secretos tras esa fachada alegre.

2

Blue se concentró en inspirar y expirar, esperando que eso la tranquilizara, pero el pánico seguía dominándola. Le dirigió al niño bonito una mirada de reojo. ¿De verdad esperaba que se creyera que era gay? Era cierto que llevaba botas de homosexual y que estaba demasiado bueno. Pero, aun así, desprendía suficientes megavatios heterosexuales como para iluminar a toda la población femenina. Era indudable que lo había estado haciendo desde el día de su nacimiento cuando vio su reflejo en las gafas de la comadrona y le lanzó al mundo un «choca esos cinco».

Ella había pensado que la traición de Monty era el último desastre de su más que catastrófica vida, pero ahora estaba a merced de Dean Robillard. Nunca se habría subido al coche del futbolista si no le hubiese reconocido. Había visto ese increíble cuerpo bronceado prácticamente desnudo en todas las vallas publicitarias anunciando Zona de Anotación, una línea de calzoncillos que tenía el memorable eslogan de «Mete el culo en la zona de anotación». Posteriormente había visto su foto en la lista de «Los cincuenta hombres más deseados» de *People*. En ella aparecía caminando descalzo por la playa con un esmoquin con los bajos remangados. No recordaba para qué equipo jugaba, pero sabía que era el tipo de hombre que debía evitar a toda costa, aunque claro, no todos los días aparecían hombres como ése en su vida. Sin embargo, en ese momento, él era lo único que se interponía entre ella, un refugio para los sin techo y un letrero que pusiera: PINTO POR COMIDA.

Tres días antes había descubierto que sus dos cuentas bancarias —una de ahorros y otra corriente—, que sumaban un saldo de ocho mil dólares, estaban vacías. Y para colmo, Monty le había mangado los doscientos dólares que tenía para emergencias. Todo lo que le quedaba en la cartera eran dieciocho dólares. Ni siquiera tenía tarjeta de crédito —una enorme equivocación por su parte—. Se había pasado toda su vida adulta procurando no quedarse nunca en la estacada para acabar así.

—¿Qué hacías en Rawlins Creek? —preguntó en tono casual, como si le estuviera dando conversación en vez de obteniendo información para saber a qué atenerse con él.

—Buscaba un Taco Bell —dijo—, pero me temo que conocer a tu novio me ha quitado el apetito.

—Ex novio. Muy ex.

—Hay algo que no entiendo. Nada más conocerlo, supe que era un perdedor. ¿Es que no tienes amigos en Seattle que te abrieran los ojos?

—No vivo en un sitio fijo.

—Caramba, cualquier desconocido te lo podría haber dicho.

—Eso se ve en retrospectiva.

La miró.

—No irás a llorar, ¿verdad?

Le llevó un momento entender lo que él quería decir.

—Me estoy conteniendo —contestó con cierto deje sarcástico.

—No tienes por qué disimular conmigo. Venga, desahógate. Es la manera más rápida de curar un corazón roto.

Monty no le había roto el corazón. La había cabreado. Bueno, no había sido él quien vaciara sus cuentas bancarias, y sabía que se había pasado tres pueblos al atacarlo de esa manera. Monty y ella habían sido amantes sólo dos semanas antes de echarle de una patada de su cama al darse cuenta que no era su tipo. Tenían intereses comunes y, a pesar de que era demasiado egocéntrico, disfrutaba de su compañía. Habían salido juntos, habían ido al cine y a salas de exposiciones, se habían interesado mutuamente por sus trabajos. Y aunque sabía que era demasiado melodramático, sus enardecidas llamadas desde Denver la habían preocupado.

—No estaba enamorada de él —dijo ella—. Yo no me enamoro. Pero éramos amigos y parecía cada vez más frenético cuando hablábamos por teléfono. Llegué a pensar que se iba a suicidar de verdad. Los amigos son importantes para mí. No podía darle la espalda.

—Mis amigos también son importantes para mí, pero si uno de

ellos tuviera problemas, tomaría el primer vuelo disponible, en vez de recogerlo todo y mudarme.

Ella sacó una goma elástica del bolsillo y se recogió el pelo en una coleta suelta.

—De todas maneras pensaba marcharme de Seattle. Aunque no era mi intención acabar en Rawlins Creek.

Pasaron junto a un cartel que anunciaba la venta de ovejas. Repasó mentalmente la lista de sus amigos más cercanos, tratando de encontrar a alguno que le pudiera prestar dinero, pero todos tenían dos cosas en común. Un buen corazón y poco dinero. El bebé de Brinia tenía serios problemas médicos, al señor Grey apenas le llegaba con lo de la seguridad social, Mai no se había recobrado aún del fuego que había arrasado su estudio, y Tonya se había ido a recorrer el Nepal con la mochila a cuestas. Lo que la hacía depender totalmente de un desconocido. Era como volver a la infancia una vez más, y odiaba esa sensación familiar de miedo que la invadía.

—Venga, Castora, cuéntame algo de ti.

—Soy Blue.*

—Cariño, si tuviera tu gusto con los hombres, yo también sería infeliz.

—Blue es mi nombre. Blue Bailey.

—Parece un nombre falso.

—Mi madre estaba algo deprimida el día que rellenó mi certificado de nacimiento. Se suponía que debía llamarme Harmony, por armonía, pero ese día había habido una revuelta en Sudáfrica, y Angola se había sumido en el caos... —se encogió de hombros—, no era un buen día para llamarse Harmony.

—Tu madre debe de ser una persona con conciencia social.

Blue le dirigió una sonrisa de pesar.

—Podría decirse que sí. —La conciencia social de su madre era la causa de que las cuentas de Blue estuvieran vacías.

Él le señaló con la cabeza la parte trasera del coche. Ella percibió un diminuto agujero en el lóbulo de su oreja.

—Esas pinturas que hay en el maletero —dijo—, ¿es un hobby o un trabajo?

—Trabajo. Hago retratos de niños y mascotas. Y murales.

—¿No es difícil captar clientes yendo de aquí para allá?

---

* *Blue* en inglés significa, entre otras cosas, deprimido, triste, infeliz. *(N. de las T.)*

—No demasiado. Por lo general, busco un barrio de clase alta y dejo propaganda de mi trabajo en los buzones. Normalmente funciona, aunque no en una ciudad como Rawlins Creek donde los barrios exclusivos ni siquiera existen.

—Lo que explica el disfraz de castor. ¿Y cuántos años tienes, si no te importa decirlo?

—Treinta. Y no, no miento. No puedo evitar parecer más joven.

—*SafeNet.*

Blue se sobresaltó cuando una incorpórea voz femenina invadió el interior del vehículo.

—*Comprobación de rutina* —ronroneó la mujer.

Dean adelantó a un tractor que iba a paso de tortuga.

—¿Elaine?

—*Soy Claire. Elaine libra hoy.*

La voz provenía de los altavoces del coche.

—Hola Claire. Hace tiempo que no hablo contigo.

—*Fui a visitar a mi madre. ¿Cómo te trata la carretera?*

—No hay queja.

—*Cuando vuelvas a Chicago, ¿por qué no te pasas por San Luis? Tengo un par de filetes en el congelador que llevan tu nombre.*

Dean ajustó la visera del sol.

—Eres demasiado buena conmigo, cariño.

—*Nada es demasiado bueno para el cliente favorito de SafeNet.*

Cuando finalmente cortó la comunicación, Blue puso los ojos en blanco.

—Seguro que las tienes haciendo cola, ¿no? Qué desperdicio.

Él se negó a entrar en el juego.

—¿Nunca has sentido el deseo de establecerte en algún lugar? ¿O la razón por la que te mudas con tanta frecuencia tiene que ver con algún programa de protección de testigos?

—Me queda demasiado mundo por ver para establecerme. Quizá comience a planteármelo cuando cumpla los cuarenta. Tu amiga habló de Chicago. Creía que ibas a Tennessee.

—Y voy. Pero vivo en Chicago.

Ahora lo recordaba. Jugaba en los Chicago Stars. Miró con envidia el impresionante salpicadero del coche y el cambio de marchas manual.

—No me importaría conducir un rato.

—Creo que sería demasiado para ti conducir un coche que no

echa humo. —Subió el volumen de la radio donde emitían una mezcla de viejos temas de rock y otras melodías más actuales.

Durante los siguientes cincuenta kilómetros, Blue escuchó la música e intentó apreciar el paisaje, pero estaba demasiado preocupada. Necesitaba distraerse y consideró provocarlo preguntándole qué encontraba más atractivo en un hombre, pero si quería jugar con ventaja debía mantener la farsa de que él era gay, y no quería presionarle demasiado. Si bien, al final ya no pudo reprimirse más y le preguntó si no preferiría escuchar una emisora que emitiera canciones de Barbara Streisand.

—No pretendo ser grosero —replicó él con altivez—, pero algunos de nosotros, los gays, estamos un poco hartos de esos viejos clichés.

Ella se esforzó en parecer contrita.

—Perdón.

—Disculpa aceptada.

Sonó U2 y luego Nirvana. Blue se obligó a llevar el ritmo con la cabeza, no quería que él sospechara lo desesperada que estaba. Él tarareó con Nickelback con una impresionante voz de barítono y luego con Coldplay «Speed of Sounds», pero cuando Jack Patriot comenzó a cantar «¿Por qué no sonreír?» Dean cambió de emisora.

—Vuelve a ponerlo —dijo ella—. «¿Por qué no sonreír?» era mi canción favorita en el último año de secundaria. Me encanta Jack Patriot.

—A mí no.

—Eso es como si no te gustara... Dios.

—Cada cual tiene sus gustos. —El encanto nato había desaparecido. Ahora parecía distante y serio. No la estrella de fútbol amable y despreocupada que se hacía pasar por modelo gay con aspiraciones a estrella de cine. Sospechó que veía por primera vez al hombre que había de verdad detrás de la brillante fachada, y no le gustó. Prefería pensar que era estúpido y vanidoso, pero al parecer sólo lo último era cierto.

—Tengo hambre. —Él volvió a adoptar su rol ocultando esa faceta que no quería que ella viera—. Espero que no te importe ir a un autoservicio. Asi no tendré que contratar a nadie para que me vigile el coche.

—¿Tienes que contratar a gente para que te vigile el coche?

—La llave de contacto está codificada, así que no lo pueden robar, pero llama mucho la atención, lo que lo convierte en el blanco perfecto de los gamberros.

—¿No crees que la vida ya es demasiado complicada sin tener que contratar una niñera para el coche?

—Es duro llevar un estilo de vida elegante. —Pulsó un botón en el salpicadero y alguien llamado Missy le dio una lista de lugares donde comer en esa zona.

—¿Cómo te ha llamado? —preguntó Blue cuando terminó de hablar.

—*Boo*. Es el diminutivo de Malibú. Crecí en el sur de California, y pasé mucho tiempo en la playa. Mis amigos me pusieron ese mote.

Boo era uno de esos apodos del fútbol americano. Eso también explicaba por qué los de *People* lo habían fotografiado caminando descalzo por la playa. Blue señaló con el pulgar el altavoz del coche.

—Tienes a todas esas mujeres a tus pies, ¿no te remuerde la conciencia al engañarlas?

—Intento compensarlo siendo un buen amigo.

Él no cedía. Ella giró la cabeza y fingió contemplar el paisaje. Aunque aún no le había dicho que se bajara del coche, tarde o temprano lo haría. A menos que consiguiera que le interesara tenerla a su lado.

Dean pagó la comida rápida con un par de billetes de veinte dólares y le dijo al chico de la ventanilla que se quedara con el cambio. Blue contuvo las ganas de saltar y quitarle el dinero. Había trabajado en sitios como ése bastantes veces, y las propinas eran bienvenidas, pero ésa era demasiado.

Unos kilómetros más adelante encontraron un merendero al lado de la carretera, con varias mesas dispuestas bajo la sombra de los álamos. El aire se había vuelto frío y ella cogió una sudadera de la bolsa mientras Dean se encargaba de sacar la comida. Blue no había comido desde la noche anterior y el olor de las patatas fritas le hizo la boca agua.

—Aquí tienes el perrito caliente —le dijo él cuando se acercó.

Había pedido lo más barato del menú, así que supuso que con dos dólares y treinta y cinco centavos debería llegar.

—Esto debería cubrir mi parte.

Él observó con manifiesta aversión el montón de monedas.

—Invito yo.

—Siempre pago mi parte —insistió ella con terquedad.

—No esta vez —le devolvió el dinero—. Sin embargo, puedes hacerme un retrato.

—Mis bocetos valen mucho más que dos dólares con treinta y cinco centavos.

—No te olvides que la gasolina va a medias.

Quizá no era un mal trato después de todo. Mientras los coches volaban por la carretera, ella saboreó otro mordisco del grasiento perrito. Él dejó a un lado su hamburguesa y sacó una BlackBerry. Miró frunciendo el ceño a la pequeña pantalla mientras comprobaba su correo electrónico.

—¿Algún antiguo novio te está dando la lata? —preguntó ella.

Por un momento se la quedó mirando con una expresión vaga, luego negó con la cabeza.

—Es el ama de llaves de mi casa de Tennessee. Me tiene al corriente de todo a través de correos electrónicos, no importa las veces que la llame, sólo consigo comunicarme con ella por e-mails. Llevamos así dos meses, y aún no he hablado con ella en persona. Es muy raro.

Blue no podía ni imaginarse lo que sería ser dueña de una casa, y mucho menos tener contratada a un ama de llaves.

—Mi administradora me ha asegurado que la señora O'Hara es estupenda, pero estoy hasta las narices de comunicarme por Internet. Me gustaría que, aunque sólo fuera por una vez, esa mujer cogiera el maldito teléfono. —Siguió revisando sus mensajes.

Blue quería saber más cosas de él.

—Si vives en Chicago, ¿cómo has terminado comprando una casa en Tennessee?

—Pasé por allí con algunos amigos el verano pasado. Había estado buscando algo en la costa oeste, pero vi la granja y la compré. —Colocó la BlackBerry encima de la mesa—. Está en medio del valle más hermoso que he visto nunca. Es un lugar muy privado. Tiene un estanque y un granero con establos, lo que me viene muy bien pues siempre he querido tener caballos. La casa necesita algunas reformas, así que la administradora buscó a un contratista y contrató a la señora O'Hara para supervisarlo todo.

—Si tuviera una casa, me ocuparía de ella personalmente.

—No puedo quejarme. Le envío fotos por correo con muestras de pintura. Tiene un gran gusto y me guío mucho por sus ideas.

—Aun así, no es lo mismo que estar allí.

—Exacto, por eso he decidido hacerle una visita sorpresa. —Abrió otro correo electrónico, frunció el ceño y sacó el móvil. Unos momentos después, tenía a su presa al teléfono—. Heathcliff, he recibido tu e-mail, y no quiero hacer ese anuncio de colonia. Después del asunto de Zona de Anotación, esperaba mantenerme alejado de toda esa mierda. —Se levantó y se alejó dos pasos de la mesa—. Puede que alguna bebida deportiva o... —Se interrumpió. Segundos después, su boca se curvaba en una lenta sonrisa—. ¿Tanto? Joder. Tener esta cara bonita es como abrir una caja registradora.

Fuera lo que fuese lo que le contestó la otra persona hizo reír a Dean; un sonido ronco y muy masculino. Él apoyó una de las botas en un tocón.

—De acuerdo. Mi peluquero odia que me retrase, y tengo que ponerme reflejos. Dales besos a tus pequeños diablillos. Y dile a tu esposa que la invito a lo que sea cuando regrese. Sólo Annabelle y yo. —Con una risita satisfecha, cerró el teléfono y se lo metió en el bolsillo—. Era mi agente.

—Me encantaría tener un agente —dijo Blue—. Así podría hablar de mí por ahí. Pero supongo que no soy el tipo de persona que interesaría a un agente.

—Seguro que tienes otras cualidades.

—Cientos —dijo ella sombríamente.

Dean tomó la interestatal tan pronto como se incorporaron a la carretera. Blue se percató de que se estaba mordiendo la uña del pulgar y con rapidez dejó las manos en el regazo. Él conducía muy rápido, pero mantenía la mano firme sobre el volante, tal como a ella le gustaba conducir.

—¿Dónde quieres que te deje? —preguntó él.

Ahí estaba la pregunta que había estado temiendo todo el rato. Fingió considerar la idea.

—Por desgracia no hay ciudades demasiado grandes entre Denver y Kansas City. Supongo que Kansas City servirá.

Dean le dirigió una de esas miradas de «¿a quién crees que estás engañando?».

—Estaba pensando en la próxima gasolinera.

Ella tragó saliva.

—Pero eres el tipo de persona que disfruta con la compañía, y te aburrirás si viajas solo. Yo puedo entretenerte.

Los ojos de Dean bajaron a sus pechos.

—¿A qué clase de entretenimiento te refieres exactamente?

—Juegos para viajes —dijo ella con rapidez—. Conozco un montón. —Él bufó, y ella siguió hablando muy deprisa—. Además soy una gran conversadora, y puedo librarte de los admiradores. Evitaré que todas esas mujeres pierdan el tiempo lanzándose sobre ti.

Sus ojos grises azulados destellaron, pero ella no supo si fue por irritación o por diversión.

—Me lo pensaré —dijo él.

Para sorpresa de Dean, Castora continuaba en el coche cuando esa noche abandonó la interestatal en algún lugar al oeste de Kansas para seguir las indicaciones de un cartel que llevaba al hostal Los Buenos Tiempos. Ella se incorporó cuando él entraba en el aparcamiento. Mientras había estado dormida, Dean había tenido tiempo de sobra para observar el tamaño y movimiento de los pechos ocultos por la camiseta. La mayoría de la mujeres con las que pasaba el tiempo se los habían aumentado hasta cuatro veces el tamaño original, pero Castora no era una de ellas. Conocía a tíos que les gustaban así —caramba, él había sido uno de ellos—, pero hacía mucho tiempo que Annabelle Granger Champion le había aguado la diversión.

«Son los hombres como tú que se pasan el tiempo babeando por las mujeres con unos pechos de silicona de ese tamaño, los que incitan a las pobres chicas inocentes con unos senos perfectamente normales a hacerse un aumento de mama. Las mujeres deberían concentrarse en expandir sus horizontes, no sus senos.»

Aquello lo había hecho sentirse mal por todas las operaciones de aumento de pecho, pero Annabelle era así. Tenía opiniones muy definidas, y no se andaba con chiquitas. Annabelle era una buena amiga, pero entre que estaba casada con Heath Champion, ese agente parásito suyo, y que acababa de nacer su segundo hijo, no podía dedicarle a él demasiado tiempo.

Ese mismo día había pensado un montón en Annabelle, puede que porque Castora también tenía fuertes convicciones y tampoco parecía interesada en impresionarle. Era extraño estar con una mujer que no le hacía insinuaciones. Por supuesto, él le había dicho que era gay, pero ella había averiguado que era una farsa hacía por lo menos doscientos kilómetros. Bueno, a pesar de todo, ella había intentado seguir con el jueguecito. Pero la pequeña Bo Beep no podía jugar a su mismo nivel.

Blue se quedó boquiabierta cuando vio el hostal de tres pisos perfectamente iluminado. A pesar de todo lo que le había exasperado hoy, él no estaba aún preparado para darle la patada. En primer lugar, quería que le pidiera dinero. En segundo lugar, había sido una buena compañía. Y además, no podía ignorar que había estado empalmado por culpa de ella los últimos trescientos kilómetros.

Él entró en el aparcamiento.

—Aquí aceptan cualquier tarjeta de crédito. —Debería sentirse mal por jugar con ella, pero era tan descarada y respondona que no lo hizo.

Ella apretó los labios.

—Por desgracia, no tengo tarjeta de crédito.

Lo que no era sorprendente.

—Abusé de ella hace unos años —continuó—, y desde entonces no han vuelto a confiar en mí. —Ella estudió el letrero del hostal Los Buenos Tiempos—. ¿Qué vas a hacer con el coche?

—Darle una propina al tío de seguridad para que lo vigile.

—¿Cuánto?

—¿Y a ti que te importa?

—Soy artista. Me interesa el comportamiento humano.

Aparcó el coche en una de las plazas.

—Supongo que cincuenta dólares ahora y otros cincuenta por la mañana.

—Genial. —Ella le tendió la mano—. Ya tienes vigilante.

—No vas a vigilar mi coche.

Los músculos de la garganta se le agarrotaron cuando tragó.

—Claro que sí. No te preocupes. Tengo el sueño ligero. Me despertaré al instante si se acerca alguien.

—Tampoco vas a pasar la noche en él.

—No me digas que eres uno de esos imbéciles que cree que una mujer no puede hacer el mismo trabajo que los hombres.

—Lo que creo es que no puedes pagarte una habitación. —Dean salió del coche—. Yo te invitaré.

Ella le dirigió una mirada airada mientras alzaba la nariz y luego salió del vehículo.

—No necesito que nadie me «invite».

—¿De veras?

—Lo que necesito es que me dejes vigilar el coche.

—Ni de coña.

Él se dio cuenta de que ella estaba buscando la manera de aceptar su dinero sin quedar mal ante sí misma, y no se sintió sorprendido cuando comenzó a largarle lo que cobraba por los retratos.

—Incluso con el descuento, es mucho más de lo que cuesta la habitación de un hotelucho y algunas comidas —concluyó—. Estarás de acuerdo conmigo en que sales ganando. Comenzaré tu retrato mañana en el desayuno.

Lo último que necesitaba era otro retrato suyo. Lo que en realidad necesitaba era...

—Puedes empezar esta noche. —Y abrió el maletero.

—¿Esta noche? Ya es muy tarde.

—Apenas son las nueve. —Este equipo sólo podía tener un *quarterback* y ése era él.

Ella masculló por lo bajo y se puso a revolver en el maletero del coche. Dean sacó su maleta y la bolsa azul marino de Blue. Ella cogió una de las cajas que contenía su material de trabajo y, sin dejar de mascullar, lo siguió a la entrada. Él hizo los arreglos pertinentes con el vigilante de seguridad del hostal para que le echara un vistazo a su coche y se dirigió a recepción. Castora caminó a su lado. A juzgar por la música en vivo del bar y la gente que llenaba los locales del vestíbulo, el hostal Los Buenos Tiempos era el lugar de encuentro de la noche de los sábados de ese pequeño pueblo. Dean observó las cabezas que se giraban a su paso. Algunas veces pasaba un par de días sin que nadie lo reconociera, pero esa noche no ocurriría eso. Algunos se le quedaron mirando sin disimulo. Malditos anuncios de Zona de Anotación. Dejó las maletas al lado de recepción.

El recepcionista, un veinteañero oriental con pinta de estudioso, lo saludó atentamente sin reconocerlo. Castora le dio un codazo en las costillas y señaló el bar con la cabeza.

—Admiradores —dijo ella como si él no se hubiera fijado en los dos tíos que acababan de apartarse de la multitud y se dirigían hacia ellos. Ambos eran de mediana edad y tenían sobrepeso. Uno vestía una camisa hawaiana tensa sobre la prominente barriga. El otro lucía un gran bigote y llevaba botas vaqueras.

—Ha llegado el momento de que me ponga a trabajar —dijo Castora en voz alta—. Yo me encargaré de ellos.

—No, tú no lo harás. Yo...

—Hola —dijo el de la camisa hawaiana—. Espero no molestar, pero mi amigo y yo nos hemos apostado a que eres Dean Robillard. —Le tendió la mano.

Antes de que Dean pudiera responder, Castora bloqueó el brazo del hombre con su menudo cuerpo, y lo siguiente que supo fue que ella respondía con un acento extranjero que sonaba a una mezcla entre serbocroata e israelí.

—Ach, ese tal Dean Ro-mi-llar ser un hombre muy famoso en América, ¿sí? Mi pobre marido... —colocó la mano sobre el brazo de Dean—, su inglés es mucho, mucho malo, y no comprender. Pero mi inglés es mucho, mucho bueno, ¿sí? Y todas las partes que vamos, muchos hombre como vosotros..., se acercan y dicen que creen que es ese hombre, ese Dean Ro-mi-llar. Pero no, digo, mi marido no es famoso en América, sí es mucho, mucho famoso en nuestro país. Es un famoso... ¿cómo se dice?... por-no-gra-fo.

Dean simplemente sintió que se atragantaba.

Ella frunció el ceño.

—¿Sí? ¿Lo dije bien? Hace películas sucias.

Dean había cambiado tantas veces de identidad que empezaba a perder la cuenta. Bueno, Castora merecía su apoyo por todo ese trabajo arduo —tan mal enfocado—, así que borró la sonrisa de la cara e intentó simular que no sabía inglés.

Había dejado tan flipados a los hinchas que los pobres no sabían como salir del atolladero.

—Nosotros... esto... bueno... lo sentimos. Pensamos..., y...

—No pasa nada —respondió ella con firmeza—. Ocurre todo el tiempo.

Tropezándose con sus propios pies, los hombres huyeron.

Castora lo miró con aire satisfecho.

—Soy demasiado joven para tener tanto talento. ¿A que te alegras de que haya decidido seguir contigo?

No cabía duda de que era muy creativa, pero dado que tenía que entregarle la VISA al recepcionista todos esos esfuerzos de mantener en secreto su identidad no servían para nada.

—Deme la mejor suite —dijo él—. Y una habitación pequeña junto a los ascensores para mi chiflada acompañante. Si no hay, bastará con un rincón al lado de la máquina del hielo.

El hostal Los Buenos Tiempos había hecho un gran trabajo instruyendo a su personal, y el joven recepcionista apenas parpadeó.

—Por desgracia, esta noche estamos completos, señor, y la suite ya está ocupada.

—¿No tenemos suite? —dijo Castora con voz arrastrada—. ¿Qué más cosas horribles nos pueden pasar?

El recepcionista estudió la pantalla del ordenador intentando encontrar una solución.

—Sólo quedan dos habitaciones. Una puede adaptarse a sus necesidades, pero la otra está sin arreglar.

—Bueno, a esta mujercita no le importará quedarse allí. Bastará con que no haya manchas de sangre en la moqueta. Las estrellas del porno pueden dormir casi en cualquier sitio. Y quiero decir en cualquiera.

Aunque parecía estar divirtiéndose, el recepcionista estaba demasiado bien entrenado para sonreír.

—Le haremos, por supuesto, un descuento.

Blue se apoyó en el mostrador.

—Cóbrele el doble. Si no se sentirá ofendido.

Después de que él aclarara aquel malentendido, se dirigieron hacia el ascensor. Cuando se cerraron las puertas, Castora levantó la vista hacia él rezumando inocencia en esos ojos violeta.

—Esos tíos sabían tu verdadero nombre. Jamás habría imaginado que hubiera tantos homosexuales sueltos por el mundo.

Él le dio al botón.

—La verdad es que soy jugador profesional de fútbol americano y ése es mi verdadero nombre. Pero sólo juego a tiempo parcial, hasta que despegue mi carrera en el cine.

Castora lo miró simulando estar impresionada.

—Vaya. No sabía que se podía jugar al fútbol americano a tiempo parcial.

—Sin ánimo de ofender, no pareces saber mucho de deporte.

—Bueno, un gay jugando al fútbol americano. Ver para creer.

—Oh, hay muchos. Casi un tercio de los jugadores de la NFL. —Esperó a ver si al fin ella ponía punto y final a esa sandez, pero parecía no tener prisa en acabar el juego.

—Para que luego diga la gente que los deportistas no son sensibles —dijo ella.

—Es parte del espectáculo.

—Me he fijado en que llevas agujeros en las orejas.

—Me los hice cuando era joven.

—Y querías hacer gala de tu dinero, ¿no?

—Dos kilates en cada oreja.

—Dime que ya no los usas.

—Sólo si tengo un mal día. —Se abrieron las puertas del ascensor y caminaron por el pasillo hasta sus habitaciones. Castora caminaba con largas zancadas para ser tan pequeña. No estaba acostumbrado a las mujeres tan agresivas, claro que ella no era demasiado femenina a pesar de esos pequeños pechos redondos que tan duro lo ponían.

Las habitaciones estaban una junto a la otra. Él abrió la primera puerta y, aunque limpia, definitivamente olía a tabaco.

Ella pasó junto a él.

—Normalmente, sugeriría que nos la jugáramos a cara o cruz, pero como tú pagas la cuenta, no me parece justo.

—Bueno, si insistes.

Ella cogió su bolsa y de nuevo intentó deshacerse de él.

—Trabajo mejor con luz natural. Nos veremos mañana.

—Si no me pareciera imposible, diría que te da miedo estar a solas conmigo.

—Vale, me has pillado. ¿Y si sin darme cuenta me interpongo entre tú y un espejo? Podrías ponerte violento.

Él sonrió ampliamente.

—Te espero en media hora.

Cuando él llegó a su habitación, encendió la televisión para ver el partido de los Bulls, se quitó las botas y desempacó sus cosas. Tenía tantos dibujos, retratos y fotos de sí mismo que no sabía ya qué hacer con ellos, pero ésa no era la cuestión. Cogió del minibar una cerveza y una bolsita de cacahuetes. Annabelle le había sugerido en una ocasión que mostrara a la gente algo del glamour que se suponía había heredado de su madre, y él le había dicho que no metiera las narices en sus asuntos. No dejaba que nadie se entrometiera en esa complicada relación.

Se tumbó en la cama en vaqueros y camisa blanca, una auténtica camisa blanca de Marc Jacobs diseñada por PR que le habían enviado un par de semanas antes. Los Bulls pidieron tiempo muerto. Otra noche, otro hotel. Poseía dos apartamentos en Chicago, uno no muy lejos del lago y otro en la zona oeste, junto a las oficinas de los Stars por si no tenía ganas de lidiar con el tráfico al atravesar la ciudad. Pero como había crecido en montones de habitaciones de internados, no consideraba ningún sitio como su hogar. «Gracias, mamá».

La granja de Tennessee tenía su propia historia y raíces profundas, justo lo que a él le faltaba. Bueno, normalmente no era tan impulsivo y había tenido sus dudas sobre comprar un lugar tan alejado del océano. Ser propietario de una casa con cien acres hacía pensar en algo permanente, algo que él jamás había experimentado y a lo mejor no estaba preparado. Tenía que pensar en ella como en una casa de vacaciones. Y si no le gustaba, siempre podía venderla.

Oyó el agua de la ducha de la habitación de al lado. En la tele salió un anuncio de un telefilm sobre la muerte de la cantante de country Marli Moffatt. Pasaron imágenes de Marli y Jack Patriot saliendo de una capilla de Reno. Le dio al botón de silencio del mando.

Estaba deseando tener a Castora desnuda esa noche. El no haber estado nunca con alguien como ella hacía que las perspectivas fueran aún más interesantes. Se metió un puñado de cacahuetes en la boca y se recordó a sí mismo que hacía años que había dejado los rollos de una sola noche. La idea de acabar como su madre —alguien que se pasaba el tiempo dándole a la coca hasta el punto de olvidar que tenía un hijo— era demasiado deprimente, así que se limitaba a tener relaciones cortas, relaciones que duraban entre unas semanas y un par de meses. Pero en ese momento estaba a punto de violar la norma principal de toda una década de relaciones informales y no sentía remordimientos. Castora no era precisamente una *groupie*. Aunque sólo habían estado juntos un día, y a pesar de esa tendencia que tenía de mangonearlo, tenían una verdadera relación, unas interesantes conversaciones, habían compartido comidas y tenían gustos similares en música. Y lo que era más importante aún, Castora no amenazaba de ninguna manera su soltería.

El último cuarto del partido de los Bulls acababa de empezar cuando sonó un golpe en la puerta. Tenía que dejar bien claro quién llevaba la voz cantante.

—Estoy desnudo —gritó.

—Mejor aún. Hace años que no pinto a un adulto desnudo. Me vendrá bien para practicar.

No había picado. Sonrió y soltó el mando.

—No te lo tomes como algo personal, pero la idea de estar desnudo delante de una mujer es francamente repulsiva.

—Soy una profesional. Imagina que soy tu médico. Puedes ta-parte tus partes si te sientes incómodo.

Dean sonrió abiertamente. «Sus partes.»

—O mejor todavía, esperemos hasta mañana, entonces ya ha-brás tenido tiempo de hacerte a la idea.

Fin del juego.

Tomó un trago de cerveza.

—Está bien. Me pondré algo encima. —Se desabrochó los bo-tones de la camisa y observó cómo el nuevo base de los Bulls per-día un pase antes de apagar la tele y cruzar la habitación para abrir la puerta.

3

El desprecio de Castora por la moda se extendía también a la ropa de dormir. Vestía una camiseta marrón de hombre y unos pantalones descoloridos de color negro que se plegaban alrededor de sus estrechos tobillos. No había nada remotamente sexy en esa ropa, salvo el misterio que ocultaban debajo. Él se apartó un poco para dejarla entrar. Olía a jabón simple en vez de a perfume.

Dean se dirigió al minibar.

—¿Quieres beber algo?

Ella soltó un grito.

—Oh, Dios mío. ¿No serás uno de los que usa esa cosa?

No sabía de qué hablaba, pero por si acaso se miró la entrepierna.

Ella, sin embargo, dirigió la mirada al minibar. Dejó caer el bloc de dibujo y adelantándolo con rapidez, agarró la lista de precios.

—Mira esto. Dos dólares y medio por un ridículo botellín de agua. Tres dólares por una Snicker. ¡Una Snicker!

—Estás pagando algo más que la chocolatina —señaló él—. Pagas por comértela justo cuando quieres.

Pero ella ya había visto la bolsita de cacahuetes encima de la cama y no se pudo contener.

—Siete dólares. ¡Siete dólares! ¿Cómo has podido?

—¿Quieres una bolsa de papel para recobrar el aliento?

—Deberías vigilar la cartera.

—Por lo general no lo mencionaría —dijo él—, pero soy rico.

—Y, salvo que hubiera un colapso total de la economía americana, siempre lo sería. De niño, el dinero había provenido de sustanciosas pagas. De adulto, procedía de algo mucho mejor. De su propio trabajo.

—No me importa lo rico que seas. Siete dólares por una bolsita de cacahuetes es demasiado.

Obviamente los problemas económicos de Castora eran más serios de lo que parecía, pero eso no quería decir que él tuviera que reprimirse en comprarse lo que le diera la gana.

—Vino o cerveza, elige. O elegiré yo por ti. De una manera u otra, voy a abrir una botella.

Ella todavía tenía la nariz enterrada en la lista de precios.

—Si me das los seis dólares, fingiré que bebo la cerveza.

La cogió por los hombros y la apartó a un lado para poder acercarse al minibar.

—No mires si es demasiado doloroso para ti.

Blue recogió rápidamente el bloc y se dirigió a una silla en el otro extremo de la habitación.

—Hay mucha gente en el mundo muriéndose de hambre.

—No seas aguafiestas.

A regañadientes ella aceptó la cerveza. Por suerte para Dean, en la habitación sólo había una silla, lo que le daba la excusa perfecta para tumbarse en la cama.

—Dibújame como quieras.

Esperaba que ella sugiriese que se desnudara otra vez, pero no lo hizo.

—Ponte cómodo. —Dejó la cerveza sobre la moqueta, apoyó el tobillo en la rodilla contraria como hacen los hombres, y sacudió el bloc sobre los desarrapados pantalones negros. A pesar de lo agresivo de su postura, parecía nerviosa. Por ahora, las cosas iban bien.

Dean se apoyó en un codo y terminó de desabotonarse la camisa. Había posado para bastantes fotos de ese estilo en la campaña de Zona de Anotación y sabía lo que le gustaba a las señoras; lo que seguía sin comprender era cómo podían preferir una foto de él en cueros a una donde lanzaba el balón con una espiral perfecta. Debía de ser una de esas cosas incomprensibles de mujeres.

Un mechón de pelo negro se soltó de la coleta siempre despeinada de Castora y le cayó sobre la mejilla mientras miraba fijamente su bloc. Dean se abrió la camisa lo suficiente como para dejar a la vista los músculos que llevaba desarrollando más de una década de duro trabajo, pero no tanto como para revelar las recientes cicatrices de su hombro.

—No soy —dijo él— realmente gay.

—Oh, cariño, no tienes que disimular conmigo.

—Lo cierto es que... —deslizó el pulgar por la cinturilla de los vaqueros y los bajó un poco más—, algunas veces, cuando salgo por ahí, el peso de la fama es demasiado para mí, así que recurro a medidas extremas para ocultar mi identidad. Aunque, para ser justos, no llego nunca a perder la dignidad. No podría, por ejemplo, disfrazarme de animal. ¿Tienes bastante luz?

El lápiz se deslizaba sobre el bloc.

—Apuesto lo que sea a que si encontraras al hombre adecuado, no renegarías de tu sexualidad. El amor verdadero es muy poderoso.

Ella todavía quería jugar. Divertido, cambió de táctica.

—¿Y era eso lo que tú sentías por el viejo Monty?

—Amor verdadero, no. Nací sin el cromosoma del amor. Pero sí una amistad verdadera. ¿Te puedes poner del otro lado?

¿Y quedar de cara a la pared? De ninguna manera.

—Tengo la cadera tocada. —Dobló la rodilla—. ¿Y todas esas cosas que le decías a Monty sobre la confianza y el abandono eran tonterías?

—Mira, Dr. Phil, estoy tratando de concentrarme.

—No, no eran tonterías, entonces. —Ella seguía sin mirarlo—. Yo me he enamorado media docena de veces. Todas antes de cumplir los dieciséis, pero bueno...

—Seguro que ha habido alguien desde entonces.

—Bueno, de hecho no.

Era algo que volvía loca a Annabelle. Decía que incluso su marido, Heath, un tío duro donde los haya, se había enamorado una vez antes de conocerla.

Castora extendió la mano.

—¿Por qué echar raíces cuando el mundo está a tus pies, no?

—Me está dando un calambre —dijo él—. ¿Te importa que me estire?

No esperó respuesta, pasó las piernas por encima del borde de la cama. Se tomó su tiempo para ponerse de pie, luego se estiró un poco, contrayendo el abdomen, lo que hizo caer los vaqueros lo suficiente para revelar la parte superior de sus boxers grises de Zona de Anotación.

Castora se obligó a mantener la vista en el bloc.

Tal vez había cometido un error táctico mencionando a Monty, pero no podía comprender que alguien con la fuerza de carácter de Castora se pudiera sentir atraída por semejante imbécil. Colocó las manos en las caderas, apartando a propósito la camisa para poder exhibir sus pectorales. Comenzaba a sentirse como un *stripper*, pero al final ella levantó la vista. Los vaqueros se bajaron un par de centímetros más y el bloc se le cayó al suelo. Ella se agachó para recogerlo y se golpeó la barbilla ruidosamente con el brazo de la silla. Estaba claro que ella necesitaba algo más de tiempo para hacerse a la idea de dejarlo explorar sus partes de castora.

—Voy a darme una ducha rápida —dijo él—. Para quitarme el polvo del camino.

Blue depositó el bloc en el regazo con una mano y se abanicó con la otra.

La puerta del baño se cerró. Blue gimió y bajó el pie a la alfombra. Debería haber fingido que tenía migraña. O lepra... o cualquier otra cosa para poder escapar a su habitación. ¿Por qué no la había ayudado una amable pareja de jubilados? ¿O uno de esos tíos dulces y sensibles con los que se sentía tan cómoda?

Oyó correr el agua de la ducha. Se la imaginó resbalando sobre ese cuerpo de anuncio. Él estaba acostumbrado a utilizarlo como un arma, y, como no había nadie cerca, era ella quien estaba en su punto de mira. Pero con hombres tan lujuriosos como él había que mantener la distancia.

Tomó un largo trago de cerveza. Se recordó que Blue Bailey no huía. Jamás. Por fuera parecía frágil, como si cualquier ligera brisa pudiera tumbarla, pero por dentro era fuerte y eso era lo que verdaderamente importaba. Así era como había sobrevivido a una infancia itinerante.

«¿Qué importaba la felicidad de una niña, por muy querida que fuera, cuando había tantos miles de niñas en el mundo amenazadas por bombas, soldados o minas terrestres?»

Había sido un día horrible, y los viejos recuerdos hicieron acto de presencia.

—Blue, Tom y yo queremos hablar contigo.

Blue todavía recordaba el descolorido sofá a cuadros del minúsculo apartamento que Olivia y Tom tenían en San Francisco y la manera en que Olivia había palmeado el cojín de su lado. Blue era menuda para ser una niña de ocho años, pero no lo suficiente como para sentarse en el regazo de Olivia, así que se había acomodado a su lado. Tom estaba sentado enfrente y acarició la rodilla de Blue. Blue los quería más que a nadie en el mundo, incluida esa madre que no había visto desde hacía casi un año. Blue había vivido con Olivia y Tom desde los siete años, e iba a vivir siempre con ellos. Se lo habían prometido.

Olivia llevaba su pelo castaño claro recogido en una trenza que le caía sobre la espalda. Olía a curry en polvo y a pachuli, y siempre le daba arcilla para que jugara a las cocinitas. Tom era un afroamericano grandote que escribía artículos para periódicos subversivos. Llevaba a Blue al parque del Golden Gate y la montaba a caballito sobre sus hombros cuando salían a la calle. Si tenía pesadillas, iba a su cama y se quedaba dormida con la mejilla apoyada en el hombro cálido de Tom y los dedos enredados en el largo pelo de Olivia.

—¿Recuerdas, cielito —dijo Olivia—, que te contamos que en mi útero estaba creciendo un bebé?

Blue lo recordaba. Se lo habían mostrado en unas fotografías de un libro.

—El bebé va a nacer pronto —continuó Olivia—. Eso quiere decir que las cosas van a ser diferentes.

Blue no quería que fueran diferentes. Quería que se quedaran exactamente igual.

—¿El bebé va a dormir en mi habitación? —Blue tenía por fin una habitación propia y no quería compartirla.

Tom y Olivia intercambiaron una mirada antes de que Olivia respondiera:

—No, cielito. Es algo mejor. ¿Recuerdas a Norris? Nos visitó el mes pasado, es la señora que fundó Artistas para la Paz. ¿Te acuerdas que nos habló de su casa en Alburquerque y de su hijo, Kyle? Te enseñamos donde está Nuevo México en el mapa. ¿Te acuerdas de cuánto te gustó Norris?

Blue asintió ignorando su destino.

—Pues adivina —dijo Olivia—. Tu madre, Tom y yo lo hemos arreglado todo para que vayas a vivir con Norris.

Blue no lo entendió. Observó sus grandes sonrisas falsas. Tom se frotó el pecho por encima de la camisa de franela y pestañeó como si estuviese a punto de llorar.

47

—Olivia y yo te vamos a echar mucho de menos, pero tendrás un enorme patio donde jugar.

Eso no era lo que ella quería. Sintió náuseas y le dieron arcadas.

—¡No! No quiero un patio. ¡Quiero quedarme aquí! Me lo prometisteis. ¡Dijisteis que podría vivir aquí siempre!

Olivia la llevó a toda prisa al cuarto de baño y le sujetó la cabeza mientras vomitaba. Tom se dejó caer en el borde de la vieja bañera.

—Queríamos que te quedaras, pero eso fue antes de saber lo del bebé. Las cosas son ahora más complicadas por el dinero y eso. En casa de Norris tendrás otro niño con quien jugar. Será divertido.

—¡También aquí tendré un niño con quien jugar! —había sollozado Blue—. Tendré al bebé. No dejéis que me vaya. ¡Por favor! Seré buena. Seré tan buena que no os molestaré nunca.

Todos habían acabado llorando, pero al final, Olivia y Tom la habían llevado a Alburquerque en su vieja furgoneta oxidada de color azul y se habían marchado sin despedirse.

Norris era gorda y le enseñó cómo tejer. Kyle de nueve años le enseñó a jugar a las cartas y a la *Guerra de las Galaxias* y así un mes siguió a otro. Gradualmente, Blue dejó de pensar en Tom y Olivia y comenzó a querer a Norris y Kyle. Kyle era su hermano secreto y Norris su madre secreta, e iba a quedarse con ellos para siempre.

Entonces, Virginia Bailey, su madre de verdad, regresó de América Central y se la llevó. Fueron a Texas, donde vivieron con un grupo de monjas activistas y pasaban juntas todo el día. Su madre y ella leían libros, hacían proyectos artísticos, practicaban español, y mantenían largas conversaciones sobre cualquier cosa. Pasaba días enteros sin pensar en Norris y Kyle. Blue comenzó a adorar a su madre y se mostró inconsolable cuando Virginia se fue.

Norris se había casado otra vez y Blue no podía regresar a Alburquerque. Las monjas se quedaron con ella hasta que terminó el año escolar, y Blue transfirió su amor a la hermana Carolyn. La hermana Carolyn llevó a Blue a Oregón, donde Virginia había dispuesto que Blue se quedara con una agricultora orgánica llamada Blossom. Blue se había aferrado tan desesperadamente a la hermana Carolyn que Blossom tuvo que separarla a la fuerza.

El ciclo comenzó una vez más, pero esta vez Blue se cuidó de tomar afecto a Blossom y cuando se tuvo que marchar, descubrió que no resultaba tan doloroso como las otras veces. Desde entonces, era más cuidadosa. En cada cambio que siguió, mantuvo la distancia emocional, hasta que, al final, apenas le dolía partir.

Blue miró la cama del hotel. Dean estaba excitado y esperaba que ella le solucionara el problema, pero él no sabía cuán arraigada era su aversión a las relaciones esporádicas. En la universidad había observado a sus amigas, que al igual que en *Sexo en Nueva York*, se acostaban con todo aquel que pillaran. Pero en lugar de sentirse bien, habían acabado deprimidas. Blue había sufrido demasiadas relaciones cortas en su infancia y no quería añadir ninguna más a la lista. Si no contaba a Monty —algo que no hacía—, sólo había tenido dos amantes, los dos artistas, dos hombres que habían dejado que fuera ella la que llevara la voz cantante. Era mejor de esa manera.

El pomo de la puerta del cuarto de baño se movió. Tenía que actuar con cautela a la hora de tratar a Dean, si no quería que la dejara tirada por la mañana. Por desgracia, el tacto no era lo suyo.

Él salió del cuarto de baño con la toalla enrollada alrededor de las caderas. Parecía un dios romano que se hubiera tomado un respiro en mitad de una orgía mientras esperaba que le enviaran a la siguiente virgen. Pero cuando la luz le dio de lleno, ella cerró los dedos sobre el bloc. No era una divinidad romana perfectamente esculpida en mármol. Tenía el cuerpo de un guerrero... fuerte, poderoso, y preparado para la batalla.

Dean se dio cuenta de que ella miraba las tres delgadas cicatrices de su hombro.

—Un marido celoso.

Ella no lo creyó ni por un segundo.

—Los peligros del pecado.

—Hablando de pecado... —Su perezosa sonrisa exudó seducción—. He estado pensando... se hace tarde y somos dos desconocidos solitarios con una cama confortable y no veo mejor manera de entretenernos que hacer uso de ella.

Había dejado de lado la sutileza para lanzarse directo a la línea de meta. Su hermosa cara y su estatus de deportista le daban mucha seguridad con las mujeres. Ella lo comprendía. Pero ella no era como las otras mujeres. Él se acercó más. Olía a jabón y a sexo. Consideró volver a jugar a lo de los gays, pero, ¿para qué molestarse? Podía pretextar dolor de cabeza y huir de la habitación, o podía hacer lo que siempre hacía: enfrentarse al reto. Se levantó de la silla.

—Vamos a dejar las cosas claras, *Boo*. No te importa que te llame *Boo*, ¿verdad?

—De hecho...

—Eres guapísimo, sexy y tienes un cuerpo de infarto. Tienes más encanto del que debería tener ningún hombre. Tienes mucho gusto con la música y además eres muy rico. Y simpático. No creas que no me he fijado. Pero lo cierto es que no me pones.

Dean frunció el ceño.

—¿Que no te pongo?

Ella intentó parecer abochornada.

—No es culpa tuya. Soy yo.

Él parpadeó, bastante asombrado. No lo podía culpar. Era indudable que él había usado eso de «no es culpa tuya, soy yo» miles de veces, y debía de ser desconcertante que alguien empleara esa misma táctica con él.

—¿Estás bromeando, no?

—La verdad lisa y llana es que me siento más cómoda con perdedores como Monty, y no tengo intención de volver a cometer ese error. Si me acostase contigo... y créeme llevo horas y horas pensándolo detenidamente...

—Nos conocemos hace sólo ocho horas.

—No tengo tetas y no soy guapa. Si nos enrolláramos, sabría que sólo me estás utilizando porque soy lo único que tienes a mano y eso me haría sentir muy mal. No quiero tener que volver a pasar por otra depresión, y, francamente, estoy harta de perder el tiempo en instituciones mentales.

La sonrisa de Dean fue calculadora.

—¿Alguna cosa más?

Ella cogió su bloc junto con la cerveza.

—Eso es todo, eres un hombre que vive para que lo adoren y yo no sirvo para adorar a nadie.

—¿Quién te ha dicho que no eres guapa?

—Oh, no importa. Tengo tanto carácter que si añadimos belleza al cóctel sería demasiado. Sinceramente, hasta esta noche, no había pensado en ello. Bueno, salvo por Jason Stanhope, pero eso fue en séptimo.

—Ya veo. —Seguía pareciendo divertido.

Con aire despreocupado, Blue se dirigió a la puerta y la abrió.

—Mira el lado bueno, piensa que te has escapado por los pelos.

—Lo que pienso es que estoy cachondo.

—Por eso las habitaciones de los hoteles disponen de tele por cable. Seguro que encuentras algún canal porno. —Cerró la puerta con rapidez y suspiró con fuerza. El truco para ir por delante de Dean Robillard era mantenerse fuera de su alcance, pero conseguir hacerlo hasta Kansas City no iba a ser fácil, como tampoco sería fácil saber lo que haría cuando estuviera allí.

Castora debió de trasnochar porque tenía el dibujo listo a la mañana siguiente. Esperó hasta que hicieron una parada en el autoservicio de una gasolinera de Kansas para dárselo. Dean se quedo mirándolo fijamente. No era de extrañar que estuviera en la ruina.

Castora contuvo un bostezo.

—Si hubiera tenido más tiempo te lo hubiera hecho en pastel.

Considerando el estropicio que había hecho con el lápiz, casi mejor no. Había dibujado su cara, pero sus rasgos estaban distorsionados: los ojos demasiado separados, el nacimiento del pelo retrasado unos cinco centímetros y le había endosado algunos kilos de más, lo que le hacía un hombre mofletudo. Peor aún, ella había reducido el tamaño de su nariz hasta que parecía aplastada contra la cara. Rara vez se quedaba sin palabras, pero el dibujo lo había dejado sin habla.

Ella le dio un mordisco a un dónut de chocolate.

—Alucinas, ¿verdad? Cómo habría cambiado tu vida si ésa fuera tu cara de verdad.

Fue cuando se dio cuenta de que quizás Castora lo había hecho mal a propósito. Aunque parecía más pensativa que satisfecha.

—Casi nunca puedo experimentar —añadió ella—. Has sido el modelo perfecto.

—Me alegro de haberte sido útil —dijo él secamente.

—Por supuesto, hice otro. —Sacó un segundo dibujo de la carpeta que había llevado al autoservicio y lo tiró despectivamente encima de la mesa, donde aterrizó al lado de un bollo a medio comer. En ese boceto aparecía en la cama, con una rodilla doblada, la camisa abierta y el pecho descubierto, exactamente como había posado para ella.

—Monísimo, como era de esperar—dijo ella—, pero algo aburrido, ¿no crees?

No sólo era aburrido, sino vulgar, y su expresión además de calculadora era arrogante. Parecía como si hubiera visto a través de él y a Dean no le gustó. Todavía le costaba creer que ella le hubiera plantado la noche anterior. ¿Habría perdido su habilidad con las mujeres? ¿O quizá se trataba de un arte que no había practicado antes? Como las mujeres se dejaban caer directamente en sus brazos, nunca se había molestado en dar el primer paso. Tendría que ponerle remedio.

Estudió el primer dibujo otra vez, y mientras observaba su cara deformada, comenzó a pensar cómo habría sido su vida si hubiera nacido con la cara que Castora había dibujado. Nada de anuncios de Zona de Anotación, eso seguro. Incluso cuando era niño había conseguido un montón de cosas gracias a su aspecto. Era algo que sabía en teoría, pero ese dibujo era la prueba patente.

Castora hizo una mueca.

—¿No te gusta? Debería haber sabido que no lo entenderías, pero pensé... bueno, eso no importa ahora. —Se lo quitó de las manos.

Él lo recuperó antes de que ella pudiera destruirlo.

—Me ha tomado por sorpresa, eso es todo. No creo que lo cuelgue encima de la chimenea, pero tampoco me parece tan mal. Me hace pensar. De hecho, me gusta. Me gusta bastante.

Ella lo observó, tratando de adivinar si estaba siendo sincero o no. Cuanto más estaba con ella, más curiosidad sentía.

—No me has contado mucho de ti misma —dijo él—. ¿Dónde te criaste?

Ella se detuvo a punto de darle un mordisco al dónut.

—Aquí y allá.

—Venga, Castora. No volveremos a vernos nunca. Cuéntame tus secretos.

—Me llamo Blue. Y si quieres conocer mis secretos, tendrás que contarme antes los tuyos.

—Te haré un resumen. Demasiado dinero. Demasiada fama. Demasiado guapo. La vida es dura.

Había tenido intención de hacerla sonreír. Pero ella se limitó a mirarlo tan fijamente que se sintió incómodo.

—Es tu turno —dijo él con rapidez.

Ella se tomó tiempo mientras se comía el dónut. Dean sospechaba que estaba decidiendo qué contarle.

—Mi madre es Virginia Bailey —dijo—. Es probable que no hayas oído hablar nunca de ella, pero es muy famosa en temas relacionados con la paz.

—¿Relacionada con el pis*?

—Relacionados con la paz. Es activista.

—Mejor no te cuento lo que he llegado a imaginar.

—Ha recorrido todo el mundo, la han arrestado más veces de las que puedo contar, incluidas las dos veces que estuvo ingresada en una prisión de máxima seguridad por violar la entrada en zonas de misiles nucleares.

—Caramba.

—Y eso no es más que la punta del iceberg. Casi se muere en los años ochenta al declararse en huelga de hambre en protesta por la política estadounidense en Nicaragua. Más tarde, ignoró las sanciones de las Naciones Unidas para llevar medicamentos a Irak. —Castora se frotó el azúcar de los dedos con expresión distante—. Cuando los soldados americanos entraron en Bagdad en 2003, ella estaba allí con su grupo internacional de paz. En una mano sostenía un cartel de protesta. Con la otra, distribuía cantimploras para los soldados. Desde que puedo recordar, ha mantenido sus ingresos lo suficientemente bajos para no pagar el impuesto sobre la renta.

—Eso es como tirar piedras contra su propio tejado, ¿no?

—No puede soportar que su dinero se invierta en bombas. Puede que no esté de acuerdo con ella en un montón de cosas, pero creo que el gobierno debería permitir que cada uno eligiera en qué quiere invertir el dinero de sus impuestos. ¿No te gustaría que todos esos millones que le pagas al tío Sam se dedicaran a escuelas y hospitales en vez de a cabezas nucleares?

Pues sí. Campos de entrenamiento para jóvenes, un buen programa deportivo para los niños y operaciones LASIK de cirugía ocular para los árbitros de la NFL. Dean dejó su café en la mesa.

—Parece que es un todo un carácter.

—Dirás más bien que es una chiflada.

Era demasiado educado para mostrarse de acuerdo.

—Sin embargo, no lo es. Mi madre es como es, para bien o para mal. Ha sido nominada dos veces al premio Nobel de la Paz.

* En inglés «pis», *pee*, y «paz», *peace*, suenan muy parecido. *(N. de las T.)*

—Bueno, ahora sí que estoy impresionado. —Se reclinó en la silla—. ¿Y tu padre?

Ella mojó la punta de una servilleta de papel en un vaso de agua y se limpió el azúcar del dónut de los dedos.

—Se murió un mes antes de que yo naciera. Se le derrumbó un pozo que estaba cavando en El Salvador. No estaban casados.

Algo más que Castora y él tenían en común.

Hasta ahora, ella le había contado un montón de cosas, pero no le había revelado nada personal. Él estiró las piernas.

—¿Quién se encargó de ti mientras tu madre estaba salvando al mundo?

—Un puñado de personas bienintencionadas.

—No debe de haber sido agradable.

—No fue tan terrible. Eran hippies, profesores de universidad, trabajadores sociales. Nadie abusó de mí ni me maltrató. Cuando tenía trece años, estuve viviendo con una traficante de drogas en Houston, pero en defensa de mi madre debo decir que no tenía ni idea de que Luisa se dedicaba a eso, y salvo por aquel tiroteo en coche, me gustó vivir con ella.

Esperaba que Blue estuviera bromeando.

—Viví en Minnesota durante seis meses con un ministro luterano, pero, como mi madre es muy católica, la mayor parte del tiempo lo pasé con un grupo de monjas activistas.

Ella había tenido una infancia todavía más inestable que la suya. Ver para creer.

—Por suerte, los amigos de mi madre son muy buena gente. Aprendí un montón de cosas que la mayoría de los niños no suelen aprender.

—¿Como cuáles?

—Bueno..., sé latín y algo de griego. Sé hacer una pared, plantar un huerto orgánico, soy una excelente manitas y una cocinera fuera de serie. Apuesto lo que sea a que no puedes superar eso.

Él hablaba condenadamente bien en español y también era un buen manitas, pero no quería echarle a perder la diversión.

—Hice cuatro pases de *touchdown* con los Ohio State en la final de la copa universitaria, Rose Bowl.

—Supongo que harías revolotear el corazón de las princesitas de la universidad.

A Castora le gustaba burlarse de él, pero lo hacía tan abiertamente que no resultaba maliciosa. Algo extraño. Se terminó el café de golpe.

—Con tanto movimiento, seguir las clases en el colegio debió de ser todo un reto.

—Cuando eres siempre la recién llegada, acabas desarrollando ciertas habilidades.

—No lo dudo. —Empezaba a darse cuenta dónde se había originado esa actitud antagónica—. ¿Fuiste a la universidad?

—A una pequeña universidad de arte. Tenía una beca, pero lo dejé al segundo año. Bueno, es el lugar donde más tiempo he estado.

—¿Por qué te marchaste?

—Me gusta viajar. Nací para vagar, nene.

Lo dudaba. Castora no era así por naturaleza. De haber sido criada de manera diferente, estaría casada y dando clase en la guardería a sus propios hijos.

Dejó un billete de veinte dólares sobre la mesa y cuando no esperó la vuelta, ella reaccionó de manera previsible.

—¡Por dos tazas de café, un dónut y un bollo que no has terminado!

—Pues cómelo tú.

Ella cogió el bollo con rapidez. Mientras cruzaban el aparcamiento, él estudió los dibujos que le había hecho y se dio cuenta de que había salido ganando con el trato. Por un par de comidas y el alojamiento de una noche, había recibido material para la reflexión, ¿cuántas veces ocurría eso en su vida?

A medida que transcurría el día, Dean observó que Castora se sentía más inquieta. Cuando se detuvo para echar gasolina, ella salió disparada al baño, dejando en el coche el bolso negro de lona. Mientras llenaban el depósito, Dean no se lo pensó dos veces: se puso a registrarlo. Ignoró el móvil y un par de blocs, y fue directo a por la cartera. Contenía un carnet de conducir de Arizona —era cierto que tenía treinta años—, carnets de bibliotecas de Seattle y San Francisco, una tarjeta ATM, dieciocho dólares en efectivo y la foto de una mujer de mediana edad con apariencia delicada delante de un edificio en ruinas. Aunque era rubia, tenía los mismos rasgos delicados y menudos que Castora. Debía de ser Virginia Bailey. Registró más a fondo el bolso y sacó un talonario de cheques y dos cartillas de cuentas bancarias de un banco de Dallas. Cuatrocientos dólares en la primera y mucho más en la segunda. Castora tenía buenos ahorros, ¿por qué actuaba como si estuviera en la ruina?

Ella regresó al coche. Él metió todo de nuevo en el bolso, lo cerró y se lo entregó.

—Estaba buscando caramelos.

—¿En mi cartera?

—¿Cómo ibas a tener caramelos en la cartera?

—¡Estabas registrándome el bolso! —Por la expresión de su cara dedujo que fisgonear no era algo que la molestara mientras no fuera ella el objetivo. Un dato a tener en cuenta para no perder de vista su propia cartera.

—Prada hace bolsos —le dijo mientras se alejaban de la gasolinera en dirección a la interestatal—. Gucci hace bolsos. Eso que tú llevas parece una de esas cosas que regalan cuando uno se compra un calendario de tías.

Ella saltó indignada.

—No puedo creer que estuvieras registrándome el bolso.

—Y yo no puedo creer que dejaras que te pagara la habitación de hotel ayer por la noche. No es que estés precisamente en la ruina.

El silencio fue su única respuesta. Ella se volvió a mirar por la ventanilla. Su pequeña estatura, los hombros estrechos, los delicados codos que surgían de las mangas de la enorme camiseta negra... todos esos signos de fragilidad deberían haber despertado los instintos protectores de Dean. No lo hicieron.

—Alguien me vació las cuentas hace tres días —dijo ella sin aspavientos—. Por eso estoy ahora en la ruina.

—Deja que adivine. Monty, la serpiente.

Ella se tiró distraídamente de la oreja.

—Así es. Monty, la serpiente.

Estaba mintiendo. Blue no había dicho ni una palabra sobre las cuentas bancarias cuando había atacado a Monty el día anterior. Pero por la triste expresión de su cara estaba claro que alguien le había robado. Castora necesitaba algo más que transporte. Necesitaba dinero.

Dean se sentía orgulloso de ser el tío más generoso del mundo. Trataba a las mujeres con las que salía como si fueran reinas y les hacía buenos regalos cuando su relación terminaba. Nunca había sido infiel y era un amante desinteresado. Pero el antagonismo de Blue reprimía su tendencia natural a abrir la cartera. Le dirigió una mirada a su cabello revuelto y a esa pobre excusa de ropa. No era precisamente una mujer imponente, y bajo circunstancias normales, jamás se habría fijado en ella. Pero la noche anterior, ella había levantado una señal de stop bien grande y el juego había comenzado.

—¿Y qué vas a hacer? —le preguntó.

—Bueno... —Blue se mordisqueó el labio inferior—. La verdad es que no conozco a nadie en Kansas City, pero tengo una compañera de universidad que vive en Nashville. Y ya que vas a pasar por allí...

—¿Quieres que te lleve a Nashville? —Lo hacía parecer como si le hubiera pedido que la llevara a la luna.

—Si no te importa...

No le importaba lo más mínimo.

—No sé. Nashville está muy lejos, y tendría que pagarte las comidas y otra habitación de hotel. A menos que...

—¡No pienso acostarme contigo!

Él le dirigió una sonrisa perezosa.

—¿Es que sólo piensas en el sexo? No pretendo lastimar tus sentimientos, pero, francamente, te hace parecer bastante desesperada.

Era un truco demasiado manido, y ella se negó a morder el anzuelo. Así que se puso unas gafas de sol baratas de aviador que le hacían parecer Bo Peep a punto de pilotar un F-18.

—Tú sólo conduce y sigue tan guapo como siempre —dijo ella—. No hay necesidad de que te exprimas el cerebro dándome conversación.

Tenía más temple que ninguna mujer que hubiera conocido.

—La cosa es, Blue, que no soy sólo una cara bonita, también soy un hombre de negocios, con lo cual espero ver los frutos de mi inversión. —Debería sentirse tan jodidamente ofendido como sonaba, pero en realidad estaba disfrutando demasiado.

—Tienes un retrato original de Blue Bailey —dijo ella—. También tienes un vigilante para tu coche y una guardaespaldas que alejará a tus admiradores. Honestamente, debería cobrarte. Creo que lo haré. Doscientos dólares hasta llegar a Nashville.

Antes de que él pudiera soltarle lo que pensaba de esa idea, SafeNet los interrumpió.

—*Hola Boo, soy Steph.*

Blue se inclinó hacia el micrófono.

—*Boo*, demonios. ¿Qué has hecho con mis bragas?

Se hizo un largo silencio. Dean la miró furioso.

—Ahora no puedo hablar, Steph. Estoy oyendo un audiobook, y estaban a punto de matar a alguien a puñaladas.

Castora se bajó un poco las gafas mientras él desconectaba la conexión y lo miró burlona por encima de la montura.

—Lo siento. Estaba aburrida.

Él arqueó una ceja. La tenía a su merced, pero se negaba a ceder. Intrigante.

Dean subió el volumen de la radio y tarareó una canción de Gin Blossoms mientras llevaba el ritmo con la mano sobre el volante. Blue, sin embargo, permanecía perdida en su mundo. Ni siquiera protestó cuando él cambió de emisora después de que Jack Patriot hiciera su aparición cantando «¿Por qué no sonreír?»

Blue apenas oía la radio de fondo. Estaba tan fuera de su elemento con Dean Robillard que perfectamente podrían estar en universos diferentes. El truco consistía en que él no se diera cuenta de que ella lo sabía. Se preguntó cómo se habría tomado la mentira sobre Monty y las cuentas bancarias. Él no había demostrado reacción alguna, así que era difícil saberlo, pero ella no podía soportar que supiera que su madre era la responsable.

Virginia era la única pariente de Blue, así que era normal que hubiera puesto sus cuentas a nombre de las dos. Su madre sería la última persona capaz de robarle. Virginia era feliz comprando sus ropas en el Ejército de Salvación y durmiendo en los sofás de los amigos cuando estaba en Estados Unidos. Sólo una crisis humanitaria de proporciones épicas podría haber hecho que cogiera el dinero de Blue.

Blue había descubierto el robo el viernes, hacía tres días, cuando había intentado usar la tarjeta en un cajero automático. Virginia le había dejado un mensaje en el buzón de voz.

«Cariño, sólo tengo unos minutos. Te cogí el dinero de las cuentas. Te escribiré tan pronto como te lo pueda explicar todo.» Su madre rara vez perdía el control, pero la voz dulce y suave de Virginia se había quebrado. «Perdóname, cariño. Estoy en Colombia. Un grupo de chicas con las que he estado trabajando fue secuestrado ayer por una de esas bandas armadas. Serán violadas y forzadas a convertirse en asesinas como ellos. Yo... no puedo dejar que eso ocurra. Puedo comprar su libertad con tu dinero. Ya sé que esto es un abuso de confianza imperdonable por mi parte, cariño, pero tú eres fuerte y ellas no. Por favor, perdóname y... y recuerda cuánto te quiero.»

Blue miraba sin ver el paisaje llano de Kansas. No se había sentido tan indefensa desde que era niña. El dinero que le había proporcionado la única seguridad que nunca antes había conocido se había convertido en el pago de un rescate. ¿Cómo podría empezar de nuevo con tan sólo dieciocho dólares en la cartera? Ni siquiera le llegaba para pagarse unos nuevos folletos publicitarios. Se sentiría mejor si pudiera desahogarse con Virginia y gritarle, pero su madre no tenía teléfono. Si necesitaba uno, sencillamente lo pedía prestado.

«Tú eres fuerte y ellas no.» Blue había crecido oyendo cosas como ésas. «Tú no tienes que vivir con miedo. Tú puedes hacer lo que quieras. Tú no tienes por qué preocuparte de que los soldados fuercen la entrada de tu casa y te lleven a prisión.»

Blue tampoco tenía que preocuparse de que los soldados le hicieran cosas mucho peores que ésa.

Nunca pensaba en lo que su madre había tenido que soportar en una prisión centroamericana. Su dulce y amable madre había sido víctima de lo indecible, pero se había negado a vivir con odio. Todas las noches rezaba por las almas de los hombres que la habían violado.

Blue miró a Dean desde el asiento del pasajero, un hombre para el que ser irresistible era una forma de vida. Lo necesitaba en ese momento, y puede que no haber caído directamente a sus pies fuera un elemento a su favor, aunque uno muy frágil. Todo lo que tenía que hacer era mantenerlo interesado, y al mismo tiempo no perder la ropa hasta llegar a Nashville.

En el área de descanso de una carretera al oeste de San Luis, Dean observaba cómo Blue llamaba por el móvil mientras se apoyaba en una mesa. Le había dicho que iba a llamar a su antigua compañera de universidad de Nashville para quedar con ella al día siguiente, pero acababa de patear una parrilla y luego había cerrado de golpe el teléfono antes de meterlo en el bolso. Se sintió animado. El juego no había acabado después de todo.

Algunas horas atrás había cometido el error de contestar la llamada de Ronde Frazier, un viejo compañero de equipo que vivía en San Luis. Ronde había insistido en que se reunieran esa noche con otros jugadores que vivían en esa zona. Como Ronde le había cubierto las espaldas durante cinco temporadas, no podía negarse a ir, aunque eso echara a perder sus planes con Blue. Pero parecía que las cosas no se estaban resolviendo de la manera que ella quería. Él se percató de su expresión malhumorada y de cómo volvía con renuencia hacia él.

—¿Algún problema? —dijo él.

—No. Ninguno. —Agarró la manilla de la puerta y luego dejó caer la mano—. Bueno, puede, pero no tiene importancia. Nada que no pueda resolver.

—¿Crees que has resuelto bien las cosas hasta ahora?

—Podrías apoyarme de vez en cuando. —Abrió con fuerza la puerta del coche y lo miró por encima del techo—. Tiene el teléfono desconectado. Al parecer, se mudó, pero no me lo dijo.

La vida le acababa de brindar una nueva oportunidad. Era asombroso lo que lo satisfacía tener a una mujer como Blue Bailey a su merced.

—Lamento oír eso —dijo él con aparente sinceridad—. ¿Qué vas a hacer ahora?

—Ya pensaré algo.

Cuando se incorporó a la interestatal, decidió que era una pena que la señora O'Hara no le respondiera al teléfono o podría haberle dicho que iba de camino a la granja y que llevaba consigo a su primer invitado.

—He estado considerando todos tus problemas, Blue. —Adelantó a toda velocidad a un descapotable rojo—. Esto es lo que he pensado...

4

April Robillard cerró su correo electrónico. ¿Qué diría Dean si conociera la verdadera identidad de su ama de llaves? Ni siquiera quería pensar en ello.

—Quieres que conectemos el horno, ¿no, Susan?

«No, tío, quiero que conectes los geranios y freír el jardín.»

—Sí, conéctalo tan pronto como puedas.

Pasó por encima de los restos del empapelado que los pintores habían quitado de las paredes de la cocina. Cody, que era más joven que su hijo, no era el único de los trabajadores que inventaba excusas para hablar con ella. Puede que tuviera cincuenta y dos años, pero los chicos no lo sabían y revoloteaban a su alrededor como si ella fuera un potente generador de vibraciones sexuales. Pobres chicos. Ella ya no se entregaba con tanta facilidad.

Cogió su iPod para ahogar el ruido de las obras con rock, pero antes de poder ponerse los auriculares, Sam, el carpintero, asomó la cabeza por la puerta de la cocina.

—Susan, ven a revisar los cuartos de baño de la primera planta. Dime si te parece bien cómo quedan los extractores de aire.

Ya había revisado los extractores de aire esa misma mañana con él, pero aun así lo siguió por el vestíbulo, sorteando un compresor y un montón de telas. La casa se había edificado a principios del siglo XIX y la habían rehabilitado en los años setenta, época en la que habían hecho las instalaciones de fontanería, electricidad y aire acondicionado. Por desgracia esa modernización había incluido también un cuarto de baño con los azulejos en color verde aguacate y la pobre decoración de la cocina: parquet barato y suelos de vinilo en color dorado que ahora estaban sucios y agrietados por el uso. Durante los últimos dos meses, se había dedicado a modificar esos errores y a restaurar el lugar tal como debería ser, una granja tradicional lujosamente modernizada.

El brillante sol de primera hora de la tarde se filtraba a través de las nuevas vidrieras, iluminando las partículas de polvo que flotaban en el aire, pero lo peor de la reforma ya había terminado. Sus sandalias de tacón con pedrería repicaron en el suelo de madera del vestíbulo. Sus brazaletes tintinearon. Incluso en medio de toda esa suciedad y desorden, le gustaba vestir con elegancia.

A la derecha había un comedor que una vez había sido una sala, y a la izquierda había una sala recientemente añadida. El porche y la casa de piedra estaban construidos en estilo federal, pero los añadidos posteriores en otros estilos habían dado como resultado una mezcolanza. Y ella había mandado tirar algunas paredes para que la casa resultara más espaciosa.

—Para largas duchas, se necesita un buen extractor que elimine el vapor —dijo Sam.

A Dean le gustaba tomar largas duchas calientes. O por lo menos eso recordaba de su adolescencia, aunque por lo poco que sabía de él, muy bien podría haberse convertido en uno de esos hombres que se daban duchas cortas y se vestían en cinco minutos. Era doloroso no conocer apenas nada de su único hijo, pero a esas alturas ya debería estar acostumbrada.

Varias horas más tarde April logró escabullirse lejos del ruido. Cuando salió por la puerta lateral, aspiró el aroma de esa tarde de finales de mayo. La brisa traía el olor a abono de una granja cercana junto con la fragancia de la madreselva que crecía al borde del camino que conducía a la granja. Se abrió paso entre las azucenas crecidas, los descuidados arbustos de peonías y los enmarañados rosales que seguramente habían sido plantados por las abnegadas campesinas demasiado ocupadas con el cultivo de las judías y el maíz que mantendrían a su familia hasta el final del invierno, como para encima tener que preocuparse por las plantas decorativas.

Se detuvo un momento para examinar el huerto donde ahora crecían las malas hierbas y que años antes estaba distribuido en cuadrados sin sentido comunes en las casas rurales. Más allá, en la parte trasera de la casa, se había despejado una amplia zona donde los carpinteros pronto comenzarían a levantar un porche cerrado. En una de las esquinas, había escrito las iniciales A R en letra pequeña, como una prueba fehaciente de que ella había estado allí. Uno de los pintores de la planta superior la miró desde la ventana. Ella se apartó el pelo rubio de la cara y se apresuró a atravesar la vieja verja de hierro antes de que alguien intentase detenerla con más preguntas innecesarias.

La granja, que se conocía con el nombre de granja Callaway, se asentaba en un suave valle rodeado de colinas. En otros tiempos había sido una próspera granja de caballos, pero ahora los únicos animales que vagaban por los setenta y cinco acres de la propiedad eran venados, ardillas, mapaches y coyotes. La finca, que contaba con pastos y bosques, también poseía un granero, una casita de invitados y un estanque que se nutría de las lluvias primaverales. Una vieja parra, crecida y abandonada como todo lo demás, marcaba el final del camino adoquinado. Había un banco de madera que había sido utilizado por Wilma Callaway, la última ocupante de la granja, para sentarse a descansar al acabar la larga jornada. Wilma había muerto el año anterior con noventa y un años. Dean le había comprado la granja a un pariente lejano.

April conocía detalles de la vida de su hijo a través de una complicada red de contactos. Así era como se había enterado de que él tenía intención de contratar a alguien para que supervisara la restauración de la casa. Casi al instante había sabido lo que tenía que hacer. Después de tantos años por fin podría crear un hogar para su hijo. Dejar sus obligaciones en Los Ángeles había sido complicado, pero trasladar su trabajo había sido sorprendentemente fácil. Elaboró un currículo con referencias falsas. Se compró una falda y un suéter en Talbots y se hizo con una diadema para recogerse su largo pelo rubio. Luego inventó una historia que explicara su presencia en el este de Tennessee. La administradora de Dean la contrató a los diez minutos.

April mantenía una relación de amor odio con la conservadora mujer que había creado para ocultar su identidad. Susan O'Hara era una viuda que no necesitaba la ayuda de nadie. Era una mujer pobre, pero valiente, sin más habilidades que las de sacar adelante una familia, llevar las cuentas de la casa, enseñar en la escuela dominical o ayudar a su difunto marido a rehabilitar casas.

Sin embargo, las ropas conservadoras de Susan eran otro tema. El primer día de April en Garrison, había decidido que la viuda sería una mujer nueva y vibrante, y había renovado todo su vestuario. A April le encantaba mezclar todo tipo de ropa, la última moda con la de otras temporadas y ropa de diseño con modelos de tiendas más económicas. La semana anterior había ido al pueblo con un top de Gaultier y unos chinos de Banana Republic. Ese mismo día, se había puesto una camiseta marrón oscuro de Janis Joplin, unos pantalones agujereados de color jengibre y unas sandalias de tacón con pedrería.

Tomó el camino que llevaba al bosque. Comenzaban a florecer las violetas blancas y las alegrías. Poco después vio el reflejo del sol en la ondulada superficie del estanque a través de las azaleas y los laureles. Llegó a su lugar favorito junto a la orilla y se quitó las sandalias. Al otro lado del estanque, al alcance de la vista, estaba la vieja casita de invitados donde se había instalado.

Se sentó en el césped y se rodeó las rodillas con los brazos. Tarde o temprano, Dean descubriría su engaño y en ese momento acabaría todo. No le gritaría. Gritar no era su estilo. Pero su evidente desprecio sería peor que cualquier grito o palabra. Ojalá pudiera terminar la casa antes de que él descubriera su charada. Puede que cuando él llegara a su nueva casa notara al menos un poco de lo que ella quería dejar tras de sí... amor y pena.

Por desgracia, Dean no creía demasiado en la redención. Ella llevaba limpia diez años, pero las cicatrices eran demasiado profundas para que la perdonara. Cicatrices que ella misma había causado. April Robillard, la reina de las *groupies,* la chica que sabía cómo divertirse, pero no cómo ser madre.

«Deja de hablar así de ti misma —le decía su amiga Charli cada vez que se acordaban de los viejos tiempos—. No has sido nunca una *groupie*, April. Tú has sido una musa.»

Es lo que se decían a ellas mismas. Tal vez para algunas había sido cierto. Tantas mujeres fabulosas: Anita Pallenberg, Marianne Faithfull, Angie Bowie, Bebe Buell, Lori Maddox y... April Robillard. Anita y Marianne habían sido las novias de Keith y Mick: Angie estuvo casada con David Bowie; Bebe se lió con Steven Tyler; Lori con Jimmy Page. Y durante más de un año, April había sido la amante de Jack Patriot. Todas eran hermosas y más que capaces de labrarse un lugar en el mundo. Pero habían amado a esos hombres más de lo debido. A los hombres y a la música que hacían. Esas mujeres ofrecían consejo y amistad. Adulaban sus egos, acariciaban sus frentes, pasaban por alto sus infidelidades, y les ofrecían sexo. Más rock, por favor.

«No eras una *groupie*, April. Fíjate a cuántos rechazaste.»

April había rechazado a muchos hombres, a los que no le gustaban, no importaba su fama ni su lugar en las listas. Pero había acosado a los que sí deseaba, había estado dispuesta a compartir sus drogas, sus ataques de furia; a compartirlos con otras mujeres.

«Eras su musa y...»

Pero una musa tenía poder. Una musa no desperdiciaba los años de su vida entre alcohol, marihuana, peyote, mescalina y, finalmente, cocaína. Pero sobre todo, una musa no tenía que preocuparse por corromper a un niño al que prácticamente había abandonado.

Era demasiado tarde para arreglar lo que le había hecho a Dean, pero por lo menos podía hacer esto. Restaurar su casa y luego desaparecer otra vez de su vida.

April descansó la frente en las rodillas y dejó que la música la inundara.

¿Recuerdas cuando éramos jóvenes
y vivíamos cada sueño como si fuera el primero?
Cariño, ¿por qué no sonreír?

La granja era parte del valle. Dean y Blue llegaron al atardecer, cuando los últimos rayos de sol teñían las nubes de un tono entre naranja y amarillo y las colinas circundantes se llenaban de sombras como si fueran los volantes de la falda de una bailarina de cancán. Un camino curvo y lleno de baches conducía a la casa. Cuando Blue la tuvo ante sus ojos, todas las preocupaciones desaparecieron de su mente.

La casa grande y deteriorada por el tiempo hablaba de las raíces de América; de sembrar y cosechar, del pavo del Día de Acción de Gracias y de la limonada del Cuatro de Julio, de campesinas desgranando guisantes en cacerolas blancas, y de hombres sacudiéndose las botas llenas de barro en la puerta trasera antes de entrar. La parte más antigua y extensa de la casa estaba construida en piedra con un amplio porche delantero y ventanas de guillotina. Había un añadido posterior de madera a la derecha. El tejado bajo tenía aleros, chimeneas y tejas. No había sido una granja pobre, sino una muy próspera.

Blue dirigió la mirada a los enormes árboles y al patio con la hierba crecida, al granero, a los campos y los pastos. No podía imaginar a una estrella de la gran ciudad como Dean viviendo allí. Lo observó dirigirse al granero con largas zancadas, con la gracia de un hombre a gusto con su cuerpo, luego volvió a centrar la atención en la casa.

Le hubiera gustado llegar allí en unas circunstancias diferentes para poder disfrutar de ese lugar, pero el aislamiento de la granja hacía la situación más difícil. Quizá podría encontrar trabajo en una de las cuadrillas de la casa. O buscar algo en el pueblo cercano, aunque aquel lugar no era más que un punto en el mapa. Bueno, sólo necesitaba unos cientos de dólares. En cuanto los tuviera, se dirigiría a Nashville, buscaría una habitación barata, imprimiría unos cuantos folletos y empezaría una vez más. Pero lo primero y más importante era conseguir que Dean la dejara quedarse allí mientras volvía a reconstruir su vida.

No se hacía ilusiones sobre por qué la había llevado a la granja. Suponía que al no lograr quitarle la ropa la primera noche, ella se había convertido en un reto para él..., un reto que olvidaría en cuanto una de las bellezas locales llamara su atención. En definitiva, tenía que encontrar la manera de ser útil para él.

Justo en ese momento, se abrió la puerta principal y salió una de las más asombrosas criaturas que Blue hubiera visto nunca. Una amazona alta y delgada, con una cara llamativa, cuadrada y alargada, y una larga melena rubia con un corte en capas. A Blue le recordó las fotos de las grandes modelos del pasado, mujeres que estaban de moda en los años sesenta y setenta como Verushka, Jean Shrimpton o Fleur Savagar. Esta mujer tenía una presencia similar. Los ojos azules humo llamaban la atención en esa cara con la mandíbula cuadrada, casi masculina. Cuando la mujer llegó al escalón superior, Blue vio las débiles líneas que rodeaban esa boca ancha y sensual, y se dio cuenta de que no era tan joven como había pensado al principio, aparentaba algo más de cuarenta años.

Los ceñidos vaqueros dejaban a la vista los huesos de las caderas, afilados como cuchillas. Los estratégicos rasgones de los muslos y las rodillas no eran fruto del desgaste, sino del ojo calculador de un diseñador. Unos hilos plateados ribeteaban los tirantes de ante de un suéter de ganchillo en color melón. Las sandalias de cuero tenían adornos de flores. Su apariencia era a la vez descuidada y elegante. ¿Sería modelo?, ¿actriz? Era probable que fuera una de las novias de Dean. Con esa espectacular belleza, la diferencia de edad era poco significativa. Aunque a Blue no le interesaba la moda, en ese momento fue muy consciente de sus abolsados vaqueros y su enorme camiseta, y de su cabello despeinado que necesitaba con urgencia un buen corte.

La mujer miró al Vanquish y curvó su amplia boca pintada de carmín en una sonrisa.

—¿Está perdida?

Blue intentó ganar tiempo.

—Bueno, sé donde me encuentro desde el punto de vista geográfico, pero, francamente, mi vida ahora mismo es un desastre.

La mujer se rio, fue un sonido bajo y ronco. Había algo familiar en ella.

—Sé lo que quiere decir. —Bajó las escaleras y la sensación de familiaridad se incrementó—. Soy Susan O'Hara.

¿Esa criatura sexy y exótica era la misteriosa ama de llaves de Dean? No se lo podía creer.

—Soy Blue.

—Caramba. Espero que sea algo pasajero.

Blue lo supo en ese mismo momento. Mierda. Esa mandíbula cuadrada, esos ojos gris azulado, esa mente rápida y esa... mierda, mierda.

—Mi nombre es Blue Bailey —acertó a decir—. Tenían un... ah... mal día en Angola el día que nací.

La mujer la miró con interés.

Blue hizo un gesto ambiguo con la mano.

—Y en Sudáfrica.

Se oyó los pasos de unas botas en la grava.

Cuando la mujer se giró, la luz del atardecer hizo brillar los mechones dorados de su cabello. Abrió los labios rojos, y aparecieron unas arruguitas alrededor de los ojos. Los pasos se detuvieron bruscamente, y la silueta de Dean se recortó contra el granero, con las piernas abiertas y los brazos en jarras. La mujer podría haber sido su hermana. Pero no lo era. Ni siquiera era su novia si iba a eso. La mujer que poseía esos afligidos ojos azules como el océano era la madre de la que él había hablado con tanta brusquedad esa misma mañana, cuando Blue le había preguntado por su familia.

Él se detuvo sólo un instante, y luego sus botas perforaron la tierra. Ignorando el camino de adoquines desparejos como dientes rotos, cruzó por la hierba demasiado crecida.

—La jodida señora O'Hara.

Blue se quedó pasmada. No podía imaginarse a sí misma llamando a su madre con esa fea palabra, no importaba lo enfadada que estuviera con ella. Aunque su madre era inmune a los ataques verbales.

Esa mujer no lo era. Se llevó la mano a la garganta y la luz se reflejó en los brazaletes de sus muñecas y en los tres delicados anillos de plata de sus dedos. Pasaron unos segundos. Se dio la vuelta y entró en la casa sin decir nada.

El deslumbrante encanto que Dean desplegaba tan hábilmente había desaparecido. Parecía duro y distante. Sabía que necesitaba privacidad, pero ahora no era momento de eso.

—Si fuera lesbiana —dijo Blue para romper la tensión—, intentaría ligármela.

La mirada atormentada de Dean fue sustituida por el enfado.

—Gracias por nada.

—Sólo estoy siendo sincera. Y yo que creía que mi madre llamaba mucho la atención.

—¿Cómo sabes que es mi madre? ¿Te lo ha dicho ella?

—No, pero el parecido es tan evidente que es difícil equivocarse, aunque debía de tener unos doce años cuando te tuvo.

—El parecido es sólo superficial, te lo aseguro. —Subió las escaleras y se dirigió a la puerta principal.

—Dean...

Pero ya había desaparecido.

Blue no compartía la intolerancia de su madre contra la violencia —no había más que acordarse del reciente contratiempo con Monty—, pero la idea de que esa exótica criatura de ojos heridos fuera una víctima le molestaba, y lo siguió al interior de la casa.

Las pruebas de la restauración estaban por todas partes. Había una escalera con el pasamanos sin terminar a la derecha, justo al lado de una gran abertura cubierta de plástico que debía de conducir a la sala de la casa. A la izquierda, detrás de unos caballetes, estaba el comedor. El olor a pintura y a madera nueva lo invadía todo, pero Dean estaba demasiado concentrado en encontrar a su madre para notar los cambios.

—Créeme —dijo Blue—, comprendo mejor que nadie lo que significa tener problemas graves con tu madre, pero ahora no creo que sea el mejor momento para tratar el tema. ¿Podríamos hablarlo antes?

—Ni hablar. —Apartando el plástico a un lado, miró con atención la sala al tiempo que se oían unos pasos en el piso de arriba. Se dirigió hacia las escaleras.

Blue sabía que aquello no era asunto suyo, pero en vez de hacerse a un lado y dejar que él resolviera sus problemas a su manera, lo siguió.

—Sólo digo que creo que necesitas calmarte un poco antes de hablar con ella.

—Lárgate.

Dean ya había alcanzado el piso superior con Blue pisándole los talones. El olor a pintura era todavía más fuerte arriba. Ella se asomó por un lado de su ancha espalda para poder ver el pasillo de forma irregular. No había ni una puerta, pero, a diferencia del primer piso, esta zona ya había sido pintada, habían colocados las nuevas tomas de corriente para los apliques de pared y habían pulido los viejos tablones del suelo. Por encima del hombro de Dean, Blue vislumbró un baño que había sido restaurado con azulejos blancos, un friso de madera, y un lavabo antiguo con grifería de cobre.

La madre de Dean apareció por el recodo del pasillo llevando en la mano un bolso plateado lleno de papeles.

—No lo lamento —lo miró a los ojos con actitud desafiante—. He trabajado más que cualquier ama de llaves corriente.

—Te quiero fuera de aquí —dijo él con una voz fría y acerada que provocó en Blue una mueca de desagrado.

—En cuanto lo deje todo arreglado.

—Ahora. —Avanzó un paso más por el pasillo—. Esto es una chorrada incluso para ti.

—He hecho un buen trabajo.

—Recoge tus cosas.

—No puedo irme ahora. Mañana vendrán los carpinteros a rematar la cocina. Y los electricistas y los pintores. No harán nada si no estoy aquí.

—Ése es problema mío —le espetó.

—Dean, no seas estúpido. Me hospedo en la casita de invitados. Ni siquiera sabrás que estoy aquí.

—No podrías pasar desapercibida ni aunque lo intentaras. Ahora recoge tus cosas y vete de aquí. —Pasó junto a Blue y se dirigió a las escaleras.

La mujer lo siguió con la mirada. Mantenía la cabeza alta y los hombros rectos, pero de repente la situación pareció superarla. El bolso se le cayó de las manos. Se inclinó para recogerlo y al momento estaba sentada en el suelo con la espalda apoyada en la pared. No hizo nada dramático como llorar, pero parecía tan triste que a Blue se le partió el corazón.

La mujer se rodeó las rodillas con los brazos, los anillos de plata brillaron en los delgados dedos.

—Quería crear un hogar para él. Aunque sólo fuera una vez.

La madre de Blue nunca habría pensado en nada así. Virginia Bailey dominaba a la perfección los tratados de desarme nuclear y los acuerdos económicos internacionales, pero no sabía nada sobre crear hogares.

—¿No te parece que ya es mayorcito para hacerlo él sólo? —le dijo Blue con suavidad.

—Sí. Ya es todo un hombrecito. —Las puntas desfiladas de su pelo caían sobre el encaje de ganchillo del suéter—. Pero no soy una persona horrible. Ya no.

—No me pareces horrible.

—Supongo que piensas que no debería haber hecho esto, pero, como puedes ver, no tenía nada que perder.

—Bueno, ocultar tu identidad no es precisamente la mejor manera de lograr una reconciliación. Si es eso lo que andas buscando.

La mujer acercó más las rodillas al pecho.

—Es demasiado tarde para eso. Sólo quería que tuviera un buen hogar en este lugar, luego me marcharía antes de que él descubriera quién era realmente la señora O'Hara. —Con una risita avergonzada, levantó la cabeza—. Soy April Robillard. Aún no me había presentado. Esto debe ser muy embarazoso para ti.

—No tanto como debiera. Siento una malsana curiosidad por la vida de otras personas. —Observó que las pálidas mejillas de April recuperaban algo de color, así que siguió hablando—. Lo cierto es que aunque no compre las revistas del corazón, si entro en una lavandería y veo una, me abalanzo sobre ella.

April soltó una risa temblorosa.

—A todos nos gusta cotillear sobre la vida de otras personas, ¿verdad?

Blue sonrió.

—¿Quieres que te traiga algo de beber? ¿Una taza de té? ¿Un refresco?

—Preferiría que te quedaras aquí conmigo y me hicieras compañía un rato? Echo de menos hablar con mujeres. Los hombres que trabajan aquí son buena gente, pero no dejan de ser hombres.

Blue tuvo la impresión de que April no pedía nada con facilidad. La entendía. El olor de la madera recién cortada subía por las escaleras cuando se sentó en el suelo enfrente de April y buscó un tema neutral.

—Me encanta lo que has hecho aquí.

—Intenté rescatar la esencia de la casa sin que por ello dejara de ser cómoda. Dean es muy inquieto. Quería que aquí pudiera relajarse. —Soltó una risita ahogada—. Supongo que lo único que he conseguido es todo lo contrario.

—Dean es muy exigente.

—Lo heredó de mí.

Blue pasó las manos por las viejas tablas del suelo, ahora pulidas. Bajo la luz del sol, brillaban como la miel.

—Has hecho un buen trabajo.

—Me he divertido haciéndolo. Deberías haber visto cómo estaba todo cuando llegué.

—Cuéntamelo —dijo Blue.

April le describió lo que se había encontrado al llegar y qué cambios había hecho. Cuando hablaba, el amor que sentía por la casa rezumaba por todos sus poros.

—Casi hemos terminado aquí arriba, aunque abajo aún quedan bastantes cosas por arreglar. Hemos colocado las camas, y poco más. Pensaba asistir a las subastas que se celebran en las granjas de los alrededores para completar el mobiliario que ya ha comprado Dean.

—¿Dónde están las puertas?

—Las están puliendo y pintando. No podía permitir que se pusieran unas nuevas.

Escaleras abajo se abrió la puerta principal. La mirada de April se ensombreció y se puso de pie con rapidez. Blue tenía que dejarlos a solas, así que también se levantó.

—Tengo que llamar al contratista —dijo April mientras Dean subía las escaleras.

—No te molestes. Ya me ocuparé yo.

April apretó los dientes.

—Está hablando alguien que nunca ha restaurado una casa.

—Creo que lo podré manejar —dijo él con firmeza—. Si tengo alguna pregunta no dudaré en mandarte un correo electrónico.

—Necesito una semana para dejarlo todo organizado antes de irme.

—Olvídalo. Quiero que mañana por la mañana estés fuera de aquí. —Apoyó el pie en el escalón superior bloqueando la salida de Blue. Miró fríamente a los ojos de su madre—. Te he reservado habitación en el Hermitage de Nashville. Si quieres quedarte unos días más, puedes cargarlo a mi cuenta.

—No puedo irme tan pronto. Hay demasiado en juego.

—Tienes toda la noche para organizarte.

Con toda deliberación le dio la espalda para inspeccionar el cuarto de baño.

Por primera vez la súplica asomó a la voz de April.

—No puedo abandonar el trabajo, Dean. No cuando he invertido tanto tiempo en él.

—Mira, eres toda una experta en eso de abandonarlo todo sin pensártelo dos veces. ¿No te acuerdas de cómo era? Que llegaban los Stone. Tú te largabas. Que Van Halen tocaba en el Madison Square Garden. Allá voy, Gran Manzana. Quiero verte fuera de aquí mañana por la noche.

Blue observó cómo April alzaba la barbilla. Era una mujer alta, pero aun así tuvo que levantar la vista para mirarlo.

—No me gusta conducir de noche.

—Solías decirme que la noche era el mejor momento para viajar por la carretera.

—Sí, pero estaba drogada.

Fue una respuesta tan sincera que Blue no pudo más que sentir un poco de admiración.

—Los buenos tiempos pasados. —Dean esbozó una mueca de desagrado y se giró para bajar las escaleras.

April le siguió, clavando la mirada en su nuca, mientras se desvanecían sus ganas de discutir.

—Una semana, Dean. Sólo eso. ¿Es mucho pedir?

—Nunca nos pedimos nada el uno al otro, ¿recuerdas? Caramba, claro que te acuerdas. Si fuiste tú quien me lo enseñó.

—Deja que finalice el trabajo.

Blue observó desde lo alto de las escaleras cómo April trataba de agarrarle el brazo, solo para dejar caer la mano sin haberlo tocado. El hecho de que no se atreviese a tocar a su propio hijo entristeció a Blue de una manera imposible de explicar.

—La casita está fuera de la vista de la casa. —April se puso delante de él, obligándolo a mirarla—. Estaré con los hombres durante el día. Me mantendré fuera de tu camino. Por favor. —Alzó la barbilla otra vez—. Esto significa mucho para mí.

Dean se mantuvo impertérrito a sus súplicas.

—Si necesitas dinero, te enviaré un cheque.

Las fosas nasales de April se ensancharon.

—Sabes de sobra que no necesito dinero.

—Entonces supongo que no tenemos nada más que decirnos.

April comprendió que estaba derrotada y se metió las temblorosas manos en los bolsillos de los vaqueros.

—Claro. Disfruta del lugar.

A Blue se le partía el corazón ver de qué manera se aferraba April a su dignidad. A la vez que se decía a sí misma que esto no era asunto suyo, unas palabras, imprevistas e imprudentes, escaparon de su boca.

—Dean, tu madre se está muriendo.

5

April abrió la boca en estado de shock. Dean se quedó petrificado.

—¿De qué estás hablando?

Blue lo había dicho en sentido figurado —ciertamente, April se estaba muriendo por dentro—, pero Dean se lo había tomado al pie de la letra. No debería haber abierto la boca. Pero, honestamente, ¿acaso podían empeorar más las cosas?

Blue bajó lentamente la escalera.

—Tu madre... esto... el médico... —intentó arreglarlo—. Tiene un soplo en el corazón. Tu madre se está muriendo, pero no quería decírtelo.

April agrandó sus ojos azules.

Blue llegó abajo y se agarró a la barandilla del pasamanos. Bueno, quizá se le había ido un poco la mano, pero en lo que concernía a las relaciones maternas, se sentía demasiado implicada para comportarse de manera responsable.

El rostro de Dean había adquirido un tono ceniciento. Miró a su madre.

—¿Es cierto?

April movió los labios, pero no emitió ningún sonido. Blue apretó la barandilla con más fuerza. Finalmente, April salió de su estupor y tragó saliva.

—Puede... que no sea tan grave.

—Pero los médicos no se arriesgan a dar un diagnóstico favorable —dijo Blue con rapidez.

Dean le dirigió a Blue una dura mirada.

—¿Y tú cómo lo sabes?

75

Buena pregunta.

—Tu madre no tenía intención de contármelo, pero tuvo un pequeño desvanecimiento allá arriba.

April se sintió ofendida.

—No tuve un desvanecimiento. Ni pequeño ni grande. Sólo me sentí algo indispuesta.

Blue la miró con tristeza.

—Qué valiente eres.

April fulminó a Blue con la mirada.

—No quiero hablar de ello, y apreciaría que tú tampoco lo hicieras.

—Siento haber traicionado tu confianza, pero me parecía una crueldad no contárselo.

—No es problema suyo —replicó April.

Si Blue había abrigado alguna esperanza de que Dean tomara de inmediato a su madre entre los brazos para decirle que ya era hora de arreglar sus viejas diferencias, salió rápidamente de su error cuando él se encaminó con paso airado hacia la puerta principal. Al desvanecerse sus pasos, Blue optó por mostrar una expresión satisfecha.

—Creo que las cosas han ido bien, ¿no te parece? Bien mirado es lo mejor que podíamos hacer.

April parecía a punto de lanzársele al cuello.

—¡Estás como una cabra!

Blue dio un paso atrás.

—Pero aún sigues aquí.

April alzó las manos, los brazaletes tintinearon y los anillos brillaron.

—Lo has empeorado todo.

—Con franqueza, me parece que las cosas no podían ponerse peor de lo que estaban. Pero no soy yo la que tiene reservada una habitación en un hotel de Nashville para mañana por la noche, o ¿es que me he perdido algo?

El motor del Vanquish rugió al cobrar vida, y las ruedas rechinaron en la grava. April perdió algo de fuelle.

—Se va a celebrarlo. Seguro que invita a todo el mundo en un bar.

—Y yo aquí pensando que la relación que tengo con mi madre es retorcida.

April entornó los ojos.

—¿Y quién eres tú de todos modos?

Blue odiaba las preguntas de ese tipo. Virginia le habría contestado diciendo que ella era hija de Dios. A Blue le hubiera gustado que su padre, el Altísimo, se compadeciera de ella en ese momento y reclamara su presencia, antes de tener que explicarlo todo sobre Monty y el disfraz de castor. Por fortuna, April encontró su propia explicación.

—No importa. El efecto que tiene mi hijo en las mujeres es algo legendario.

—Soy pintora.

April la recorrió con la mirada, desde la descuidada coleta hasta sus botas militares llenas de rozaduras.

—No eres el tipo de mujer con la que suele salir.

—Eso seguro, mi cociente intelectual tiene tres dígitos y me distingue de todas ellas.

April se sentó en el penúltimo escalón.

—¿Qué demonios voy a hacer ahora?

—Tal vez podrías intentar reconciliarte con tu hijo mientras esperas los resultados de las últimas pruebas. Considerando los asombrosos avances de la medicina en el tratamiento de enfermedades cardiovasculares, estoy bastante segura de que recibirás buenas noticias.

—Era una pregunta retórica —dijo April secamente.

—Sólo era una sugerencia.

April se marchó poco después a la casita de invitados, y Blue vagó por las habitaciones silenciosas y polvorientas. Ni siquiera la maravillosa renovación de la cocina de la casa podía animarla. No importaba que sus motivos hubieran sido nobles, no tenía por qué andar ejerciendo de hada madrina ni intentar arreglar los líos familiares de otras personas.

Al anochecer, Dean todavía no había regresado. Cuando la oscuridad envolvió la casa, Blue descubrió, para desesperación suya, que sólo la cocina y los cuartos de baño disponían de luz. Esperaba sinceramente que Dean regresara pronto a la casa, porque había pasado de ser un lugar acogedor a uno amenazador. El plástico que cubría el hueco de la puerta de la sala crujía como huesos secos. Los suelos rechinaban. Como no había puertas, no podía encerrarse en un dormitorio, y sin coche, no podía ir al pueblo y buscar un auto-servicio abierto las veinticuatro horas. Estaba atrapada. No podía hacer nada más que irse a dormir.

Deseó haberse hecho una cama mientras todavía había luz. Anduvo a tientas apoyándose en los respaldos de las sillas del comedor para llegar a la lámpara portátil que los carpinteros habían dejado en una esquina. Unas amenazadoras sombras danzaron por las paredes del comedor cuando la encendió. Rápidamente la desenchufó y con cuidado subió por las escaleras, agarrándose al pasamanos mientras arrastraba el cable de la lámpara tras ella como si fuera una cola.

Había cinco dormitorios a cada lado del pasillo, pero sólo uno tenía cuarto de baño con instalación eléctrica. Cuando alcanzó el interruptor, las grandes sombras danzantes la pusieron tan nerviosa que fue incapaz de avanzar más. Las luces del baño eran muy débiles, pero eran mejor que nada. Conectó la lámpara portátil y la dejó en una esquina de la habitación. Luego extendió las sábanas apiladas encima del colchón. La cama era enorme con un cabecero curvo en madera de cerezo, pero no tenía pies. La cama, y un tocador de tres cuerpos eran los únicos muebles de la estancia. Seis ventanas sin cortinas la observaban como si de unos ojos oscuros y amenazadores se tratasen.

Puso una escalera de mano que el pintor había dejado en el pasillo delante de la puerta para hacerle saber a Dean que esa habitación ya estaba ocupada por esa noche. La escalera no le impediría entrar, pero ¿para qué iba a querer hacerlo? Después de las estremecedoras noticias que había recibido sobre su madre, no estaría de humor para intentar seducirla.

Llevó la lámpara portátil al pequeño cuarto de baño y se lavó la cara. Como Dean se había marchado con todas sus cosas, tuvo que cepillarse los dientes con un dedo. Se sacó el sujetador por la sisa de la camiseta y se quitó las botas, pero se dejó puesto todo lo demás por si tenía que salir pitando de la casa. No era una persona que se pusiera nerviosa con el coco, pero ahora estaba fuera de su elemento, y dejó a su lado la lámpara portátil cuando se metió en la cama. Sólo después de haberse acomodado la apagó y la metió bajo las sábanas donde podía acceder a ella con más rapidez.

Una rama rozó una de las ventanas. Se oyó un susurro en la chimenea. Ella se imaginó a un montón de murciélagos preparán-

78

dose para entrar por la boca de la chimenea. «¿Dónde estaba Dean? ¿Y por qué no había puertas en ese lugar?»

Deseó haberse ido a la casita de invitados con April, pero no la había invitado. Quizá Blue había sido un poco brusca con ella, pero le había proporcionado a la madre de Dean algo de tiempo, que era más de lo que April habría logrado para sí misma. Era una belleza débil, después de todo.

Blue intentó sentir autocompasión, pero no podía mentirse a sí misma. Se había metido donde no la llamaban. Por otro lado, ocuparse de los problemas de los demás la había hecho olvidarse de sus propias preocupaciones.

Una tabla del suelo rechinó. Gimió la chimenea. Agarró el mango de la lámpara portátil y clavó la vista en el marco sin puerta.

Pasaron los minutos.

Poco a poco, fue relajándose y se sumergió en un sueño inquieto.

La despertó el ominoso rechinar de una tabla del suelo. Abrió los ojos y vio que una sombra amenazadora se cernía sobre ella. Agarró la lámpara portátil, la sacó con rapidez de debajo de las mantas y atizó a la sombra con ella.

—¡Joder! —Un rugido familiar resonó en la quietud de la noche.

Blue encontró el interruptor con los dedos. De puro milagro no se había roto la bombilla protegida por la rejilla de plástico, y la luz inundó la habitación. Un millonario *quarterback* muy enfadado se cernía sobre ella. Estaba sin camisa, furioso y se restregaba el brazo por encima del codo.

—¿Qué demonios crees que estás haciendo?

Ella se incorporó con rapidez sobre las almohadas, agarrando la lámpara con fuerza.

—¿Yo? Eres tú el que entraste a hurtadillas...

—Es mi casa. Te lo juro por Dios, como me hayas lastimado el brazo de lanzar...

—¡Bloqueé la puerta! ¿Cómo has podido entrar con la escalera delante?

—¿Que cómo he podido entrar? Has iluminado este lugar como un jodido árbol de Navidad.

Ella no era tan estúpida como para mencionar las sombras amenazadoras y las ventanas que la miraban fijamente.

—Solo dos lucecitas en el cuarto de baño.

—Y en la cocina. —Le arrebató la lámpara portátil de las manos—. Dame eso y deja de comportarte como una gallina.

—Para ti es fácil decirlo. No te han atacado mientras dormías como un tronco.

—Yo no te he atacado. —Apagó la lámpara portátil, dejando la habitación sumida en la oscuridad. Ese imbécil insensible incluso había apagado la luz del cuarto de baño.

Oyó el frufrú de la tela al deslizarse cuando él se quitó los vaqueros. Blue se puso de rodillas.

—¿No estarás pensando en dormir aquí?

—Ésta es mi habitación, y ésta es la única cama con sábanas.

—Una cama que estoy usando yo.

—Ahora tienes compañía. —Se subió a la cama y se metió entre las sábanas.

Ella aspiró profundamente y se recordó a sí misma que él era demasiado engreído para atacarla. Si buscaba otro lugar para dormir la haría parecer débil. No podía demostrar debilidad.

—Quédate en tu lado —le advirtió—, o no te gustarán las consecuencias.

—¿Me vas a arrear con el cojín, pastorcilla?

Ella no tenía ni idea de qué hablaba.

Le llegó el olor a dentífrico, a hombre y a tapicería de coche caro. Debería haber olido a alcohol. Un hombre que llega a casa a las dos de la madrugada debería estar bebido. La pierna desnuda de Dean le rozó el muslo. Se puso rígida.

—¿Por qué tienes los vaqueros puestos? —dijo él.

—Porque mis cosas estaban en tu coche.

—Ah, ya lo entiendo. Te los dejaste puestos por si venía el coco. Qué gallina eres.

—Que te den.

—Venga, ya eres mayorcita.

—Y tú pareces un crío —replicó ella.

—Por lo menos yo no tengo que dormir con las luces encendidas.

—Cambiarás de idea cuando los murciélagos empiecen a entrar por la chimenea.

—¿Los murciélagos? —Él se quedó inmóvil.

—Una colonia entera.

—¿Eres experta en murciélagos?

—Los he oído susurrar y hacían los ruidos típicos de murciélagos.

—No te creo. —Él estaba acostumbrado a dormir a sus anchas, y cuando se acomodó, le rozó la pantorrilla con la rodilla. Inexplicablemente, ella había comenzado a relajarse.

—Más me valdría dormir con una maldita momia —se quejó él.

—No insistas, no pienso quitarme los vaqueros.

—Si realmente me lo propusiera, no me resultaría difícil quitártelos. Para tu información, me llevaría menos de treinta segundos. Por desgracia para ti, no estoy en plena forma esta noche.

Dean no debería de estar pensando en sexo mientras su madre se moría. La opinión que tenía de él cayó en picado.

—Calla y duérmete.

—Tú te lo pierdes.

El viento soplaba afuera. Una rama golpeó suavemente la ventana. Cuando la respiración de Dean se hizo profunda y regular, los rayos de luna se reflejaron en los viejos suelos de madera y la chimenea; Blue soltó un suspiro de satisfacción. Él se quedó en su lado de la cama. Ella se quedó en el suyo.

Sólo por un rato.

En una casa sin puertas, se oyó cerrar una de golpe. Blue abrió poco a poco los ojos, recreándose en un delicioso sueño erótico. Pálidos rayos de luz entraban en la habitación, y ella cerró los ojos de nuevo intentando recordar la sensación de unos dedos cerrándose sobre sus senos y una mano deslizándose dentro de sus pantalones.

Otra puerta se cerró ruidosamente. Sintió algo duro contra la cadera. Abrió los ojos de golpe. Una voz grave le susurró una obscenidad cerca del oído, una mano que no era suya se ahuecaba su pecho y otra se movía dentro de los vaqueros. Alarmada, se despertó por completo. Eso no era un sueño.

—Ya han llegado los carpinteros —se oyó decir a una mujer no demasiado lejos—. Si no queréis tener compañía será mejor que os levantéis.

Blue empujó el brazo de Dean, pero él se tomó su tiempo para apartar las manos de Blue.

—¿Qué hora es?

—Las siete —contestó April.

Blue se bajó bruscamente la camiseta y enterró la cara en la almohada. Esto no había formado parte de su plan cuando decidió quedarse con él.

—Aún es temprano —protestó él.

—No en una obra —contestó April—. Buenos días, Blue. Hay café y donuts abajo. —Blue se dio la vuelta y la saludó con desgana. April le devolvió el gesto con la mano y desapareció.

—Qué mierda —masculló él. Luego bostezó. A Blue no le gustó. Lo mínimo que podía hacer él era mostrar un poco de frustración sexual.

Ella se dio cuenta de que aún se encontraba bajo los efectos del sueño.

—Pervertido. —Salió de la cama. No podía permitirse perder la cabeza por ese hombre, ni siquiera en sueños.

—Has mentido —dijo él a sus espaldas.

Ella lo miró.

—¿De qué estás hablando?

Las sábanas le cayeron hasta la cintura cuando él se enderezó, y la luz del sol que entraba por las ventanas sin cortinas iluminó sus bíceps y el vello dorado de su pecho.

—Me habías dicho, y cito textualmente, «no tengo tetas». Ya he visto que estabas equivocada.

No se encontraba lo suficientemente despierta para darle una buena respuesta, así que le dirigió una mirada asesina y se dirigió hacia el cuarto de baño, donde abrió los dos grifos para darse privacidad. Cuando salió lo encontró de pie delante de una maleta cara que él había colocado sobre la cama. Sólo vestía un par de boxers azul marino. Tropezó, y se maldijo en silencio, luego fingió que lo había hecho a propósito.

—Por el amor de Dios, avísame la próxima vez. Creo que me va a dar un ataque al corazón.

Él la miró por encima del hombro, con la barba crecida y el pelo alborotado.

—¿De qué tengo que avisarte?

—Pareces un anuncio porno para gays.

—Y tú pareces hecha un desastre.

—Exacto, por eso quiero darme un baño. —Se dirigió hacia su bolsa que él había dejado en una esquina. Abrió la cremallera y cogió ropa limpia—. ¿Puedes vigilar el pasillo mientras me ducho?

—¿Y por qué mejor no me ducho contigo? —Parecía más una orden que una sugerencia.

—Increíble —dijo ella—. Creía que una superestrella como tú estaría dispuesta a ayudar a una pastorcilla como yo.

—Pues ya ves, así soy yo.

—Está bien, olvídalo. —Agarró sus ropas, una toalla y algunos artículos de tocador y se metió en el cuarto de baño. En cuanto estuvo absolutamente segura de que él no iba a colarse en la ducha, se enjabonó el pelo y se afeitó las piernas. Dean aún no sabía que su madre no se estaba muriendo de verdad, pero parecía más beligerante que triste. No importaba lo que April le hubiera hecho. Era demasiado frío.

Se puso unos pantalones cortos de ciclista, limpios pero descoloridos, una enorme camiseta de camuflaje y unas chanclas. Después de secarse el pelo rápidamente con su secador, se lo recogió en una coleta con un elástico rojo. Los rizos más cortos se negaron a cooperar y cayeron sobre su cuello. Por consideración a April, se habría puesto brillo en los labios y rímel si no hubiera perdido los cosméticos tres días antes.

Al bajar la escalera, vio a un electricista subido a una escalera de mano en el comedor arreglando una lámpara de araña antigua. Habían retirado el plástico de la entrada de la sala y Dean estaba dentro, hablando con el carpintero que se ocupaba de las molduras. Dean debía haberse duchado en otro baño porque tenía el pelo húmedo y se le comenzaba a rizar. Llevaba unos vaqueros y una camiseta del mismo color que sus ojos.

La sala se extendía hasta el fondo de la casa y tenía una chimenea más grande que la del dormitorio principal. Una nueva puerta corredera daba hacia lo que parecía una capa de cemento recién vertido en la parte trasera de la casa. Se dirigió a la cocina.

La noche anterior estaba demasiado asustada para apreciar todo lo que April había hecho allí, pero ahora se detuvo en la puerta para asimilarlo. Los electrodomésticos antiguos combinados con nostálgicos muebles de cocina blancos y los tiradores de cerámica en color rojo cereza la transportaron a los años cuarenta. Imaginó a una mujer con un vestido suelto de algodón y el pelo recogido pulcramente en la nuca, pelando patatas sobre el fregadero mientras las hermanas Andrews cantaban a coro «Don't Sit Under the Apple Tree» por la radio.

La gran nevera blanca de bordes redondeados era posiblemente una imitación, pero no así la cocina de esmalte blanco, con un horno doble y un estante metálico por encima de los quemadores para colocar los botes de sal, pimienta o tal vez una jarra llena de flores silvestres. Aún no habían colocado la encimera y las alacenas de madera contrachapada no eran originales, pero sí bellas imitaciones. El suelo ajedrezado de color blanco y negro también era nuevo. En una de las paredes habían pegado una muestra con los colores que se pondrían finalmente en la cocina: paredes amarillo pálido, alacenas blancas y tiradores en color rojo cereza.

Don't Sit Under the Apple Tree...

La luz entraba en la estancia desde dos lados: una ancha ventana situada encima del fregadero y unas ventanas alargadas en el rincón para desayunar que aún tenían pegadas las etiquetas adhesivas del fabricante. Sobre la mesa de la cocina —cuyo tablero era del mismo color rojo cereza— había una caja de donuts, vasos de plástico usados y unos periódicos.

April apoyaba con gracia una mano sobre el respaldo de una silla de madera laminada mientras sujetaba un teléfono móvil con la otra. Llevaba los mismos vaqueros rotos del día anterior con una blusa suelta, unos pendientes de plata y zapatos planos de piel de serpiente.

—Se suponía que tenías que estar aquí a las siete, Sanjay. —Saludó a Blue con la cabeza y le señaló la cafetera—. Entonces tendrás que conseguir otro transporte. Las encimeras tienen que estar colocadas a última hora de la mañana para que los pintores puedan hacer su trabajo.

Dean entró en la cocina. Su expresión no revelaba nada cuando se acercó a la caja de donuts, pero cuando llegó a la mesa un rayo de sol se reflejó en su pelo y en el de April, y Blue tuvo la absurda idea de que Dios había lanzado un rayo especial justo para iluminar a esas dos criaturas doradas.

—No queremos retrasos —dijo April—. Será mejor que estés aquí en una hora. —Colgó y atendió a otra llamada, cambiándose el teléfono de oreja—. ¿Sí? Hola. —Habló en voz baja y les dio la espalda—. Te devolveré la llamada en diez minutos. ¿Dónde estás?

Dean se dirigió a las ventanas de la rinconera del desayuno y miró el patio trasero. Blue se imaginaba que estaba intentando asimilar el inminente fallecimiento de su madre.

84

El electricista, que momentos antes estaba arreglando la lámpara de araña del comedor, entró en la cocina.

—Susan, ven a echarle un vistazo a esto.

Ella le hizo una señal para que esperara a que finalizara la conversación y luego cerró el teléfono.

—¿Qué sucede?

—Los cables del comedor son demasiado viejos. —El electricista se la comía con la mirada—. Hay que cambiarlos.

—Déjame verlos. —Lo siguió afuera.

Blue le echó al café una cucharada de azúcar y se acercó a examinar la cocina.

—Estarías perdido sin ella.

—Bueno, quizá tengas razón. —Dean ignoró los donuts glaseados y escogió el único que había de chocolate, el mismo al que ella le había echado el ojo.

Se oyó un taladro.

—Esta cocina es increíble —dijo ella.

—Supongo que está bien.

—¿Sólo bien? —Pasó el pulgar sobre el anagrama de O'Keefe & Merrit que había sobre el panel frontal de la cocina y despegó un trozo de plástico—. Podría pasarme el día entero aquí dentro cocinando. Pan casero, tarta de fruta y...

—¿Sabes cocinar de verdad?

—Por supuesto que sé cocinar. —Quizá trabajar de cocinera en aquella cocina esmaltada pudiera ser su pasaporte. El pasaporte para una seguridad temporal.

Pero él ya había perdido el interés en el tema.

—¿No puedes ponerte algo rosa?

Ella se miró los pantalones cortos de ciclista y la camiseta de camuflaje.

—¿Qué le pasa a esto?

—Nada, si piensas invadir Cuba.

Ella se encogió de hombros.

—No me interesa la ropa.

—Vaya sorpresa.

De todas maneras ella fingió considerar la idea.

—Pero si de veras quieres que me ponga algo rosa, tendrás que prestarme tu ropa.

Su sonrisa ya no fue tan agradable y lo lamentó, pero si bajaba la guardia y dejaba de provocarle, acabaría confundiéndola con una de sus conquistas sexuales y ella no quería eso.

April regresó a la cocina y cerró el teléfono. Se dirigió a Dean con fría formalidad.

—El transportista está fuera con el carromato. ¿Por qué no sales y le dices donde quieres que lo ponga?

—Seguro que tienes alguna sugerencia al respecto.

—Ésta es tu casa.

Él le dirigió una mirada helada.

—Abrevia.

—El carromato no tiene inodoro ni agua corriente, así que no lo pongas demasiado lejos de la casa. —Habló con alguien en el vestíbulo por encima del hombro—. Cody, ¿está aún ahí el fontanero? Tengo que hablar con él.

—Está a punto de marcharse —dijo Cody.

—¿Qué carromato? —preguntó Blue cuando April desapareció.

—Uno del que la señora O'Hara me habló en uno de sus muchos correos electrónicos. —Tomó el café y el dónut de chocolate antes de salir. Blue cogió uno de los donuts glaseados y lo siguió por el remodelado lavadero hasta la puerta lateral.

Cuando salieron al patio, le tendió el dónut glaseado.

—Te lo cambio.

Dean le dio un gran mordisco al dónut de chocolate y se lo ofreció.

—Vale.

Ella lo miró.

—Vaya, parece que siempre me veo forzada a vivir de las sobras de los demás.

—No me hagas sentir culpable. —Le hincó el diente a su nuevo dónut.

Recorrieron el patio trasero. Blue estudió el jardín descuidado con su ojo de artista. Se lo imaginó con flores de colores sobre un césped verde, lilas creciendo junto a la casa y una bomba de agua antigua. Una cuerda de tender la ropa con la colada ondeando bajo la cálida brisa... Vaya, se estaba poniendo sentimental.

Dean inspeccionó un área sombreada en un extremo del jardín. Blue se unió a él.

—¿Un carromato del oeste? —preguntó ella— ¿Una caravana?

—Supongo que ahora lo veremos.

—¿No sabes cómo es?

—Algo por el estilo.

—Enséñame el granero —dijo Blue—. A menos que haya ratones.

—¿Ratones? Caramba, no. Es el único granero del universo que no los tiene.

—Estamos sarcásticos esta mañana, ¿eh?

—Caramba, lo siento.

Quizá estaba disimulando la pena. Confiaba en que así fuera por el bien de su alma.

Apareció un camión de transporte de vehículos con lo que parecía un pequeño vagón cubierto con un plástico negro. Ella se quedó donde estaba mientras Dean se acercaba para hablar con el conductor. Poco después, el hombre le daba palmaditas en el hombro herido y lo llamaba *Boo*. Por fin se pusieron manos a la obra. Mientras Dean lo dirigía, el conductor se dirigió a la zona de los árboles para descargar el camión. En cuanto situaron el carromato en la posición correcta, comenzaron a retirar los plásticos.

El carromato era rojo, pero las ruedas eran de un color púrpura brillante con los radios dorados como las ruedas de los carromatos del circo. Los laterales mostraban unas pinturas decorativas donde se exhibían vides y flores brillantes en las que danzaban un montón de unicornios de colores naranja, azul, añil y amarillo. En la parte frontal, un unicornio dorado bailaba sobre la puerta azul marino. El techo curvo del carromato tenía una pequeña cornisa sostenida por unas ménsulas de color limón. Los laterales del carromato se inclinaban hacia fuera para encontrarse con el techo y tenían una pequeña ventana con contraventanas azules.

Blue contuvo el aliento. El corazón le martilleó en el pecho. Era un carromato gitano. Una casa de nómadas.

—Parné —dijo ella suavemente.

6

Mientras el conductor se alejaba, Dean metió los pulgares en los bolsillos traseros y examinó el carromato como si se tratara de un coche nuevo y reluciente. Ella no le esperó para subir la escalerilla y abrir la puerta.

El interior de color rojo oscuro era tan mágico como el exterior. Los mismos unicornios que bailaban entre las vides y flores del exterior decoraban cada superficie de las vigas que sostenían el techo curvo, los costales de madera, y las paredes. En la parte posterior del carromato, se había apartado a un lado una cortina de raso adornada con ribetes y flecos, dejando a la vista una cama que a Blue le recordó la litera de un barco. En el lado izquierdo había una litera alta con un armario de doble puerta debajo. Los muebles pequeños, envueltos en papel de estraza, habían sido depositados en el suelo.

El carromato tenía dos ventanas diminutas, una en el centro de la pared lateral donde estaba la mesa, y otra sobre la cama de atrás. Ambas tenían cortinas blancas de encaje con dibujos de casas de muñecas, y estaban recogidas con un cordón trenzado de color púrpura. Sobre un rodapié, un conejo moteado comía una sabrosa zanahoria. Era tan acogedor, tan absolutamente perfecto, que a Blue le habrían dado ganas de llorar, si no se hubiera olvidado de cómo se hacía.

Dean entró detrás de ella y miró alrededor.

—Increíble.

—Debe de haberte costado una fortuna.

—Hizo un buen trato.

No hacía falta preguntar quién.

Sólo el centro del carromato tenía la altura suficiente para que

Dean pudiera mantenerse completamente erguido. Comenzó a desenvolver una mesa de madera.

—Hay un tío en Nashville que está especializado en restaurar este tipo de caravana gitana. Así es como las llaman. Al parecer algún ricachón se echó atrás después de encargarla.

Caravana gitana. Le gustaba el nombre. Sugería algo exótico.

—¿Cómo te convenció April para comprarla?

—Me dijo que sería un buen lugar para acomodar a los invitados que bebieran demasiado. Además, algunos de mis amigos tienen niños, y pensé que sería entretenido para ellos.

—Ya veo, y decidiste añadirla a tu colección. La única caravana gitana de los alrededores y todo eso.

Él no lo negó.

Ella pasó la mano por las paredes.

—Hay muchas serigrafías, pero casi todo está hecho a mano. Es un buen trabajo.

Dean comenzó a curiosear, abrió las puertas de la alacena y los cajones, y examinó un aplique de hierro forjado con forma de caballito de mar.

—Tiene tomas eléctricas, así que podremos tener luz. Tengo que decírselo al electricista.

Blue quería quedarse un rato más, pero él mantuvo la puerta abierta para ella, lo que la obligó a seguirlo al jardín delantero. El electricista estaba en cuclillas ante una caja de conexiones, en la radio que tenía al lado sonaba una vieja canción de Five for Fighting. April estaba a unos metros, con un bloc de notas, estudiando las losas que se colocarían en la parte posterior de la casa. La canción de Five for Fighting terminó y comenzó a sonar «Adiós, hasta luego», una de las baladas de Jack Patriot. Los pasos de Dean vacilaron, el cambio de ritmo fue tan sutil que Blue no se habría fijado si April no hubiera levantado la cabeza de golpe al mismo tiempo. Cerró el bloc.

—Apaga la radio, Pete.

El electricista la miró por encima del hombro, pero no se movió.

—Olvídalo. —April se puso el cuaderno debajo del brazo y se metió dentro. Al mismo tiempo, Dean atravesó el jardín delantero para hablar con el electricista.

Blue echó un vistazo al descuidado jardín. En vez de buscar la manera de llegar a la ciudad para encontrar trabajo, pensó en lo que acababa de suceder. «Adiós, hasta luego», terminó y comenzó a sonar una canción de las Hermanas Moffatt, «Vidas doradas». Algunas de las mejores emisoras musicales del país se dedicaban a poner canciones de las Hermanas Moffatt desde la muerte de Marli, generalmente junto con «Adiós, hasta luego» de Jack Patriot, algo que Blue encontraba bastante vulgar ya que Jack y Marli llevaban años divorciados. Siguió pensando en todo ello mientras entraba en la casa.

Tres hombres hablando en un idioma que no entendía colocaban las puertas superiores de los armarios. April estaba sentada en un rincón del comedor mirando con el ceño fruncido una hoja de su bloc.

—Tú eres artista —le dijo a Blue cuando entró—. ¿Puedes ayudarme con esto? No se me da mal la ropa, pero con los detalles arquitectónicos me pierdo, en especial cuando no estoy segura de qué es lo que quiero.

Blue había esperado conseguir otro dónut, pero en la caja sólo quedaba azúcar glaseado y un par de manchas de mermelada.

—Es el porche cerrado para la parte trasera de la casa —dijo April.

Blue se sentó a su lado y miró el dibujo. Mientras los hombres charlaban, April le explicó lo que había imaginado.

—No quiero que parezca el porche de una cabaña de pesca. Quiero grandes ventanales de suelo a techo para que entre mucha luz y molduras en todo el perímetro, aunque no sé de qué tipo.

Blue lo pensó unos minutos y comenzó a esbozar algunos adornos sencillos.

—Me gusta ése —dijo April—. ¿Podrías dibujarme la pared? ¿Con las ventanas?

Blue esbozó cada una de las paredes como April la había descrito. Hicieron algunos ajustes y entre las dos llegaron a un acuerdo.

—Eres muy hábil —dijo April cuando los trabajadores hicieron una pausa para fumarse un cigarrillo—. ¿Te interesaría hacer algunos bocetos interiores para mí? A lo mejor estoy suponiendo demasiado. No sé exactamente cuánto tiempo vas a quedarte ni qué tipo de relación tienes con Dean.

—Blue y yo estamos comprometidos —dijo Dean desde la puerta.

Ninguna de las dos lo había oído acercarse. Dejó la taza vacía de café encima de la cocina y se acercó para coger el boceto de Blue—. Se quedará mientras yo esté aquí.

—¿Comprometidos? —dijo April.

Él ni siquiera levantó la vista del boceto.

—Exacto.

Blue apenas pudo evitar poner los ojos en blanco. Éste era un claro ejemplo del desprecio que sentía hacia su madre. Quería recordarle lo poco que le importaba; tan poco, que ni siquiera se había molestado en decirle que se casaba. Una crueldad hacia alguien que se suponía que estaba al borde de la muerte.

—Enhorabuena. —April dejó el lápiz sobre la mesa—. ¿Cuánto hace que os conocéis?

—Lo suficiente —dijo él.

Blue no podía fingir que lo que había visto April unas horas antes no había ocurrido.

—Lo que pasó anoche fue una equivocación. Quiero que sepas que me acosté en la cama totalmente vestida.

April arqueó una ceja con escepticismo.

Blue intentó parecer avergonzada.

—Hice voto de castidad cuando tenía trece años.

—¿Que hiciste qué?

—No hizo voto de castidad —dijo Dean con un suspiro.

En realidad, Blue sí lo había hecho, aunque incluso a los trece años había tenido serias dudas al respecto. Sin embargo, si se hubiera negado a hacer aquel pacto con Dios, la Hermana Lucas la habría vuelto completamente loca.

—Dean no está de acuerdo, pero para mí la noche de bodas tiene un significado especial. Por eso dormiré en la caravana esta noche.

Él bufó. April miró a Blue durante largo rato y luego a él.

—Es muy guapa.

—En eso sí que estoy de acuerdo. —Colocó el boceto sobre la mesa—. Pero no te cortes y di lo que piensas en realidad de ella. Créeme, le he dicho cosas bastante peores.

—¡Eh!

—La primera vez que la vi fue en una feria. —Se dirigió a la cocina para examinar las puertas del mueble superior—. Había metido la cara por uno de esos paneles de madera, es normal que llamara mi atención. Debes admitir que tiene una cara excepcional. Para cuando vi el resto, era demasiado tarde.

—Sigo aquí sentada —les recordó Blue.

—Yo no le veo nada malo —dijo April sin demasiada convicción.

—Tiene un montón de cualidades maravillosas. —Probó los goznes de la alacena—. Así que pasé lo demás por alto.

Blue ya tenía una vaga idea de a dónde conducía esa conversación, así que se limitó a pasar el dedo por el azúcar glaseado del fondo de la caja de donuts.

—No a todo el mundo le interesa la moda, Dean. No es un gran pecado. —Lo decía una mujer que bien podría haberse subido encima de la mesa en ese momento y recorrerla como si participara en un desfile.

—Me ha prometido que en cuanto nos casemos me dejará escoger su vestuario —dijo él.

Blue miró la nevera.

—¿Hay huevos? ¿Y un poco de queso para hacer una tortilla?

Los pendientes de plata de April se enredaron en un mechón de su pelo.

—Tendrás que acostumbrarte, Blue. Cuando Dean tenía tres años, le daba un berrinche si no le tenía preparado sus Underoors, ya sabes, esos calzoncillos con dibujos de superhéroes. En tercero cambió a los de Ocean Pacific, y se pasó la mayor parte de secundaria usando los de Ralph Lauren. Te juro que aprendió a leer con las etiquetas de la ropa interior.

Que April se pusiera a recordar cosas del pasado fue un gran error. El labio superior de Dean se afinó considerablemente.

—Me sorprende que te acuerdes de tantas cosas de tus años oscuros. —Se acercó a Blue y posó la mano sobre su hombro de una manera tan posesiva que ella se preguntó si su falso compromiso sería una treta para asegurarse de tener siempre a alguien de su lado. Dean aún no se había dado cuenta de que se había topado con Benedict Arnold* y que ella cambiaba de bando como de chaqueta.

—Por si Dean no te lo ha contado —dijo April—. Era drogadicta.

Blue no sabía cómo responder a eso.

—Y también fui una *groupie* —añadió April con sequedad—. Dean se pasó casi toda su infancia entre niñeras e internados para

---

* Benedict Arnold (1741-1801): General británico que en la guerra de Independencia Americana se pasó al bando de los americanos. *(N. de las T.)*

que yo pudiera continuar con mi sueño de colocarme y acostarme con toda estrella del rock que pillara.

Realmente, Blue seguía sin saber qué decir. Dean dejó caer la mano de su hombro y se apartó.

—Esto... ¿y cuánto tiempo llevas limpia? —dijo Blue.

—Unos diez años. La mayoría de ellos los he empleado de una manera muy respetable. Y he trabajado por mi cuenta los últimos siete.

—¿A qué te dedicas?

—Soy estilista de moda en Los Ángeles.

—¿Estilista? Genial. ¿Y qué es lo que haces exactamente?

—Por el amor de Dios, Blue. —Dean le arrancó la taza de las manos y se la llevó al fregadero.

—Trabajo para actrices de Hollywood con más dinero que gusto —dijo April.

—Parece genial.

—En realidad, todo es pura diplomacia.

Blue podía comprenderlo.

—¿Algo así como convencer a una celebridad cincuentona de que no lleve minifalda?

—Cuidado, Blue —dijo Dean—, estás pisando terreno peligroso. April tiene cincuenta y dos años, pero te aseguro que tiene el armario repleto de minifaldas de todos los colores.

Blue miró las piernas sin fin de la madre de Dean.

—Y seguro que todas le quedan de vicio.

Él se apartó del fregadero.

—Vamos al pueblo. Tengo que comprar algunas cosas.

—Tienes que comprar comestibles —dijo April—. Yo como en la casita de invitados, así que aquí no hay mucho para picar.

—Vale, ya lo haremos. —Con Blue a remolque se dirigió hacia la puerta.

Blue rompió el silencio cuando Dean se incorporó a toda velocidad a la carretera.

—No pienso mentir. Como me pregunte por el color del vestido de las damas de honor, le digo la verdad.

—No habrá damas de honor, así que no tienes por qué preocuparte —dijo él con sarcasmo—. Nos fugaremos a Las Vegas.

—Cualquiera que me conozca sabe que nunca me casaría en Las Vegas.

—Ella no te conoce.

—Pero tú sí, y casarse allí es como admitir ante el mundo que eres demasiado vago para planear algo mejor. Yo tengo mi orgullo.

Él subió el volumen de la radio para no oírla. Blue odiaba juzgar mal a la gente, en especial a los hombres, y no podía creer que él se estuviera comportando de manera tan insensible cuando teóricamente su madre estaba a un paso de la muerte. Bajó el volumen para volver a la carga.

—Siempre he querido ir a Hawai, pero hasta ahora no he podido permitirme el lujo. Me gustaría que nos casáramos allí. En la playa de algún hotel, al atardecer. Será estupendo tener un marido rico.

—¡No vamos a casarnos!

—Exacto —replicó ella—. Por eso no quiero mentirle a tu madre.

—¿Trabajas para mí o no?

Ella se incorporó en el asiento.

—¿Trabajo? Ahora que has sacado el tema, ¿por qué no hablamos de eso?

—Ahora no.

Él parecía tan irritado que ella guardó silencio.

Pasaron por delante de un viejo molino de algodón casi tragado por la maleza, seguida de una autocaravana en buen estado y un campo de golf que anunciaba karaoke la noche de los viernes. Aquí y allá había arados viejos o ruedas sosteniendo un buzón. Decidió que había llegado el momento de entrometerse en la vida privada de su falso prometido.

—Ahora que estamos comprometidos, ¿no crees que ha llegado el momento de que me hables de tu padre?

Dean tensó ligeramente los dedos sobre el volante.

—No.

—Soy muy buena atando cabos.

—No los ates.

—Me lo pones difícil. En cuanto se me mete una idea en la cabeza...

Él le dirigió una mirada asesina.

—No hablo de mi padre. Ni contigo ni con nadie.

Discutió consigo misma sólo un momento antes de tomar una decisión.

—Si de verdad quieres mantener su identidad en secreto, no deberías cambiar de emisora cada vez que ponen una canción de Jack Patriot.

Él aflojó los dedos y los desplazó sobre el volante en un gesto demasiado casual.

—Estás imaginando cosas. Mi padre fue el batería de Jack Patriot durante un tiempo. Eso es todo.

—Anthony Willis es el único batería que ha tenido. Y como es negro...

—Repásate la historia del rock, nena. Willis se perdió la gira de *Universal Omens* por tener el brazo roto.

Dean podía estar diciendo la verdad, pero por alguna razón Blue no lo creía. April había hablado antes de su relación con las estrellas del rock, y Blue había visto cómo los dos se quedaban paralizados al sonar «Adiós, hasta luego» en la radio. La posibilidad de que Dean fuera hijo de Jack Patriot la dejaba anonadada. Le gustaba el rock desde que tenía diez años. Donde fuera que viviera, había llevado sus discos consigo y había pegado recortes de revistas en las libretas del colegio. La letra de esa canción le había hecho sentirse menos sola.

Un letrero les daba la bienvenida al pueblo de Garrison. Un segundo letrero anunciaba que el pueblo estaba a la venta, y que si alguien quería comprarlo debía contactar con Nita Garrison. Blue se volvió en el asiento en cuanto lo pasaron.

—¿Has visto eso? ¿Puede alguien vender un pueblo?

—Vendieron uno en eBay hace tiempo —dijo él.

—Es cierto. ¿Recuerdas cuando Kim Basinger compró aquel pequeño pueblo de Georgia? Había olvidado que estamos en el sur. Sólo aquí puede pasar esa clase de cosas.

—Mientras estés aquí, será mejor que te guardes esa opinión para ti —dijo él.

Pasaron por delante de una funeraria de estilo Partenón y una iglesia. La mayoría de los edificios eran de color arena y parecían haber sido construidos a principios del siglo XX. La ancha calle Mayor tenía coches aparcados a ambos lados. Blue vio un restaurante, una farmacia, una tienda de segunda mano y una panadería. Al lado de una tienda de antigüedades llamada El Ático de Tía Mirthe había un ciervo disecado de cuya cornamenta colgaba el cartel de abierto. Justo enfrente, unos viejos árboles daban sombra a un parque con un reloj de arena y unas farolas de hierro negro con tulipas blancas. Dean aparcó delante de la farmacia.

A pesar de su anterior comentario, Blue dudaba que Dean la incluyera en su nómina, y se preguntó si podría encontrar trabajo en el pueblo.

—¿No ves nada extraño? —dijo ella cuando él apagó el motor.

—¿Aparte de ti?

—No hay ningún establecimiento de comida rápida. —Bajó del coche y observó la calle que, aunque algo descuidada, no dejaba de ser pintoresca—. En realidad, ahora que lo pienso, no he visto ningún restaurante de carretera durante todo el trayecto. No es un pueblo grande, pero sí lo suficiente para que hubiera un NAPA Auto Part o un Blockbuster. A simple vista no veo ninguno. Si no fuera por los coches y la ropa de la gente, no sabría decir en qué año estamos.

—Es interesante que menciones la ropa. —Se dedicó a estudiar sus pantalones cortos de ciclista y la camiseta de camuflaje—. Me parece que no has leído la parte de tu contrato que hace referencia a tu vestuario.

—¿Ese galimatías? Lo tiré.

Apareció de pronto la cara de una mujer en el escaparate de Peluquería-Spa de Barb que estaba al lado de la farmacia. En la compañía de seguros, al otro lado de la calle, un hombre calvo los observaba desde detrás de un cartel que anunciaba la venta benéfica de objetos usados a favor de la iglesia. Blue imaginó un montón de cabezas similares observándolos desde los escaparates de sus negocios. En un pueblo tan pequeño, la noticia de la llegada de un vecino famoso se propagaba con rapidez.

Siguió a Dean a la farmacia, manteniéndose tres prudenciales pasos por detrás de él, lo que pareció molestarle, aunque él se lo había buscado con su actitud. Dean desapareció en la parte de atrás de la tienda mientras ella hablaba con la cajera y descubría que allí no había ofertas de empleo. Dos mujeres entraron con prisa en el establecimiento, una blanca y otra negra. Les siguió el hombre de la agencia de seguros y una mujer mayor con el pelo mojado. Después apareció un hombre delgado con una etiqueta de plástico en la solapa que lo identificaba como Steve.

—Ahí está —le dijo el hombre de la compañía de seguros a los demás.

Todos estiraron el cuello para ver a Dean. Una mujer con un brillante traje de chaqueta rosa entró corriendo en el local, sus zapatos resonaban en el pasillo de baldosa. Parecía tener la edad de Blue, demasiado joven para llevar tanta laca en el pelo, ¿pero quién era ella para criticar el peinado de nadie? Ella misma debería habérselo cortado antes de salir de Seattle con tanta rapidez. Se acercó con indecisión hacia el expositor de rímel mientras la mujer llamaba a gritos a Dean, pronunciando su nombre con un arrastrado acento sureño.

—Dean, justo estábamos comentando tu llegada a la granja. Iba a pasarme por allí para darte la bienvenida.

Blue miró con atención desde el expositor a tiempo de ver cómo Dean componía un semblante inexpresivo al reconocerla.

—Mónica. Qué agradable sorpresa. —Llevaba un cortaúñas, un paquete de vendas Ace y lo que parecía una caja de plantillas de gel. Nada de condones.

—Bueno, estás en boca de todo el mundo —dijo Mónica—. Todos estábamos esperando que aparecieras. ¿No es un encanto Susan O'Hara? ¿No es fantástico lo que está haciendo en la granja?

—Sí, es fantástico.

Mónica lo miraba como un sediento miraría a un vaso helado de té dulce.

—Espero que te quedes un tiempo en el pueblo.

—No lo sé. Depende de cómo vayan las cosas.

—No puedes marcharte sin haber conocido a todos los promotores de Garrison. Estaré más que encantada de dar un pequeño cóctel para presentarte a todo el mundo. —Lo tomó por el brazo—. Te encantará estar aquí.

Dean estaba acostumbrado a que invadieran su espacio personal, y no se apartó, pero señaló la zona de cosméticos con la cabeza.

—He venido con alguien que quiero que conozcas. Blue, acércate, quiero presentarte a mi administradora.

Blue tuvo el impulso de esconderse detrás del expositor de rímel, pero se reprimió. Quizá esa mujer podría ayudarla a encontrar empleo. Compuso su sonrisa más educada y se acercó. Dean apartó la posesiva mano de su administradora para rodear a Blue con el brazo.

—Blue, ésta es Mónica Doyle. Mónica, mi prometida, Blue Bailey.

Ahora fue él quien arrastró las palabras.

—Nos vamos a casar en Hawai —dijo él—. En la playa, al atardecer. Blue quería ir a Las Vegas, pero yo no soy tan vago como para hacer eso. —Dean era perfectamente capaz de quitarse a las mujeres de encima sin tener que recurrir a una prometida imaginaria, pero al parecer debía de estar hastiado de que todas esas mujeres se lanzaran a por él. Tenía que admitir que estaba sorprendida.

A Mónica le había cambiado la expresión de la cara, pero se esmeró en ocultar su decepción tras unos rápidos parpadeos y una evaluadora mirada a la apariencia de Blue. La administradora miró la camiseta de camuflaje que Blue se había llevado de la lavandería de su bloque de apartamentos después de que pasara un mes sin que nadie la reclamara.

—Eres una chica guapa, ¿no?

—Eso es lo que dice Dean —dijo Blue con modestia—. Yo aún no me explico cómo logró que superara mi aversión a los trogloditas machistas.

Con un apretón de advertencia Dean casi le sepultó la cara en su axila que olía deliciosamente a uno de esos desodorantes caros para hombres que venían en botes fálicos de algún famoso diseñador. Permaneció así unos segundos antes de apartar finalmente la cabeza.

—Cuando entramos en el pueblo me fijé en un letrero que anunciaba la venta del pueblo. ¿Va en serio?

Mónica frunció sus labios bien perfilados.

—Es cosa de esa mujer odiosa, Nita Garrison. Algunas personas no merecen que se hable de ellas. Mejor hablamos de otra cosa.

—Pero, ¿es cierto? —preguntó Blue—. ¿De verdad ha puesto el pueblo a la venta?

—Supongo que dependerá de lo que consideres el pueblo.

Blue iba a preguntarle qué consideraba el pueblo, pero Mónica ya estaba llamando a las personas que habían quedado rezagadas en los pasillos para poder presentarlas.

Lograron escabullirse diez minutos después.

—Rompo el compromiso —gruñó Blue mientras seguía a Dean al coche—. Das demasiados quebraderos de cabeza.

—No te preocupes, cariño, nuestro amor es lo suficientemente fuerte para sobrevivir a los duros golpes de la vida. —Se detuvo junto a una máquina expendedora de periódicos.

—Presentarme como tu prometida te ha hecho parecer ridículo a ti, no a mí. —dijo ella—. Esa gente no es ciega. No pegamos ni con cola.

—Tienes serios problemas de autoestima, Blue. —Buscó cambio en el bolsillo.

—¿Yo? Vuelve a intentarlo. Nadie se creerá que un cerebrito como yo se sienta atraída por un cabeza de chorlito como tú. —La ignoró y compró un periódico. Blue se le adelantó—. Antes de ir al supermercado, necesito buscar trabajo. ¿Por qué no almuerzas mientras miro algo por ahí?

Él se metió el periódico bajo el brazo.

—Ya te lo he dicho. Trabajas para mí.

—¿Haciendo qué? —Lo miró con los ojos entornados—. Y, ¿cuánto pagas, por cierto?

—Eso no debe preocuparte.

Él llevaba toda la mañana de un humor pésimo y eso empezaba a molestarla. No era culpa suya que la madre de Dean se estuviera muriendo. Bueno, sí, era culpa suya, pero él no lo sabía, y no debería pagarlo con ella.

Cuando llegaron al supermercado, hubo más presentaciones de gente que le daba la bienvenida al pueblo. Él se mostraba cordial con todo el mundo, desde el dependiente con espinillas a un pobre viejo lisiado con una gorra de los veteranos de guerra. Los niños estaban en la escuela, pero acarició cabecitas de bebés, tomó puñitos llenos de babas entre sus grandes manos, y conversó con una adorable niña de tres años que se llamaba Reggie y no quería usar el orinal. Dean era a la vez la persona más egocéntrica y decente que había conocido, aunque la parte decente de él parecía pasar olímpicamente de ella.

Mientras Dean ejercía de relaciones públicas, ella aprovechó para hacer las compras en el supermercado. No había mucho dónde escoger, pero sí tenían lo necesario. Se encontró con él en la caja, donde tuvo que permanecer con la boca cerrada mientras él sacaba la VISA. No podía continuar así. Tenía que ganar algo de dinero.

Dean descargó las compras y dejó que Blue decidiera dónde ponerlas mientras él metía el coche en el granero. Ni siquiera Annabelle conocía la verdadera identidad de su padre, pero Blue la había descubierto en sólo cuatro días. Era la persona más intuitiva que ha-

100

bía conocido nunca, por no mencionar esa mente retorcida que lo mantenía en guardia para ser el más listo del juego.

Después de despejar un espacio en el granero para su coche, buscó una pala y un azadón en el cobertizo y comenzó a arrancar la maleza que rodeaba la casa. Mientras aspiraba el olor a madreselva, recordó por qué había comprado ese lugar en vez de la casa en el sur de California que pensaba adquirir. Porque estar allí lo hacía sentir bien. Le encantaban los antiguos edificios y las colinas que resguardaban la granja. Le encantaba saber que esa tierra había durado más que un partido de fútbol americano. Pero sobre todo, le encantaba la privacidad. Ninguna abarrotada playa del sur de California podría ofrecerle eso, y si en algún momento añoraba el aire del océano, siempre podía volar a la costa.

Apenas sabía lo que era disfrutar de privacidad. Primero, había crecido en internados, luego había pasado a una universidad donde su carrera deportiva lo había convertido en el centro de atención. Después de eso, hizo del fútbol su profesión. Por último, debido a esos malditos anuncios de Zona de Anotación, lo reconocían incluso los que no seguían el fútbol americano.

Se tensó al oír el tintineo de unas pulseras. Sintió que la amargura le retorcía el estómago. Ella estaba intentando cargarse ese lugar como se había cargado todo lo demás.

—Pensaba contratar un equipo de jardineros —le dijo su madre.

Él clavó la pala en la maleza.

—Ya me ocuparé de eso cuando sea necesario. —No le importaba cuánto tiempo llevara sobria. Cada vez que la miraba, recordaba el maquillaje corrido por las lágrimas, sus palabras balbuceantes, y el peso de sus brazos en el cuello cuando le suplicaba, drogada y borracha, su perdón.

—Siempre te ha gustado estar al aire libre. —Ella se acercó—. No sé mucho de plantas, pero creo que estás a punto de arrancar una mata de peonías.

Considerando la vida que había llevado, su madre debería parecerse a Keith Richards, pero no lo era así. Su cuerpo era esbelto, la línea de la mandíbula era demasiado firme para ser totalmente natural. Incluso le ofendía ese pelo largo. Tenía cincuenta y dos años, por el amor de Dios. Era una edad apropiada para cortárselo. Cuando era adolescente, se había metido en más de una pelea con sus compañeros de clase por haber dado una descripción demasiado detallada de su culo o de cualquier otra parte del cuerpo que ella hubiera decidido enseñar en alguna de sus raras visitas.

Ella desenterró una lata con la punta del zapato.

—No me estoy muriendo.

—Bueno, de eso ya me di cuenta anoche. —Y Blue pagaría por esa mentira.

—Ni siquiera estoy enferma. Lamento que no lo puedas celebrar.

—Quizás el año que viene.

Ella no se inmutó.

—Blue tiene un gran corazón. Es una persona interesante. Distinta a lo que hubiera esperado.

Al parecer April había ido a recabar información, pero ya se podía ir olvidando.

—Por eso le pedí que se casara conmigo.

—Tiene los ojos inocentes de una niña, pero además hay algo sexy en ella.

Como un libro de rimas infantiles de Mamá Ganso no apto para menores.

—No es que no sea guapa —continuó April— aunque podría mejorar. No sé. Sea lo que sea, ella no parece consciente de ello.

—Es un desastre. —Demasiado tarde, se acordó que debía mostrarse loco por ella—. Que esté enamorado de ella no quiere decir que esté ciego. Me siento atraído por su personalidad.

—Ya, de eso me he dado cuenta.

Cogió el azadón y se dispuso a arrancar la maleza que rodeaba un rosal. Sabía que era un rosal porque le quedaban un par de rosas.

—¿Te enteraste de lo de Marli Moffatt? —dijo ella.

El azadón dio contra una piedra.

—Imposible no hacerlo. Sale en todas las noticias.

—Supongo que su hija acabará viviendo con la hermana de Marli. Dios sabe que Jack no hará nada más que enviarle un cheque.

Dean soltó el azadón y cogió la pala otra vez.

Ella se puso a juguetear con las pulseras.

—Espero que te hayas dado cuenta de que echarme de aquí no es una buena idea, no si quieres vivir aquí con comodidad este verano. Desapareceré de tu vida en tres o cuatro semanas.

—Eso fue lo que dijiste en noviembre cuando apareciste en el partido contra los Chargers.

—No volverá a ocurrir.

Él clavó la pala en la tierra, luego la levantó. Ella había estado pendiente de infinidad de cosas durante todo el día. Era difícil reconciliar esa eficiencia con la mujer drogada que perdía a su hijo con regularidad.

—¿Por qué debería creerte esta vez?

—Porque ya estoy harta de vivir con la culpa. No vas a perdonarme nunca, y no voy a volver a pedirte perdón de nuevo. En cuanto la casa esté terminada, me iré.

—¿Por qué estás haciendo esto? ¿Para qué esta jodida charada?

Ella se encogió de hombros, parecía aburrida... como si fuera la última cliente del bar después de que la diversión hubiera acabado.

—Creí que sería una buena idea, eso es todo.

—¡Oye, Susan! —El electricista salido asomó la cabeza—. ¿Podrías venir un momento?

Dean desenterró otra piedra mientras April se marchaba. Ahora que había visto cómo ella manejaba esas situaciones, sabía que sería el único en salir perjudicado si la obligaba a marcharse. Siempre podía volver a Chicago hasta que la casa quedara terminada, pero no iba a permitir que April lo ahuyentara. Nunca huía de nadie, en especial de su madre. Aunque tampoco podía soportar la idea de estar a solas con ella, ni siquiera en una propiedad de cien acres, ésa era la razón por la que había dejado que Blue se quedara, más por necesidad que por impulso. Era su amortiguador.

Imaginó que un cardo era la cabeza de Blue y lo arrancó con un golpe limpio. La mentira sobre April había traspasado todos los límites. Aunque había conocido a bastantes mujeres manipuladoras, ésta se llevaba la palma, pero antes de enfrentarse a ella, tenía intención de darle suficiente cuerda para que se ahorcara sola.

Cuando los carpinteros se fueron, se había deshecho de la peor parte de maleza sin cargarse las peonías. Aquel maldito hombro le dolía como un condenado, pero había estado inactivo demasiado tiempo y no le importó. Le había venido bien un poco de ejercicio físico.

Al salir del cobertizo, le llegó el olor a algo delicioso por la ventana abierta de la cocina. Blue se había puesto a cocinar, pero él no pensaba quedarse para la cena, pues no tenía ninguna duda de que Blue había invitado a su madre a cenar.

Mientras se dirigía a la casa, sus pensamientos regresaron bruscamente a Marli Moffatt y a la hija de once años que ella había dejado atrás. Su hermanastra. La idea era surrealista. Sabía cómo se sentía uno al ser huérfano, y una cosa era segura: esa pobre niña iba a tener que valerse por sí misma, porque Jack Patriot no se encargaría de ella.

7

Riley Patriot vivía en Nashville, Tennessee, en una casa con seis columnas blancas, suelos de mármol blanco y un deslumbrante Mercedes blanco en el garaje. En la sala había un piano de cola blanco cerca de unos sofás blancos con una alfombra blanca. A Riley no le habían dejado entrar en la sala desde que lo había manchado todo con zumo de uva cuando tenía seis años.

Aunque Riley tenía ahora once años, su madre nunca había olvidado ni perdonado —no sólo el zumo de uva, sino muchas más cosas— y ahora ya era demasiado tarde. Diez días antes, un montón de gente había sido testigo de cómo su madre, Marli Moffatt, se caía al río Cumberland desde la cubierta del Old Glory. Al parecer se había golpeado la cabeza con algo al caer al agua, era de noche y tardaron en encontrarla. Ava, la enésima *au-pair* de Riley, la había despertado para darle la noticia.

Y hoy, una semana y media después, Riley acababa de salir en busca de su hermano.

Aunque sólo se había alejado una manzana de su casa, la camiseta se le pegaba al cuerpo, así que se abrió la cremallera del plumífero rosa. Su pantalón de pana de color lavanda era de la talla doce, pero le quedaba muy apretado. Su prima Trinity usaba la talla ocho, pero para que Riley entrara en una talla ocho tendría que ser sólo piel y huesos. Se cambió la pesada mochila de brazo. Pesaría menos si hubiera dejado el álbum en casa, pero no podía hacerlo.

Las casas de la calle por donde iba Riley estaban separadas de la carretera por un jardín delantero y no había aceras, pero sí farolas, y Riley las fue sorteando. Por ahora no la seguía nadie. Comenzaron a picarle las piernas y se intentó rascar a través de la tela de pana, pero fue peor. Cuando llegó al destartalado coche rojo de Sal, aparcado al final de la siguiente manzana, estaba ardiendo.

Sal, el muy tonto, había aparcado el coche bajo una farola, y estaba fumando un cigarrillo con rápidas caladas. Cuando la vio, se puso a mirar hacia todos lados como si pensara que la policía podía aparecer en cualquier momento.

—Dame la pasta —le dijo cuando se acercó al coche.

A Riley no le gustaba estar parados bajo la luz donde cualquiera que pasara podía verlos, pero discutir con él le llevaría más tiempo que darle el dinero. Riley odiaba a Sal. Trabajaba de jardinero para la empresa de su padre cuando no estaba en el instituto, por eso lo conocía, pero no era por eso por lo que lo odiaba. Lo odiaba porque se tocaba cuando pensaba que nadie lo miraba, y escupía y decía cosas sucias. Pero tenía diecisiete años, y como ya tenía el carnet de conducir desde hacía cuatro meses, Riley le había pagado para que la llevara. No era un buen conductor, pero hasta que Riley cumpliera los diecisiete años no tenía otra elección.

Sacó el dinero del bolsillo delantero de la mochila verde.

—Cien dólares ahora. Te daré el resto después de llegar a la granja. —Había visto suficientes películas antiguas para saber que no tenía que entregar el dinero de una vez.

Él la miraba como si quisiera mangarle la mochila, pero no le habría servido de nada, porque había escondido el resto del dinero en el calcetín. Sal contó los billetes, lo que era una grosería ya que ella estaba delante y era como decirle que era una timadora. Al final, se metió el dinero en el bolsillo de los vaqueros.

—Si mi viejo se entera de esto, me dará una paliza.

—Por mí no se va a enterar. Si lo hace será porque tú eres un bocazas.

—¿Qué le has dicho a Ava?

—Peter se ha quedado a dormir. No se dará cuenta de nada. —La *au-pair* de Riley había venido de Alemania dos meses antes. Peter era el novio de Ava, y se andaban besando todo el rato. Cuando la madre de Riley estaba viva, Ava no podía meter a Peter en casa, pero su madre ya no estaba y él dormía en su casa todas las noches. Ava no se daría cuenta de que Riley se había fugado hasta la hora del desayuno, y tal vez ni siquiera entonces, porque al día siguiente no tenían clase con motivo del claustro de profesores por el final del curso. Riley había dejado una nota en la puerta de Ava diciendo que le dolía el estómago y que no la molestara.

Sal aún no se había subido en el coche.

—Quiero que me des doscientos cincuenta. Para los gastos de gasolina.

Ella intentó abrir la puerta del coche, pero él lo había cerrado con llave. Se rascó de nuevo las piernas.

—Te daré veinte dólares más.

—Eres rica. No deberías ser tan tacaña.

—Veinticinco y es mi última oferta. Lo digo en serio, Sal. Tampoco tengo tantas ganas de ir.

Una mentira de las gordas. Si no conseguía llegar a la granja de su hermano, se encerraría en el garaje, pondría en marcha el Mercedes de su madre —sabía cómo hacerlo— y se sentaría en el coche hasta asfixiarse. Nadie podría conseguir que saliera, ni Ava, ni su tía Gayle, ni siquiera su padre (como si a él le importara algo que ella muriera).

Sal debió creerla porque finalmente abrió las puertas del coche. Ella dejó caer su mochila en el suelo del asiento del acompañante, luego se sentó y se puso el cinturón de seguridad. El interior del vehículo olía a cigarrillos y hamburguesas rancias. Sacó las indicaciones que había obtenido en MapQuest del bolsillo de la mochila. Él salió del arcén sin ni siquiera mirar si venía algún coche.

—¡Cuidado!

—Relájate. Es medianoche. No hay nadie en la carretera. —Sal tenía el pelo castaño oscuro y se dejaba crecer una perilla porque se creía que le daba un aire interesante.

—Tienes que tomar la I-40 —le dijo ella.

—Como si no lo supiera. —Lanzó el cigarrillo por la ventanilla abierta—. En la radio no hacen más que poner el CD de las Hermanas Moffatt. Supongo que te harás rica.

Sal sólo quería hablar de dinero y sexo, y, como Riley tenía claro que no quería hablar de sexo, fingió examinar los apuntes de MapQuest, aunque ya se los había aprendido de memoria.

—Eres muy afortunada —continuó Sal—. No tienes que trabajar ni nada de eso, y tienes una pasta gansa.

—No lo puedo gastar. Va a mi fondo fiduciario.

—Puedes gastarte el dinero que te da tu padre. —Estaba conduciendo con una sola mano, pero si se lo advertía, se enfadaría—.

Vi a tu padre en el entierro. Incluso me dirigió la palabra. Es más amable que tu madre. De veras. Algún día tendré ropas guays como él e iré a los sitios en limusina.

A Riley no le gustaba que la gente hablara de su padre —aunque era lo único que hacía siempre—, parecían pensar que se lo presentaría a pesar de que ella misma casi nunca lo veía. Ahora que su madre había muerto, pensaba inscribir a Riley en Chatsworth Girls, que era un internado donde todo el mundo la odiaría porque era gorda y nadie querría ser su amiga salvo para poder acercarse a su padre. Ahora iba a Kimble, pero no era un internado, y asistir a las mismas clases de su prima Trinity era preferible a lo otro. Le había rogado a su padre que la dejara quedarse en Kimble y vivir con Ava en un apartamento o algo por el estilo, pero él le había dicho que no era lo mejor para ella.

Por eso tenía que encontrar a su hermano.

En realidad era su hermanastro, aunque era un secreto. Muy pocas personas sabían que él y Riley estaban emparentados, y ni siquiera Riley sabría que su padre había tenido otro hijo si no hubiera sido porque había oído sin querer al viejo novio de su madre hablando con ella sobre eso. Su madre era una de las Hermanas Moffatt, la otra era la tía Gayle, la madre de Trinity. Habían actuado juntas desde que tenían quince años, pero no habían entrado en las listas de superventas en los últimos seis años, y su nuevo CD *Everlasting Rainbows* no les había ido demasiado bien, por eso había estado en ese barco, para una actuación promocional para Radio Nashville. Ahora, con toda la publicidad de la muerte de su madre, el CD estaba en el primer puesto de las listas de éxito. Riley pensó que su madre se habría alegrado mucho, pero tampoco estaba segura.

Su madre tenía treinta y ocho años cuando murió, dos más que tía Gayle. Ambas eran delgadas, tenían el cabello rubio y grandes tetas; un par de semanas antes del accidente, la madre de Riley había ido al cirujano estético de la tía Gayle y se había retocado los labios para que parecieran grandes y carnosos. Riley pensaba que parecía un pez, pero su madre le había dicho que se guardara sus estúpidas opiniones para sí misma. Si Riley hubiera sabido que su madre se iba a caer de ese barco y ahogarse, nunca le habría dicho tal cosa.

El canto del álbum de fotos se le clavó en el tobillo a través de la tela de la mochila. Deseaba sacarlo y mirar las fotos. Eso siempre la hacía sentirse mejor. Se agarró al salpicadero.

—Fíjate por dónde vas, ¿vale? Ese semáforo estaba en rojo.

—¿Qué más da? No hay coches.

—Si tienes un accidente te quitarán el carnet.

—No voy a tener ningún accidente. —Sal subió el volumen de la radio, pero después volvió a dirigirse a ella—. Apuesto lo que quieras a que tu padre se ha tirado a más de diez mil chicas.

—¿Por qué no te callas? —Riley quería cerrar los ojos e imaginar que estaba en algún otro sitio, pero si no vigilaba cómo conducía Sal, acabarían teniendo un accidente.

Por enésima vez se preguntó si su hermano sabría algo de ella. Enterarse de su existencia el año pasado había sido lo más excitante que le había ocurrido nunca. Había empezado su álbum secreto de inmediato, mezclando artículos y fotos de Internet con otros que había encontrado en revistas y periódicos. Él siempre parecía feliz en esas fotos, como si nunca pensara cosas malas de la gente y le gustara ayudar a todo el mundo, incluso aunque una no fuera delgada o tuviera once años.

El invierno pasado, le había mandado una carta a las oficinas de los Chicago Stars. No había obtenido respuesta, pero sabía que las personas como su padre y su hermano tenían tanto correo que no lo leían ellos mismos. Cuando los Stars habían ido a Nashville para jugar contra los Titans, había ideado un plan para conocerlo. Pensaba escaparse y buscar un taxi que la llevara al estadio. En cuanto llegara, buscaría la puerta por donde salían los jugadores y lo esperaría. Se había imaginado llamándolo por su nombre y que él la miraría, y ella le diría: «Hola, soy Riley. Tu hermana.» Y a él se le iluminaría la cara de alegría, y una vez que la conociera, le diría que viviera con él o simplemente que pasaran las vacaciones juntos y así no tendría que quedarse con tía Gayle y Trinity.

Pero en lugar de ir al partido contra los Titans, había tenido una faringitis y se había visto obligada a guardar cama toda la semana. Desde entonces, había llamado a las oficinas de los Stars un montón de veces, pero no importaba lo que le dijera a la operadora, nunca le daban su número de teléfono.

Llegaron a las afueras de Nashville, y Sal subió tanto el volumen de la radio que el asiento de Riley vibraba. A ella también le gustaba la música alta, pero no esa noche cuando estaba tan nerviosa. Se había enterado de que su hermano tenía una granja el día después del entierro, cuando había oído a su padre hablando con alguien sobre eso. Cuando había buscado el pueblo que oyó mencionar, descubrió que estaba en el este de Tennessee, y se excitó tanto que se mareó. Pero su padre no había dicho dónde estaba exactamente la granja, sólo que estaba cerca de Garrison, y como no podía preguntarle, tuvo que jugar a los detectives.

Sabía que la gente compraba casas y granjas a través de las agencias inmobiliarias porque el novio de su madre tenía una, así que había buscado todas las inmobiliarias de los alrededores de Garrison en Internet. Luego había ido llamando una por una diciendo que tenía catorce años y que estaba haciendo un trabajo sobre personas que se habían visto obligadas a vender sus granjas.

La mayoría de la gente de las inmobiliarias había sido simpática y le había contado todo tipo de historias sobre granjas, si bien ninguna pertenecía a su hermano pues todas estaban aún a la venta. Sin embargo, dos días antes, había conversado con una secretaria que le había hablado de la granja Callaway, añadiendo que la había comprado un famoso deportista pero que no podía decir quién era. La señora le había dicho dónde estaba ubicada la granja, pero cuando Riley le había preguntado si el famoso deportista estaría allí ahora, comenzó a tener sospechas y le dijo que tenía que colgar. Riley entendió aquello como un sí. Al menos eso esperaba. Porque si no estaba allí, no sabía qué iba a hacer.

Sal parecía estar conduciendo bien por una vez, quizá porque las interestatales eran carreteras rectas. Él señaló con el pulgar la mochila y gritó por encima del volumen de la música.

—¿Llevas algo de comer?

Riley no quería compartir sus bocadillos, pero tampoco quería que él se detuviera. No sólo porque tendría que pagar ella, sino porque el viaje se haría más largo, así que abrió la mochila y le dio una bolsa de ganchitos de queso.

—¿Qué le has dicho a tu padre?

Él abrió la bolsa con los dientes.

—Cree que voy a pasar la noche en casa de Joey.

Riley solo había visto a Joey una vez, pero pensaba que era mucho más agradable que Sal. Le dijo a Sal el número de salida que tenía que tomar mucho antes de que llegaran. Tenía miedo de quedarse dormida y que él se la pasara, así que se concentró en las líneas blancas de la carretera; le resultaba difícil mantener los ojos abiertos y...

Lo siguiente que supo fue que el coche se sacudía, patinaba y comenzaba a girar. Dio con el hombro contra la puerta y sintió en el pecho el tirón del cinturón de seguridad. En la radio sonaba «50 Cent» y le pareció que la valla publicitaria se acercaba a una velocidad de vértigo. Gritó por encima de la música y todo lo que pudo pensar fue que nunca conocería a su hermano ni viviría en una granja con un perro.

Pero al final, antes de estrellarse contra la valla publicitaria, Sal dio un volantazo y el coche pasó rozando. Riley se vio la cara reflejada en la ventanilla. Tenía la boca y los ojos abiertos por el pánico. No quería morir, no importaba lo que hubiera pensado sobre el Mercedes de su madre y el garaje.

Fuera, la quietud rodeaba el coche. Dentro, seguía sonando «50 Cent», Riley sollozaba y Sal tragaba saliva e intentaba recuperar la respiración. La interestatal se extendía ante ellos sumida en la oscuridad excepto por la gran luz brillante que iluminaba una valla publicitaria donde se leía «Tienda del Capitán G: Cebo, Cerveza y Sándwiches». A pesar de cuánto deseaba conocer a su hermano, ahora lo único que quería era estar en su cama. El reloj del salpicadero marcaba las 2:05.

—¡Deja de comportarte como un bebé! —gritó Sal—. Sólo tienes que seguir leyéndome esas estúpidas indicaciones.

Él tuvo que girar el coche en medio de la carretera oscura pues se habían quedado parados en dirección contraria. Estaba sudada y sentía el pelo húmedo. Le temblaron las manos cuando extendió los apuntes del MapQuest para mirar las indicaciones. Él apagó la radio sin ni siquiera preguntar y ella le indicó el camino a seguir: tenían que continuar por esa carretera oscura y desierta otros doce kilómetros, luego tomarían la carretera de Callaway y a unos cinco kilómetros encontrarían el desvío hacia la granja.

Sal le pidió otra bolsa de ganchitos de queso. Ella tomó una y luego, como todavía estaba asustada, se comió unos Rice Krispies Treats. Tenía muchas ganas de hacer pis, pero no podía decírselo a Sal, así que juntó las piernas y rezó para llegar pronto. Sal no conducía tan rápido como antes. Después de haber estado a punto de pegársela, cogía el volante con las dos manos y llevaba la radio más baja. Se pasaron el primer desvío porque estaba demasiado oscuro para ver la señal y tuvieron que dar la vuelta.

—¿Por qué te mueves tanto? —Sal parecía muy enfadado, como si hubiera sido culpa de ella que casi se estrellaran contra la valla publicitaria en la interestatal.

No podía decirle que tenía ganas de orinar.

—Porque me alegro de que ya nos falte poco para llegar.

Estaban a punto de llegar al desvío en la carretera de Callaway cuando sonó el móvil de Sal. Ambos se sobresaltaron.

—Joder. —Sal se golpeó el codo con la puerta mientras intentaba sacar el móvil del bolsillo de la chaqueta. Parecía muy asustado y cuando contestó, su voz sonó chillona.

—¿Hola?

Incluso desde el otro lado del coche, Riley podía oír al padre de Sal gritándole qué dónde demonios estaba y que si no regresaba ahora mismo a casa, llamaría a la policía. A Sal le daba miedo su padre, y la miró como si estuviera a punto de llorar. Cuando su padre finalmente colgó el teléfono, Sal detuvo el coche en medio de la carretera y comenzó a gritarle a Riley.

—¡Dame el resto del dinero! ¡Ya!

Parecía que se había vuelto loco. Riley se echó hacia atrás hasta sentir la puerta en la espalda.

—En cuanto lleguemos.

Él la agarró de la chaqueta y la sacudió. Una pequeña burbuja de saliva salió disparada de su boca.

—Dámelo o te arrepentirás.

Ella se pegó contra la puerta del coche, pero él la había asustado tanto que se señaló la deportiva.

—Aquí está el dinero.

—De prisa, ¡dámelo!

—Llévame antes a la granja.

—Si no me lo das ahora, te pegaré.

Ella sabía que hablaba en serio, y se bajó el calcetín para coger los billetes.

—Te lo daré cuando lleguemos.

—¡Dámelo ahora! —le retorció la muñeca.

Riley percibió su aliento agrio con olor a ganchitos de queso.

—¡No me toques!

Él le abrió la mano a la fuerza y le arrebató el dinero. Luego le soltó el cinturón de seguridad e inclinándose hacia ella, abrió la puerta de golpe.

—¡Largo!

Ella estaba tan asustada que se le saltaron las lágrimas.

—Llévame a la granja primero. No me dejes aquí tirada. Por favor.

—¡Lárgate ya! —La empujó. Ella intentó sujetarse a la puerta, pero no calculó bien y cayó a la carretera—. No se lo digas a nadie —gritó Sal—. Si se lo dices a alguien, lo lamentarás. —Le tiró la mochila, cerró la puerta y salió pitando.

Permaneció tirada en mitad de la carretera hasta que dejó de oír el sonido del motor. Todo lo que se escuchaba eran sus sollozos. Estaba oscuro como la boca del lobo. Allí no había farolas como en Nashville, y ni siquiera se veía la luna, sólo una mancha gris donde las nubes la ocultaban. Oyó crujidos y se acordó de una película que había visto donde un hombre salía del bosque y secuestraba a la chica para llevársela a su casa y cortarla en pedazos. Tan asustada estaba que se colgó la mochila a la espalda y cruzó corriendo la carretera hacia el campo.

Le dolían el codo y la pierna sobre los que había caído, y tenía que orinar ya o se lo haría en los pantalones. Mordiéndose los labios, se bajó la cremallera. Como los pantalones le quedaban muy ajustados, le costó trabajo bajárselos. Mantuvo la vista fija en el bosque del otro lado de la carretera mientras orinaba. Para cuando terminó y se subió los pantalones, veía mejor en la oscuridad, y aunque aún no había salido ningún hombre de entre los árboles, le castañeaban los dientes.

Recordó las indicaciones del MapQuest. El desvío en la carretera de Callaway no podía quedar muy lejos, y cuando lo encontrara, todo lo que tenía que hacer sería recorrer los cinco kilómetros hasta la granja; cinco kilómetros no era demasiado. Pero no se acordaba en qué dirección era.

Se enjugó la nariz con la manga de la cazadora. Cuando Sal la había tirado fuera del coche, había rodado un poco y había perdido la orientación. Buscó alguna indicación en la oscuridad, pero como la carretera iba cuesta arriba no veía nada. A lo mejor aparecía un coche, pero ¿y si era un secuestrador el que lo conducía? ¿Y si fuera un asesino en serie?

Si no recordaba mal estaban subiendo esa cuesta cuando llamó el padre de Sal, aunque no estaba demasiado segura. Recogió la mochila y echó a andar porque no podía quedarse allí parada. La noche no era tan silenciosa como había pensado. Escuchó el ulular de un búho, que le pareció espeluznante, el viento susurró entre los árboles, y oyó ruidos serpenteantes que esperaba que no fueran serpientes porque le daban pánico. No importaba cuánto lo intentara, simplemente no podía evitar gemir de miedo.

Comenzó a pensar en su madre. Riley había vomitado cuando Ava le dio las noticias. Al principio, sólo podía pensar en sí misma y lo que le ocurriría. Pero luego recordó las canciones absurdas que su madre le solía cantar. Había sido cuando Riley era una dulce niñita, antes de engordar y dejar de gustarle. Durante el funeral, Riley intentó imaginar qué había sentido su madre cuando se le llenaron los pulmones de agua, y se había puesto a llorar de tal manera que Ava la había tenido que sacar de la iglesia. Luego, su padre le prohibió ir al cementerio para el entierro, y tuvo una gran discusión con la tía Gayle al respecto, pero a su padre no le asustaba la tía Gayle como a todos los demás, así que Ava se llevó a Riley a casa y la dejó comer todas las palomitas que quiso antes de meterse en la cama.

La brisa alborotó el pelo de Riley, que era tan oscuro como las ramas, no era rubio como el de su madre, su tía y Trinity.

«Es un bonito color, Riley. Negro como la noche.»

Eso es lo que Riley suponía que le diría su hermano mayor de su pelo. Sería su mejor amigo.

Cuanto más subía la cuesta, más le costaba respirar y apenas podía mantener el ritmo por el viento que le daba en la espalda. Se preguntó si su madre estaría allí arriba con Dios vigilándola y buscando la mejor manera de ayudarla. Pero si en verdad su madre estaba en el Cielo, lo más seguro es que estuviera hablando con sus amigos por teléfono y fumando.

A Riley le ardían las piernas donde se rozaban y le dolía el pecho. Si estaba yendo en la dirección correcta, ¿por qué aún no había visto ninguna indicación? La mochila le pesaba tanto que la arrastraba. Si moría allí, los lobos se comerían su cara antes de que alguien la encontrara y entonces nadie sabria que ella era Riley Patriot, la hija de Jack Patriot.

Todavía no había llegado a lo alto de la cuesta cuando vio un letrero metálico doblado. La granja Callaway. Esa carretera también era cuesta arriba. El asfalto estaba agrietado en los laterales, y tropezó. Se le desgarraron los pantalones y se echó a llorar, pero se obligó a levantarse. Esta carretera no era recta como la otra, y tenía curvas que la asustaban porque no sabía qué encontraría en el otro lado.

En ese momento, casi no le importaba morir, pero no quería que un lobo le comiera la cara, así que continuó. Por fin, llegó al final de la cuesta. Intentó visualizar la granja abajo, pero estaba demasiado oscuro. Los dedos del pie se le clavaron en las punteras de las deportivas cuando comenzó a bajar. Finalmente, el bosque se despejó dejando a la vista una alambrada. El viento frío le helaba las mejillas, pero sudaba bajo el plumífero rosa. Le parecía que ya había caminado doscientos kilómetros, ¿y si hubiera pasado por delante de la granja sin verla?

Al final de la cuesta, vio una forma. ¡Un lobo! El corazón se le subió a la garganta. Se detuvo. A esas alturas debería de estar amaneciendo, pero no lo estaba. La forma no se movió. Dio un paso, luego otro, acercándose cada vez más y más, hasta que se percató de que se trataba de un viejo buzón. Allí ponía algo, pero estaba demasiado oscuro para verlo, y lo más probable era que ni siquiera fuera el nombre de su hermano ya que las personas como su padre y su hermano no dejaban que la gente supiera dónde vivían. Bueno, ésa tenía que ser su granja, así que continuó.

A partir de ahí la carretera era todavía peor; era grava sin asfalto y los grandes árboles lo oscurecían todo aún más. Se volvió a caer, haciéndose daño en la palma de las manos. Al final, dobló una curva donde se interrumpían los árboles y vio una casa, pero no tenía luz. Ni siquiera una en el porche delantero. Su casa de Nashville tenía detectores de movimiento, y si se acercaba un ladrón se encendía todo. Ojalá esa casa también los tuviera, pero sabía que no había cosas así en el campo.

Con la mochila en la mano se acercó aún más. Vio más edificios. La forma de un granero. Debería haber pensado qué haría si no había nadie despierto. Su madre odiaba que la despertaran muy temprano. Tal vez a su hermano también le molestara, o peor aún, ¿y si su hermano no estaba allí? ¿Y si todavía estaba en Chicago? Eso era lo único en lo que no había querido pensar.

Necesitaba un lugar para descansar hasta que amaneciera. Le asustaba ir al granero, así que lentamente se encaminó hacia la casa.

8

Unos débiles rayos de luz se filtraban a través de las cortinas de encaje de la diminuta ventana que había sobre la cabeza de Blue. Era demasiado temprano para levantarse, pero se había bebido un vaso grande de agua antes de dormir, y la caravana gitana, a pesar de todas sus comodidades, no tenía cuarto de baño. Blue nunca había pasado la noche en un lugar tan maravilloso. Había sido como dormirse en medio de un cuento de hadas para reencontrarse con un apasionado príncipe gitano de pelo rubio con quien había bailado toda la noche alrededor del fuego de campamento.

No se podía creer que hubiera soñado con él. Lo cierto es que Dean era exactamente el tipo de hombre que inspiraría escandalosas fantasías en cualquier mujer, pero no en una tan realista como ella. Desde la mañana anterior había sido demasiado consciente de él en todos los sentidos, y necesitaba expulsarlo de su mente.

El suelo de madera del carromato estaba frío. Había pasado la noche con una camiseta naranja que decía: MI CUERPO POR UNA CERVEZA y unos pantalones flojos de yoga que no habían visto jamás una clase de yoga, pero que eran supercómodos. Tras ponerse las chanclas, salió al frío aire matutino. Sólo las aves quebraban la quietud de la mañana, ni cubos de basura, ni sirenas ni cláxones de camiones dando marcha atrás. Se dirigió a la casa y entró por la puerta lateral. Con la luz matutina, los muebles blancos de la cocina y los tiradores rojos brillaban contra las encimeras nuevas de esteatita.

Don't sit under the apple tree...

La noche anterior, Dean había cubierto con plástico negro todos los huecos de las puertas de los cuartos de baño antes de irse, y tuvo que ir al aseo que había debajo de las escaleras. Como todos los demás, ese cuarto de baño estaba diseñado especialmente para él; el lavabo era alto y el techo inclinado estaba a suficiente altura para que Dean no se golpeara la cabeza. Blue se preguntó si él se había dado cuenta de cómo lo había personalizado todo su madre. O tal vez April se había limitado a seguir las órdenes de Dean.

Mientras se hacía el café, encontró algunas tazas en las cajas con enseres de cocina que se desempacarían cuando la cocina estuviera pintada. Los platos sucios le recordaron la cena que había compartido con April. Dean se había disculpado, diciendo que tenía cosas que hacer. Blue se apostaba lo que fuera a que esas cosas incluían una rubia, una morena y una pelirroja. Abrió la puerta de la nevera para sacar la leche y observó que Dean había dado buena cuenta de las sobras de camarones al estilo criollo. A juzgar por lo poco que quedaba en el plato, el sexo le despertaba el apetito.

El agua cayó en el fregadero cuando se puso a lavar algunos platos para el desayuno. Las tazas blancas tenían franjas rojas en el borde y los tazones tenían impresas cerezas de color rojo. Se sirvió café, añadió un chorrito de leche y se dirigió a la parte delantera de la casa. Al llegar al comedor, se detuvo en la puerta. La noche anterior April le había dicho que estaba considerando la idea de que pintaran allí unos murales de paisajes, y le había preguntado si ella hacía ese tipo de cosas. Blue le había dicho que no, pero no era cierto del todo. Había hecho bastantes murales —mascotas para clínicas veterinarias, logotipos comerciales para oficinas, algún verso de la Biblia en la pared de la cocina— pero se negaba a pintar paisajes. Los profesores de la universidad habían criticado con demasiada rudeza los únicos que había pintado en clase, y ella odiaba sentirse incompetente.

Salió por la puerta principal. Tomando unos sorbos de café se acercó a las escaleras para observar la niebla matutina. Al girarse para mirar un grupo de aves que estaba posado en el techo del granero, se sobresaltó y se salpicó la muñeca de café. Una niña yacía profundamente dormida en la esquina del porche.

Debía tener unos trece años más o menos, aunque no había perdido la grasa infantil, así que podía ser menor. Llevaba un sucio plumífero rosa de marca y pantalones color lavanda llenos de lodo que tenían un roto con forma de V en la rodilla. Blue se lamió el café de la muñeca. El pelo alborotado y rizado de la niña cubría una mejilla redonda y sucia. Se había quedado dormida en una posición incómoda, con la espalda pegada a la mochila verde oscuro que había colocado contra la esquina del porche. Tenía la piel aceitunada, las cejas oscuras y la nariz recta, y se mordía las uñas. Pero a pesar de la suciedad, su ropa parecía cara, igual que las deportivas. Esa niña llevaba la palabra «ciudad» escrita en la frente; otra nómada había llegado a la granja de Dean.

Blue dejó la taza y se acercó a la niña. Se acuclilló a su lado y le tocó con suavidad en un brazo.

—Oye, tú... —susurró.

La chica se incorporó de golpe y abrió los ojos con brusquedad. Eran de color miel.

—No pasa nada —dijo Blue, intentando calmar el miedo que vio en su mirada—. Buenos días.

La niña hizo un esfuerzo por levantarse y la ronquera matutina profundizó su suave acento sureño.

—Yo... no he roto nada.

—No hay mucho que romper.

Riley se apartó el pelo de los ojos.

—No quería quedarme dormida.

—No escogiste una cama demasiado confortable. —Parecía demasiado nerviosa para que Blue la interrogara—. ¿Quieres desayunar?

La niña se mordió el labio inferior. Tenía rectos los dientes delanteros, pero se veían demasiado grandes para su cara.

—Sí, señora. ¿No le importa?

—Estaba esperando que alguien me hiciera compañía. Me llamo Blue.

La niña se levantó con dificultad y cogió su mochila.

—Me llamo Riley. ¿Sirves aquí?

Estaba claro que esa niña pertenecía a la clase privilegiada.

—Pues si sirvo o no sirvo —contestó Blue— depende de mi estado de ánimo.

Riley era demasiado joven para captar la broma de un adulto.

—¿Vive alguien aquí?

—Yo. —Blue abrió la puerta principal y le hizo un gesto a Riley para que entrara.

Riley miró con atención el interior. Su voz temblaba de desilusión.

—No hay nada. No hay muebles.

—Alguno sí. La cocina está casi acabada.

—¿Pero ahora no vive nadie aquí?

Blue decidió pasar por alto la pregunta hasta descubrir lo que buscaba la niña.

—Tengo hambre. ¿Y tú? ¿Prefieres huevos o cereales?

—Cereales, por favor. —Arrastrando los pies, Riley la siguió por el vestíbulo hasta la cocina.

—El cuarto de baño está allí. Aún no tiene puerta, pero los pintores tardarán un poco en llegar, así que si quieres lavarte, nadie te molestará.

La chica miró alrededor, se fijó en el comedor y luego en las escaleras antes de dirigirse al cuarto de baño con la mochila.

Blue había dejado algunos alimentos imperecederos en las bolsas hasta que los pintores terminaran. Entró en la despensa y cogió unas cajas de cereales. Cuando Riley regresó con la mochila y el plumífero en la mano, Blue colocó todo sobre la mesa, incluyendo una jarrita llena de leche.

—Elige.

Riley se llenó el tazón de Honey Nut Cheerios y añadió tres cucharillas de azúcar. Se había lavado las manos y la cara, y algunos rizos se le pegaban a la frente. Los pantalones le quedaban demasiado ajustados, igual que la camiseta blanca con la palabra SEXY estampada en brillantes letras púrpura. Blue no podía imaginar una palabra menos apropiada para describir a esa niña tan seria.

Se frió un huevo para ella, se hizo una tostada y llevó su plato a la mesa. Esperó a que la niña hubiera acabado antes de comenzar a hablar.

—Tengo treinta años. ¿Cuántos años tienes tú?

—Once.

—Eres muy joven para andar sola por el mundo.

Riley dejó la cuchara en el tazón.

—Estoy buscando a... alguien. Una especie de familiar. No... no un hermano ni nada así —añadió rápidamente—. Algo como un primo. Creí... que podría estar aquí.

En ese momento, se abrió la puerta trasera y se oyó el tintineo de unas pulseras. April apareció al instante.

—Tenemos compañía —dijo Blue—. La encontré dormida en el porche. Te presento a mi amiga Riley.

April giró la cabeza y un aro plateado asomó entre su pelo.

—¿En el porche?

Blue dejó la tostada.

—Esta buscando a un familiar.

—Los carpinteros llegarán pronto. —April le dedicó a Riley una sonrisa—. ¿O tu pariente es uno de los pintores?

—Mi... mi pariente no trabaja aquí —balbuceó Riley—. Se... se supone que vive aquí.

La rodilla de Blue chocó ruidosamente contra la pata de la mesa. La sonrisa de April desapareció.

—¿Que vive aquí?

La chica asintió con la cabeza.

—¿Riley? —April se agarró al borde de la mesa—. ¿Cómo te apellidas?

Riley inclinó la cabeza sobre el tazón de cereales.

—No quiero decírtelo.

April palideció.

—Eres la hija de Jack, ¿verdad? La hija de Jack y Marli.

Blue casi se atragantó. Una cosa era sospechar el parentesco entre Dean y Jack Patriot, y otra confirmarlo. Riley era hija de Jack Patriot, y a pesar de su torpe intento por ocultarlo, el familiar que estaba buscando sólo podía ser Dean.

Riley se apartó un mechón de pelo de la cara mientras seguía mirando el tazón.

—¿Me conoces?

—Yo..., sí —dijo April—. ¿Cómo has llegado hasta aquí? Vives en Nashville.

—Estoy de paso. Con una amiga de mi madre. Tiene treinta años.

April no señaló la obviedad de la mentira.

—Siento lo de tu madre. ¿Tu padre sabe dónde estás? —El semblante de April se endureció—. Por supuesto que no lo sabe. No tiene ni idea, ¿verdad?

—La mayor parte del tiempo no sabe por dónde ando. Pero es muy simpático.

—Simpático... —April se frotó la frente—. ¿Y quién se encarga de ti?

—Tengo una *au-pair*.

April cogió el bloc de notas que había dejado sobre la encimera la noche anterior.

—Dame su número para llamarla.

—No creo que se haya levantado aún.

April cerró los ojos.

—Te aseguro que no le importará que la despierte.

Riley apartó la mirada.

—¿Puedes decirme si mi... mi primo vive aquí? Tengo que encontrarle.

—¿Para qué? —dijo April entre dientes—. ¿Para qué tienes que encontrarlo?

—Porque... —Riley tragó—, porque tengo que hablarle de mí.

April soltó un tembloroso suspiro. Miró su bloc.

—Eso no va a ser tan fácil como crees.

Riley la miró fijamente.

—¿Sabes dónde está? ¿Lo sabes?

—No. No lo sé —dijo April con rapidez. Miró a Blue, que todavía trataba de asimilar lo que estaba oyendo. Dean no se parecía a Jack Patriot, pero Riley sí. Tenían el mismo tono aceitunado de piel, el pelo color caoba y la nariz recta. Esos enigmáticos ojos color miel la habían mirado desde infinidad de portadas de discos.

—Mientras hablo con Riley —le dijo April a Blue—, ¿puedes encargarte del problema de arriba?

Blue captó el mensaje. Suponía que April quería mantener a Dean a distancia. Cuando era una niña, le habían dolido los secretos soterrados de los adultos, y no le gustaba ocultar a los niños la verdad, pero esto no era asunto suyo. Se apartó de la mesa, pero antes de poder levantarse, se oyó un ruido de pasos en el vestíbulo.

April tomó a Riley de la mano.

—Vamos fuera para hablar.

Era demasiado tarde.

—Huele a café. —Dean entró en la cocina, se acababa de dar una ducha, pero no se había afeitado; era un anuncio andante de *GQ* con unas bermudas azules, una camiseta amarilla con el logotipo de Nike Swoosh y unas deportivas aerodinámicas de color verde lima. Vio a Riley y sonrió.

—Buenos días.

Riley se quedó paralizada, con los ojos clavados en él. April se apretó el estómago como si le doliese. Riley abrió la boca. Finalmente, recuperó el habla.

—Soy Riley. —Su voz fue apenas un graznido.

—Hola, Riley. Soy Dean.

—Ya lo sé —dijo ella—. Tengo un álbum.

—¿De veras? ¿Qué clase de álbum?

—Uno... sobre ti.

—¿En serio? —Dean se dirigió a la cafetera—. Así que te gusta el fútbol americano.

—Soy... —se humedeció los labios—, soy algo así como una prima tuya.

Dean giró la cabeza.

—Yo no tengo pri....

—Riley es la hija de Marli Moffatt —dijo April con tono glacial.

Riley sólo lo miraba a él.

—Jack Patriot también es mi padre.

Dean clavó la vista en ella.

Riley se sonrojó por la agitación.

—¡No quería decirlo! —gimió—. Nunca le dicho nada a nadie sobre ti. Lo juro.

Dean estaba paralizado. April parecía incapaz de moverse. Los afligidos ojos de Riley se llenaron de lágrimas. Blue no podía quedarse quieta presenciando tanto dolor, y se levantó de la silla.

—Dean acaba de levantarse de la cama, Riley. Démosle unos minutos para que se espabile.

Dean intercambió una mirada con su madre.

—¿Qué está haciendo aquí?

April se apoyó contra la encimera.

—Supongo que está tratando de encontrarte.

Blue podía ver que ese encuentro no se estaba desarrollando tal como Riley había imaginado. Las lágrimas amenazaban con desbordar los ojos de la niña.

—Lo siento. No volveré a mencionarlo.

Dean era el adulto y debería hacerse cargo de la situación, pero estaba tenso y silencioso. Blue se acercó a Riley.

—Dean no se ha tomado aún el café y parece un oso gruñón. Mientras se espabila, voy a enseñarte dónde dormí anoche. No te lo vas a creer.

Cuando Blue tenía once años, habría desafiado a cualquiera que intentara alejarla, pero Riley estaba acostumbrada a mostrar una ciega obediencia. Agachó la cabeza y cogió a regañadientes la mochila. La niña era la viva imagen de la pena, y Blue sintió simpatía por ella. Le rodeó los hombros con un brazo y la condujo a la puerta lateral.

—Primero tienes que decirme qué sabes de los gitanos.

—No sé nada —murmuró Riley.

—Por suerte para ti, yo sí.

Dean esperó a que la puerta se cerrara. En menos de veinticuatro horas, dos personas habían averiguado el secreto que llevaba años ocultando. Se volvió hacia April.

—¿Por qué demonios ha venido? ¿Sabías algo de esto?

—Por supuesto que no lo sabía —replicó April—. Blue la encontró dormida en el porche. Ha debido escaparse de casa. Por lo visto sólo la cuida una *au-pair*.

—¿Quieres decir que ese egoísta hijo de perra la ha dejado sola dos semanas después de que muriera su madre?

—¿Cómo voy a saberlo? Hace más de treinta años que no hablo con él.

—Esto es jodidamente increíble. —La apuntó con el dedo—. Localízale ahora mismo y dile que envíe ya a uno de sus lacayos para recogerla. —Vio que April tensaba la mandíbula. Era obvio que no le gustaba que le dieran órdenes. Lástima. Se dirigió a la puerta—. Voy a hablar con ella.

—¡No lo hagas! —El tono vehemente de April lo detuvo—. Has visto la manera en que te miraba. Es fácil darse cuenta de lo que quiere. No te acerques a ella, Dean. Es una crueldad dejar que se haga ilusiones. Blue y yo nos encargaremos de esto. No permitas que te tome cariño para luego dejarla de lado.

Él no pudo ocultar su amargura.

—Habló April Robillard, la experta en niños. ¿Cómo he podido olvidarlo?

Su madre podía ser muy dura cuando quería, y levantó la barbilla con orgullo.

—Tú has salido la mar de bien, después de todo.

Él le dirigió una mirada enojada y salió por la puerta lateral. Pero a mitad de camino aminoró el paso. Ella tenía razón. El anhelo en la mirada de Riley decía que buscaba en él lo que sabía que no encontraría en su padre. El que Jack hubiera abandonado a esa niña poco tiempo después del entierro de su madre describía su futuro con letras bien grandes: un internado caro y vacaciones con niñeras.

Pero aun así, estaría mejor de lo que estuvo él. Él había tenido que pasar sus vacaciones en casas de lujo, hoteluchos de mala muerte, o sórdidos apartamentos dependiendo de qué hombre o adicción tuviera April en ese momento. Con el tiempo le habían ofrecido desde marihuana y alcohol a prostitutas, y, por lo general había aceptado de todo. Para ser justos con ella, April no lo había sabido, pero debería haberlo hecho. Debería haber sabido un montón de cosas.

Ahora Riley había ido a buscarlo, y a menos que hubiera malinterpretado el anhelo de su mirada, quería que él formara parte de su familia. Pero era imposible. Había mantenido en secreto su parentesco con Jack Patriot durante demasiado tiempo para que todo se descubriera ahora. Sí, sentía lástima por ella, y esperaba por su bien que las cosas mejorasen, pero eso era todo lo que iba a obtener de él. Riley era problema de Jack, no suyo.

Se agachó para entrar en la caravana gitana. Blue y Riley estaban sentadas en la cama del fondo. Blue seguía vistiendo como de costumbre, luciendo esa cara de libro de rimas infantiles de Mamá Ganso no apto para menores en contraposición a unos pantalones flojos de yoga, que eran la idea que él tenía de lo que se pondría un payaso, y una camiseta naranja lo suficientemente grande para albergar un circo. La niña lo miró, había un mundo de sufrimiento reflejado en esa cara redonda. Llevaba unas ropas demasiado ajustadas y exclusivas, y la palabra SEXY de su camiseta se veía obscena sobre la inocente promesa de sus pechos. No le creería si intentara convencerla de que estaba equivocada respecto a su parentesco con Jack.

Ver tanta desesperación en el semblante de Riley le trajo malos recuerdos, y le habló con más severidad de la que pretendía.

—¿Cómo me has encontrado?

Ella miró a Blue, asustada de revelar más de lo que quería. Blue palmeó la rodilla de Riley.

—Está bien.

La niña se pasó la punta del dedo por el pantalón de pana color lavanda.

—El novio de mi madre... le habló sobre ti el año pasado. Les oí sin querer. Él trabajaba para mi padre. Pero le hizo jurar que no se lo diría a nadie, ni siquiera a tía Gayle.

Dean apoyó una de sus manos en un lado de la caravana.

—Me sorprende que tu madre supiera de la granja.

—No creo que lo supiera. Oí sin querer a mi padre mencionar este lugar mientras hablaba por teléfono.

Riley parecía oír sin querer un montón de cosas. Dean se preguntó cómo se habría enterado su padre de lo de la granja.

—Dame tu teléfono —dijo—, así podré llamar a tu casa para decirles que estás bien.

—Sólo está Ava, y no le gusta que el teléfono la despierte tan temprano. Molesta a Peter. —Riley se mordisqueó el esmalte de uñas azul del pulgar—. Peter es el novio de Ava.

—¿Ava es tu *au-pair*? —preguntó. «Bonito trabajo, Jack.»

Riley asintió.

—Es muy guapa.

—E increíblemente competente —intervino Blue arrastrando las palabras.

—No le he hablado a nadie sobre ti... ya sabes —dijo con seriedad—. Sé que es un gran secreto. Y creo que mi madre tampoco lo ha hecho.

Secretos. Dean se había pasado casi toda su infancia creyendo que su padre era Bruce Springsteen. April incluso se había inventado una historia sobre que Bruce había escrito «Candy's Room» pensando en ella. Pero sólo lo había hecho con la mejor de las intenciones, claro. Cuando Dean tenía trece años y April había hecho un alto en el camino en Dios sabía dónde, le había contado impulsivamente la verdad, y el ya demasiado caótico mundo de Dean se había venido abajo.

Finalmente, él había encontrado el nombre del abogado de Jack entre las cosas de April, junto con un montón de fotos de April y Jack juntos y la prueba del dinero que Jack desembolsaba para su manutención. Había llamado al abogado sin decirle nada a April. El tío había intentado sacárselo de encima con evasivas, pero Dean había sido tan terco entonces como lo era ahora, y al final, Jack le había llamado. Había sido una conversación breve e incómoda. Cuando April se enteró, desapareció del mapa durante un largo fin de semana.

Dean y Jack tuvieron su primer encuentro cara a cara —una reunión secreta y embarazosa— en un bungalow del Chateau Marmont cuando Jack había hecho una parada en Los Ángeles durante la gira de *Mud and Madness*. Jack había intentado actuar como si fuera el mejor amigo de Dean, pero Dean no había picado. Después de eso, Jack había insistido en verlo un par de veces al año, y cada encuentro secreto era más deprimente que el anterior. A los dieciséis, Dean se rebeló.

Jack lo dejó en paz hasta el segundo año de universidad de Dean en USC, cuando su rostro apareció en el *Sport Illustrated*. Jack empezó a llamarlo de nuevo, pero Dean lo había expulsado de su vida. Aun así, Jack había ido a verlo jugar algunas veces, y Dean había oído comentar que se había visto a Jack Patriot en un partido de los Stars.

Bueno, ahora tenía que centrarse en el presente.

—Necesito tu número de teléfono, Riley.

—Nunca me acuerdo de ese tipo de cosas.

—¿Te has olvidado de tu número de teléfono?

Ella asintió con rapidez.

—Pues me pareces una niña bastante lista.

—Lo soy, pero... —tragó saliva—. Sé mucho de fútbol americano. El año pasado, completaste trescientos cuarenta y seis pases, sólo te placaron doce veces, y te interceptaron diecisiete.

Dean solía pedirle a la gente que no le recordara lo de las intercepciones, pero no quería inquietarla más de lo necesario.

—Estoy impresionado. Es interesante que puedas recordar todo eso y no tu número de teléfono.

Ella se puso la mochila en el regazo.

—Tengo algo para ti. Lo hice yo. —Abrió la cremallera y sacó un álbum de fotos azul. El nudo que Dean sentía en el estómago se contrajo al contemplar la portada, que había sido cuidadosamente pintada a mano. Usando acuarelas y rotuladores, había dibujado el logotipo dorado y azul de los Stars con un elaborado diez —el número de Dean— en el centro. Unos corazones con alas y estandartes con su nombre, *Boo*, decoraba el borde. Se sintió feliz de que Blue tomara la palabra porque él se quedó sin saber qué decir.

—Es un trabajo muy bueno desde un punto de vista artístico.

—Trinity lo hace mejor —contestó Riley—. Es más detallista.

—El detalle no siempre es lo que cuenta en el arte —dijo Blue.

—Mi madre dice que ser detallista es importante. O solía decirlo.

—Lamento mucho lo de tu madre —dijo Blue en voz baja—. ¿Ha sido muy duro para ti?

Riley frotó uno de los corazones de la portada del álbum.

—Trinity es mi prima. También tiene once años, y es muy guapa. Es hija de mi tía Gayle.

—Apuesto lo que quieras a que Trinity se preocupará por ti cuando se entere de que has desaparecido —dijo él.

—Oh, no —contestó Riley—. Trinity estará contenta. Me odia. Piensa que soy un bicho raro.

—¿Y lo eres? —preguntó Blue.

Dean no entendía a dónde pretendía llegar con eso, pero Blue ignoró su mirada torva.

—Supongo —dijo Riley.

Blue sonrió.

—Yo también. ¿No es genial? Los bichos raros son las personas más interesantes, ¿no te parece? Todos los demás son aburridos. Trinity, por ejemplo. Puede que sea guapa, pero es aburrida, ¿no?

Riley parpadeó.

—Lo es. Todo lo que quiere es hablar de chicos.

—¡Puaf! —Blue arrugó la cara más de lo necesario.

—O de ropa.

—Qué asco.

—Mira quién habla —masculló él.

Pero Riley ya le seguía el juego a Blue.

—O de que vomitar es lo mejor para no engordar.

—Estarás de broma —Blue arrugó su pequeña nariz afilada—. ¿Cómo sabe eso?

—Vomitar es muy importante para tía Gayle.

—Lo he pillado. —Blue le dirigió a Dean una rápida mirada—. Supongo que tía Gayle es también guapa y aburrida.

—Sí. Siempre me llama «cariño» cuando me ve y me quiere dar un beso, pero todo es pura hipocresía. También piensa que soy un bicho raro además de gorda. —Riley tiró con fuerza del dobladillo de su camiseta intentando cubrir el pequeño michelín que sobresalía por la cinturilla de los pantalones.

—La gente así me da pena —dijo Blue con seriedad—. La gente que siempre cree tener razón. Mi madre, que es una mujer de fuertes convicciones, me enseñó que no puedes sacar provecho de la vida si te pasas el tiempo criticando a los demás porque no son ni se comportan como una piensa que deberían hacerlo.

—¿Y tu madre... está... viva?

—Sí. Está en Sudamérica ayudando a unas chicas. —El semblante de Blue se volvió sombrío.

—No parece aburrido —dijo Riley.

—Es una mujer impresionante.

«Una mujer impresionante —pensó Dean— que había dejado que su única hija se criara con desconocidos.» Pero al menos Virgi-

128

nia Bailey no se había pasado las noches colocándose y follando con estrellas del rock.

Blue pasó por su lado para coger su móvil de la mesa.

—Necesito que hagas algo por mí, Riley. Entiendo que no quieras darle a Dean tu número de teléfono, y comprendo tu privacidad hasta cierto punto. Pero tienes que llamar a Ava para decirle que estás bien. —Le tendió su teléfono.

Riley lo miró, pero no lo cogió.

—Hazlo. —Aunque Blue parecía una fugitiva del Reino de las Hadas, podía comportarse como un sargento de artillería si la situación lo requería, y Dean no se sintió sorprendido cuando Riley cogió el teléfono y marcó el número.

Blue se sentó a su lado. Pasaron varios segundos.

—Hola, Ava, soy yo, Riley. Estoy bien. Estoy con adultos responsables, así que no te preocupes por mí. Dale recuerdos a Peter. —Colgó y le devolvió el teléfono a Blue. Sus ojos, tan llenos de anhelo, se volvieron hacia Dean—. ¿Te gustaría ver el álbum?

No quería herir los sentimientos de esa niña tan frágil dándole falsas esperanzas.

—Quizá después —dijo bruscamente—. Tengo cosas que hacer. —Miró a Blue—. Dame un abrazo antes de que me vaya, cariño.

Ella se levantó, sin protestar por primera vez desde que la conocía. La aparición de Riley era un obstáculo en su plan para ocuparse de la mentira que le había contado de April, pero sólo de momento. Se acercó al centro de la caravana para no darse con la cabeza en el techo. Ella le rodeó la cintura con los brazos. Él se propuso conseguir algo más, pero ella debió de leerle el pensamiento porque le pellizcó por encima de la camiseta.

—Ay.

Ella le sonrió cuando se apartó.

—¿Me echarás de menos, bomboncito?

Él le dirigió una mirada torva, pasó por su lado y abandonó la caravana.

Tan pronto como estuvo fuera de la vista, metió la mano en el bolsillo trasero y cogió el móvil que ella había metido allí. Revisó rápidamente los menús, volvió a marcar el último número y comprobó que era el contestador de una compañía de seguros de Chattanooga.

Esa niña no tenía ni un pelo de tonta.

Ahora que tenía el móvil de Blue, aprovechó para examinar con rapidez las llamadas recibidas hasta llegar a la fecha que quería. Entró en el buzón de voz y metió la contraseña que le había observado marcar un par de días antes. Blue no había vaciado el buzón de voz y Dean escuchó el mensaje de su madre con auténtico interés.

Dentro de la caravana, Blue observaba cómo Riley volvía a meter lentamente el álbum en la mochila.

—No sabía que era tu novio —dijo ella—. Pensaba que eras la mujer de la limpieza o algo así.

Blue suspiró. Incluso a los once años, esa niña sabía que las Blue Bailey del mundo no estaban a la altura de los Dean Robillard.

—Le gustas un montón —dijo Riley con tristeza.

—Es aburrido.

April metió la cabeza en la caravana.

—Me he olvidado algo en la casita de invitados. ¿Os gustaría venir conmigo? Es un paseo agradable.

Blue todavía no se había duchado, pero mantener a Riley alejada de Dean parecía una buena idea, y sospechaba que ésa era la intención de April. Además, quería conocer la casita de invitados.

—Claro. A los bichos raros nos gustan las aventuras.

April arqueó una ceja.

—¿Bichos raros?

—No te preocupes —dijo Riley cortésmente—. Eres demasiado bonita para ser un bicho raro.

—Alto —dijo Blue—. No podemos tener prejuicios sólo porque sea guapa. Ser un bicho raro es un estado de ánimo. April tiene mucha imaginación. Y también tiene corazón de bicho raro.

—Me siento honrada —dijo April con sequedad. Y luego le dirigió a Riley una sonrisa forzada—. ¿Quieres ver mi estanque secreto?

—¿Tienes un estanque secreto?

—Te lo enseñaré.

Riley agarró la mochila, y ambas siguieron a April fuera de la caravana.

9

La pequeña casa de invitados se asentaba detrás de una cerca de estacas desvencijadas. Las agujas de los pinos cubrían el tejado de cinc, y cuatro pilares de madera sostenían el deteriorado porche. La pintura que una vez había sido blanca se había vuelto gris, y las contraventanas se habían quedado de un verde descolorido.

—¿Vives aquí? —preguntó Riley.

—Sólo durante un par de meses —contestó April—. Tengo un apartamento en Los Ángeles.

Cuando Blue vio el Saab plateado con matrícula de California que había aparcado a la sombra al lado de la casa, supuso que lo de ser estilista de moda estaba muy bien pagado.

—¿No tienes miedo por la noche? —continuó Riley—. ¿Y si aparece un secuestrador o un asesino en serie?

April las guió hasta el porche de madera chirriante.

—Ya hay suficientes cosas en la vida de las que preocuparse. Y los asesinos en serie no suelen molestarse en venir hasta aquí.

Las condujo por el porche.

Se había soltado una tabla de la puerta. April no la había cerrado y entraron en la sala, que tenía el suelo de madera y dos ventanas con cortinas de encaje. Parches de luz se filtraban por las ventanas iluminando el empapelado azul y rosa de la pared y los cuadros que allí colgaban. La habitación tenía pocos muebles: un sofá con cojines, una cómoda con tres cajones, y una mesa con una vieja lámpara de latón, una botella de agua vacía, un libro y un montón de revistas de moda.

—Hubo inquilinos aquí hasta hace seis meses —dijo April—. Me instalé en cuanto la limpiaron. —Se dirigió a la cocina que se veía al fondo—. Husmead lo que queráis mientras voy a buscar mi bloc.

No había demasiado que ver, pero Blue y Riley curiosearon en los dos dormitorios. El más grande tenía una encantadora cama con un cabecero de hierro esmaltado en blanco. Había un par de lámparas rosas en un tocador antiguo a juego con las mesillas. April había adornado la cama con un montón de cojines y un cubrecama color lavanda combinado con los ramilletes de flores del empapelado pálido. Con una alfombra y algunos adornos más, la habitación podría haber aparecido en cualquier revista de mercadillos.

El cuarto de baño con toallas verde mar no era tan encantador; ni tampoco la cocina, que tenía la encimera gastada y un suelo de linóleo imitando losetas rojas. Aun así, el frutero de mimbre con peras y el jarrón de barro lleno de flores sobre la mesa daban un toque hogareño.

April entró en la cocina tras ellas.

—No encuentro mi bloc por ningún lado. He debido dejarlo en la casa. Riley, hay una manta en el armario del dormitorio, ¿puedes ir por ella? Así podremos sentarnos junto al estanque. Llevaré también té helado.

Riley fue a por la manta mientras April vertía té helado en tres vasos azules. Los llevaron fueran. Detrás de la casita, el estanque brillaba bajo el sol, y se reflejaban en él los sauces que rodeaban la orilla. Las libélulas zumbaban sobre el agua, y una familia de patos nadaba cerca de un árbol caído que formaba un embarcadero natural. April las guió hacia dos sillas rojas metálicas algo abolladas con respaldos de rejilla que miraban al estanque. Riley estudió el agua con reticencia.

—¿Hay serpientes?

—He visto un par tomando el sol sobre ese tronco caído. —April se acomodó en una silla mientras Blue se sentaba en la otra—. No parecían tener miedo. ¿Sabías que las serpientes son muy suaves?

—¿Las has tocado?

—No a ésas.

—Jamás tocaría una serpiente. —Riley dejó caer la mochila y la manta al lado de las sillas—. Me gustan los perros. Cuando sea mayor, voy a tener una granja con muchos perros.

April sonrió.

—Parece estupendo.

También se lo parecía a Blue. Imaginó cielos azules, nubes blancas y algodonosas y un prado cubierto de hierba verde con un montón de perritos correteando por ahí.

Riley extendió la manta. Sin levantar la vista, dijo:

—Eres la madre de Dean, ¿no?

April detuvo la taza de té de camino a su boca.

—¿Cómo lo has sabido?

—Sé que su madre se llama April. Y Blue te llamó así.

April tomó un sorbo con lentitud antes de contestar.

—Sí, soy su madre. —Pero no intentó mentirle a Riley. Le contó que Dean y ella tenían una difícil relación y, brevemente, le explicó la charada sobre Susan O'Hara. Riley, que parecía comprender los problemas familiares de las celebridades, se quedó satisfecha.

Tantos secretos, pensó Blue. Tiró de la camiseta que ponía MI CUERPO POR UNA CERVEZA.

—Aún no me he duchado. Aunque tampoco se notaría la diferencia si lo hiciera. No me importa demasiado la ropa.

—Te importa a tu manera —dijo April.

—¿Qué quieres decir?

—Tu ropa es un camuflaje.

—No es un camuflaje, la uso por comodidad. —No era exactamente verdad, pero no estaba dispuesta a revelar más sobre sí misma.

Sonó el teléfono de April que miró el identificador de llamadas y se excusó. Riley se acomodó en la manta y utilizó la mochila de almohada. Blue observó cómo los patos metían la cabeza en el agua buscando comida.

—Ojalá hubiera traído mi bloc —dijo ella cuando regresó April—. Este sitio es precioso.

—¿Eres pintora profesional?

—Sí, y no. —Blue esbozó brevemente su carrera académica y su poco satisfactorio paso por la universidad de arte. Entonces les llegó un suave sonido de la figura inmóvil de Riley. Se había quedado dormida sobre la manta.

—Localicé al agente de su padre —dijo April—. Me prometió que vendría alguien a recogerla a última hora de la tarde.

Blue no podía creer estar sentada al lado de una persona que sabía cómo localizar al agente de Jack Patriot. April golpeó con la punta de la chancla una flor de diente de león.

—¿Dean y tú ya habéis pensado en alguna fecha?

Blue no pensaba seguir la mentira de Dean, pero tampoco tenía intención de sacarle las castañas del fuego.

—No hemos llegado a ese punto.

133

—Por lo que sé, eres la única mujer a la que le ha pedido que se case con él.

—Se siente atraído por mí porque soy diferente. En cuanto se le pase la novedad, buscará una salida.

—¿De verdad crees eso?

—Apenas sé nada de él —dijo ella sin faltar a la verdad—. Ni siquiera tenía la seguridad de quién era su padre hasta hoy.

—Odia hablar de su infancia, o por lo menos de las partes que me incluyen a mí y a Jack. No lo culpo. He vivido de una manera irresponsable e inconsciente.

Riley suspiró en sueños. Blue ladeó la cabeza.

—¿Fue realmente tan malo?

—Sí, lo fue. No me llamaba *groupie* a mí misma porque no me acostaba con todos. Pero sí lo hice con muchos, y hay un límite de rockeros con los que una puede acostarse antes de cruzar la línea.

A Blue le habría encantado preguntarle exactamente quiénes eran los rockeros con los que había estado. Por fortuna, aún le quedaba algo de cordura y no lo hizo. Sin embargo, le molestaba que no se juzgara a los rockeros con el mismo rasero.

—¿Por qué nadie apunta con el dedo a los rockeros que se lían con *groupies*? ¿Por qué siempre la toman con las mujeres?

—Porque las cosas son así. Algunas mujeres aceptan su pasado como *groupies*. Pamela Des Barres ha escrito algunos libros sobre eso. Pero yo no pude. Les dejé usar mi cuerpo como si fuera un cubo de basura. Les dejé. Nadie me forzó. No me respetaba a mí misma, y eso es de lo que me avergüenzo ahora. —Levantó la cara al sol—. Me gustaba ese estilo de vida. La música, los hombres, las drogas. Dejé que me atrapara. Me encantaba bailar toda la noche y luego escaquearme de mi trabajo como modelo para montarme en un avión privado y volar al otro extremo del país, sin importar que también le había prometido a mi hijo ir a verlo al colegio. —Miró a Blue—. Deberías haber visto la cara de Dean cuando cumplía alguna de mis promesas. Me arrastraba de un amigo a otro, presumiendo delante de todos, hablando tan rápido que se ponía rojo. Era como si tuviera que demostrar a sus amigos que yo existía de verdad. Eso acabó cuando tenía trece años. Un niño perdona a su madre cualquier cosa, pero cuando crece, ya has perdido toda posibilidad de redención.

Blue pensó en su madre.

—Has reorganizado tu vida. Tienes que sentirte orgullosa de eso.

—Fue un largo viaje.

—Estaría bien que Dean te perdonara.

—No lo hará, Blue. No puedes imaginar por todo lo que le hice pasar.

Blue sí se lo podía imaginar. Quizá no de la manera que April pensaba, pero sabía lo que se sentía cuando uno no podía contar con su madre.

—Puede que en algún momento comprenda que no eres la misma persona. Al menos debería darte una oportunidad.

—No te metas en esto. Sé que tienes buenas intenciones, pero Dean tiene muy buenas razones para pensar como lo hace. Si no hubiera aprendido a protegerse, no se habría convertido en el hombre que es ahora. —Se miró el reloj, y se levantó de la silla—. Tengo que hablar con los pintores.

Blue miró a Riley, que se había hecho un ovillo en la manta.

—Dejémosla dormir. Me quedaré con ella.

—¿No te importa?

—Si tienes un poco de papel, dibujaré un poco.

—Claro, ahora te lo traigo.

—Y quizá use tu baño mientras estoy por aquí. Si no te importa...

—Coge lo que necesites. Desodorante, pasta de dientes... —hizo una pausa—, maquillaje.

Blue sonrió.

April le devolvió la sonrisa.

—También te dejaré algunas ropas para que puedas cambiarte.

Blue no creía que algo que hubiera sido diseñado para el cuerpo esbelto de April le sentara bien a ella, pero se lo agradeció de todos modos.

—Las llaves del coche están en la encimera —dijo April—. Hay un billete de veinte en el cajón de la mesilla de mi dormitorio. Cuando Riley despierte, ¿por qué no la llevas a comer al pueblo?

—No quiero tu dinero.

—Se lo cobraré a Dean. Por favor, Blue. Quiero mantenerla alejada de él hasta que llegue la gente de Jack.

Blue no estaba segura de que mantener alejada a esa niña de once años fuera lo mejor para Riley o Dean, pero ya la habían amonestado bastante por andar entrometiéndose, así que asintió a regañadientes.

—Vale.

April le había dejado una delicada camisola rosa y una pequeña y frívola falda de volantes. Había modificado ambas prendas con algún tipo de cinta para hacerlas más pequeñas. Blue sabía que estaría adorable con esa ropa. Muy adorable. Vestir esas prendas sería como llevar el cártel de ÉCHAME UN POLVO. Ése era el problema al que se enfrentaba Blue cada vez que se arreglaba; el principal motivo de que hubiera dejado de hacerlo.

En vez de ponerse las ropas que había sobre la cama, Blue cogió una camiseta azul marino. No mejoraba su pantalón de yoga color púrpura, pero no podía soportar aparecer en público con la camiseta naranja de MI CUERPO POR UNA CERVEZA. Aunque la vanidad pudo con ella y cogió el maquillaje de April, se aplicó un poco de colorete rosa en las mejillas, carmín en los labios, y rímel para resaltar el largo de sus pestañas. Por una vez, quería que Dean se diera cuenta de que era capaz de estar decente. Aunque en realidad tampoco le importaba lo que pensara Dean de ella.

—Te queda muy bien el maquillaje —dijo Riley desde el asiento del acompañante del Saab de April cuando ambas se dirigieron al pueblo—. No se te ve tan desarreglada.

—Has pasado demasiado tiempo con esa horrible Trinity.

—Eres la única persona que piensa que es horrible. Todos los demás la adoran.

—No, no lo hacen. Bueno, su madre probablemente sí. El resto sólo lo fingen.

Riley le dirigió una sonrisa culpable.

—Me encanta cuando dices cosas malas de Trinity.

Blue se rio.

Como en Garrison no había ningún Pizza Hut, fueron a Josie's, el restaurante que había enfrente de la farmacia. Josie's era un lugar que carecía de encanto, la comida era asquerosa, y para colmo no necesitaba personal, pero a Riley le gustó.

—Nunca había comido en un sitio así. Es distinto.

—Definitivamente tiene carácter. —Blue pidió un sándwich de bacon, lechuga y tomate, que resultó tener más lechuga que bacon o tomate.

Riley partió un trozo de tomate de su hamburguesa.

—¿Qué quieres decir?

—Quiero decir que es único.

Riley consideró la idea.

—Como tú.

—Gracias. Tú también eres única.

Riley se llevó una patata frita a la boca.

—Eres muy amable.

Riley se había dejado puesta la camiseta SEXY, pero se había cambiado los sucios pantalones de pana color lavanda por unos vaqueros cortos muy apretados, tanto que le comprimían el estómago. Se habían sentado en un reservado con asientos de vinilo desde donde podían ver una mala colección de paisajes del antiguo oeste pintados sobre las desvaídas paredes en tono azul pastel y unas polvorientas figuras de bailarinas sobre un estante. Un par de ventiladores de techo esparcían el olor a fritura.

La puerta se abrió y el murmullo de conversaciones se interrumpió cuando una anciana de aspecto formidable entró cojeando y apoyándose en un bastón. Estaba demasiado gorda, e iba demasiado arreglada con unos holgados pantalones rosas y una camisa a juego en brillante color sandía. Múltiples cadenas de oro rodeaban su cuello formando una V alargada y los pedruscos de sus pendientes parecían ser diamantes de verdad. Era bastante probable que hubiera sido hermosa en su época, pero no había envejecido con garbo. La pesada melena rubio platino que se rizaba alrededor de su cara tenía que ser una peluca. Se había delineado las cejas con un lápiz color marrón claro pero no había tenido ningún reparo a la hora de utilizar el rímel y la brillante sombra azul. Un diminuto lunar, que alguna vez pudo ser seductor, salpicaba una de las comisuras de los labios pintados de un rosa brillante. Los anchos zapatos ortopédicos Oxford, que soportaban sus tobillos hinchados, era la única concesión que había hecho a la edad.

Nadie pareció feliz de verla, pero Blue la observó con interés. La mujer examinó el local abarrotado, su mirada repasó con desdén a los clientes habituales, luego se detuvo en Blue y Riley. Pasaron unos segundos mientras clavaba la mirada en ellas sin disimulo. Por fin, se acercó, la camisa rosa ocultaba unos formidables pechos que debían su colocación a un buen sujetador.

—¿Quiénes —dijo cuando llegó a su mesa— sois vosotras?

—Soy Blue Bailey. Ella es mi amiga Riley.

—¿Qué estáis haciendo aquí? —En su voz se apreciaba un leve acento de Brooklyn.

—Estábamos comiendo. ¿Y usted?

—Por si no lo habéis notado, tengo una cadera mal. ¿No vais a pedirme que me siente con vosotras?

Sus modales prepotentes divirtieron a Blue.

—Claro.

La horrorizada expresión de Riley indicaba que no quería a esa mujer cerca de ella, así que Blue se deslizó hacia la esquina para hacerle sitio. Pero la mujer señaló a Riley con la mano.

—Hazte a un lado.

Dejó un enorme bolso de paja sobre la mesa y se sentó con lentitud. Riley colocó la mochila entre las dos, intentando poner la mayor distancia posible.

La camarera apareció con un plato y un vaso de té helado.

—Lo que suele pedir llegará enseguida.

La mujer la ignoró para centrarse en Blue.

—Cuando pregunté qué estabais haciendo aquí, me refería en el pueblo.

—Estamos de paso —contestó Blue.

—¿De dónde sois?

—Bueno, yo no pertenezco a ningún sitio en particular. Riley es de Nashville. —Ladeó la cabeza—. Nosotras ya nos hemos presentado, ahora es su turno.

—Todos saben quien soy —se quejó la mujer.

—Nosotras no. —Aunque Blue lo sospechaba.

—Soy Nita Garrison, por supuesto. Soy la dueña del pueblo.

—Ah, genial. Llevo tiempo queriendo saber algo respecto a eso.

La camarera apareció de pronto con un plato donde había un poco de queso fresco y una pera en almíbar troceada en cuatro partes sobre una hoja de lechuga.

—Aquí tiene, señora Garrison. —Su tono amable contradecía la aversión de sus ojos—. ¿Puedo hacer algo más por usted?

—Sí, darme un cuerpo de veinte años —dijo la anciana con sarcasmo.

—Sí, señora. —La camarera desapareció a toda velocidad.

La señora Garrison examinó el tenedor, después pinchó un trozo de pera como si estuviera buscando un gusano.

—¿Cómo es posible que alguien sea el dueño de un pueblo? —preguntó Blue.

—Lo heredé de mi marido. Tienes un aspecto muy extraño.

—Tomaré eso como un cumplido.

—¿Bailas?

—Cada vez que puedo.

—Yo era una excelente bailarina. Impartí clases en el Arthur Murray Studio de Manhattan durante los años cincuenta. Incluso llegué a conocer al señor Murray. Tenía un programa de televisión, pero no lo recordarás, claro. —Su tono arrogante sugería que se debía más a una cuestión de estupidez por parte de Blue que a su edad.

—No, señora —contestó Blue—. Y cuando heredó este pueblo de su marido, ¿fue todo el pueblo o sólo una parte?

—Sólo las partes que interesan. —Pinchó el queso con el tenedor—. Estás con ese estúpido jugador de fútbol americano, ¿no? El que compró la granja Callaway.

—¡No es estúpido! —exclamó Riley—. Es el mejor *quarterback* de Estados Unidos.

—No estaba hablando contigo —le espetó la señora Garrison—. Eres una maleducada.

Riley palideció, y el despotismo de Nita Garrison ya no le pareció divertido a Blue.

—Riley tiene muy buenos modales. Y está en lo cierto. Dean tiene sus defectos, pero la estupidez no se encuentra entre ellos.

La expresión aturdida de Riley indicaba que no estaba acostumbrada a que nadie diera la cara por ella, lo que entristeció a Blue. Observó que otros clientes escuchaban sin disimulo su conversación.

En lugar de retroceder, Nita Garrison se revolvió como una gata rabiosa.

—Eres una de esas personas que consiente que los niños se comporten como les salga de las narices, ¿no? Que les deja hacer cualquier cosa que quieran. Bueno, pues no le estás haciendo un favor precisamente. Mírala. Está gorda, pero la dejas sentarse ahí y atiborrarse de patatas fritas.

La cara de Riley adquirió un tono escarlata. Avergonzada, inclinó la cabeza y miró el tablero de la mesa. Blue ya había tenido de sobra.

—Riley es perfecta, señora Garrison —dijo quedamente—. Y sus modales son bastante mejores que los suyos. Ahora apreciaría que se buscara otra mesa. Nos gustaría terminar de comer a solas.

—No pienso moverme de aquí. Este lugar es mío.

Aunque no habían terminado de comer, a Blue no le quedó más remedio que levantarse.

—Ya hemos terminado. Vamos, Riley.

Por desgracia, Riley estaba atrapada por la señora Garrison que no se movió. Al contrario, se burló de ellas, dejando al descubierto unos dientes manchados con lápiz de labios.

—Eres tan irrespetuosa como ella.

Blue ya se había levantado. Señaló el suelo con el dedo.

—Vamos, Riley. Ya.

Riley pilló la indirecta y logró meterse debajo de la mesa con la mochila a cuestas. Los ojos de Nita Garrison se convirtieron en dos rendijas furiosas.

—Nadie me deja plantada. Lo lamentaréis.

—Genial, porque yo no me asusto de nadie. No me importa lo vieja o lo rica que sea, señora Garrison. Es usted una mujer muy mezquina.

—Te arrepentirás de esto.

—No, no creo que lo haga. —Dejó caer el billete de veinte, algo que la mataba, pues la comida sólo costaba doce cincuenta. Pasó el brazo por los hombros de Riley y la condujo por el restaurante, ahora en silencio, hasta la acera.

—¿Crees que podríamos regresar ya a la granja? —susurró Riley cuando estaban lo suficientemente lejos de la puerta para que no las oyeran.

Blue habría querido seguir buscando trabajo, pero tendría que esperar. Abrazó a Riley.

—Claro que podemos. No dejes que esa anciana te moleste. Disfruta siendo mezquina. Se le ve en la cara.

—Supongo.

Blue siguió intentando tranquilizarla hasta que llegaron al Saab y condujeron por la calle mayor. Riley respondió cuando así lo requería, pero Blue sabía que las crueles palabras de la señora Garrison habían dado en el blanco.

Casi habían llegado al letrero de salida del pueblo cuando oyeron la sirena. Miró por el espejo retrovisor y vio un coche de la policía acercándose a ellas. No había sobrepasado el límite de velocidad, y no se había saltado ningún semáforo, así que le llevó un momento darse cuenta de que el policía iba tras ella.

Una hora después, estaba en la cárcel.

10

April y Dean llegaron a la vez para rescatarla. April traía el carnet de conducir de Blue y aclaró que el Saab era suyo. Dean pagó la fianza de Blue y cuando salió de la cárcel, comenzó a increparla:

—Te dejo sola un par de horas, y ¿qué haces? ¡Acabar en la cárcel! Me siento como si estuviera viviendo un episodio de *I love Lucy*.

—¡Me tendieron una trampa! —Blue dio con el hombro contra la puerta del Vanquish cuando Dean tomó un curva demasiado rápido. Estaba tan enfadada que quería golpear algo, empezando con él por no estar tan indignado como ella—. ¿Cuándo has oído que hayan metido a alguien en la cárcel por conducir sin llevar el carnet? En especial cuando se tiene un carnet en regla.

—Que no llevabas encima.

—Pero que podría haber presentado si me hubieran dado la oportunidad.

La policía no había cuestionado la declaración de Blue de que Riley era un familiar que visitaba la granja, y mientras Blue se cocía a fuego lento en la celda, Riley se había tomado una Coca-Cola al tiempo que miraba a Jerry Springer en la tele de la sala de espera. Aun así, había sido una experiencia terrible para alguien de once años, y April la había llevado de regreso a la granja tan pronto como la policía le devolvió las llaves del Saab.

—Todo este asunto ha sido una farsa. —Desde el asiento del acompañante Blue fulminó con la mirada a Dean, cuyos ojos azules tenía el color exacto de una tormenta en el océano.

Tomaron otra curva.

—No llevabas carnet, y conducías un coche con matrícula de

otro estado que no estaba registrado a tu nombre. ¿Cómo puede ser eso una trampa?

—Por Dios, todas esas revistas de moda te han debido de reblandecer el cerebro. Piensa un poco. Diez minutos después de haber plantado a Nita Garrison, la policía me detiene con la pobre excusa de que iban a comprobar los cinturones de seguridad. ¿Cómo te lo explicas?

Él respondió a su cólera con condescendencia.

—¿Estás insinuando que esa viejecita con la que te has peleado obligó a la policía a arrestarte?

—Ni siquiera la conoces —apuntó ella—. Nita Garrison es una persona muy mezquina, y tiene a todo el pueblo metido en el bolsillo.

—Eres un desastre. Desde que te recogí en aquella...

—Deja de hacerte el santurrón. Eres jugador profesional de fútbol americano. Seguro que has pisado la cárcel alguna vez.

Él se revolvió.

—Jamás he estado en prisión.

—Lo dudo. La NFL no deja que ningún jugador ponga los pies en el campo a no ser que lo hayan arrestado por lo menos dos veces por asalto y agresión... o le haya dado una buena paliza a su novia o esposa.

—No tiene gracia.

Y probablemente no la tenía, pero ella se sentía mucho mejor.

—Empieza desde el principio —dijo él—, y cuéntame exactamente lo que pasó con esa ancianita.

Blue le describió el encuentro con todo lujo de detalles. Cuando terminó, él guardó silencio unos momentos antes de hablar.

—No niego que Nita Garrison se ha pasado de la raya, pero ¿no crees que podías haber sido algo más comedida?

Blue se enfureció una vez más.

—No. A Riley no la defiende nadie. Nadie. Era el momento de cambiar esa situación.

Esperaba que él le dijera que tenía razón, pero lo único que hizo fue cambiar de tema y contarle la historia del pueblo.

—Hablé con los pintores sobre Garrison y me contaron su historia. —Unas horas antes, ella habría estado ansiosa por oírla, pero no cuando él aún no le había dado la razón.

Dean adelantó como un rayo a un Dodge Neon que había tenido la osadía de colocarse delante de él.

—Un político oportunista llamado Hiram Garrison compró aquí unos dos mil acres después de la Guerra de Secesión para construir un molino. Su hijo lo amplió (era ese molino abandonado que vimos desde la carretera) y fundó el pueblo sin deshacerse de un solo acre. Si la gente quería construir casas o poner negocios, tenían que arrendarle a él la tierra, incluso para la iglesia. Al final, todo fue a parar a su hijo Marshall. El marido de la señora Garrison.

—Pobre hombre.

—La conoció hace más de treinta años en un viaje a Nueva York. Él tenía ya cincuenta años en ese momento, y ella, toda una belleza, lo encandiló.

—Déjame decirte que esos días han pasado ya. —La lección de historia la había puesto en guardia. Tenía la impresión de que él sólo estaba intentado ganar tiempo, pero ¿para qué?

—Marshall compartía al parecer el rechazo de sus antepasados a vender ni un solo acre. Y como no tuvieron hijos, ella lo heredó todo cuando él murió..., la tierra donde se asienta el pueblo y casi todos los negocios.

—Es demasiado poder para una mujer tan horrible. —Se soltó la coleta y se la volvió a hacer—. ¿Se sabe cuánto pide?

—Veinte millones.

—Eso me sobrepasa. —Lo miró de reojo—. ¿Y a ti?

—No si vendo mi colección de cromos de béisbol.

Blue no había esperado que él revelara su fortuna, pero tampoco tenía que ser tan sarcástico al respecto.

Vislumbró una granja lechera cuando la carretera dejó atrás las curvas.

—El este de Tennessee es una zona en crecimiento. Muy popular entre los jubilados. Un grupo inversor de Memphis le hizo una oferta por quince millones, pero no la aceptó. La gente sospecha que en realidad no quiere vender. —El coche derrapó cuando tomaron el desvío hacia la granja Callaway—. Al no haber permitido que las grandes multinacionales se establezcan aquí, Garrison parece un lugar anacrónico anclado en el tiempo, un lugar arcaico y pintoresco, pero algo abandonado. Los dirigentes locales quieren sacar provecho de la parte atractiva del pueblo y convertirlo en un destino turístico, pero Nita se niega a cooperar.

Cuando él se pasó la granja a toda velocidad, ella se incorporó en el asiento.

—¡Oye! ¿A dónde vas?

—A algún lugar privado. —La carretera se convirtió en un camino de tierra. Apretando la mandíbula, añadió—: Donde podamos hablar.

El corazón de Blue se disparó.

—Ya hemos hablado. Ya no quiero hablar más.

—Demasiado tarde. —La carretera de tierra llena de baches terminaba bruscamente ante una valla oxidada que bordeaba un prado demasiado crecido. Apagó el motor y la atrapó con esos tormentosos ojos color océano—. Y ahora pasemos al tema principal del día. La inminente muerte de April y...

Ella tragó saliva.

—Una auténtica tragedia.

Él esperó. Su encanto había desaparecido, junto con el hombre sensato que vivía de ser más rápido, más listo y más fuerte que todos los demás. Debería haberlo visto venir y estar mejor preparada.

—Lo siento —dijo ella.

—Venga, los dos sabemos que lo puedes hacer mucho mejor.

Ella intentó abrir la puerta para tomar algo de aire y descubrió que estaba cerrada con llave. La familiar sensación de impotencia le produjo un subidón de adrenalina, pero justo cuando se disponía a luchar, saltó la cerradura y se abrió la puerta. Salió, y él la siguió. Ella se alejó en dirección a la valla oxidada.

—Sé que no debería haberme entrometido —dijo ella eligiendo las palabras con cuidado—. No era asunto mío. Pero parecía demasiado triste y yo soy un caso perdido en lo que se refiere a las relaciones maternas.

Dean se acercó a sus espaldas, la cogió por los hombros y la hizo girar hacia él. El gesto adusto de sus rasgos mostraba que no iba a tolerar más tonterías.

—No se te ocurra volver a mentirme nunca más. Si lo haces otra vez, te largas, ¿entendido?

—Eso no es justo. Me encanta mentirte. Hace mi vida más fácil.

—Atente a lo dicho. Te has pasado de la raya.

Ella finalmente se rindió.

—Lo sé. Perdona. De verdad. —Sintió el extraño deseo de tirar de los imponentes labios de Dean hasta que lucieran la amplia y encantadora sonrisa a la que estaba acostumbrada—. No te culpo por estar enfadado. Estás en tu derecho. —No pudo resistirse a preguntar—. ¿Cuándo te diste cuenta?

Le soltó los hombros, pero permaneció donde estaba, cerniéndose sobre ella.

—Anteanoche, una media hora después de salir de la casa.

—¿Sabe April que lo sabes?

—Sí.

April bien podía haber compartido esa información con ella.

—Al menos sé algo bueno de mi madre —dijo estudiándola fijamente—, no tengo que preocuparme de que me vacíe mis cuentas bancarias.

Un cuervo graznó a lo lejos. Ella retrocedió un paso.

—¿Cómo sabes eso?

—Los dos podemos jugar al mismo juego, Blue. No te metas en mis asuntos privados, y yo no me meteré en los tuyos.

Debía haber oído su buzón de voz cuando le pasó el teléfono. No podía echarle la bronca por mucho que odiara que supiera lo de Virginia. Al final, él se apartó de ella para mirar el pasto. Una bandada de pájaros chilló cuando alzó el vuelo en estampida desde la hierba alta.

—¿Qué vas a hacer con Riley? —preguntó Blue.

Él se giró con rapidez.

—¡No puedo creerlo! ¿No acabamos de hablar de no entrometernos en nuestros asuntos privados?

—Riley no es un asunto privado. Fui yo quien la encontró, ¿vale?

—No voy a hacer nada —declaró él—. April localizó a uno de los lacayos de Mad Jack hace un par de horas. Va a venir alguien a recogerla.

—Como si fuera una bolsa de basura. —Se giró para dirigirse al coche.

—Ésa es su forma de actuar —dijo Dean a sus espaldas—. Su responsabilidad se limita a firmar unos cheques y contratar a alguien que le haga el trabajo sucio.

Blue lo miró. Dean no se había apartado de la valla.

—¿Vas a hablar con ella? —preguntó ella.

—¿De qué? ¿De que voy a ocuparme de ella? —Le dio un puntapié al oxidado poste de la valla—. No puedo hacerlo.

—Creo que ayudaría que le prometieras mantenerte en contacto con ella.

—Ella quiere mucho más de mí. —Se acercó a ella—. No me des más problemas, ¿vale? Ya te he pagado la fianza y la multa.

Típico. Volvía a atacarla de nuevo. Tuvo que entrecerrar los ojos ante el sol para poder devolverle la mirada.

—Te lo devolveré tan pronto como pueda.

—Tenemos un trato, ¿recuerdas?

—¿Puedes recordarme en qué consistía exactamente?

En vez de contestar, la examinó con actitud crítica.

—¿Has considerado dejar tu pelo en manos de un profesional que no trabaje en una guardería con tijeras de plástico?

—Estoy demasiado ocupada.

—Deja de ser tan terca. —Curvó la mano sobre el hombro de Blue y le dirigió una mirada ardiente que hizo que le flaquearan las rodillas. Ella sabía que le había dirigido esa misma mirada a miles de mujeres, pero el largo día había minado sus defensas. Siguió mirando fijamente sus ojos, oscuros como el mar. Comprendió el peligro que corría. Él era un seductor nato y tenía todo un arsenal sexual a su disposición. Pero ella siguió sin moverse. Ni un solo centímetro.

Él inclinó la cabeza, y sus bocas se encontraron a medio camino. Los sonidos de las aves y la brisa se desvanecieron. Blue abrió los labios para él. La tocó con la lengua. Un cosquilleo de placer se extendió por su cuerpo. El beso se volvió más profundo, y un estallido de colores invadió su mente. Se había entregado a él como todas las demás. Se había dejado llevar sin ofrecer la más mínima resistencia.

Saberlo aplacó su ardor. Tener un sueño erótico con un príncipe gitano era una cosa, pero actuar como si el sueño fuera real era otra totalmente diferente. Lo empujó, parpadeó y se alejó trastabilleando.

—Qué desastre. Caramba, lo siento. De haber sabido que besabas tan mal, no habría bromeado con lo de que eras gay.

Él curvó la comisura de la boca, y sus ojos la recorrieron perezosamente con la seguridad de un hombre que se sabe un buen amante.

—Sigue luchando, campanilla. Sólo conseguirás que la victoria sea más dulce.

Blue quiso arrojarle un cubo de agua fría sobre la cabeza. Pero se conformó con lanzarle una mirada despectiva e ignorar sus palabras antes de dirigirse hacia el camino de tierra que llevaba a la granja.

—Volveré caminando. Necesito estar sola para mantener una

146

larga y dura charla conmigo misma acerca de mi falta de sensibilidad.

—Buena idea. Yo necesito estar solo para poder imaginarte desnuda.

Ella se sonrojó y apuró el paso. Por fortuna, la granja estaba a menos de dos kilómetros. Detrás de ella, el Vanquish rugió al volver a la vida. Lo oyó dar marcha atrás para dar la vuelta. Luego, el coche se detuvo a su lado y se bajó la ventanilla del conductor.

—Oye, campanilla, me olvidaba de algo.

—¿De qué?

Él se puso rápidamente las gafas de sol y sonrió.

—Me olvidé de darte las gracias por defender a Riley de esa viejecita.

Y luego se fue.

Riley apenas tocó la cena que había hecho Blue.

—Es probable que sea Frankie el que venga a buscarme —dijo ella, dejando en un lado del plato el higo que Blue había añadido a las albóndigas—. Es el guardaespaldas favorito de mi padre.

April se acercó a la mesa y le puso la mano en el hombro.

—Lo siento, pero tenía que decirle que estabas aquí.

Riley inclinó la cabeza. Otra decepción más en su joven vida. Un rato antes, Blue había intentado distraerla invitándola a hornear *brownies*, pero se le habían pasado las ganas cuando había entrado Dean y se había negado bruscamente a la súplica ansiosa de Riley de mirar su álbum. Creía hacer lo correcto, pero Riley tenía sus mismos genes, y Blue deseó que él le dedicase un poco de su tiempo. Sabía lo que él diría si lo presionaba. Diría que Riley quería mucho más que un poco de su tiempo, y tenía razón.

De todas maneras él ya se había marchado y ella aprovechó para recuperar el equilibro y poner en orden sus prioridades. Su vida ya era lo suficientemente complicada en ese momento para que encima se convirtiera en otra de las fáciles conquistas de Dean Robillard.

Riley se acercó al plato de *brownies* que Blue había preparado ella sola, y luego se detuvo.

—Esa mujer tenía razón —dijo con suavidad—. Estoy gorda.

April dejó el tenedor con un tintineo.

—La gente no debería tener prejuicios sobre sí misma. Si piensas sólo en la parte negativa, o en los errores que has cometido, te quedarás paralizada. ¿Vas a llenarte la mente de basura... de lo que no te gusta de ti misma... o prefieres sentirte orgullosa de quién eres realmente?

La vehemencia de April provocó un ligero temblor en los labios de Riley.

—Solo tengo once años —dijo con voz queda.

April dobló la servilleta.

—Es verdad. Lo siento. Supongo que estaba pensando en otra persona. —Le dirigió a Blue una sonrisa demasiado brillante—. Riley y yo lavaremos los platos, ve a relajarte.

Terminaron limpiando codo con codo. April intentó distraer a Riley con una conversación sobre ropa y estrellas de cine. Uno de los inocentes comentarios de Riley reveló que Marli le había comprado a propósito ropa demasiado pequeña, esperando avergonzarla para que perdiera peso. Al poco rato, April se excusó para marcharse a la casita de invitados. Intentó convencer a Riley para que se fuera con ella hasta que llegara el ayudante de su padre, pero Riley aún esperaba que Dean regresara.

Blue encontró a Riley en la mesa de la cocina con un juego de acuarelas. Riley estudió el papel en blanco.

—¿Me dibujas unos perros para colorearlos?

—¿Por qué no los dibujas tú?

—No creo que me dé tiempo.

Blue le apretó el brazo y dibujó cuatro perros diferentes. Cuando Riley comenzó a colorear, Blue recogió alguna de su ropa del piso de arriba para llevarla a la caravana. Al pasar de vuelta por el comedor, observó las cuatro paredes blancas. Las imaginó cubiertas con unos paisajes de ensueño, el tipo de trabajo que sus profesores habían criticado con tan poco tacto.

«¿No son demasiado originales, verdad Blue?»

«Necesitas soltarte. Explorar otras alternativas.»

«Seguro que a un decorador de interiores le encantaría esto que has pintado —le había dicho la única profesora con sequedad—. Pero las pinturas decorativas no son arte. No dicen nada. Son demasiado sentimentales, como una chica insegura buscando un inexistente mundo romántico.»

Esas palabras habían hecho mella en Blue. Había dejado de lado los paisajes de ensueño y se había dedicado al arte con técnicas mixtas usando aceite de motor y plexiglás, látex y botellas rotas de cerveza, cera caliente y pelo. Sus profesores estaban muy contentos, pero Blue sabía que en el fondo se estaba traicionando a sí misma y dejó la escuela antes de empezar el siguiente curso.

Ahora, las paredes blancas del comedor volvían a recordarle esos lugares de ensueño donde la vida era sencilla y las personas permanecían siempre en un mismo lugar. Un lugar donde sólo ocurrían cosas buenas, y donde finalmente se sentía segura. Asqueada consigo misma, salió al porche para sentarse en las escaleras a contemplar la puesta de sol. Tal vez no se sentía realizada pintando retratos de niños, pero era hábil en su trabajo y podría haber montado con facilidad un negocio respetable en cualquiera de las ciudades donde había vivido. Sin embargo, jamás lo hizo. Tarde o temprano, se sentiría aterrorizada, y tendría que mudarse.

El pilar del porche estaba caliente contra su mejilla. El sol parecía un brillante globo de bronce colgando sobre las colinas. Pensó en Dean y en el beso que le había dado. Si se hubieran conocido en otras circunstancias, si ella tuviese trabajo, apartamento, dinero en el banco, y si él fuera más normal, y..., pero nada de eso era así, y ella se había pasado demasiados años viviendo a merced de otros, para permitir que otra persona volviera a tener control sobre ella. Si se resistía, ella seguiría siendo dueña de sí misma. Si cedía, se quedaría sin nada.

El ruido de un motor interrumpió sus pensamientos. Haciendo visera con la mano, vio que dos coches se acercaban a la granja. Ninguno de ellos era el Vanquish de Dean.

11

Dos SUVs con las ventanillas tintadas se detuvieron en el camino de entrada de la casa. Se abrió la puerta trasera del vehículo delantero y salió un hombre vestido totalmente de negro.

Tenía el pelo oscuro y espeso salpicado con hebras plateadas, el rostro curtido reflejaba demasiadas noches disfrutando de la gloria. Al salir del coche, sus brazos caían flojamente a sus costados como si fuera a empuñar un revolver de seis tiros y no la resplandeciente guitarra Fender Custom Telecaster que había usado para conquistar el mundo. Si Blue no hubiera estado sentada, se habría caído de culo. De todas maneras, se quedó sin respiración.

Jack Patriot.

Las demás puertas del coche comenzaron a abrirse una tras otra, y salieron varios hombres con gafas de sol y una mujer de pelo largo que llevaba un bolso de diseño y una botella de agua. Se quedaron al lado del coche. Las botas de Jack alcanzaron el camino adoquinado, y Blue se convirtió en cada una de las fans que se sujetaban a las vallas, presionando sus cuerpos contra las barreras policiales, perseguían su limusina, y hacían guardia a la puerta de un hotel de cinco estrellas con la esperanza de ver aunque sólo fuera un atisbo de ese ídolo del rock. Salvo que en vez de gritar, ella no podía emitir ningún sonido.

Se detuvo a dos metros de ella. Unas pequeñas calaveras de plata adornaban los lóbulos de sus orejas. Debajo del puño de la camisa negra, vio una pulsera de cuero y plata. La saludó con la cabeza.

—Estoy buscando a Riley.

¡Oh, Dios mío! Jack Patriot estaba delante de ella. ¡Jack Patriot estaba hablando con ella!

Ella se puso de pie. Intentó tomar aire, pero se atragantó y comenzó a toser. Él esperó pacientemente, las calaveras de plata captaron el brillo rojizo del sol del atardecer. A Blue le comenzaron a lagrimear los ojos. Se presionó la garganta con los dedos, intentando despejarla.

Las leyendas del rock estaban acostumbradas a que las mujeres se pusieran histéricas en su presencia, y Jack se dedicó a mirar la casa mientras esperaba. Blue se golpeó el pecho con el puño. Finalmente, él se volvió hacia ella y con esa voz ronca y familiar que todavía conservaba un deje de su acento nativo de Dakota del Norte le dijo:

—¿Podrías avisar a Riley?

Mientras seguía intentando recobrar la compostura, se abrió la puerta principal y salió Riley.

—Hola —murmuró.

Jack apretó los dientes.

—¿A qué viene todo esto?

Riley observó al silencioso séquito que se congregaba alrededor del SUV.

—No lo sé.

Él se tiró de la oreja, la calavera plateada desapareció entre sus dedos.

—¿Tienes alguna idea de lo preocupado que ha estado todo el mundo?

Riley levantó un poco la cabeza.

—¿Quiénes?

—Todos. Yo.

Riley se estudió la punta de sus deportivas. No se lo tragaba.

—¿Hay alguien más por aquí? —preguntó él, escudriñando la casa.

—Nadie. Dean se marchó en el coche y April se fue a la casita de invitados.

—April... —él pronunció el nombre como si evocara unos recuerdos no demasiado agradables—. Recoge tus cosas. Nos vamos.

—No quiero irme.

—Pues es lo que hay —dijo él con voz rotunda.

—Me dejé el plumífero en la casita de invitados.

—Ve a por él.

—No puedo. Está oscuro. Me da miedo.

Él vaciló, luego se pasó la mano por la barbilla.

—¿Dónde está esa casita de invitados?

Riley le habló del camino del bosque. Luego él miró a Blue.

—¿Se puede ir en coche hasta allí?

«Sí, claro. Retrocede por el camino hasta la carretera, pero antes de salir, verás un pequeño desvío a la izquierda. Es poco más que una senda, y es muy fácil pasarlo por alto, así que estate atento.» Pero nada de eso salió de su boca, y él miró de nuevo a Riley que se encogió de hombros.

—No sé. Supongo.

Blue tenía que decir algo. Lo que fuera. Pero no podía asimilar que tenía delante al hombre con el que había estado encaprichada desde que tenía diez años. Más tarde, reflexionaría sobre por qué él no había besado ni abrazado a su hija, pero por ahora, se conformaría con hacer salir alguna palabra de su boca.

Pero ya era demasiado tarde. Él le indicó a Riley y a su séquito que se quedaran donde estaban y enfiló hacia el camino que su hija había señalado. Blue esperó hasta que se perdió de vista, luego se dejó caer bruscamente en el escalón superior.

—Soy idiota.

Riley se sentó a su lado.

—No te preocupes. Está acostumbrado.

Ya había anochecido cuando April finalizó su última llamada telefónica y se metió el móvil en el bolsillo bordado de los vaqueros. Luego se dirigió hasta el borde del estanque. Le encantaba ir allí por la noche, escuchar el tranquilizador sonido del agua, el croar de una rana o el canto de los grillos. El estanque olía distinto esa noche, era un olor almizcleño y fértil, un olor exótico.

—Hola, April.

Se dio la vuelta.

Tenía delante al hombre que le había destrozado la vida.

Habían pasado treinta años desde la última vez que lo había visto en persona, pero incluso en la oscuridad, cada rasgo anguloso de su rostro le resultaba tan familiar como el suyo propio: la nariz larga y aguileña; los ojos penetrantes con los iris dorados; la piel atezada y la mandíbula cincelada. Hebras plateadas salpicaban ese pelo oscuro que solía llevar como un nubarrón rodeando su cabeza.

Ahora lo llevaba más corto —justo por la nuca— y más liso, pero aún espeso. No la sorprendía que no se hubiera teñido las canas, nunca había sido una persona vanidosa. Aunque siempre había sido alto para ser un rockero, ahora se lo parecía aún más porque estaba muy delgado. Tenía los pómulos marcados, mucho más de lo que ella recordaba, y las arrugas que rodeaban sus ojos eran más profundas. Aparentaba cada uno de sus cincuenta y cuatro años.

—Hola, nena. ¿Anda tu madre por ahí?

Su voz era ronca como el whisky. Por un breve momento, ella notó la sensación familiar de reclamo. Ese hombre había sido el centro de su universo. Una llamada de él y cogía el primer avión disponible. Londres, Tokio, Berlín. No importaba dónde. Y noche tras noche, después de que saliera del escenario, había desnudado su cuerpo cubierto de sudor, había alisado su pelo largo y húmedo con los dedos, había abierto los labios y separado los muslos para él; lo había hecho sentir como un dios.

Pero al final, había sido sólo rock'n'roll.

La última vez que habló con él había sido el día que le había dicho que estaba preñada. Desde entonces, sólo se habían comunicado a través de su agente, incluso para hacer la prueba de paternidad después de que Dean naciera. Cuánto había odiado a Jack por haberla hecho pasar por eso.

Se obligó a volver al presente.

—Sólo las ranas y yo. ¿Cómo estás?

—Mi corazón está débil, y no creo que pueda resistir mucho más. De cualquier modo...

Ella se creyó sólo la primera parte.

—Olvídate del alcohol, del tabaco y de las adolescentes. Te asombrarás de lo bien que te sienta. —No hacía falta mencionar las drogas. Jack había conseguido dejarlas varios años antes que ella.

Una pulsera de cuero y plata se deslizó por su muñeca cuando él se inclinó hacia delante.

—Nada de adolescentes, April. Ni de tabaco. Hace un par de años que no fumo. Un auténtico infierno. Y en lo que respecta al alcohol... —Se encogió de hombros.

—Supongo que los viejos rockeros deben tener al menos un vicio.

—Más de uno, en realidad. ¿Y cómo te va?

—Me pusieron una multa por exceso de velocidad cuando iba a estudiar la Biblia, pero eso es todo.

—Chorradas. Has cambiado, pero no tanto.

No siempre había podido ver a través de ella con tanta facilidad, pero ahora era mayor y, probablemente, más sabio. April se retiró el pelo de la cara.

—No me interesan demasiado los vicios. Tengo que ganarme la vida.

—Estás genial, April. De verdad.

Mejor que él. En la última década había luchado para reparar el daño que se había hecho a sí misma, se había desintoxicado con innumerables tazas de té verde, horas de yoga, y algún pequeño retoque de cirugía.

Él se tiró del pequeño pendiente con forma de calavera.

—¿Recuerdas cómo nos reíamos de los viejos rockeros?

—Nos reíamos de cualquiera que pasara de los cuarenta.

Jack se metió la mano en el bolsillo.

—Hay una agrupación de la tercera edad, la AARP, quiere que pose para la portada de su jodida revista.

—Malditos sean sus negros corazones.

Su sonrisa torcida no había cambiado, pero ella no pensaba rememorar los buenos tiempos con él.

—¿Has visto a Riley?

—Hace un par de minutos.

—Es una niña muy dulce. Blue y yo estamos prendadas de ella.

—¿Blue?

—La prometida de Dean.

Jack sacó la mano del bolsillo.

—¿Riley vino aquí para verlo?

April asintió.

—Dean intenta mantenerse alejado de ella, pero Riley es muy tenaz.

—Jamás le dije a Marli nada sobre él. Estuvo liada con uno de mis administradores el año pasado, y al parecer le pasó cierta información. Hasta que recibí tu mensaje, no sabía que Riley se había enterado.

—Está pasándolo mal.

—Lo sé. Tenía que solucionar algunos asuntos. Se suponía que la hermana de Marli se iba a encargar de ella. —Dirigió la mirada a la casita de invitados—. Riley dice que se dejó aquí el plumífero.

—No. No lo llevaba puesto cuando vino aquí.

—Se habrá confundido. —Se pasó la mano por el bolsillo de la camisa como si estuviera buscando cigarrillos—. ¿Tienes una cerveza?

—Pues no tienes suerte. No bebo desde hace años.

—¿Hablas en serio?

—No quería morir tan joven.

—No sería para tanto. —Esa mirada tan intensa que taladraba a la gente, como si pudiera ver más allá de la superficie, se posó en ella—. Oí que has encontrado tu camino en la vida.

—No puedo quejarme. —Se había construido una carrera cliente a cliente, sin que nadie le regalara nada, y se enorgullecía de ello—. ¿Qué pasa con Mad Jack? Ahora que eres una leyenda del rock, ¿tienes pensado seguir en la brecha?

—Nunca se tiene todo ganado. Nunca se sabe. Siempre hay otro disco, otro *hit* en las listas de éxitos, y, si no ocurre así, siempre se puede volver a empezar. —Se acercó al borde del estanque, cogió una piedra, y la arrojó al agua, rompiendo el silencio con un suave chapoteo—. Me gustaría ver a Dean antes de irme.

—¿Para recordar los buenos tiempos? Te deseo suerte, aunque él te odia casi tanto como a mí.

—Entonces, ¿qué haces aquí?

—Es largo de contar. —Y era algo que, desde luego, no pensaba explicarle.

Se giró hacia ella.

—Así que somos una gran familia feliz, ¿no?

Antes de que ella pudiera contestarle, la luz de una linterna los iluminó y Blue apareció corriendo por el camino.

—¡Riley ha desaparecido!

Para evitar quedarse muda de nuevo, Blue se comportó como si Jack no existiese y se centró en April.

—He registrado la casa, la caravana y el granero. —Se estremeció—. No puede haber ido demasiado lejos.

—¿Cuánto tiempo hace que no la ves? —preguntó April.

—Una media hora. Me dijo que quería terminar el dibujo antes de marcharse. Salí a quemar la basura como me enseñaste, y cuando regresé, había desaparecido. Les di unas linternas a esos hombres que vinieron con el... —señor Patriot sonaba ridículo, y Jack demasiado familiar—, con el padre de Riley... y la están buscando.

—¿Por qué lo ha hecho? —dijo Jack—. Siempre ha sido una niña tranquila. Nunca ha dado problemas.

—Está asustada —le dijo April—. Coge mi coche y búscala por el camino.

Jack asintió. Después de que él se fuera, Blue y April se pusieron a registrar la casita de invitados y luego se dirigieron a la casa. En el camino se encontraron con los hombres de Jack que habían registrado el jardín sin resultado. Mientras, la mujer solitaria permanecía apartada a un lado, fumándose un cigarrillo y hablando por el móvil.

—Hay infinidad de lugares donde podría esconderse Riley —dijo April—. Eso asumiendo que aún se encuentre dentro de la propiedad.

—¿Dónde podría haber ido?

April registró la casa de nuevo mientras Blue volvía a revisar la caravana y el granero. Se encontraron en el porche delantero.

—Nada.

—Riley ha cogido su mochila —dijo April.

Jack se detuvo en el camino de entrada y salió del Saab de April. Blue se apartó para no volver a avergonzarse delante de él. Era Dean quien debería estar allí, no ella.

—No hay rastro de Riley —dijo Jack acercándose al porche.

—Apuesto lo que quieras a que está en la casa —dijo April en voz baja—. Está esperando a que te vayas para salir.

Él se pasó la mano por el tupido pelo y miró a sus guardaespaldas que volvían del granero.

—Nos iremos. Luego volveré a pie.

Sólo después de que los coches desaparecieran emergió Blue de las sombras.

—Esté donde esté, seguro que está asustada.

April se frotó las sienes.

—¿Crees que deberíamos llamar a la policía, al sheriff o a alguien?

—No sé. Riley está escondida; no ha sido secuestrada, y si ve un coche de la policía ...

—Eso también me preocupa.

Blue miró fijamente la oscuridad.

—Démosle tiempo para meditar.

Dean frenó cuando sus faros delanteros iluminaron a un hombre caminando por un lado del camino que conducía a la granja. Le hizo señas con las luces de cruce. El hombre se giró y se cubrió los ojos. Cuando Dean estuvo más cerca vio que era Jack Patriot.

No podía creer que el propio Jack hubiera ido a buscar a Riley, pero aquí estaba. Hacía un par de años que no hablaba con él, y, sin duda alguna, tampoco quería hacerlo ahora. Tuvo que contenerse para no acelerar y atropellarlo. Sólo tenía una manera de tratar con su padre, y no creía que hubiera razones para cambiarla. Se detuvo en el camino y bajó la ventanilla. Con una expresión cuidadosamente neutra, se apoyó en el marco de la ventanilla.

—Jack.

El muy hijo de perra lo saludó con la cabeza.

—Dean. Ha pasado mucho tiempo desde la última vez que nos vimos.

Dean le devolvió el saludo. Nada de pullas o comentarios sarcásticos. Indiferencia total.

Jack apoyó la mano en el techo del coche.

—He venido a buscar a Riley, pero se escapó después de verme.

—¿De veras? —Eso no explicaba por qué estaba allí caminando en la oscuridad, pero Dean no pensaba preguntar.

—Supongo que no la has visto.

—No.

El silencio se alargó entre ellos. Si Dean no se ofrecía para llevarlo hasta la granja, dejaría ver a ese hijo de la gran perra cuánto lo odiaba exactamente. Aun así, tuvo que forzar las palabras.

—¿Quieres que te lleve?

Jack apartó la mano del coche.

—No quiero que me vea. Iré a pie.

—Como quieras. —Subió la ventanilla y arrancó lentamente. No iba a derrapar, ni a levantar polvo. No iba a mostrar cuán profunda era su cólera. Cuando llegó a la casa, entró sin detenerse. El electricista había terminado de instalar la mayor parte de los interruptores, y por fin tenían una luz decente. Oyó un ruido de pasos en el piso de arriba—. ¿Blue?

—Estoy arriba.

Sólo con oír su voz se sintió mejor. Ella lo distraía de la preocupación que sentía por Riley, de la tensión que le provocaba Jack. Lo hacía sonreír, lo enfadaba, lo animaba. Necesitaba estar con ella.

La encontró en el segundo dormitorio, el que acababan de terminar de pintar; había un tocador y una cama nueva, pero nada más. No había alfombra, ni cortinas, ni sillas, aunque Blue había encontrado una lámpara portátil y la había dejado encima del tocador. Estaba alisando una manta sobre unas sábanas que había remetido previamente. La camiseta colgaba holgadamente sobre su cuerpo cuando se inclinó hacia delante, y los mechones que se habían escapado de su coleta se derramaban sobre su cuello como si fueran tinta.

Blue levantó la vista, tenía el ceño fruncido por la preocupación.

—Riley se ha escapado.

—Ya lo sé. Me encontré con Jack en el camino.

—¿Cómo te ha ido?

—Muy bien. Nada del otro mundo. No significa nada para mí.

—Ya. —No le creía, pero no estaba de humor para desafiarlo.

—¿No crees que deberíamos ir fuera a buscarla? —dijo él.

—Hemos buscado en todos lados. Volverá cuando esté preparada.

—¿Estás segura?

—Soy optimista. El plan B sería llamar al sheriff, y la asustaría demasiado.

Dean se obligó a expresar en voz alta lo que no había querido considerar hasta ese momento.

—¿Y si se fue hasta la carretera para hacer autostop?

—Riley no es tan estúpida. Le dan demasiado miedo los desconocidos por todas esas películas que ha visto. Además, tanto April como yo creemos que ella quiere estar contigo.

Él intentó disimular su culpa acercándose a la ventana. Estaba demasiado oscuro para que una chica de once años vagara por ahí sola.

—¿Quieres que salgamos al porche? Hay una linterna en la cocina. Puede que salga si te ve. —Blue miró la habitación con descontento—. Me gustaría que hubiera por lo menos una alfombra. Seguro que no está acostumbrado a nada de esto.

—¿Quién? —Dean irguió la cabeza de golpe—. Olvídalo. Jack no va a dormir aquí.

Salió al pasillo. Blue lo siguió.

—¿Y qué otra opción tiene? Ya es tarde, sus acompañantes se han marchado. No hay hoteles en Garrison, y no se va a ir a ningún sitio hasta que Riley aparezca.

—No apuestes por ello. —Dean quería que se fueran todos. Quería que él ya no estuviera allí por la mañana.

Sonó el móvil de Blue. Lo sacó del bolsillo de los vaqueros. Dean esperó.

—¿La has encontrado? —dijo ella—. ¿Dónde estaba?

Él aspiró profundamente y se apoyó contra el marco de la puerta.

—Pero miramos allí. —Ella regresó al dormitorio, y se sentó en la cama—. Sí. Bien. Sí, lo haré. —Colgó y lo miró—. El aguilucho ha aparecido. April la encontró dormida dentro de un armario. Ya habíamos mirado allí, así que debió esperar a que saliéramos antes de entrar.

Se oyó abrir la puerta principal en la planta de abajo y el ruido de pasos en el vestíbulo. Blue levantó la cabeza con rapidez. Se puso de pie de golpe y habló a toda velocidad.

—April dijo que le dijéramos al padre de Riley que la niña se quedaría en la casita de invitados con ella esta noche, y que él podría quedarse aquí en la casa. Que podría hablar con ella mañana por la mañana.

—Se lo dices tú.

—Ni lo sueñes, la cosa es...

Se oyeron más ruido de pasos abajo.

—¿Hay alguien en casa? —gritó Jack.

—... que yo no puedo —gimió ella.

—¿Por qué no?

—Yo sencillamente... no puedo.

La voz de Jack resonaba en las escaleras.

—¿April?

—Mierda. —Blue se llevó las manos a las mejillas, y salió rápidamente, pero en vez de bajar las escaleras, entró en el dormitorio principal. Unos segundos después —sin que hubiera pasado el tiempo suficiente para que se hubiera desnudado— se oyó el ruido de la ducha. Fue cuando él se dio cuenta de que la intrépida Castora se había escondido. Y no había sido de él.

Blue se entretuvo todo lo que pudo en el baño, se cepilló los dientes y se lavó la cara, luego salió de puntillas para coger el pantalón de yoga y la camiseta MI CUERPO POR UNA CERVEZA. Por fin, logró salir sin que la viera nadie. Por la mañana, si Jack todavía andaba por allí, esa idiotez se habría acabado, y ella se comportaría como una adulta. Al menos la presencia de Jack había sido una distracción de su verdadero problema. Entró en la caravana y se detuvo en seco. La estaba esperando su verdadero problema.

Un príncipe gitano con gesto hosco estaba tumbado sobre la cama iluminado por la luz de la lámpara de gas que había sobre la mesa. Apoyaba los hombros contra el lateral del vagón, y tenía una pierna encima de la cama con la rodilla doblada y la otra colgaba sobre el borde de la cama. Se llevó la cerveza a los labios, la camiseta se subió hasta revelar una porción de músculo tenso por encima de la cinturilla caída de los vaqueros.

—Debería haberlo adivinado —dijo él con tono despectivo.

Fingir ignorancia era perder el tiempo. ¿Cómo podía haberla calado tan bien alguien que la conocía desde hacía solo unos días? Ella alzó la barbilla.

—Necesito tiempo para acostumbrarme, eso es todo.

—Te lo juro por Dios, como le pidas un autógrafo...

—Tendría que hablar con él antes para que eso ocurriera. Y hasta ahora no he podido decir ni mu en su presencia.

Él bufó y tomó un trago de cerveza.

—Lo largaré por la mañana. —Ella sacó una silla de debajo de la mesa.

—No has tardado mucho en venir. ¿Has hablado con él?

—Le conté lo de Riley, le señalé el dormitorio con un dedo, y luego me disculpé con cortesía para ir a buscar a mi prometida.

Ella lo miró con cautela.

—No vas a dormir aquí.

—Ni tú. Que me maten si le doy la satisfacción de echarme de mi propia casa.

—Pues aún estás aquí.

—He venido a buscarte. Por si te has olvidado, esos dormitorios no tienen puertas, y no quiero que se sepa que mi amorcito no duerme conmigo.

—En caso de que te hayas olvidado, no soy tu amorcito.

—Por ahora, sí lo eres.

—Bueno, parece que te has vuelto a olvidar de mi voto de castidad.

—Jodido voto de castidad. ¿Trabajas para mí o no?

—Ya cocino para ti. No finjas que no comes lo que hago. Vi lo poco que quedó de las sobras de anoche.

—Bueno, pues no necesito una cocinera. Lo que necesito es alguien que duerma conmigo esta noche. —La miró por encima de la botella de cerveza—. Te pagaré.

Ella parpadeó.

—¿Quieres pagarme para que me acueste contigo?

—Debo decirte que jamás me han acusado de ser tacaño.

Ella se llevó la mano al pecho.

—¡Oh! Éste es un momento tan glorioso que necesito saborearlo.

—¿Dónde está el problema? —preguntó Dean con inocencia.

—Bueno, para empezar, un hombre al que creía respetar me está ofreciendo dinero por acostarse conmigo.

—Sigue soñando, Castora. Y deja de pensar mal.

—Ya. ¿Como la última vez que dormimos juntos?

—No sé de qué hablas.

—Cuando me desperté me estabas metiendo mano.

—Ya te gustaría.

—Tenías la mano dentro de mis vaqueros.

—Fantasías calenturientas de una mujer hambrienta de sexo. No dejaría que la manipulara.

—Vete a dormir solo.

Dejó la botella de cerveza sobre el suelo, se apoyó sobre una cadera, y sacó la cartera. Sin decir nada, sacó dos billetes y los sacudió entre los dedos.

Eran dos billetes de cincuenta.

12

Un montón de indignadas respuestas atravesaron la mente de Blue antes de llegar a la conclusión obvia: podía ser comprada. Cierto, podía salir mal parada, pero ¿no era eso parte del juego que estaban jugando? Tener ese dinero en la cartera bien justificaba el riesgo. Además le daba la oportunidad de demostrarle exactamente lo inmune que era a sus encantos.

Agarró los billetes.

—Vale, comadreja, tú ganas. —Se metió el dinero en el bolsillo trasero—. Pero sólo acepto porque estoy sin blanca y demasiado desesperada. Y porque esa habitación no tiene puerta así que no podrás ponerte demasiado cariñoso conmigo.

—Sólo lo necesario.

—Lo digo en serio, Dean. Si intentas algo...

—¿Yo? ¿Y tú? —Sus ojos la recorrieron como si fuera nata montada sobre un pastel recién hecho—. ¿A ver que te parece esto? Doble o nada.

—¿Qué quieres decir?

—Si tú me tocas primero, te quedas sin nada. Si te toco yo, ganas cien más. Si ninguno de los dos toca al otro, el trato se queda tal cual.

Ella lo pensó durante un momento, pero no veía ningún peligro inmediato, a no ser esa mujerzuela que llevaba dentro y a la que podía controlar de sobra si se lo proponía.

—Trato hecho. Pero antes de nada... —No pensaba pasar más tiempo del necesario con él en ese dormitorio, así que le birló la cerveza y se acomodó en el lado opuesto de la cama—. Estás tremendamente resentido con tus padres. Empiezo a pensar que tu infancia fue todavía más retorcida que la mía.

Él frotó un dedo del pie contra el tobillo de Blue.

—Pero yo la he superado, y tú aún sigues dando tumbos.

Ella apartó el pie.

—Y de todas las mujeres del planeta, me has elegido a mí para casarte.

—Ah, sobre eso... —se inclinó sobre una cadera y volvió a meterse la cartera en el bolsillo—, antes de que se me olvide, por lo visto ahora hemos decidido que iremos a Paris en vez de a Hawai para casarnos.

—¿Y eso?

—Oye, no eres tú la única que tienes dudas.

—Pobre Dean. Dar esquinazo a todas esas mujeres que te acosan en los bares es un trabajo muy duro, ¿verdad? —La pantorrilla de Dean le rozó la pierna—. Una curiosidad, ¿por qué las evitas?

—No me interesan.

Lo que significaba que estaban casadas o eran viejas.

—¿Fue muy terrible tu infancia?

Seguro que lo había molestado, porque frunció el ceño.

—Estuvo bien. Tuve un montón de niñeras hasta que fui a uno de los mejores internados. Supongo que te decepcionará saber que no me pegaron ni me hicieron pasar hambre, y encima aprendí a jugar al fútbol americano.

—¿Te visitó tu padre alguna vez?

Él se incorporó y recuperó la cerveza.

—Lo cierto es que no quiero hablar de eso.

Ella se rebajó a un poco de sutil manipulación.

—Si es demasiado doloroso...

—No. Ni siquiera supe que era mi padre hasta los trece años. Antes pensaba que mi padre era el Boss.

—¿Pensabas que Bruce Springsteen era tu padre?

—Una de las muchas fantasías etílicas de April. Es una pena que no fuera verdad. —Acabó la cerveza y la dejó en el suelo con un tintineo.

—No me la imagino borracha. Ahora es tan controlada. ¿Jack supo que eras su hijo desde el principio?

—Oh, sí.

—Qué chungo. Si April era una drogadicta, ¿no se preocupó Jack por su embarazo?

—April se mantuvo limpia durante todo el embarazo. Creo que

pensaba que así él se casaría con ella. Al final no lo hizo, claro. —El se levantó y se calzó los zapatos—. Deja de darle vueltas. Vámonos.

Ella se levantó a regañadientes.

—Lo digo en serio, Dean. No te atrevas a tocarme.

—Estoy empezando a ofenderme.

—No, eso no es cierto. Lo único que quieres es hacérmelo pasar mal.

—Tanto como mal... —Posó la mano en el hueco de la espalda de Blue, justo donde era más sensible.

Ella se apartó y salió fuera. Al levantar la mirada vio que la luz del dormitorio de Jack estaba apagada.

—La luz está apagada.

—Mad Jack acostado a media noche. Ver para creer.

Las chanclas de Blue resonaron sobre la hierba húmeda.

—No te pareces nada a él.

—Gracias por el cumplido, pero no te preocupes, hay una prueba de paternidad que demuestra lo contrario.

—No estaba insinuando...

—¿Podemos hablar de otra tema? —Mantuvo la puerta de la casa abierta para que ella entrara—. Como por ejemplo, ¿por qué te asusta tanto el sexo?

—Sólo contigo. Tengo alergia a tu crema de noche.

La risa ronca de Dean resonó en la cálida noche de Tennessee.

Cuando Dean salió del baño, ella ya estaba metida en la cama. A Blue le costó apartar los ojos de la evidente protuberancia que mostraba los boxers ajustados verdes de Zona de Anotación de Dean, pero sólo pudo levantar la vista hasta el abdomen plano y la flecha de vello dorado que señalaba su *Armagedon* antes de que Dean se diera cuenta del enorme montón de almohadas que ella había colocado en medio de la cama.

—¿No crees que eso es un poco infantil?

Ella arrancó la mirada de ese Jardín de las Delicias Terrenales.

—Tú quédate en tu lado de la cama y ya me disculparé por la mañana.

—Si piensas que voy a dejarle ver tu comportamiento infantil, estás bastante equivocada —lo dijo en un susurro para no despertar a su indeseado invitado.

—No te preocupes. Me levantaré temprano y quitaré las almohadas antes de que las vea —le dijo ella, pensando en los cien dólares.

—¿Acaso no te gustó lo que te hice ayer por la mañana?

¿Tan poco tiempo había pasado desde que se había despertado con la mano de Dean dentro de los vaqueros? Apagó la lamparita blanca de porcelana que April había traído de la casita de invitados. La luz de la luna inundó la habitación, cubriendo su cuerpo de sombras. Cuando él se acercó a la cama, ella se dijo a sí misma que era un jugador nato, y que eso sólo era un juego para él. Pero si le respondía a la pregunta con un no, sería como darle luz verde, así que guardó silencio.

—No eres tan irresistible. —Dean levantó la sábana y se metió en la cama—. ¿Sabes qué creo? —Se apoyó en un codo y la miró por encima del muro de almohadas—. Creo que es de ti misma de quien tienes miedo. Temes no poder mantener las manos apartadas de mí.

Quería pelea. Pero una pelea con él sería como los juegos preliminares, y ella apretó los dientes para no entrar a saco.

Él se acostó y al momento se incorporó.

—¡No tengo por qué aguantar esto! —Con un barrido de su brazo, hizo volar las almohadas y el muro se desmoronó con estrépito.

—¡Para! —Ella intentó incorporarse únicamente para acabar tumbada bajo su peso. Se preparó para repeler su ataque, pero debería habérselo pensado mejor. Dean rozó su nariz suavemente con la de él, y por segunda vez en el día, comenzó a juguetear con sus labios.

Ella decidió dejar que la besara un ratito —al fin y al cabo lo hacía muy bien—, pero sólo un ratito.

Dean deslizó la mano bajo la camiseta de Blue, y buscó el pezón con el pulgar. Él sabía a dentífrico y a pecado. El calor invadió el cuerpo de ella. Sintió la erección contra la pierna.

«Un juego. Es sólo un juego.»

Él inclinó la cabeza y comenzó a succionar sus pezones a través de la camiseta. Mientras siguiera con la ropa puesta... Él siguió jugueteando con sus senos a través del algodón caliente y húmedo, y luego bajó una mano a la unión de sus muslos, sobre la tela. Blue abrió las piernas lenta e involuntariamente. Él siguió jugando un poco más, como si tuvieran todo el tiempo del mundo. Pero el juego llegó demasiado lejos. Ella dejó caer la cabeza hacia atrás. La luna brillaba tenuemente, luego se fragmentó en miles de astillas plateadas. Por encima de su grito amortiguado, Blue oyó un suave gemido en respuesta, y sintió cómo él se estremecía contra ella. Sólo cuando Blue volvió a recobrar la compostura fue consciente de la humedad que había contra su pierna.

Con una maldición, Dean se apartó de ella y salió precipitadamente de la cama para desaparecer en el cuarto de baño. Blue permaneció allí tumbada... satisfecha, enfadada consigo misma. Eso por pensar que tenía fuerza de voluntad.

Por fin, él salió del cuarto de baño. Desnudo. El suave gruñido que emitió resonó en la estancia.

—No quiero oír ni una sola palabra. Lo digo en serio. Es lo más bochornoso que me ha ocurrido desde que tenía quince años.

Ella esperó hasta que él se volvió a acostar antes de apoyarse en un codo y mirarlo.

—Oye, *Speed Racer.** —Ella se inclinó hacia delante y le rozó los labios con un beso rápido e impersonal para darle a entender que su encuentro no había significado nada para ella—. Me debes cien dólares más.

El sonido de los pájaros la despertó a la mañana siguiente. Había dormido tan apartada de Dean como pudo, para evitar acurrucarse contra él, y al final había acabado con la pierna colgando por el borde de la cama. La piel dorada de Dean destacaba sobre las sábanas blancas, y una mata de vello rubio cubría sus formidables pectorales.

Vio un diminuto agujero en el lóbulo de su oreja, y recordó las calaveras plateadas que Jack llevaba. No le costaba imaginar a Dean llevándolas puestas. Bajó la mirada y la detuvo en la protuberancia que se elevaba bajo la sábana. Eso podría ser suyo si dejaba de ser tan razonable.

Él no se movió cuando ella se dirigió a la ducha. Sumergió la cara bajo el chorro del agua para aclararse la cabeza. Éste era un nue-

* *Speed Racer* es una serie animada japonesa sobre carreras de coches en vehículos muy aerodinámicos que en España se conoce con el nombre de *Meteoro*. (N. de las T.)

vo día, y si no le daba demasiada importancia a lo sucedido la noche anterior, él no podría sumar puntos en ese marcador ficticio que llevaba en la cabeza. Era cierto que aún no tenía trabajo, pero había hecho con él una especie de trato temporal. Dean quería tenerla en la granja, para que hiciera de pantalla entre él y todas esas personas que invadían su mundo.

Mientras se estaba secando, oyó correr el agua en el cuarto de baño del pasillo. Al salir, la cama estaba vacía. Con rapidez sacó una camiseta negra sin mangas de la bolsa y unos vaqueros que ella misma había cortado por la mitad del muslo. Sintió un bulto en el bolsillo cuando se los puso y al mirar descubrió el rímel y el brillo de labios perdidos. Aprovechó para usarlos, pero sólo porque era muy probable que volviera a ver a Jack Patriot antes de que partiera para Nashville. Al bajar las escaleras le llegó el aroma a café, y cuando entró en la cocina, vio a Mad Jack sentado a la mesa, bebiendo café en uno de los tazones de cerezas. Al igual que la noche anterior, Blue se quedó sin habla.

Él llevaba la misma ropa del día anterior, y le había crecido la barba. Las hebras plateadas de su pelo sólo lo hacían parecer más sexy. La observó con esos ojos familiares, que había visto en infinidad de portadas de discos.

—Buenos días.

De alguna manera Blue logró responderle con un «Buenos días» jadeante.

—Eres Blue.

—Bailey. Soy Blue Bailey.

—Suena como esa canción antigua.

Sabía que se refería a aquella canción de Louis Amstrong, pero se había quedado paralizada, así que él se lo aclaró.

—«Won't you come home, Bill Bailey?» Eres demasiado joven para conocerla. April me ha dicho que vas a casarte con Dean. —Obviamente no ocultaba su curiosidad. Blue se preguntó si los había visto dormir juntos o si Dean había desperdiciado los doscientos dólares.

—¿Habéis fijado ya una fecha? —preguntó él.

—Todavía no. —Su voz sonó tan chillona como la de Minnie Mouse.

Él continuó con su frío interrogatorio.

—¿Cómo os conocisteis?

—Yo estaba... esto... haciendo una campaña promocional para una tienda de bricolaje.

Pasaron unos segundos. Cuando Blue se percató de que se había quedado mirándolo fijamente, se dirigió a ciegas a la despensa.

—Eh..., tortearé hortitas, quiero decir que haré tortitas.

—Vale.

Ella había tenido fantasías sexuales de adolescente con ese hombre. Mientras sus compañeras de colegio discutían sobre lo guapo que era Kirk Cameron, ella se imaginaba perder la virginidad con el padre de Dean. Mierda. Tenía que tranquilizarse.

Calma...

Le dirigió otra mirada mientras salía de la despensa con los ingredientes de las tortitas. A pesar de su piel aceitunada, él estaba bastante pálido, como si últimamente no hubiera pasado demasiado tiempo al aire libre. Incluso así, irradiaba el mismo tipo de magnetismo sexual que su hijo, pero el atractivo de Jack le resultaba más seguro. Mientras preparaba los ingredientes, se recordó que hoy debía mostrarse más firme con Dean.

Se concentró en mezclar los ingredientes sin perder la cuenta de las medidas. Por lo general, hacía las tortitas de memoria, pero esa mañana era imposible. Jack se apiadó de ella y no le hizo más preguntas. Cuando echó las primeras tortitas en la sartén, Dean entró en la cocina, con aspecto desaliñado, luciendo la misma barba de dos días que llevaba su padre. Tal vez fuera algo genético. La camiseta tenía el número perfecto de arrugas, y sus pantalones cortos le caían lo justo sobre las caderas. Ni siquiera miró a Jack. En su lugar, la miró a ella de pies a cabeza.

—¿Estás maquillada? ¿Qué ha ocurrido? Casi pareces una mujer.

—Gracias. Tú apenas pareces gay.

Detrás de ellos, Jack se rio entre dientes. «Oh, Dios mío», había hecho reír a Jack Patriot.

Dean se inclinó, y la besó... tan fría y calculadoramente, que ella apenas perdió la cabeza. Éste era otro juego, el que él estaba jugando contra esos padres que odiaba. La marcaba como su compañera de equipo para que Jack supiera que eran dos contra uno.

Sólo después de alejarse de ella, reconoció la presencia de su padre con un leve gesto de cabeza. Mad Jack le respondió con un gesto similar y señaló las ventanas de rincón del desayuno con la cabeza.

—Es un lugar agradable. Nunca te hubiera imaginado como granjero.

Al ver que Dean ni siquiera se molestaba en responder, Blue se apresuró a romper el tenso silencio.

—Marchando una tanda de tortitas. Dean, mira a ver si puedes encontrar sirope en las bolsas de la despensa. Y además tráeme la mantequilla, ¿vale?

—De acuerdo, cariño —dijo depositándole en la frente otro besito estratégico. Mientras cogía los platos, se preguntó si su vida podría ser más extraña. Todos sus ahorros habían ido a parar a una banda de guerrilleros sudamericanos y ahora mantenía un compromiso falso con un famoso jugador de fútbol americano. Se había quedado sin hogar y sin trabajo, y le estaba haciendo el desayuno a Jack Patriot.

Cuando Dean salió de la despensa, Jack señaló a Blue.

—¿Dónde está el anillo de compromiso?

—No le gustó el que le regalé —dijo Dean—. Los diamantes le parecían demasiado pequeños. —Él tuvo el descaro de pellizcarle la barbilla—. Y yo quiero lo mejorcito para mi amorcito.

Ella canturreó el tema principal de *Speed Racer*.

Evitando mirar a Jack, logró servirle las tortitas sin tirárselas encima. Dean se comió las suyas de pie, con las caderas apoyadas contra la encimera. Se dirigió a ella mientras comía, pero le lanzaba a Jack algún comentario ocasional para que no creyera que lo ignoraba. Ella había practicado demasiadas veces esa estrategia para no reconocerla. No dejar que nadie viera su dolor. No le gustó descubrir lo bien que comprendía a Dean.

Como no podía imaginarse comiendo las tortitas sentada en la misma mesa que Jack Patriot, también comió de pie. La puerta trasera se abrió y entró April. Llevaba unos pantalones con una camisa color coral anudada debajo del pecho, y unas sandalias de cuña. Riley entró tras ella con el pelo castaño húmedo, peinado con la raya al medio y retirado de la cara con unas horquillas de colores iridiscentes que le debía de haber prestado April. Con los rizos domados, los ojos color miel de Riley quedaban a la vista y eran impresionantes. Se había cambiado la camiseta SEXY del día anterior por una negra con unos labios carmesí en la pechera que le quedaba igual de apretada. Dean se excusó y volvió de nuevo a la despensa. Cuando Riley vio a su padre, se detuvo en seco.

Jack se levantó, pero cuando estuvo de pie, pareció no saber qué hacer. Así que señaló lo evidente.

—Aquí estás.

Riley se mordisqueó el esmalte de las uñas.

—He hecho tortitas —dijo Blue alegremente.

April evitó mirar a Jack y a su hijo.

—Hemos desayunado cereales en la casita de invitados.

—Espero que le dieras las gracias a April —dijo el hombre que una vez había destrozado una batería de una patada y había mandado a la policía a tomar por culo.

Dean salió de la despensa, con un bote de mantequilla de cacahuete que no necesitaba nadie. Puede que ésa fuera la primera vez en su vida que estaba en la misma habitación que sus padres. Estaba hosco y silencioso. Aunque no necesitaba el apoyo de nadie, ella se acercó a su lado y le deslizó el brazo por la cintura.

Jack buscó el móvil en el bolsillo.

—Llamaré a Frankie para que venga a recogernos.

—No quiero irme —dijo Riley entre dientes. Y luego, como él sacó el teléfono, añadió—: No pienso irme.

Él levantó la mirada del teléfono.

—¿De qué hablas? Ya has perdido una semana de colegio. Tienes que volver.

Riley alzó la barbilla.

—Las vacaciones de verano empiezan la semana que viene, y ya he terminado el curso. Ava tiene mis notas.

Era evidente que a Jack se le había olvidado, pero intentó ocultarlo.

—Tu tía te espera. Ya lo he arreglado todo para que te vayas con tu prima al campamento.

—¡No quiero ir a ningún campamento! Trinity es estúpida y hará que todos se rían de mí. —Dejó caer el plumífero rosa y la mochila. Se le encendieron las mejillas—. Si intentas que vaya, yo... simplemente me escaparé otra vez. Sé como hacerlo.

El pequeño acto de rebelión de Riley lo tomó por sorpresa, pero a Blue no la sorprendió. Ésa era la niña que había logrado llegar desde Nashville hasta la granja de su hermanastro en plena noche. Dean se puso rígido. Blue le acarició la espalda con la yema de los dedos.

Jack cerró el teléfono.

—Mira, Riley, entiendo que todo esto está siendo muy duro para ti, pero las cosas mejorarán.

—¿Cómo?

Él estaba como pez fuera del agua, pero hizo un esfuerzo.

—El tiempo lo cura todo. Después de unos meses ya no te dolerá tanto. Sé que querías a tu madre, y...

—¡No la quería! —gritó Riley—. ¡Pensaba que yo era fea y estúpida, a ella sólo le gustaba Trinity!

—Eso no es cierto —dijo Jack—. Ella te quería mucho.

—¿Cómo lo sabes?

Jack vaciló.

—Lo... sé, eso es todo. No quiero seguir escuchándote. Ya has causado demasiados problemas, harás lo que yo te diga.

—No, no quiero. —Con los ojos llenos de furia, cerró los puños—. ¡Me mataré si me haces volver! ¡Lo haré! Sé cómo hacerlo. Cogeré las píldoras de mi madre. Y también las de la tía Gayle. Me las tomaré todas. Y... y me cortaré las venas como la hermana mayor de Mackenzie. ¡Luego me moriré!

Mad Jack se quedó paralizado. Dean palideció y April se toqueteó las pulseras de plata. Riley gimoteó y se abalanzó sobre ella.

—¡Por favor, April! Por favor, deja que me quede contigo. —April la rodeó instintivamente con los brazos.

—April no puede hacerse cargo de ti —dijo Jack bruscamente—. Tiene cosas que hacer.

Las lágrimas rodaban por las mejillas de Riley. Sin apartar la mirada del nudo de la camisa de April se dirigió a su padre.

—Entonces quédate tú. Quédate y hazte cargo de mí.

—No puedo hacerlo.

—¿Por qué no? Puedes quedarte dos semanas. —En un despliegue de coraje, miró a April con ojos suplicantes—. Eso estaría bien, ¿verdad, April? ¿Verdad que puede quedarse dos semanas? —Miró vacilante a su padre—. No tienes conciertos hasta septiembre. Te oí decir que querías pasar algún tiempo fuera para componer nuevas canciones. Podrías venir aquí. O a la casita de invitados. La casa de April es muy tranquila. Podrías escribir allí tus nuevas canciones.

—La casita de invitados no es mía, Riley —dijo April con suavidad—. Es de Dean. Esta casa es suya.

A Riley le tembló la barbilla. Desvió la mirada de April al pecho de Dean. Blue sintió cómo le ardía la piel a través de la camiseta.

—Sé que estoy gorda y todo eso —dijo Riley en voz baja—. Y sé que no te gusto, pero no haré ruido, y papá tampoco lo hará. —Levantó esos ojos desconsolados para mirar a Dean directamente a la cara—. No presta atención a nadie cuando compone. No te molestará. Yo incluso podría ayudar por aquí. Podría... podría barrer, o fregar los platos. —Dean se quedó paralizado mientras las lágrimas de Riley casi ahogaban sus siguientes palabras—. O si necesitas que alguien entrene contigo..., yo podría intentarlo.

Dean cerró los ojos con fuerza. Parecía haberse quedado sin respiración. Mad Jack volvió a abrir su teléfono.

—No quiero oír más tonterías. Te vienes conmigo.

—¡No, no voy!

Dean se deshizo del brazo de Blue, y con la voz ronca, como si se rompiera una presa en su interior, exclamó:

—¿No puedes ofrecerle a la niña ni siquiera dos jodidas semanas de tu asquerosa vida?

Riley se quedó callada. April levantó la cabeza lentamente. Jack no se movió.

—¡Su madre acaba de morir, por el amor de Dios! Te necesita. ¿O también vas a abandonarla como hiciste conmigo? —Dean se dio cuenta de lo que había dicho y se dirigió hacia la puerta. La ventana del fregadero traqueteó cuando salió dando un portazo.

Un músculo comenzó a palpitar en la mandíbula de Jack. Se aclaró la garganta, y cambió el peso de un pie a otro.

—Bueno, Riley, tienes una semana. Una, no dos.

Riley agrandó los ojos.

—¿De veras? ¿Puedo quedarme aquí contigo?

—Primero iremos a Nashville para hacer las maletas. Y tienes que prometerme que no volverás a escaparte nunca más.

—¡Lo prometo!

—Estaremos de vuelta el lunes. Y será mejor que cumplas tu promesa, porque si vuelves a hacer algo así, te mandaré a un internado en Europa, o algún lugar de donde sea imposible escaparse. Lo digo muy en serio, Riley.

—¡No volveré a hacerlo! Te lo prometo.

Jack se metió el móvil en el bolsillo. Riley miró la cocina como si la viera por primera vez. April se acercó a Blue.

—Ve a ver si está bien —le dijo en voz baja.

13

Blue localizó finalmente a Dean entre la maleza detrás del granero. Tenía las manos en las caderas y miraba el esqueleto oxidado de una camioneta roja. A través del hueco donde una vez había estado la puerta del acompañante, ella podía ver cómo sobresalía el relleno de la tapicería. Un par de libélulas revoloteaban sobre la madera podrida, las llantas desgastadas y otros restos no identificables de maquinaria agrícola que había en la parte trasera de la camioneta. Siguió el camino que él había abierto entre la maleza. Cuando se acercó más, vio los restos de un nido en el volante.

—Sí estás pensando en deshacerte del Vanquish ahora que has visto esto, olvídalo —dijo ella—. Me niego rotundamente.

Dean dejó caer las manos a los costados. Tenía una mirada desolada.

—¿No te parece que esto se pone cada vez mejor?

—No hay nada como un pequeño drama familiar para descargar adrenalina. —Resistió el deseo de volver a rodearle la cintura con el brazo—. Jack le dijo a Riley que se quedarían una semana —dijo con suavidad—. Pero se la lleva a Nashville el fin de semana. Ya veremos si vuelven.

Dean torció el gesto.

—¿Cómo coño ha pasado esto? Llevo años manteniéndome alejado de él, y ahora, en unos segundos, lo mando todo a la mierda.

—Yo creo que estuviste genial —dijo ella—. Y te lo dice alguien a quien le gusta encontrarte defectos.

Blue apenas pudo reprimir la sonrisa. Él pateó el guardabarros oxidado.

—¿Crees que le he hecho un favor a Riley?

—Sí. La has defendido.

—Sólo le he causado más problemas. A Jack sólo le importa su carrera, y lo único que he conseguido con esto es que Riley se lleve otra desilusión.

—Ella ha pasado más tiempo con él que tú, así que es probable que se conozca el percal. Dudo que tenga unas expectativas demasiado altas.

Él cogió un trozo de madera podrida y lo tiró a la caja de la camioneta.

—Ese hijo de perra hará bien en mantenerse fuera de mi vista. No quiero tener ningún trato con él.

—Estoy segura de que lo último que quiere Jack es llamar la atención. —Vaciló, intentando buscar la manera de sacar el tema, pero Dean se le adelantó.

—No hace falta que lo digas. ¿Crees que no me he dado cuenta de que soy la verdadera razón de que April quiera quedarse aquí? Perdió las esperanzas con Jack hace demasiado tiempo. Debería haberme largado en cuanto la vi salir por la puerta.

Blue no quiso volver a recordarle el papel que ella había jugado en todo eso. Rascó un poco de herrumbre.

—¿Por qué no miramos el lado positivo?

—Oh, por supuesto. ¿Por qué no?

—Es la primera vez que has visto a tu padre y a tu madre juntos. Me parece fantástico.

—No estarás pensando en intentar que se reconcilien, ¿verdad?

—No. Pero tal vez sea hora de enterrar algunos viejos fantasmas. La verdad simple y llana es que son tu familia, para bien o para mal.

—Estás equivocada. —Se puso a recoger algunos trozos de chatarra y los colocó en una pila—. El equipo es mi familia. Ha sido así desde que comencé a jugar al fútbol. Si necesito ayuda, sé que con sólo descolgar el teléfono media docena de tíos cogerán un avión sin hacer preguntas. ¿Cuánta gente puede decir eso de su familia?

—No vas a pasarte la vida jugando al fútbol. ¿Qué pasará luego?

—No importará. Seguirán ahí. —Le dio una patada al eje de la camioneta—. Además, para eso aún queda mucho tiempo.

«No tanto», pensó ella. Dean estaba a un paso de considerarse viejo en el mundo del fútbol.

Blue oyó ladrar a un perro, un ladrido agudo y continuo. Miró por encima del hombro a tiempo de ver la carrera apresurada de una bola blanca entre la maleza. El animal se detuvo al verlos. Echó hacia atrás unas orejas diminutas y su agudo ladrido se hizo más feroz. Tenía el pelaje enredado alrededor de la cara y trozos de hierbas pegados a las patas. Blue lo miró con ojo crítico, parecía un cruce de maltés, el tipo de perro al que deberían llamar *Bomboncito* y poner un lacito en el moño. Pero ese pequeño animal tenía pinta de no haber sido mimado en mucho tiempo.

Dean se acuclilló.

—¿De dónde has salido, colega?

El perro dejó de ladrar y lo miró con suspicacia. Dean le tendió la mano con la palma hacia arriba.

—Es increíble que no te haya zampado un coyote.

El perro ladeó la cabeza, luego lo olisqueó con cautela en respuesta a sus palabras.

—No es exactamente un perro de campo —dijo Blue.

—Apuesto lo que quieras a que lo han abandonado. Lo habrán dejado tirado en la carretera. —Hurgó entre el mugriento pelaje del cuello—. No lleva collar. ¿Qué te ha pasado, *Asesino*? —le pasó la mano por el lomo—. Se le notan las costillas. ¿Cuánto hace que no comes? Me gustaría que me dejaran cinco minutos a solas con el desgraciado que te ha dejado tirado.

El animal se tendió sobre el lomo y abrió las patas. Era una perra.

Blue bajó la vista a la pequeña zorrita.

—Chica, al menos deja que Dean se esfuerce un poco.

—Ignora a Bo Beep. La falta de sexo la convierte en una amargada. —Dean acarició la barriga flaca y sucia del animal—. Ven, *Asesina*. Vamos a ver qué encontramos para darte de comer. —Con una última palmadita, se puso en pie.

Blue los siguió.

—En cuanto le das de comer a un perro, pasa a ser tuyo.

—¿Y qué? En las granjas se necesitan perros.

—Perros pastores o collies. No esta perra pija.

—En la granja de Dean creemos que todos se merecen una oportunidad.

—Te advierto —le gritó a la espalda— que ése es un perro de gay, así que si quieres seguir en el armario...

—Voy a tener que denunciarte a la policía de lo políticamente correcto.

Al menos esa pequeña perra sarnosa había conseguido que Dean olvidara el drama que se desarrollaba en la casa, y Blue intentó seguir distrayéndolo discutiendo con él hasta que alcanzaron el patio delantero.

Los camiones que deberían estar en el camino de entrada no estaban a la vista. Ni los martilleos ni el rugir de las taladradoras interrumpían el sonido de los pájaros.

Él frunció el ceño.

—Me pregunto qué habrá pasado.

April salió de la casa con el móvil en la mano. La perra la recibió con unos fieros aullidos agudos.

—¡Silencio! —dijo Dean. El animal reconoció el tono autoritario y se calló. Dean examinó el patio.

—¿Dónde se ha metido todo el mundo?

April bajó los escalones del porche.

—Al parecer han caído todos misteriosamente enfermos.

—¿Todos?

—Eso parece.

Blue no tardó en juntar todas las piezas y no le gustó en absoluto la conclusión a la que llegó.

—No será por eso... no, no puede ser.

—Nos están boicoteando. —April levantó una mano—. ¿Qué hiciste para cabrear tanto a esa mujer?

—Blue hizo lo que debía —la defendió Dean.

Riley salió corriendo al porche.

—¡He oído un perro! —La perra mestiza agitó la cola al verla. Riley bajó corriendo las escaleras, pero se detuvo cuando estaba cerca. Arrodillándose, extendió la mano igual que había hecho Dean un rato antes.

—Hola, perrita.

La bola de pelo sucio la miró con suspicacia, pero consintió en ser acariciada. Riley miró a Dean con el ceño fruncido.

—¿Es tuya?

Él consideró la idea un momento.

—¿Por qué no? Cuando yo no esté aquí, habrá un casero.

—¿Cómo se llama?

—Se ha perdido. No tiene nombre.

—Podría... llamarla... —estudió a la perra—. ¿Qué tal *Puffy*?

—Esto... yo había pensado en algo tipo *Asesina*.

Riley volvió a estudiar a la perra.

—Tiene más pinta de *Puffy*.

Blue no pudo seguir manteniéndose dura con la perrita perdida por más tiempo.

—Vamos a ver si encontramos algo de comer para *Puffy*.

—Dame el teléfono del contratista —le dijo Dean a April—. Quiero hablar con él.

—Ya lo he intentado yo. Pero no coge el teléfono.

—Entonces será mejor que le haga una visita personal.

April quería que *Puffy* pasara por el veterinario, y de alguna manera convenció a Jack de que se llevara a la perra cuando Riley y él fueran a Nashville. Blue sabía que al final se quedaría con la perra. A pesar de lo que Jack había prometido, Blue no creía que fuera a regresar con Riley. Le dio un fuerte abrazo a la niña cuando se fue.

—No dejes que nadie te mangonee, ¿me oyes?

—Lo intentaré —respondió Riley con un deje interrogativo.

Blue quería hacer autostop para ir al pueblo a buscar trabajo, pero April necesitaba ayuda, así que se pasó el día intentando pagarse el sustento limpiando alacenas, colocando platos y ordenando armarios. Dean le envió un e-mail a April diciéndole que el contratista había desaparecido. Una «emergencia familiar» según un vecino.

Al caer la tarde, April la obligó a que tomara un descanso, y Blue se fue a explorar. Vagó por el bosque, siguiendo el riachuelo hasta el estanque y estuvo fuera más tiempo del que había pensado. Cuando regresó se encontró una nota de Dean esperándola en la encimera de la cocina.

Cariño:
Estaré de regreso el domingo por la noche. Mantenme la cama caliente.

Tu cariñoso novio

PD: ¿Por qué dejaste que Jack se llevara a mi perra?

Tiró la nota a la basura. De nuevo, una persona a la que había tomado cariño, se había largado sin avisar. Bueno ¿y qué? No le importaba lo más mínimo.

179

Era viernes. ¿Dónde habría ido? Un terrible presentimiento se apoderó de ella. Rápidamente subió las escaleras y corrió hasta su dormitorio. Cogió el bolso, y sacó la cartera. Por supuesto, los cien dólares que le había dado la noche anterior habían desaparecido.

Su cariñoso novio quería asegurarse de que ella siguiera allí cuando él estuviera de vuelta.

Annabelle Granger Champion miró a Dean desde el otro extremo de la sala de la espaciosa y moderna casa que compartía con su marido y sus dos hijos en el Lincoln Park de Chicago. Dean estaba aún tumbado en el suelo tras una pelea a vida o muerte con su hijo Trevor de tres años que ahora echaba la siesta.

—Me estás ocultando algo —le dijo Annabelle desde el amplio sofá.

—Te oculto bastantes cosas —replicó él—, y pienso seguir haciéndolo.

—Soy casamentera profesional. Ya he oído eso antes.

—Vale. Entonces no necesitas oír nada más. —Se levantó y caminó hacia las ventanas que daban a la calle. Tenía un vuelo nocturno a Nashville, y no pensaba perderlo. No lo iban a echar de su propia casa, y siempre que tuviera a Blue como amortiguador, podría soportarlo.

Pero Blue era más que un amortiguador. Era...

No sabía lo que era. No era exactamente una amiga, aunque lo comprendía mejor que las personas que lo conocían desde hacía años, y le divertía tanto como cualquiera de ellas, quizá más. Además, no quería follar con sus amigos, y, definitivamente, quería follar con ella.

Bueno. Era un autentico semental. Recordar su mortificante papel del jueves por la noche le ponía los pelos de punta. Había estado jugueteando con ella, calentándola, pero entonces había oído esos gemidos guturales, la había sentido correrse, y había perdido el control. Literalmente. Blue había estado provocándolo desde el momento que se conocieron. Así que *Speed Racer*, ¿eh? La próxima vez, iba a hacer que se comiera esas palabras.

Annabelle estaba mirándolo fijamente.

—Te pasa algo —dijo ella—, y creo que tiene que ver con una mujer. Lo he sentido durante toda la tarde. Es algo más que otra de tus relaciones sin sentido. Has estado demasiado distraído.

Él arqueó una ceja.

—¿Te has convertido en vidente o algo así?

—Las casamenteras tienen que tener algo de vidente. —Ella miró a su marido—. Heath, vete. No me contará nada si estás aquí. —Annabelle había conocido al agente de Dean no mucho después de heredar el negocio de casamentera de su abuela cuando Heath la había contratado para buscarle una esposa bella y sofisticada. Annabelle no era ninguna de esas cosas. Pero sus grandes ojos, su personalidad arrolladora y aquel pelo rojizo y rizado lo habían cautivado, y tenían uno de los mejores matrimonios que Dean había visto nunca.

Heath, al que apodaban La Pitón, por su costumbre de acabar con todos sus enemigos con aquella sonrisa viperina en la boca, era un tío guapo, casi de la altura de Dean. Se había licenciado en una de las mejores universidades del país y tenía la mentalidad de un perro callejero.

—*Boo* me lo cuenta todo, Annabelle. Ya sabes que es uno de mis mejores amigos.

Dean soltó un bufido.

—Tu verdadera amistad, Heathcliff, radica en cuánto dinero genero para Champion Sports Management.

—Te tiene calado, Heath —dijo Annabelle jovialmente. Y luego, dirigiéndose a Dean añadió—: Entre nosotros, lo vuelves loco. Eres demasiado imprevisible.

Heath acomodó a su hija recién nacida, que acababa de dormirse, en el hueco del cuello.

—Venga, venga, Annabelle, nada de conversaciones íntimas con mis clientes inseguros.

Dean adoraba a esos chicos. Bueno, adoraba a Annabelle, pero sabía que su carrera profesional no podía estar en mejores manos que las de Heath.

Annabelle era como un sabueso cuando sentía que estaba tras la pista de algo interesante.

—Estás totalmente distraído, Dean. He perdido dos kilos y ni siquiera te has dado cuenta. ¿Qué te pasa? ¿Quién es ella?

—No me pasa nada. Si quieres fastidiar a alguien, métete con Bozo. ¿Sabes que piensa pedir el quince por ciento de las ventas por ese anuncio de colonia?

—Ya le he dicho a Heath que iba a poder regalarme un coche

nuevo —dijo ella—. Ahora deja de marear la perdiz. Has conocido a alguien.

—Annabelle, me fui de Chicago hace menos de dos semanas, y hasta que llegué a la granja, pasé la mayor parte del tiempo en el coche. ¿Cómo hubiera podido conocer a alguien?

—No sé cómo, pero sé que lo has hecho. —Annabelle bajó los pies descalzos al suelo—. Oh, yo debería estar allí para supervisarlo todo. Te dejas llevar demasiado por las apariencias. No digo que seas superficial, porque no lo eres, pero te van las chicas superficiales, y luego te llevas un buen chasco cuando ninguna está a la altura de tus expectativas. Al menos me queda el consuelo de que he conseguido varios enlaces con las mujeres que has desechado.

Dean veía hacia donde se dirigía exactamente esa conversación, e intentó desviarla.

—Entonces, Heath, ¿Gary Candliss aún no ha firmado con Phoebe? Cuando hablé con Kevin parecía que habían cerrado el trato.

Annabelle continuó presionando.

—Y luego, cuando doy con alguien que es perfecta para ti, ni siquiera le das una oportunidad. Es lo que pasó con Julie Sherwin.

—Allá vamos —murmuró Heath.

Annabelle lo ignoró.

—Julie era guapa, lista, tenía éxito, era una de las mujeres más dulces que he conocido, pero... ¡te deshiciste de ella tras sólo dos citas!

—Pasé de ella porque se tomaba todo lo que decía literalmente. Has de admitir, Annabelle, que es demasiado desconcertante. La ponía tan nerviosa que no era capaz de comer, y no es que comiera mucho precisamente. Dejarla fue una obra de caridad.

—Eso es lo que les haces a las mujeres. Sé que intentas que no sea así, pero es eso lo que ocurre. Es por tu aspecto. Salvo Heath, eres mi cliente más tozudo.

—No soy tu cliente, Annabelle —replicó—. No te pago.

—Celo profesional —canturreó ella, pareciendo tan complacida consigo misma que los dos, Dean y Heath, se rieron.

Dean agarró las llaves del coche de alquiler de la mesita de café.

—Mira, Annabelle. He regresado a la ciudad este fin de semana para empaquetar algunas cosas que quería mandar a la granja y para que tu marido me pusiera al día de todos mis asuntos. No ha pasado nada extraordinario en mi vida.

Eso sí que era una mentira. Una de las grandes.

Mientras conducía hacia el aeropuerto, pensó en Blue y en su pequeña jugarreta. ¿Y todo para qué? Vaciarle la cartera no garantizaba que se fuera a quedar allí. Si estaba decidida a dejar la granja, lo haría, incluso aunque tuviese que dormir en un banco del parque. Si se había quedado en la granja hasta ahora, era por todo lo que había pasado. Esperaba que April la hubiera convencido de acudir a esa subasta de Knoxville durante el fin de semana, porque no quería pensar en regresar a la granja y descubrir que Blue se había ido.

La mañana del lunes, Blue observó desde el escalón superior del porche, con la segunda taza de café entre las manos e intentando parecer relajada, cómo Dean se acercaba por el camino. Había visto las llaves del coche en la encimera de la cocina al levantarse por la mañana, pero él no había ido a la caravana, y era la primera vez que lo veía desde que se había largado el viernes.

Montaba una bicicleta gris plomo de alta tecnología que podría haber llevado a Lance Armstrong a la gloria de los Campos Elíseos. Se veía magnífico, casi futurista, como si se hubiera escapado de una película de ciencia ficción de gran presupuesto. La luz del sol se reflejaba en un aerodinámico casco plateado, y los poderosos músculos de sus piernas se ondulaban bajo unos ajustadísimos pantalones cortos de ciclismo de color azul eléctrico. Le temblaron las piernas sólo con verlo y una punzada de anhelo le atravesó el corazón.

Él se acercó al final del camino adoquinado. Eran apenas las ocho, pero a juzgar por el sudor que brillaba en su cuello, y cómo se adhería la camiseta de malla verde a ese pecho asombroso, había entrenado duramente. Blue se obligó a sí misma a mantener la calma. Señaló la bicicleta con la cabeza.

—Muy chula. ¿Cuánto hace que le has quitado los ruedines?

—Habla alguien que le gusta vivir en una casa de muñecas. —Pasó la pierna sobre el cuadro y caminó con la bicicleta hacia ella—. Decidí que era hora de dejar de holgazanear y comenzar a entrenar en serio.

Ella no pudo evitar quedarse con la boca abierta.

—¿Acaso no estabas en forma?

—Digamos que me he estado haciendo el remolón desde que la temporada terminó. —Se quitó el casco y lo colgó del manillar—.

Voy a convertir el dormitorio del fondo en una sala de pesas. No quiero presentarme en el campo de entrenamiento gordo y fofo.

—No creo que tengas que preocuparte por eso.

Él sonrió y se pasó los dedos por el pelo sudoroso y aplastado, que al instante volvió a recuperar ese aire desaliñado y sexy.

—April me envió un correo con fotos de las pinturas y antigüedades que encontrasteis en Knoxville este fin de semana. Gracias por acompañarla. Va a quedar todo fantástico con el nuevo mobiliario.

Blue había considerado seriamente dejar a un lado el orgullo y pedirle a April un pequeño préstamo. Con todos los barrios elegantes que había en Knoxville, no habría tenido problemas para encontrar clientes, y podría haberle devuelto el dinero a April casi de inmediato. Pero no se lo había pedido. Igual que un niño jugando con fuego, había regresado. Tenía que saber qué pasaría a continuación en la granja.

—¿Qué tal el fin de semana? —Logró dejar la taza sobre el escalón sin derramar el café.

—Repleto de alcohol y sexo desenfrenado. ¿Y el tuyo?

—Más o menos igual.

Él sonrió de nuevo.

—Fui a Chicago. Tenía que firmar un contrato. Y por si te interesa saberlo, Annabelle es la única mujer con la que pasé algún tiempo mientras estuve allí.

Sí, estaba muy interesada. Torció la boca molesta.

—Como si me importara.

Dean cogió la botella de agua de la bicicleta y señaló el granero con la cabeza.

—Compré dos bicicletas. La segunda es más pequeña. Úsala siempre que quieras.

Ella se puso de pie para poder clavarle su mejor mirada de chica dura.

—Te daría las gracias, pero mi gratitud se esfumó cuando descubrí que el dinero que había ganado con mis artes de prostituta no estaba en la cartera. ¿Tienes tú algo que ver por casualidad?

—Bueno, lo siento. —Apoyó el pie en el escalón de abajo y tomó un trago de agua—. Necesitaba cambio.

—Los billetes de cincuenta dólares no son cambio.

—En mi mundo sí. —Volvió a colocar el tapón a la botella.

—¡Eres odioso! Debería haberme quedado en Knoxville.

—¿Por qué no lo hiciste?

Esperando aparentar una calma que no sentía bajó las escaleras del porche.

—Porque rezaba para que Jack regresara. Es una oportunidad única en la vida. Estoy casi segura de que lograré sobreponerme a los nervios para pedirle un autógrafo.

—Me temo que estarás demasiado ocupada para eso. —Le dirigió una mirada larga y perezosa—. Mantenerme satisfecho en la cama será un trabajo a jornada completa.

La imagen que pasó por la mente de Blue fue tan ardiente que para cuando pudo recuperar el habla, él y su bicicleta ya estaban a medio camino del granero.

—Oye, Dean.

Él la miró por encima del hombro. Ella se hizo sombra en los ojos.

—Si quieres intentarlo otra vez, avísame con tiempo, creo que podré revisar mi agenda y reservarte tres minutos.

Él no se rio. Pero tampoco contaba con ello. Si bien tampoco había esperado que se quedara mirándola de esa manera, como si el himno nacional hubiera terminado y se preparara para empezar un nuevo partido.

Un poco más tarde, mientras limpiaba la cocina, Blue oyó que Dean se marchaba. April apareció en la puerta con un vestido viejo y llevando un montón de lonas en los brazos.

—Por lo que se ve, Dean no logró contactar el viernes con el contratista —dijo—, porque esta mañana tampoco ha aparecido nadie, y no voy a quedarme de brazos cruzados esperando que pinten la cocina. Tengo la pintura, ¿me ayudas?

—Claro.

Apenas se habían puesto a ello cuando April desapareció para atender otra de sus misteriosas llamadas telefónicas. Cuando regresó, puso a Gwen Stefani, y, antes de que Gwen cantara «Holloback Girl», se hizo evidente que la habilidad de April como bailarina excedía con mucho a su experiencia con la brocha, por lo que Blue se encargó de dirigir el trabajo.

Al finalizar el trabajo preliminar, oyeron un coche, y unos minutos después, entró Jack Patriot con unos vaqueros gastados y una camiseta negra y ceñida con el *slogan* de su última gira: ABRASA-DOR. Blue, que no esperaba que regresara, dio un traspié. Él la agarró cuando estaba a punto de caer sobre la lata de pintura. April, que se movía de una manera no apta para menores mientras sonaba «Baby got back», dejó de bailar de inmediato. Jack dejó a Blue sobre los pies.

—¿No se te ocurre nada para superar esto? —dijo él.

—Sí... no... oh, Dios mío... —Se sonrojó hasta la raíz del cabello—. Lo siento. Seguro que hay un montón de gente que te dice que es tu fan número uno, pero es que yo lo soy de verdad. —Se apretó la mejilla caliente con una mano—. Yo... bueno... yo tuve una infancia un tanto itinerante, pero tus canciones siempre estaban ahí, allá donde fuera o con quien viviera. —Ahora que había comenzado, no podía parar, incluso aunque él se había apartado para dirigirse a la cafetera—. Tengo todos los discos. Todos. Incluso *Outta My Way*, sé que los críticos lo dejaron por los suelos, pero están equivocados porque es maravilloso, y... «Screams» es una de mis canciones favoritas, es como si llegara directamente a mi alma, y, mierda, sé que estoy farfullando como si fuera una tonta, pero en la vida real Jack Patriot no aparece de repente en la vida de una. Quiero decir, ¿alguien está preparado para algo así?

Jack revolvió la cucharadita de azúcar.

—Si quieres puedo firmarte un autógrafo en el brazo.

—¿De veras?

Él se rio.

—No, mejor no. No creo que Dean se lo tomara demasiado bien.

—Ah. —Ella se humedeció los labios—. Supongo que no.

Jack volvió la cabeza hacia April.

—Échanos una mano.

April se apartó el pelo de la cara.

—Acuéstate con él, Blue. No hay nada mejor para volver a la realidad. Es una enorme decepción.

Una amplia y lenta sonrisa curvó la boca de Jack.

—Me quedo con lo de enorme y...

April bajó la vista a su entrepierna.

—Hay cosas que un hombre no puede comprar, no importa lo rico que sea.

Él apoyó el hombro contra el marco de la puerta y dejó que sus ojos vagaran por el cuerpo de April.

—Siempre me han inspirado las mujeres de lengua viperina. Tráeme una hoja de papel, April. Siento que me llega la inspiración para una nueva canción.

La tensión sexual entre ellos crepitaba en el aire. Puede que superaran la cincuentena, pero era pura lujuria adolescente lo que se horneaba en esa cocina. Blue medio esperaba que las paredes comenzaran a chorrear, y decidió escabullirse de la habitación, pero tropezó con una lona caída.

El movimiento rompió el hechizo, y April se dio la vuelta. Jack examinó el techo donde Blue había comenzado a pintar.

—Espera que descargue mis cosas, y te echaré una mano.

—¿Sabes pintar? —preguntó Blue.

—Mi padre era carpintero. Le ayudé bastantes veces cuando era niño.

—Iré a ver a Riley. —April pasó junto a Jack y se dirigió a la puerta lateral.

Blue tragó con fuerza. Estaba a punto de pintar una cocina con Jack Patriot. Su vida era cada vez más rara.

14

Cuando Dean regresó esa tarde, se encontró a Jack y April pintando en silencio paredes opuestas de su cocina mientras sonaba Coldplay a todo volumen. April estaba salpicada de brillante pintura amarilla de pies a cabeza, pero Jack sólo tenía manchadas las manos. Hasta el viernes, Dean no había visto a sus padres juntos. Ahora estaban pintando su jodida cocina.

Siguió buscando a Blue. Por el camino, sacó la BlackBerry para comprobar los mensajes. April le había mandado uno hacía diez minutos: «Sólo nos queda un bidón de pintura amarilla. Vete a comprar más.»

Encontró a Blue en el comedor, pintando el techo. Parecía una pastorcita Bo Beep de bolsillo con un rodillo de pintura en la mano. Tenía manchada de pintura la camiseta verde que le caía hasta las caderas y tapaba ese cuerpecito que tan decidida estaba a ocultarle. Aunque no lo haría por mucho tiempo. Señaló la cocina con el pulgar.

—¿Qué pasa ahí dentro?

—Sólo lo que ves. —La lona de plástico que había puesto en el suelo crujió cuando ella se acercó a él—. Por suerte, Jack sabe manejar la brocha, pero he tenido que vigilar a April como un halcón.

—¿Por qué no los has detenido?

—Hasta que no lleve el anillo de boda en el dedo no tengo autoridad en esta casa. —Ella colocó el rodillo en el suelo y estudió la pared—. April quiere que pinte un mural.

No parecía demasiado feliz, pero él prefería que Blue le pintara un mural antes que tener a sus padres pintando la cocina. Además eso la retendría allí algún tiempo más.

—Le diré a mis relaciones públicas que te manden mis mejores fotos en acción —dijo él—. Puedes escoger la que más te guste.

Ella sonrió como él esperaba, pero después el ceño de su frente se hizo más profundo.

—Ya no pinto paisajes.

—Es una pena. —Abrió la cartera y sacó doscientos dólares en efectivo—. Aquí están los cien dólares que te cogí prestados y los otros cien de esa endiablada apuesta. Siempre pago mis deudas.

Tal como él esperaba, ella no le arrebató el dinero de inmediato, sólo se quedó mirándolo.

—Un trato es un trato —dijo él, con toda inocencia—. Y tú ganaste. —Como siguió sin coger el dinero, le metió los billetes en el bolsillo de la camiseta, demorándose allí más tiempo del necesario. Puede que no tuviera mucho pecho, pero era suficiente para él. Lo único que necesitaba era acceso ilimitado.

—Un pacto con el diablo —dijo ella con gesto sombrío. Dean ocultó la sensación de triunfo mientras ella cogía el dinero, lo miraba durante un segundo y luego se lo devolvía, metiéndoselo en el bolsillo, pero al contrario que él, sin demorarse en absoluto. Una lástima.

—Dáselo a una de esas asociaciones de mujeres maltratadas.

Pobre Castora. Él mismo le podría haber dicho cuando hicieron la apuesta que esos escrúpulos suyos le impedirían quedarse con el dinero, pero él no había llegado a ser todo un profesional comportándose como un tonto.

—Bueno, si es lo que quieres.

Ella le dio la espalda para examinar las paredes con detenimiento.

—Si crees que puedo pintar un bello y esplendoroso paisaje en estas paredes, te llevarás una gran decepción. Mis paisajes son de lo más vulgar.

—Con tal de que no pintes nada afeminado, seré feliz. No quiero bailarines de ballet, ni damas del siglo pasado con sombrillas. Y ni hablar de conejos muertos servidos en platos.

—No te preocupes. Los bailarines de ballet y los conejos muertos serían demasiado innovadores para mí. —Se dio la vuelta para irse—. La vida es demasiado corta, así que prefiero no hacer nada.

Ahora que la idea había echado raíces en su cabeza, Dean no estaba dispuesto a desecharla, pero iba a esperar un poco más antes de presionarla.

—¿Dónde está mi perra?

Ella se masajeó el hombro del brazo con el que había estado pintando.

—Creo que tu valiente *Puffy* está merendando en el jardín de atrás con Riley.

Él fingió marcharse, pero se dio la vuelta antes de salir al vestíbulo.

—Sé que debería habértelo contado antes, en especial cuando sé lo ansiosa que estás por que se pongan las puertas. Pero antes de salir para Chicago, visité al encargado de las puertas. Vive en el condado de al lado, al margen del boicot, así que logré convencerlo para que las trajera pronto. Aparecerá con ellas en cualquier momento.

Los ojos de Blue brillaron con suspicacia.

—Lo has sobornado.

—Un poco de incentivo no viene mal.

—La vida es menos complicada cuando eres rico, ¿verdad?

—O eres un auténtico encanto. No lo olvides.

—¿Cómo podría? —replicó ella—. Es lo único que tenemos en común.

Él sonrió.

—Pronto podremos cerrar la puerta del dormitorio. Justo lo que yo quería.

Cuando Dean regresó de comprar la pintura, eran más de las cinco. La casa estaba tranquila, y salvo el rincón del comedor, la cocina mostraba una brillante capa de pintura amarilla. No estaba el SUV negro de Jack, así que Riley y él debían haber salido a cenar. Hasta ahora, había logrado evitarlos y tenía intención de seguir haciéndolo. Aspiró el olor fresco a pintura y madera nueva. Se había imaginado como propietario de una casa con palmeras en el Pacífico, pero le encantaba esa granja con sus cien acres. Sería un lugar perfecto, cuanto se deshiciera de esos molestos invitados. Salvo Blue. Se había perdido ya un fin de semana con ella, y no estaba preparado para dejar que se fuera todavía.

Tras dejar la pintura en la cocina, oyó el agua de la ducha. Sacó el resto de las bolsas del coche y luego se dirigió arriba, al dormitorio, donde dejó las bolsas en el suelo al lado de las maletas antes de mirar hacia el cuarto de baño. Las ropas manchadas de pintura de Blue formaban un charco en el suelo. Sólo un verdadero pervertido apartaría ese plástico que ella había insistido en colgar en el hueco de la puerta, y él nunca había sido un pervertido. Así que se olvidó del plástico y esperó como un caballero a que ella saliera.

A ser posible desnuda.

Dejó de oírse el agua. Él se quitó la camisa y la dejó caer a un lado, una maniobra manida, cierto, pero a ella le gustaba su pecho. Observó el plástico y se dijo a sí mismo que no debía hacerse demasiadas ilusiones. Había muchas posibilidades de que ella saliera de ese baño con botas militares y pantalones de camuflaje.

Tuvo suerte. Blue sólo llevaba una toalla blanca sujeta debajo de las axilas cuando salió. No iba exactamente desnuda, pero al menos podía ver sus piernas. No pudo apartar la vista del reguero de agua que se le deslizaba por el interior del delgado muslo.

—¡Fuera! —Como si fuera una ultrajada ninfa del mar, ella señaló el pasillo con el dedo.

—Es mi habitación —dijo él.

—Tengo mis derechos.

—¿Como por ejemplo?

—Los derechos de hospedaje van implícitos en el trato. Fuera.

—Necesito darme una ducha.

Ella señaló la puerta del cuarto de baño.

—Te prometo que no te molestaré.

Él se acercó más.

—Comienzo a preocuparme seriamente por ti. —Cuando se detuvo a su lado, le llegó el olor de su champú favorito. Olía mejor en ella. Tenía el pelo mojado retirado a un lado y el parpadeo de sus ojos le indicó que estaba nerviosa. Genial. La recorrió lentamente con la mirada de arriba abajo—. Lo digo en serio, Blue. Empiezo a creer que realmente eres frígida.

—¿De veras?

Él la rodeó. Se recreó en la nuca suave y húmeda y en la curva redonda de los hombros estrechos.

—No sé, ¿nunca has pensado en ir a un sexólogo? Caramba, podríamos ir juntos.

Ella sonrió ampliamente.

—Nadie me llama frígida para intentar quitarme las bragas desde los quince años. Empiezo a sentirme como una niña. No, espera. El niño eres tú.

—Tienes razón. —Le tocó el hombro con la punta del índice y tuvo la satisfacción de ver cómo se estremecía—. ¿Para qué ir a un sexólogo cuando podemos resolver esa disfunción aquí y ahora?

—Por incompatibilidad. Te olvidas de que somos incompatibles. ¿Recuerdas? ¿Tú, hermoso e inútil? ¿Yo, eficaz y trabajadora?

—Se llama química.

El bufido burlón de Castora le dijo que lo había vuelto a hacer. En lugar de centrarse en la línea de meta, no había podido evitar meterse con ella. Era un error táctico que no habría cometido nunca si hubiera practicado un poco más la seducción con las mujeres. Caramba. Hasta ese momento, lo único que había tenido que hacer era decir «hola», y caían rendidas a sus pies. Frunció el ceño.

—¿Por qué no dejas de hacerte la listilla y te preparas para nuestra cita?

—¿Tenemos una cita?

Él le señaló las bolsas.

—Elige lo que quieres ponerte.

—¿Me has comprado ropa?

—No pensarías que te iba a dejar elegirla a ti.

Ella puso los ojos en blanco.

—Eres un afeminado.

—Cualquier defensa de los Packers te sacaría del error. —Nunca era demasiado tarde para recordarle a Castora quién llevaba la batuta allí. Se llevó las manos a la cinturilla de los pantalones cortos—. O quizá prefieras mirarme mientras me ducho y comprobarlo por ti misma. —Acercó la mano a la cremallera.

Los ojos de Blue se quedaron clavados en el «objetivo». Él jugueteó con la lengüeta de la cremallera. Parecía que a ella le costaba demasiado trabajo levantar la vista, y cuando finalmente lo hizo, Dean le dirigió la misma sonrisa condescendiente que utilizaba con los novatos que no podían seguirle el juego. Luego entró en el cuarto de baño.

Blue siguió con la mirada la caída del plástico cuando Dean entró en el baño. Ese hombre era un demonio. Le temblaban los dedos. Deseaba arrojar la toalla a un lado y entrar allí para tirarse encima de él. Dean era esa oportunidad que sólo se presentaba una vez en la vida, y si su madre no hubiera escogido ese momento en particular para vaciarle las cuentas bancarias, Blue bien podía haber hecho la vista gorda a la aversión que sentía por el sexo indiscriminado y pensar en montárselo con él aunque sólo fuera por una vez.

Apartó las bolsas de una patada, resistiendo la tentación de echar una ojeada para ver qué había comprado. Se puso unos vaqueros limpios y una camiseta sin mangas negra. Se secó el pelo a medias en el cuarto de baño del pasillo, y se hizo una coleta; dudó durante un momento, pero al final se aplicó un poco de rímel y brillo de labios.

Bajó las escaleras para esperarle en el porche delantero. Si hubieran sido novios de verdad, lo habría esperado sentada en la cama y habría mirado cómo se vestía. Y qué imagen más gloriosa habría sido. Con un suspiro de pesar, miró el jardín cubierto de hierba. En un año, pastarían allí los caballos, pero ella no estaría para verlos.

Él estuvo listo en un tiempo récord, pero cuando salió al porche, ella vio una vaporosa blusa de color lavanda colgando de sus dedos. Se pasaba la prenda de una mano a otra, sin decir ni una palabra, dejando que la blusa hablara por sí sola. El sol del atardecer arrancaba destellos de los diminutos abalorios plateados, como si fueran burbujas de un mar de color lavanda. La tela se movía entre sus dedos como si fuera el péndulo de un hipnotizador.

—Estoy seguro —dijo él finalmente— que no tienes el sujetador indicado para este tipo de prenda. He visto a muchas chicas con blusas como ésta y llevaban sujetadores con tirantes de encaje. Creo que a ti te sentaría bien uno que hiciera contraste con el color de la blusa. Algo rosa quedaría genial. —Sacudió la cabeza—. Ay, caramba, creo que nos estamos avergonzando a los dos. —Sin parecer avergonzado en absoluto, acercó la prenda un poco más—. De veras que intenté comprarte algo con cuero y tachuelas, pero te lo juro, si hay una tienda de sado por aquí, yo no la he podido encontrar.

Ella se encontraba en el Jardín del Edén, pero esta vez era Adán el que sostenía la manzana tentadora.

—Aparta eso de mí.

—Si te asusta reclamar tu feminidad, lo entiendo.

Debía estar muy cansada, hambrienta y sentir algo más que un poco de compasión por sí misma para permitirse caer en la tentación.

—¡De acuerdo! —Agarró la blusa de color lavanda—. ¡Pero que sepas que esto sólo lo hacen los chicos gays!

Cuando llegó arriba, se quitó la camiseta sin mangas y se metió la prenda de Satanás por la cabeza. Tenía un volante en el dobladillo, justo donde rozaba la cinturilla de los vaqueros. Las delicadas tiras caían sobre sus hombros y se le veían los tirantes del sujetador; así que él tenía razón después de todo. Por supuesto que tenía razón. Era experto en ropa interior femenina. Por fortuna, su sujetador era de color azul claro, y aunque los tirantes no eran de encaje, tampoco eran blancos, lo que hubiera sido un agravio imperdonable para el señor *Vogue Magazine* que la esperaba abajo.

—Hay una falda en una de las bolsas —dijo él desde las escaleras—, por si te apetece deshacerte de los vaqueros.

Ignorándolo, se quitó las sandalias, y se puso las botas militares negras antes de bajar las escaleras.

—Eso ha sido muy infantil —le dijo él cuando le vio el calzado.

—¿Estás listo o no?

—No creo que haya conocido nunca a una mujer con tanto miedo a mostrar su feminidad. Cuando vayas al loquero...

—No empieces. Me toca conducir. —Le tendió la mano con la palma hacia arriba, y casi le dio un infarto cuando él le pasó las llaves sin discutir.

—Lo comprendo —dijo él—, necesitas reafirmar tu masculinidad.

Dean ya se había anotado demasiadas pullas verbales por ese día, pero Blue estaba tan encantada con la idea de conducir el Vanquish que lo dejó pasar.

Ese coche era un sueño. Lo había observado manejar la caja de cambios, y él sólo se tuvo que contener un par de veces antes de que ella le cogiera el tranquillo.

—Vamos al pueblo —le dijo cuando llegaron a la carretera—. Antes de ir a cenar, quiero tener una pequeña charla con Nita Garrison.

—¿Ahora?

—¿No creerás en serio que voy a dejar las cosas así? No es mi estilo, campanilla.

—Puede que me esté perdiendo algo, pero no creo que yo sea la persona más indicada para acompañarte a hablar con Nita Garrison.

—Puedes esperar en el coche mientras yo utilizo mi encanto con ese viejo murciélago. —Sin previo aviso, él se le echó encima y comenzó a juguetear con su oreja. Tenía unas orejas muy sensibles, y casi se salió de la carretera. Cuando abrió la boca para decirle que apartara las manos, él le metió algo en el agujerito de la oreja. Ella se miró en el retrovisor. Una gema color púrpura centelleó en el espejo.

—Esto son los complementos —dijo él—, te pondré el otro cuando paremos.

—¿Me has comprado unos pendientes?

—Tenía que hacerlo. Temía que un día aparecieras llevando unos tornillos.

Así, de pronto, Blue tenía un estilista, y no era April. Se preguntó si él se habría dado cuenta de que tenía algo en común con su madre. Ese hombre era tal cúmulo de contradicciones que resultaba fascinante. Un hombre tan viril no debería sentirse tan a gusto con esas cositas tan bellas. Debería de sentirse inclinado sólo por el sudor. Odiaba que la gente no se ajustara a su rol. Siempre acababa desconcertándola.

—Es una pena, pero las gemas no son de verdad —dijo él—. Mis opciones de compra eran muy limitadas.

Fueran de verdad o no, le encantaban.

La casa solariega de Nita Garrison estaba situada en una calle sombreada a dos manzanas del centro del pueblo. Construida con la misma piedra caliza que el banco y la iglesia católica, tenía un porche, un tejado a cuatro aguas y una fachada de estilo italiano renacentista. Los frontones de piedra coronaban las nueve grandes ventanas de guillotina —cuatro en la planta baja y cinco en la de arriba—, la del centro era más ancha que las demás. El jardín estaba bien cuidado, con un camino perfectamente delineado entre los arbustos.

Blue frenó enfrente de la casa.

—Tan acogedor como una prisión.

—Vine antes, pero no estaba en casa.

El brazo de Dean le rozó la nuca y el pulgar le acarició la mejilla cuando le puso el otro pendiente. Blue se estremeció. Aquello era más íntimo que el sexo. Se obligó a romper el hechizo.

—Cuando quieras pedírmelos prestados no te cortes.

En lugar de devolverle la pelota, él le frotó el pendiente y el lóbulo de la oreja suavemente entre los dedos.

—Muy amable.

Ella estaba a punto de morir de lujuria cuando al fin la dejó en paz. Dean abrió la puerta del coche y salió, luego se inclinó para mirarla con detenimiento.

—Ni se te ocurra largarte...

Ella se tiró del pendiente.

—No iba a dejarte tirado. Solo iba a dar una vuelta rápida alrededor de la manzana para no aburrirme.

—... o pum. —La apuntó con el dedo índice como si fuera una pistola.

Blue se recostó en el asiento y lo observó subir hacia la puerta principal. Se movió una cortina en la ventana de la esquina. Él pulsó el timbre y esperó. Al no contestar nadie, lo pulsó de nuevo. Nada. Golpeó la puerta con los nudillos. Blue frunció el ceño. Nita Garrison no se andaba con chiquitas. ¿O es que Dean se había olvidado del arresto de Blue hacía tan sólo cuatro días?

Él se volvió y bajó los escalones del porche, pero el alivio que sintió Blue no duró demasiado porque, en vez de darse por vencido, dobló la esquina hacia el lateral de la casa. Dean creía que podía molestar a Nita impunemente sólo porque era una ancianita, y lo más seguro es que Nita ya hubiera llamado a la policía. Garrison no era Chicago. Garrison era una pesadilla para un yanqui, un pequeño pueblo sureño con sus propias leyes. Dean iba a acabar en la cárcel, y Blue se quedaría sin su cena. Un pensamiento alarmante atravesó su mente. Confiscarían ese hermoso coche.

Bajó de un salto del vehículo. Si no lo detenía, el Vanquish iría a parar a una de esas subastas de la policía. Él estaba tan acostumbrado a utilizar su fama en su propio beneficio que se creía invencible. Había menospreciado por completo la autoridad de esa mujer.

Blue siguió un camino adoquinado por el lateral de la casa y lo encontró espiando por una ventana.

—¡No hagas eso!

—Está ahí —dijo él—. Puedo oler el azufre.

—Está claro que no quiere hablar contigo.

—Qué pena. Yo sí quiero hablar con ella. —Siguió hacia delante y dobló la siguiente esquina. Apretando los dientes, ella lo siguió.

Había un cuadrado de césped perfectamente cuidado y una fila de setos recortados delante del garaje, que estaba edificado con la misma piedra caliza que la casa. No había ni una sola flor a la vista, sólo una fuente vacía de hormigón. Ignorando las protestas de Blue, Dean subió los cuatro escalones de la puerta trasera, que conducían a un pequeño porche sostenido por unos pilares esculpidos a juego con el alero. Cuando él giró el pomo y abrió la puerta, Blue comenzó a sisear como una gata mojada.

—¡Nita Garrison llamará a la policía! Dame la cartera antes de que te arresten.

Él la miró por encima del hombro.

—¿Para qué quieres mi cartera?

—Para ir a cenar.

—Eso es demasiado rastrero, incluso para ti. —Metió la cabeza dentro de la casa. Se oyó el ladrido bajo y distante de un perro, luego se hizo el silencio.

—¡Señora Garrison! Soy Dean Robillard. Se ha dejado la puerta de atrás abierta.

Y se coló dentro.

Blue clavó los ojos en la puerta abierta, y luego bajó deprisa las escaleras. Ni siquiera la policía de Garrison podía arrestarla si no entraba, ¿no? Se sentó en las escaleras y apoyó los codos en las rodillas mientras lo esperaba.

Una quejumbrosa voz femenina invadió la quietud de la noche.

—¿Qué crees que estás haciendo? ¡Sal de aquí!

—Sé que éste es un pueblo pequeño, señora Garrison —dijo Dean—, pero debería tener las puertas cerradas.

En lugar de amilanarse, la voz se hizo más fuerte y chillona. Blue volvió a detectar un leve acento de Brooklyn.

—Ya me has oído. ¡Fuera!

—En cuanto acabemos de hablar.

—No pienso hablar contigo. ¿Qué estás haciendo ahí fuera, niña?

Blue se giró bruscamente para ver cómo la señora Garrison se cernía amenazadoramente sobre ella en el porche. Estaba muy maquillada, con una gran peluca plateada, pantalones sueltos de punto y una túnica a juego adornada con collares dorados. Esa tarde, sus tobillos sobresalían de un par de zapatillas gastadas color magenta.

Blue fue directa al grano.

—No cruzar el límite para entrar ahí. Eso es lo que estoy haciendo.

—Usted le da miedo —añadió Dean desde el interior—. Pero a mí no.

La señora Garrison apoyó ambas manos en el bastón y miró a Blue como si fuera una cucaracha. Blue se puso de pie a regañadientes.

—No me da miedo —dijo ella—. Pero no he comido desde el desayuno, y todo lo que vi en la cárcel fue una máquina expendedora... y nada más.

La señora Garrison soltó un bufido desafiante y caminó arrastrando los pies hacia Dean.

—Has cometido un error garrafal, señor Pez Gordo.

Blue asomó la cabeza por la puerta.

—No es culpa de él. El pobre ha recibido demasiados golpes en la cabeza. —Cediendo a la curiosidad, atravesó el umbral.

A diferencia del exterior sombrío, el interior de la casa estaba desordenado y descuidado. Había una pila de periódicos al lado de la puerta trasera, y el suelo de gres necesitaba una buena mano de fregona. El correo estaba desparramado sobre una mesita de estilo provenzal francés al lado de un tazón vacío de cereales, una taza de café y los restos de un plátano. La casa no parecía demasiado sucia a pesar de que olía a rancio y parecía desatendida. Había un labrador negro muy viejo y sobrealimentado con una mancha parda en el hocico, tumbado desgarbadamente en una esquina donde el empapelado había comenzado a despegarse. Las sillas doradas y la pequeña lámpara de araña le daban a la cocina un cierto aire a un salón de Las Vegas.

Nita levantó el bastón.

—Voy a llamar a la policía.

Blue no pudo soportarlo más.

—Se lo advierto, señora Garrison. A simple vista, Dean puede parecer una persona estupenda, pero la verdad es que no hay jugador de la NFL que no sea medio animal. Sólo que él sabe disimularlo mejor.

—¿De veras piensas que puedes asustarme? —se burló Nita—. Me he criado en las calles, cariño.

—Sólo le señalo los hechos. Usted le ha contrariado y eso no augura nada bueno.

—Éste es mi pueblo. No puede hacerme nada.

—Eso es lo que usted cree —Blue se acercó al lado de Dean, que se había puesto en cuclillas para acariciar al viejo perro negro—. Los jugadores de fútbol americano son una leyenda. Sé que usted está acostumbrada a tener a la policía local en el bolsillo, fue así como consiguió que me metieran en chirona la semana pasada, pero espere a que Dean les firme un par de autógrafos y les regale un par de entradas; esos policías no recordarán ni su nombre.

Blue tenía que reconocer las agallas de ese viejo murciélago. En lugar de desistir, sonrió con burla en dirección a Dean.

—¿Crees que eso va a funcionar?

Dean se encogió de hombros.

—Me cae bien la policía, quizá me pase por comisaría para hacerles una visita. Pero, francamente, estoy más interesado en lo que pueda decir mi abogado de ese pequeño boicot suyo.

—Abogados. —Nita escupió la palabra, luego se encaró a Blue otra vez, algo de lo más injusto, ya que Blue estaba intentando mediar entre ellos—. ¿Estás dispuesta a disculparte por la manera en que me dejaste plantada la semana pasada?

—¿Está usted dispuesta a disculparse con Riley?

—¿Por decir la verdad? No me gusta mimar a los niños. Las personas como tú quieren resolver todos sus problemas y así no maduran nunca.

—Esa niña en particular acaba de perder a su madre —dijo Dean con una voz suavemente engañosa.

—¿Desde cuándo la vida es justa? —Entrecerró los ojos, cubriendo aún más de arrugas la sombra azul de sus párpados—. Es mejor que aprendan cuán dura es la vida desde pequeños. Cuando tenía su edad, dormía en la escalera de emergencia para huir de mi padrastro. —Tropezó con la cadera contra la mesa y la taza de café cayó al suelo junto con parte del correo. Nita hizo un gesto ambiguo hacia el desorden—. Nadie del pueblo quiere hacer trabajos domésticos. Ahora todas las chicas negras van a la universidad.

Dean se frotó la oreja.

—Ese condenado Abraham Lincoln.

Blue contuvo una sonrisa.

Nita lo miró de arriba abajo.

—Eres un verdadero listillo, ¿verdad?

—Sí, señora.

La mirada provocativa que le dirigió sugería que había tratado con bastantes hombres guapos en su vida. Sin embargo, no había coqueteo alguno en sus ojos.

—¿Bailas?

—No creo que tengamos edad para eso.

Nita apretó los labios.

—Enseñé en la escuela de Arthur Murray de Manhattan durante muchos años. Baile de salón. Era muy hermosa. —Miró a Blue, como echándole en cara que ella no lo era—. Pierdes el tiempo soñando con él. Eres demasiado simplona.

Dean arqueó una ceja.

—No lo es.

—Eso es lo que le gusta de mí —dijo Blue—. No le hago sombra.

Dean suspiró.

—Eres tonta —se burló Nita—. He conocido a hombres como él durante toda mi vida. Al final, siempre se quedan con las mujeres como yo... como yo solía ser. Rubias de tetas grandes y piernas largas.

Nita había dado en el clavo, pero Blue no estaba dispuesta a reconocerlo.

—A menos que en el fondo sean unos travestis. Entonces se quedan con las que tienen la lencería más bonita.

—¿Me avisas cuando termines? —dijo Dean.

—Y de todas maneras, ¿a qué te dedicas? —la anciana soltó la pregunta como si fuera una bomba fétida.

—Soy pintora. Pinto retratos de perros y niños.

—¿De veras? —sus ojos brillaron de interés—. Bueno, entonces, tal vez te contrate para pintar a *Tango*. —Ladeó la cabeza para observar al viejo perro—. Sí, ¿por qué no? Puedes empezar mañana.

—Ella ya tiene trabajo, señora Garrison —dijo Dean—. Trabaja para mí.

—Has dicho por todo el pueblo que es tu novia.

—Y lo es. Y sé que ella será la primera en decir que soy un trabajo a jornada completa.

—Pamplinas. La engañas para seguir acostándote con ella. En cuanto te aburras, te desharás de ella.

A él no le gustó nada oír eso.

—Por respeto a su edad, señora Garrison, voy a pasar eso por alto. Tiene veinticuatro horas para ordenar a sus lacayos que hagan el trabajo.

Ignorándolo, Nita se volvió hacia Blue.

—Quiero que mañana a la una estés aquí para pintar el retrato de *Tango*. Si lo haces, les diré a los hombres que continúen con el trabajo.

—Se supone que el chantaje implica una sutileza mayor —dijo Blue.

—Soy demasiado vieja para ser sutil. Sé lo que quiero, y te aseguro que lo obtendré.

—No lo entiende, señora Garrison —dijo Dean—. Lo único que va a obtener es un montón de problemas. —Agarró a Blue por el codo y la guió hacia la puerta.

Cuando regresaron al coche, Dean no abrió la boca más que para prohibir a Blue que se acercara a la señora Garrison. Como Blue odiaba que le dieran órdenes, estuvo tentada de discutir con él por principios, pero no tenía intención de dejar que esa anciana le siguiera amargando la vida. Además, quería disfrutar de la velada.

Se detuvieron delante de un edificio de planta baja con un letrero amarillo sobre la entrada que ponía Barn Grill.

—Pensaba que este lugar sería un granero de verdad* —dijo ella mientras se dirigían hacia la puerta.

—Yo también lo pensé la primera vez que vine aquí. Luego me enteré de que el nombre era la idea que tenía la propietaria de un chiste. En los años ochenta, era conocido como Walt's Bar and Grill, pero por la manera de hablar de Tennessee lo acortó.

—Barn Grill. Ya lo entiendo.

Sonaba Tim McGraw cantando «Don't Take the Girl» cuando traspasaron la puerta para acceder a un vestíbulo de entrada con paredes enrejadas de color café oscuro y un acuario con un castillo naranja fluorescente sobre un lecho de rocas azules. El espacioso restaurante estaba dividido en dos zonas, y la barra estaba situada en la parte frontal. Flanqueado por un par de lámparas de imitación de Tiffany, había un camarero que se parecía a Chris Rock sirviendo un par de jarras de cerveza. Saludó a Dean en voz alta cuando lo vio. Los clientes de la barra se bajaron de los taburetes y lo saludaron de inmediato.

—Hola *Boo*, ¿dónde te has metido todo el fin de semana?

—Qué camisa tan bonita.

—Hemos estado hablando sobre la próxima temporada y...

—Charlie piensa que deberías correr y lanzar a la vez.

Actuaban como si lo conocieran de siempre, aunque Dean le había dicho que sólo había comido allí dos veces. La familiaridad que mostraba esa gente hacia Dean la hizo alegrarse de no ser famosa.

—Por lo general, me gustaría hablar de fútbol con vosotros, chi-

* Barn Grill quiere decir Parrillada El Granero. (*N. de las T.*)

cos, pero esta noche le prometí a mi novia que no lo haría. —Dean le pasó el brazo por los hombros—. Es nuestro aniversario, y ya sabéis lo sentimentales que se ponen las chicas con esas cosas.

—¿El aniversario de qué? —preguntó el doble de Chris Rock.

—Hoy hace seis meses que mi amorcito me echó el lazo.

Los hombres se rieron. Dean la alejó de la barra hacia la parte de atrás del restaurante.

—¿Te eché el lazo? —dijo ella—. ¿Desde cuándo has dejado de ser un yanqui?

—Desde que me convertí en un granjero sureño. Me hice bilingüe al instante.

Una pared a media altura con más enrejado color café y una hilera de botellas de Chianti dividía el restaurante de la barra. La condujo a una mesa vacía y le apartó la silla para que sentara.

—¿Viste a esos hombres de la barra? Uno es el juez del condado, el grandote es el director del instituto, y el calvo es peluquero y un gay declarado. Me encanta el sur.

—Es un buen lugar para ser un bicho raro, de eso estoy segura. —Blue extendió la mano sobre el mantel rojo de vinilo para coger una bolsita de galletitas saladas de la panera—. Me sorprende que te sirvan. Nita Garrison ha debido de cometer un desliz.

—Estamos fuera de los límites del pueblo y este sitio no le pertenece. Además, aquí se suele aplicar el dicho de «Ojos que no ven, corazón que no siente».

—¿Piensas en serio echarle encima a tu abogado?

—No estoy seguro. Sé que ganaría, pero también sé que me llevaría meses.

—No voy a pintar a *Tango*.

—Por supuesto que no.

Ella dejó a un lado las galletitas rancias. Aunque sólo era lunes, casi todas las mesas estaban llenas, y la mayor parte de los allí presentes no les quitaban los ojos de encima. No era difícil saber por qué.

—Hay mucha gente para ser lunes.

—No hay más sitios adonde ir. Las noches de los lunes o vas al Barn Grill o tienes catequesis en la Iglesia Baptista. Aunque creo que eso es los martes. Dar catequesis en este pueblo es más complicado que estudiar las jugadas de los Stars en plena temporada.

—Te gusta todo esto, ¿verdad? No sólo la granja. Sino la vida en un pueblo pequeño.

—Es diferente.

La camarera apareció con los menús. En su cara delgada y seca se dibujó una sonrisa cuando vio a Dean.

—Me llamo Marie, seré vuestra camarera esta noche.

Blue deseó que hubiera una ley que prohibiera que se presentase una persona que trabajaba en un lugar con botellas de tabasco sobre el mantel.

—Encantado de conocerte, Marie —pronunció lentamente el granjero Dean—. ¿Qué tenemos esta noche?

Marie ignoró a Blue mientras recitaba los menús sólo para él. Dean eligió pollo asado con una ensalada. Blue pidió barbo frito con algo llamado «patatas sucias», que resultó ser un mejunje parecido a una mezcla de puré de patatas con natillas y champiñones bañados en salsa. Mientras ella se lanzaba al ataque, Dean se comió el pollo sin la piel, le añadió sólo un poco de mantequilla a la patata al horno, y no quiso postre; durante todo ese tiempo conversó cordialmente con todos los que le interrumpieron la comida. La presentó a todos como su novia. Cuando al fin tuvieron un momento a solas, ella le preguntó mientras se tomaba una porción de pastel de Oreo bañado en chocolate:

—¿Qué explicación darás cuando rompamos nuestro compromiso?

—No lo sé. En este pueblo seguiré estando comprometido hasta que haya una buena razón para no estarlo.

—Es decir, al minuto siguiente de que una impresionante, guapísima e inteligente chica de veinte años capte tu atención.

Él miró fijamente su postre.

—¿Dónde logras meter toda esa comida?

—No he tomado nada desde el desayuno. Nada de chistes, Dean. Lo digo en serio. No quiero que digas que rompimos nuestro compromiso porque yo tenía una enfermedad mortal o porque me pillaste en la cama con otro hombre. O mujer —añadió ella rápidamente—. Prométemelo.

—Es sólo curiosidad, pero, ¿has estado alguna vez con una mujer?

—No digas estupideces. Quiero tu palabra.

—Está bien, diré que fuiste tú quien me dejó.

—Como si se lo fuera a creer alguien. —Blue se llevó a la boca otra porción de pastel—. ¿Te ha ocurrido alguna vez?

—¿El qué? ¿Que me dejaran? Claro.

—¿Cuándo?

—En alguna ocasión. No lo recuerdo exactamente.

—Nunca. Apuesto lo que quieras a que nunca te han dado plantón.

—Claro que sí. Estoy seguro. —Le dio un sorbo a su cerveza y la miró mientras pensaba—. Ya recuerdo. Annabelle me dio plantón.

—¿La mujer de tu agente? Pensé que habías dicho que no saliste con ella.

—No lo hice. Me dijo que era demasiado inmaduro para ella, y no niego que lo era en ese momento, así que se negó a salir conmigo.

—No creo que eso pueda ser considerado un plantón.

—Oye, lo he intentado.

Ella sonrió ampliamente, y él le respondió con otra sonrisa, y algo en el interior de Blue se derritió, justo como el último bocado de tarta de Oreo. Se excusó rápidamente y se dirigió al aseo de señoras.

Ahí fue cuando empezaron los problemas.

15

Blue ya había observado antes a la mujer huesuda y con cara de amargada; tenía un maquillaje chillón y el pelo teñido de negro. Ella y el hombre con pinta de oso con el que compartía mesa llevaban bebiendo toda la noche. A diferencia de otros clientes del restaurante, ninguno de los dos se había acercado a Dean. Sin embargo, la mujer se había dedicado a mirar a Blue sin disimulo. Así que cuando Blue pasó junto a su mesa, la mujer se dirigió a ella con voz de borracha:

—Acércate, muñequita. Quiero hablar contigo.

Blue la ignoró y se metió en el aseo. Acababa de echar el pestillo de su cubículo cuando oyó que se abría la puerta exterior seguida de la misma voz beligerante.

—¿Qué ocurre, muñequita Pee Wee? ¿Crees que eres demasiado buena para hablar conmigo?

Estaba a punto de decirle a la mujer que no hablaba con borrachos cuando una voz masculina y familiar se entrometió.

—Déjala en paz. —El encanto natural de Dean había sido reemplazado por la autoridad del *quarterback* que exigía obediencia inmediata.

—Atrévete a tocarme, gilipollas, y te acusaré de violación —gruñó la mujer.

—Oh, no, no lo harás. —Blue salió disparada del cubículo—. ¿Cuál es el problema?

La mujer estaba parada bajo la luz brillante de los lavabos, Dean estaba a su izquierda, ocupando el vano de la puerta con sus anchos hombros. La cara de desprecio de la mujer, el pelo teñido y sin vida, y sus caderas huesudas, indicaba a las claras que estaba resentida con el mundo y determinada a volcar su frustración en Blue.

—Te crees demasiado buena para mí, ése es el problema.

Blue apoyó una mano en la cadera.

—Señora, está borracha.

—¿Y qué más da? Llevo toda la noche ahí sentada observando cómo miras con aire de superioridad a todas las mujeres presentes sólo porque eres la jodida novia del señor Pez Gordo.

Blue dio un paso hacia delante, pero Dean la detuvo pasándole un brazo por la cintura y atrayéndola hacia sí.

—No lo hagas. No merece la pena.

Blue no iba a pelear con ella, sólo quería dejar bien claras las cosas.

—Suéltame, Dean.

—¿Escondiéndote detrás de tu gran novio malo? —se mofó la mujer mientras Dean arrastraba a Blue hacia la puerta.

—Yo no me escondo detrás de nadie. —Blue plantó los pies en el suelo e intentó apartar el brazo de Dean. No lo consiguió.

El oso pardo que acompañaba a la mujer irrumpió en la puerta. Tenía el pecho ancho, la mandíbula cuadrada y se había tatuado en los bíceps unos barriles de cerveza. La mujer estaba demasiado centrada en Blue para percatarse de su presencia.

—Tu novio, el señor Pez Gordo, quiere asegurarse de que no te doy una buena zurra para poder follarte a base de bien esta noche.

Dean la miró con el ceño fruncido a través del espejo.

—Señora, tiene una lengua tan sucia que deja mucho que desear como persona.

Alguien se rio detrás de Oso Pardo que no se había molestado en cerrar la puerta, por lo que una multitud de curiosos se había congregado para observar la escena. Oso Pardo se inclinó hacia delante.

—¿Qué haces, Karen Ann?

—Yo te diré lo que está haciendo —replicó Blue—. Está buscando pelea conmigo porque está hasta el moño de su vida y quiere pagarlo con alguien.

La mujer se agarró al borde del lavabo.

—Trabajo para vivir, perra. No acepto limosnas de nadie. ¿Cuántas veces se la tuviste que chupar al Pez Gordo para que te pagara la cena?

Dean la soltó.

—A por ella, Blue.

«¿A por ella?»

Karen Ann avanzó dando tumbos. Le llevaba una cabeza y por lo menos quince kilos a Blue, pero al menos estaba borracha.

—Ven aquí, muñequita —se mofó—, veamos si tu manera de pelear está a la altura de tus mamadas.

—¡Hasta aquí hemos llegamos! —Blue no sabía por qué le acababa de declarar la guerra Karen Ann, pero no le importaba. Atravesó a toda velocidad el suelo de baldosa—. Le recomiendo que se disculpe, señora.

—Que te jodan. —Curvando los dedos como si fueran garras, Karen Ann fue a por el pelo de Blue. Blue la esquivó y le clavó el hombro en el tórax.

Con un gemido de dolor, la mujer perdió el equilibrio y cayó al suelo.

—¡Maldita sea, Karen Ann! ¡Levanta ese culo! —Oso Pardo intentó acercarse pero fue bloqueado por Dean.

—No se meta en esto.

—¿Quién lo dice?

Dean curvó la boca en una perfecta imitación de sonrisa letal.

—¿No estará pensando seriamente en cabrearme, verdad? ¿No le basta con que mi muñequita Pee Wee le patee el culo a su novia?

Eso no era del todo cierto. «Pee Wee» sólo le había dado un empujón a una mujer ebria, pero, eso sí, con total acierto: le había dado a Karen Ann en pleno plexo solar. Ahora Karen Ann estaba acurrucada en el suelo y respiraba con dificultad.

—Tú te lo has buscado, gilipollas. —Oso Pardo le lanzó un puñetazo.

Dean bloqueó el golpe sin ni siquiera mover los pies. Los clientes del bar comenzaron a jalearlos a gritos, y por lo que pudo observar Blue entre ellos se encontraba el hombre que Dean había dicho que era juez del condado. Oso Pardo trastabilló y chocó contra el marco de la puerta. Entrecerró los ojos y volvió a la carga. Dean se apartó de su camino y Oso Pardo chocó contra el dispensador de toallitas. De inmediato se giró y se abalanzó sobre Dean otra vez. Esta vez tuvo suerte y le golpeó en el hombro malo, lo que no gustó a Dean en absoluto. Blue se apartó de un salto de su camino cuando su falso prometido comenzó a tomarse el juego en serio.

Una increíble euforia la atravesó mientras observaba el magnífico contraataque. En la vida pocas cosas eran de color blanco o negro y ver cómo se administraba justicia con tanta rapidez la llenó de alegría. Si Dean pudiera con su gran fuerza, esos rápidos reflejos y su extraña caballerosidad acabar con todos los males del mundo, las Virginia Bailey no tendrían su razón de ser.

Cuando Oso Pardo cayó al suelo, el hombre que Dean había señalado anteriormente como el director del instituto se abrió paso entre la multitud.

—Ronnie Archer, sigues teniendo el cerebro de un mosquito. Levántate y vete de aquí.

Oso Pardo intentó rodar sobre su espalda, pero no lo consiguió. Karen Ann, mientras tanto, había gateado hasta uno de los inodoros para vomitar.

El peluquero y el camarero ayudaron a Oso Pardo a ponerse en pie. A juzgar por la expresión de sus caras, no era el tío más popular del pueblo. Uno de los hombres le pasó una toalla de papel para que se limpiara la sangre mientras el otro lo conducía hacia fuera. Blue logró colocarse al lado de Dean, pero aparte de una rozadura en el codo y algo de suciedad en sus vaqueros de diseño, parecía estar ileso.

—Ha sido muy divertido —Recorrió con la mirada a Blue—. ¿Estás bien?

La pelea de Blue había terminado antes de empezar, pero ella apreció su preocupación.

—Estoy bien.

El sonido de la vomitera de Karen se detuvo, y el director del instituto se acercó al inodoro. Ayudó a salir a una tambaleante Karen Ann con la cara pálida.

—A los habitantes de este pueblo no nos gusta que nos hagáis parecer unos paletos borrachos delante de los desconocidos. —La condujo a través de la gente—. ¿Tienes intención de buscar pelea con cada mujer que te recuerde a tu hermana durante el resto de tu vida?

Blue y Dean intercambiaron una mirada.

Después de deshacerse de los dos borrachos, el juez del condado, Gary, el peluquero, el director del instituto y una mujer, que todo el mundo llamaba Syl y que era dueña de una tienda de artículos de segunda mano, insistieron en invitar a Dean y Blue a una copa. Les informaron con rapidez de que Ronnie era estúpido, pero no era mala persona. Karen Ann era tan mala como parecía —sólo había que echarle una mirada a sus puntas abiertas y a su pelo teñido— lo era incluso antes de que su bonita hermana menor, Lyla, se hubiera fugado con su marido y, todavía peor, con el Trans Am. rojo de Karen Ann.

—Podéis estar seguros de que adoraba a ese coche —dijo el juez Pete Haskins.

Al parecer, Lyla, la hermana de Karen Ann, tenía la misma constitución de Blue y el pelo oscuro, aunque el de ella tenía algo más de forma que el de Blue, según señaló con tacto Gary, el peluquero.

—Dímelo a mí —murmuró Dean.

—Karen Ann se metió con Margo Gilbert hace un par de semanas —señaló Syl—, y ella no se parece tanto a Lyla como Blue.

Poco antes de que Blue y Dean se marchasen, el camarero que se parecía a Chris Rock, cuyo nombre real era Jason, convino en no servir más que una bebida por noche a Ronnie o Karen Ann, incluso durante el buffet italiano «Come todo lo que puedas» de los miércoles, que era el evento favorito de Ronnie.

El olor a alcohol cosquilleó en las fosas nasales de April cuando tomó asiento en la barra. Necesitaba una copa y un cigarrillo; en ese orden.

Sólo por esta vez.

—Ponme una soda con limón —le dijo al joven camarero mientras aspiraba el humo de segunda mano—. Compláceme y sírvemelo en un vaso de Martini.

Él sonrió y recorrió con sus jóvenes ojos el cuerpo de April.

—Eso está hecho.

No se podía pedir más, pensó ella. Se miró los zapatos planos de color salmón de Marc Jacobs. Tenía un juanete. «Mi vida contada en zapatos», pensó. Plataformas de siete centímetros; botas de todas las formas y tamaños; tacones, tacones, y más tacones. Y ahora zapatos planos.

Había sentido la necesidad de alejarse de la granja esa noche, lejos del desdén de Dean, pero sobre todo, lejos de Jack. Había conducido hasta el condado de al lado para buscar la soledad en ese asador de carretera. Aunque no había planeado sentarse en la barra medio vacía antes de comer; los viejos hábitos no se perdían nunca.

Durante todo el día se había sentido como un jersey viejo deshilachándose poco a poco. No creía que hubiera nada peor que someterse a todas esas miradas despectivas de Dean, pero pasar tantas horas pintando la cocina con Jack había hecho aflorar recuerdos desagradables que habían agrietado el muro de serenidad que se había construido. Por fortuna, Jack no había tenido más ganas de hablar que ella, y habían mantenido la música lo suficientemente alta como para hacer imposible la conversación.

Todos los hombres del bar habían notado su llegada. Una música horrenda sonaba a todo volumen y dos hombres de negocios japoneses la observaban. «Lo siento, tíos. Ya no me va ese rollo.» Un hombre de unos cincuenta años con más dinero que gusto se pavoneó ante ella. No iba a ser su día de suerte.

¿Y si después de todo el esfuerzo que había hecho para recuperarse, Jack Patriot lograba cautivarla de nuevo? Él había sido su perdición y su locura. ¿Qué pasaría si volvía a caer en la tentación? No podía dejar que sucediera de nuevo. Ahora era ella la que controlaba a los hombres. No al revés.

—¿Seguro que no quiere un Martini? —dijo el guapo camarero.

—No puedo. Tengo que conducir.

Él sonrió ampliamente y le sirvió la soda.

—Si quiere algo más, avíseme.

—Por supuesto.

Había sido en las barras de los bares y en los clubs donde ella había echado a perder su vida, y algunas veces necesitaba regresar para recordarse a sí misma que la chica a la que le iban las juergas —y que estaba ansiosa por entregarse a los instintos más bajos con cualquier tío que llamara su atención— ya no existía. Aun así, siempre corría el riesgo de caer en la tentación. Ahí estaban las luces tenues, el tintineo de los cubitos de hielo y el tentador olor del licor. Por fortuna, ése no era un gran bar y la versión musical de «Star me up» que sonaba era tan mala que no se sentía inclinada a quedarse demasiado tiempo. Quién hubiera grabado esa mierda debería acabar en prisión.

Le vibró el móvil en el bolsillo. Miró el identificador de llamadas y contestó con rapidez.

—¡Marc!

—Dios, April, no sabes cuánto te necesito...

April regresó a la casita de invitados poco antes de medianoche. En otra época, la fiesta no habría hecho más que empezar. Ahora, todo lo que quería era dormir. Pero cuando se bajó del coche, oyó música en el jardín trasero. Era una guitarra y esa familiar voz ronca de barítono.

> *Cuando estás sola en la noche,*
> *¿piensas en mí, cariño,*
> *como yo pienso en ti?*

Tenía un tono más ronco ahora, como si sujetara las palabras en la garganta porque no soportaba dejarlas ir. Ella entró en la casita de invitados y soltó el bolso. Por un momento, se quedó parada donde estaba, con los ojos cerrados, escuchando, intentando controlarse. Luego, hizo lo que hacía siempre y se dejó guiar por el sonido de la música.

Él estaba sentado de cara al estanque oscuro. En vez de sentarse en las sillas metálicas con apoyabrazos, había llevado un taburete de la cocina. Había colocado una gruesa vela en un platito sobre el césped no lejos de sus pies, para poder apuntar la letra de la canción que estaba componiendo en el bloc.

> *Nena, si supieras*
> *el dolor que me has causado,*
> *llorarías,*
> *como lloro yo.*

Los años pasados se esfumaron. Él se inclinó sobre la guitarra como ella recordaba... acariciándola, persuadiéndola, calentándola. La luz de la vela titiló en las gafas para leer que había sobre el bloc. El salvaje y melenudo rebelde del rock'n'roll que había sido en su juventud se había convertido en un compositor de prestigio. Ella debería retroceder y volver a la casa, pero la música era demasiado dulce.

> *¿Has deseado alguna vez que llueva*
> *para no sentirte solo otra vez?*
> *¿Alguna vez has deseado que desaparezca el sol?*

Él la vio, pero no se detuvo. Siguió tocando para ella como solía hacerlo, y la música se derramó sobre la piel de April como un aceite caliente que curara todas sus viejas heridas. Cuando el último acorde se desvaneció en la noche, él dejó caer la mano en la rodilla.

—¿Qué te parece?

La chica salvaje que había sido una vez se habría arrodillado a sus pies, pidiéndole que volviera a tocarla. Le habría dicho que el cambio de acorde al final del primer verso debía ser más limpio y que se imaginaba la música de la guitarra acompañada por el sonido de un órgano Hammond B3. La mujer que era ahora se encogió de hombros con desdén.

—El Patriot de siempre.

Era la cosa más cruel que podía haber dicho. La obsesión de Jack por explorar nuevas tendencias musicales era tan legendaria como su desprecio por los vagos ídolos del rock que no hacían más que reeditar viejos temas.

—¿De verdad piensas eso?

—Es una buena canción, Jack. Lo sabes.

Jack se inclinó para dejar la guitarra sobre el césped. La luz de la vela perfiló su nariz aguileña.

—¿Recuerdas cómo era? —dijo él—. Oías una canción y ya sabías si era buena o mala. Comprendías mi música mejor que yo mismo.

Ella se rodeó con los brazos y miró al estanque.

—Ya no puedo escuchar tus canciones. Me recuerdan demasiado al pasado.

La voz de Jack la envolvía como el humo de un cigarrillo.

—¿Ya no eres salvaje, April?

—No. Ahora soy una aburrida profesional de Los Ángeles.

—No podrías ser aburrida ni aunque te lo propusieras —dijo él.

Un profundo cansancio se apoderó de ella.

—¿Por qué no estás en la casa?

—Me gusta componer al lado del agua.

—No es exactamente la Costa Azul. He oído que sueles ir por allí.

—Entre otros sitios.

No podía soportar eso. Dejó caer los brazos a los costados.

—Vete, Jack. No quiero que estés aquí. No quiero tenerte cerca.

—Soy yo el que debería decir eso.

—Sabes cuidar de ti mismo. —La vieja amargura salió hasta la superficie—. Qué ironía. ¿Cuántas veces necesité hablar contigo y no contestaste a ni una sola de mis llamadas? Ahora, cuando eres la última persona del mundo que quiero...

—No podía, April. No podía hablar contigo. Eras veneno para mí.

—¿Veneno? ¿Acaso no compusiste tu mejor música cuando estábamos juntos?

—También compuse la peor. —Se puso de pie—. ¿Te acuerdas de esos días? Me atiborraba de pastillas con vodka.

—Ya te drogabas antes de conocerme.

—No te estoy culpando. Sólo digo que vivir en aquel frenesí de celos lo empeoró todo. Estuvieras con quien estuvieras, incluso con los miembros de mi propio grupo, siempre me preguntaba si te estarías acostando con ellos.

April cerró los puños.

—¡Te amaba!

—Amabas a todos, April, con tal de que hiciesen rock.

No era cierto. Él había sido el único al que había amado de verdad, pero tampoco era cuestión de sacar a relucir los viejos sentimientos. Aunque no le permitiría que la hiciera avergonzarse. Él tampoco se había quedado atrás en lo que a relaciones sexuales se refería.

—Luchaba contra mis propios demonios —dijo él—. No podía luchar también contra los tuyos. ¿Te acuerdas de aquellas peleas? No sólo las nuestras. Golpeaba a todo lo que se me pusiera por delante, fans, fotógrafos. Estaba fuera de control.

Y la había arrastrado con él.

Se acercó al lado de April, en la orilla del estanque. Sólo por cómo se movía, con la misma elegancia y gracia que su hijo, podrían haberlos relacionado. No se parecían en nada más. Dean había salido a sus antepasados nórdicos. Jack era moreno como la noche, oscuro como el pecado. Tragó saliva y le dijo con suavidad.

—Tuvimos un hijo. Necesitaba hablar de él contigo.

—Lo sé. Pero mi supervivencia dependía de mantenerme alejado.

—Tal vez al principio, pero, ¿y después? ¿Qué sentido tenía?

Él buscó su mirada y la encontró.

—Me conformaba con firmarte los cheques a tiempo.

—Jamás te perdonaré que pidieras esa prueba de paternidad.

Él soltó una risita carente de humor.

—Dame un respiro. ¿Cómo podía fiarme de ti? Eras una salvaje fuera de control.

—Y Dean fue quien pagó el pato.

—Sí, él fue quien lo pagó.

Ella se frotó los brazos. Estaba harta de que el pasado se entrometiera en el presente. «Finge que no te afecta». Era el momento de seguir sus propios consejos.

—¿Dónde está Riley?

—Durmiendo.

Ella dirigió la mirada hacia las ventanas de la casita de invitados.

—¿Dentro?

—No. En la casa de la granja.

—Creía que Dean y Blue habían salido a cenar.

—Y lo hicieron. —Jack cogió el taburete para llevarlo a la cocina.

—¿Has dejado sola a Riley?

Él se dirigió hacia la puerta trasera.

—Ya te he dicho que estaba dormida.

—¿Qué pasa si se despierta?

Subieron las escaleras.

—No lo ha hecho.

—Eso no lo sabes. —Lo siguió—. Jack, no puedes dejar sola a una niña de once años tan asustadiza como Riley en una casa tan grande.

A él jamás le había gustado que lo pusieran a la defensiva, y soltó el taburete en el suelo con un golpe.

—No le va a pasar nada. Está más segura aquí que en la ciudad.

—Ella no se siente segura.

—Creo que conozco a mi hija mejor que tú.

—No sabes qué hacer con ella.

—Ya lo arreglaré —dijo él.

—Hazlo rápido. Hazme caso, ya tiene once años, se te acaba el tiempo.

—¿No me digas que ahora te consideras una experta en niños?

La cólera hizo otra grieta en el muro de serenidad de April.

—Sí, Jack, lo soy. Qué mejor experto que el que lleva toda una vida de errores.

—En eso tienes razón. —Volvió a coger el taburete para meterlo en la cocina.

La grieta se convirtió en abismo. Sólo una persona tenía derecho a condenarla, y esa persona era Dean. Así que le desafió.

—No te atrevas a convertirte en mi juez. Eres la persona menos indicada.

Él no se amilanó.

—No necesito que me des consejos de cómo tratar a mi hija.

—Eso es lo que tú crees. —Riley le había llegado al corazón, y no podía dejar el tema, no cuando el futuro de esa niña estaba en juego, y no cuando tenía tan claro que Jack estaba equivocado—. La vida no suele dar una segunda oportunidad, pero a ti te la ha dado con ella. Aunque estás echándola a perder. Ya lo estoy viendo. El señor Estrella del Rock tiene cincuenta y cuatro años, y aún no es lo suficiente maduro para adaptar su vida a las necesidades de un niño.

—No intentes que yo pague por tus pecados. —Sus palabras eran duras, pero la falta de convicción en su voz le dijo a April que algo de lo que le había dicho le había tocado la fibra sensible. Él dejó con brusquedad el taburete debajo de la mesa y rozó a April al pasar por su lado. Cerró la puerta de un portazo. April observó por la ventana cómo él cogía la guitarra y soplaba para apagar la vela. Al momento, el jardín se quedó a oscuras.

A Dean le gustaba observar cómo Blue se divertía con el Vanquish. Ella aún estaba tras el volante cuando llegaron a la granja.

—Vuelve a explicármelo —dijo ella—. Explícame cómo sabías que una loca que me lleva veinte centímetros y veinte kilos no me iba a dejar parapléjica.

—Eres una exagerada —dijo él—. Te llevaba diez centímetros y quince kilos. Y yo sé cómo peleas. Y ella no está loca. Estaba tan borracha que apenas se mantenía en pie.

—Aun así...

—Alguien tenía que enseñarle modales. Yo no podía hacerlo. Y esto era un trabajo en equipo. —Sonrió ampliamente—. Y debes admitir que te encantó.

—No puedo negarlo.

—En serio, Blue. Tienes talento natural para meterte en líos.

Dean notó que ella apreciaba el cumplido.

Él se bajó del coche y abrió la puerta del granero para que ella pudiera aparcar el Vanquish. Estaba comenzando a entender sus extraños razonamientos. Crecer sin poder confiar en nadie más que en sí misma la había hecho ferozmente independiente, por lo que no soportaba sentirse agradecida. Todas sus antiguas novias daban por supuesto cenas en restaurantes de lujo y regalos caros. Pero Blue se sentía incómoda incluso con esos pendientes baratos. La había visto mirarse a hurtadillas en el espejo retrovisor, así que sabía que le habían gustado, pero también sabía que se los habría devuelto en un periquete si se le hubiera ocurrido cómo hacerlo sin perder la dignidad. No sabía tratar a una mujer que quería tan poco de él, especialmente cuando él quería tanto de ella.

Blue aparcó el Vanquish y salió. Ese mismo día él había acarreado varias carretillas de pienso y escombros del granero y los establos para dejar sitio al coche. No podía hacer nada con las palomas que anidaban en las viguetas salvo cubrir el coche con una lona, pero en cuanto construyera un garaje eso ya no sería un problema.

Deslizó la puerta del granero para cerrarlo. Blue se acercó a él con los pendientes púrpuras brillando en las orejas. Quería metérsela en el bolsillo, entre otras cosas.

—¿Cómo te acostumbras? —dijo ella—. No sólo a las peleas, sino a que los desconocidos te inviten a copas y a que todos quieran ser tus amigos. Ni siquiera pareces resentido.

—Creo que es lo justo, considerando la escandalosa cantidad de dinero que me pagan por hacer básicamente nada.

Él esperaba que ella estuviera de acuerdo, pero no lo hizo. En su lugar, se lo quedó mirando y él tuvo el presentimiento de que ella sabía con exactitud cuánto esfuerzo le suponía en realidad todo aquello. Incluso en temporada baja, se pasaba tanto tiempo mirando películas de partidos que jugaba en sueños.

—Los deportes son simples entretenimientos —dijo él—. Si alguien cree que son algo más está perdido.

—Pero a veces tiene que ser una lata.

Lo era.

—No me oirás quejarme.

—Es una de las cosas que me gustan de ti. —Ella le apretó el brazo como si fuera su colega, lo que le hizo rechinar los dientes.

—Tiene muchas más cosas positivas que negativas —apuntó Dean con belicosidad—. La gente sabe quién eres. Es difícil sentirte solo cuando eres alguien medianamente famoso.

Ella apartó la mano.

—Porque nunca eres el extraño. No sabes lo que se siente ¿no? —Torció el gesto—. Lo siento. Creciendo como lo hiciste está claro que sí que lo sabes. He dicho una estupidez. —Se frotó la mejilla—. Estoy muerta. Te veré mañana.

—Un momento, yo...

Pero ella ya enfilaba rumbo hacia la caravana, con los abalorios de su blusa brillando en la oscuridad como si fueran estrellas diminutas.

Él quería gritarle que no necesitaba la simpatía de nadie. Pero jamás había perseguido a una mujer en su vida, y ni siquiera Blue Bailey iba a conseguir que comenzara a hacerlo. Entró en la casa.

Estaba tranquila. Vagó por la sala, luego salió un momento por la puerta corredera a la capa de hormigón que sería la base del porche cubierto que los carpinteros comenzarían a levantar cuando regresaran. A un lado, una pila de maderas esperaba su vuelta. Intentó mirar las estrellas, pero no era capaz de poner el corazón en ello. Se suponía que la granja iba a ser su refugio, un lugar donde podría relajarse y descansar, pero ahora Mad Jack y Riley dormían en el piso de arriba, y sólo tenía a Blue para proteger su lado vulnerable. Su vida estaba del revés, y no sabía cómo recuperar el control.

No estaba acostumbrado a dudar de sí mismo, así que volvió dentro y se dirigió hacia las escaleras.

Lo que vio allí arriba le hizo detenerse en seco.

16

Riley estaba sentada en el último escalón agarrando firmemente un enorme cuchillo con su pequeña mano, *Puffy* estaba a su lado. El cuchillo no podía estar más fuera de lugar con el pijama rosa de corazones de caramelo y la cara redonda de la niña. No quería tener que enfrentarse a eso. ¿Por qué no estaba Blue allí? Ella sabía cómo manejar a Riley. Sabía cómo tratarla.

Tuvo que obligarse a subir las escaleras. Cuando llegó arriba, señaló el cuchillo con la cabeza.

—¿Qué piensas hacer con eso?

—Es que... es que oí ruidos. —Apretó más las rodillas contra el pecho—. Pensé que podía ser... un asesino o algo así.

—Pues sólo soy yo. —Se inclinó y le quitó el cuchillo. *Puffy*, considerablemente más limpio y mejor alimentado que el viernes, soltó un suspiro jadeante y cerró los ojos.

—Oí ruidos antes de que tú llegases. —Miró el condenado cuchillo como si pensara que él podía usarlo contra ella—. Fue justo a las diez y treinta y dos minutos. Ava metió mi despertador en la maleta.

—¿Llevas dos horas aquí sentada?

—Creo que me desperté cuando salió mi padre.

—¿No está aquí?

—No, creo que fue a ver a April.

No hacía falta mucha imaginación para adivinar qué estaban haciendo Mad Jack y su vieja y querida mamá. Se dirigió a paso vivo por el pasillo hasta la habitación de Jack y arrojó el cuchillo sobre la cama. Que se partiera la cabeza pensado cómo había llegado hasta allí.

Cuando regresó donde estaba Riley, ella seguía en la misma posición que la había dejado, abrazándose las rodillas. Pero el perro la había abandonado.

—Después de que saliera papá, oí varios chasquidos —dijo ella—. Como si alguien estuviera intentando entrar, y pensé que podía tener un arma o algo similar.

—Ésta es una casa vieja. Todas las casas viejas rechinan. ¿De dónde sacaste el cuchillo?

—Me lo llevé a la habitación antes de irme a dormir. En... en mi casa hay alarma, pero aquí no hay nada.

¿Llevaba dos horas allí sentada con un cuchillo de carnicero en la mano? La idea lo sacó de quicio.

—Vete a dormir —le dijo con más dureza de la que pretendía—. Ahora ya estoy yo aquí.

Ella asintió, pero no se movió.

—¿Qué pasa ahora?

Riley se mordisqueó una uña.

—Nada.

La acababa de encontrar con un cuchillo, estaba disgustado con Blue, y odiaba saber que April estaba montándoselo con Mad Jack, así que se desquitó con la niña.

—Dímelo, Riley. No puedo leerte la mente.

—No tengo nada que decir.

Pero siguió sin moverse. ¿Por qué no se levantaba y se iba a dormir? Puede que tuviera una paciencia infinita hasta con el más incompetente de los novatos, pero ahora sentía que estaba perdiendo la calma.

—Sí, sé que quieres algo. Escúpelo.

—No quiero nada —dijo con rapidez.

—Estupendo. Entonces vete a la cama.

—Vale. —Inclinó la cabeza hacia abajo, la enmarañada masa de cabello crespo le tapaba la cara, y su vulnerabilidad era como una cuerda arrastrándolo de regreso a los rincones más oscuros de su infancia. Sintió que se quedaba sin respiración.

—Ya lo sabes, ¿no?, no se puede contar con Jack más que para que te dé dinero. No esperes nada más de él. Si quieres algo, tendrás que apañártelas tú sola porque él no estará ahí para ayudarte. Si no te buscas la vida, todo el mundo te avasallará.

La pena casi ahogó la rápida respuesta de Riley.

—Está bien, lo haré.

La mañana del viernes en la cocina, ella había logrado conseguir lo que quería. A diferencia de él, había logrado imponer su voluntad ante su padre, pero ahora se veía desamparada y aquello lo sacaba de quicio.

—Lo dices porque piensas que es lo que yo quiero oír.

—Lo siento.

—Pues no lo sientas. ¡Lo que quiero es que me digas qué demonios quieres!

Los pequeños hombros de Riley se sacudieron cuando soltó de golpe las palabras.

—¡Quiero que mires si hay un asesino escondido en mi habitación!

Él contuvo el aliento.

A Riley le cayó una lágrima sobre la pernera del pijama, justo al lado de un corazón de caramelo que decía BÉSAME TONTO.

Se había comportado como el imbécil más grande de la tierra, y ya no podía soportarlo más. No podía seguir ignorándola sólo porque fuera un inconveniente. Se sentó a su lado en el escalón. El perro trotó fuera del dormitorio y olisqueó entre ellos.

Durante toda su vida adulta, había temido que el recuerdo de su infancia volviera para llevarlo a la ruina. Sólo en el campo de fútbol dejaba que el caldero oscuro de sus emociones hirviera en su interior. Pero ahora había permitido que su cólera lastimara a la persona que menos lo merecía. Había castigado a esa niña sensible e indefensa haciendo que se sintiera todavía más vulnerable.

—Soy un imbécil —le dijo con suavidad—. No debería haberte gritado.

—Está bien.

—No, no está bien. No estaba enfadado contigo. Estaba enfadado conmigo mismo. Estaba disgustado con Jack. Tú no has hecho nada malo.

Dean podía sentir cómo ella asimilaba sus palabras, procesándolas en ese complicado cerebro suyo y, probablemente, buscando la manera de seguir echándose la culpa. No podía soportarlo.

—Venga, dame un puñetazo —dijo él.

Riley levantó la barbilla y sus ojos llorosos se abrieron con asombro.

—No puedo hacer eso.

—Claro que puedes. Es lo que las hermanas les hacen a los hermanos cuando se comportan como imbéciles. —No le resultó fácil decir esas palabras, pero necesitaba dejar de actuar como un asno egocéntrico y asumir su papel.

Riley abrió la boca sorprendida de que él finalmente estuviera dispuesto a admitir que era su hermana. La esperanza asomó a sus húmedos ojos. Riley quería que él estuviera a la altura de sus sueños.

—No eres un imbécil.

Dean tenía que hacerlo bien ahora o no podría seguir viviendo consigo mismo. Le deslizó el brazo alrededor de los hombros. Ella tensó la espalda, como si le diera miedo moverse por si él la soltaba. Ya comenzaba a contar con él. Con un suspiro de resignación, la acercó más a él.

—No sé cómo ser un hermano mayor, Riley. En el fondo soy como un niño.

—A mí me pasa lo mismo —dijo ella con seriedad—. En el fondo, también soy una niña.

—No tenía intención de gritarte. Yo sólo estaba... preocupado. Sé muy bien cómo te sientes. —No podía decirle nada más, no ahora, así que se puso de pie y le tiró de la mano para levantarla—. Vamos a ver si hay algún asesino en tu habitación para que puedas irte a dormir.

—Me siento mejor ahora. La verdad es que no creo que haya ningún asesino allí dentro.

—Ni yo, pero será mejor que lo miremos de todas maneras. —Se le ocurrió una idea, una idea estúpida para que olvidara el dolor que le había causado—. Tengo que advertirte que los hermanos mayores que conozco son bastante malvados con sus hermanitas.

—¿Qué quieres decir?

—Bueno, podrían abrir el armario de su hermanita y gritar como si allí dentro hubiera un monstruo de verdad sólo para asustarla.

Una sonrisa brilló en los ojos de Riley y jugueteó en la comisura de su boca.

—No se te ocurrirá hacer eso, ¿verdad?

Él puso cara de circunstancias.

—Pues... creo que sí. A menos que llegues allí antes que yo.

Y lo hizo. Ella corrió por delante de él hasta su dormitorio, gritando sin parar. Dean le siguió el juego. Tenía una hermana, le gustara o no.

Puffy se unió al barullo, y, en la conmoción, Dean no oyó el sonido de pasos. Lo siguiente que supo fue que algo le había golpeado la espalda; perdió el equilibrio y se cayó. Cuando se dio la vuelta, vio a Jack cerniéndose sobre él con la cara retorcida por la cólera.

—¡Déjala en paz!

Mad Jack agarró a Riley, que ahora gritaba de verdad, mientras la perra ladraba y saltaba a su alrededor. Jack la apretó contra su pecho.

—Está bien. No dejaré que se vuelva a acercar a ti. Te lo prometo. —Le acarició el pelo enmarañado—. Nos iremos de aquí. Ahora.

Una mezcla de furia incontrolable, resentimiento y repugnancia inundó a Dean. Ése era el resultado del caos que era su vida en ese momento. Se puso de pie. Riley tiró con fuerza de la camiseta de Jack, tragando saliva e intentando hablar, pero estaba demasiado histérica para que le salieran las palabras. La repulsión que se reflejaba en la cara de Jack produjo en Dean una extraña satisfacción. Genial. Era hora de poner las cartas sobre la mesa. Y quería desquitarse.

—Sal de aquí —le dijo Jack.

Dean quería darle un puñetazo, pero Riley todavía tiraba de la camiseta de Jack. Finalmente recuperó el habla.

—Él no hizo... él no... ¡es culpa mía! Dean vio... el cuchillo.

Jack le tomó la cabeza entre las manos.

—¿Qué cuchillo?

—El que cogí de la cocina —dijo hipando.

—¿Y qué estabas haciendo con un cuchillo? —La voz de Jack se alzó sobre los ladridos de la perra.

—Estaba... era...

—Tenía miedo —escupió Dean con desprecio, pero Riley lo soltó todo de golpe.

—Me desperté y no había nadie en la casa, y me asusté y...

Dean no se quedó a escuchar sino que se dirigió hacia su dormitorio. El hombro ya le dolía por la pelea con Ronnie, y se lo había golpeado de nuevo al caer al suelo. Dos peleas en una noche. Genial. Los ladridos pararon mientras cogía un par de Tylenol. Se quitó la ropa, entró en la ducha y puso el agua tan caliente como pudo resistir.

Jack estaba esperándolo en el dormitorio cuando salió. La casa estaba tranquila. Riley y *Puffy* debían estar ya acostadas. Jack señaló el pasillo con la cabeza.

—Quiero hablar contigo. Abajo. —Se fue sin esperar respuesta.

Dean soltó la toalla y metió las piernas húmedas en unos vaqueros. Había llegado el momento de dejar las cosas claras.

Encontró a Jack en la sala desierta, con las manos metidas en los bolsillos traseros.

—La oí gritar —dijo, mirando por la ventana—. Parecía estar en problemas.

—Caramba, me alegro de que al final te acordaras de que la habías dejado sola. Buen trabajo, Jack.

—Sé cuando jodo las cosas. —Jack se giró y dejó caer las manos a los costados—. No sé muy bien cómo comportarme con ella, y algunas veces meto la pata... como esta noche. Cuando eso ocurre, intento arreglarlo.

—Genial. Jodidamente genial. Me siento humillado.

—¿Nunca te has equivocado?

—Caramba, sí. Dejé que me interceptaran diecisiete veces la última temporada.

—Ya sabes lo que quiero decir.

Dean enganchó el pulgar en la cinturilla de los vaqueros.

—Bueno, tengo la mala costumbre de coleccionar multas por exceso de velocidad, y puedo llegar a ser un hijo de perra muy sarcástico cuando me lo propongo, pero no he dejado a ninguna tía embarazada si te refieres a eso. No tengo bastardos correteando por ahí. Me avergüenza decirlo, Jack, pero no soy como tú. —Jack parecía afectado, pero Dean quería aniquilarle; quería destruirle—. Sólo para que lo entiendas bien, la única razón por la que permito que te quedes aquí es Riley. Para mí no eres más que un donante de esperma, colega, así que mantente fuera de mi camino.

Jack no se amilanó.

—No hay problema. Soy bueno en eso. —Se acercó más—. Sólo voy a decírtelo una vez. Sé que no lo has pasado bien, y lo siento más de lo que te imaginas. Cuando April me dijo que estaba embarazada, puse pies en polvorosa. Si hubiera sido por mí, jamás habrías nacido, así que tenlo en cuenta la próxima vez que le digas cuánto la odias.

Dean se sintió mareado, pero se negó a apartar la mirada y Jack añadió con desdén:

—Tenía veintitrés años, hombre. Era demasiado crío para asumir responsabilidades. Todo lo que me importaba era la música, colocarme y follar. Era mi abogado quien cuidaba de ti cuando April no estaba. Era él quien se aseguraba de que tuvieras una niñera por si tu madre tomaba una raya de más y se olvidaba de volver a casa después de pasar la noche con una glamurosa estrella de rock con pantalones de lamé dorado. Era mi abogado quien estaba al tanto de tus notas. Era él quien llamaba al colegio cuando estabas enfermo. Yo estaba demasiado ocupado intentando olvidar que existías.

Dean se había quedado paralizado. Jack curvó los labios en una mueca.

—Pero tienes tu venganza, colega. Deberé pasarme el resto de mi vida viendo al hombre en el que te has convertido y sabiendo que si hubiera sido por mí, jamás habrías venido al mundo. ¿Qué te parece?

Dean no pudo soportarlo más, y se dio la vuelta, pero Jack le lanzó un último misil a la espalda.

—Puedo prometerte una cosa. Jamás te pediré que me perdones. Al menos te debo eso.

Dean salió precipitadamente al vestíbulo, y atravesó la puerta principal. Antes de saber dónde iba, había alcanzado la caravana.

Blue acababa de dormirse cuando la puerta de su tranquilo hábitat se abrió de golpe. Palpó a su alrededor buscando la linterna hasta que finalmente la encontró y la levantó iluminando delante de ella. Él estaba sin camisa, y los ojos le brillaban tan intensamente como el hielo de medianoche.

—Ni una palabra —dijo él, cerrando la puerta con un golpe tan fuerte que tembló toda la caravana—. Ni una palabra.

Bajo otras circunstancias, ella habría tomado cartas en el asunto, pero él parecía tan torturado —tan magnífico en su dolor— que se quedó muda. Se acomodó sobre las almohadas, ese seguro refugio que ya no era tan seguro. Algo lo había contrariado profundamente, y por una vez, no había sido ella. Dean avanzó y se dio con la cabeza contra el techo curvo de la caravana. Una abrasadora blasfemia surcó el aire tras la sacudida que sufrió el vehículo.

Ella se humedeció los labios.

—Hum, no creo que sea aconsejable tomar el nombre de Dios en vano cuando hace tan buen tiempo.

—¿Estás desnuda? —exigió él.

—En este preciso momento, no.

—Entonces, quítate lo que sea. No me importa qué mierda de ropa lleves puesta, sólo quítatela. —Los rayos de luna que entraban por la ventana dividían su rostro en planos de luces y sombras—. Este juego ya ha durado suficiente. Desnúdate.

—¿Así de golpe?

—Como lo oyes —dijo él con rotundidad—. Desnúdate, o te desnudo yo.

Si cualquier otro hombre le hubiera hablado de esa manera, hubiera comenzado a gritar, pero él no era cualquier hombre. Algo había roto su brillante fachada, y lo había herido. Y aunque era ella la que estaba sin hogar, sin trabajo y sin dinero, era él quien más consuelo necesitaba. Él no lo había admitido, claro. Ninguno de los dos había llegado a ese punto todavía.

—Sé que estás tomando la píldora. —La semana anterior habían mantenido una conversación sobre análisis de sangre y salud sexual, y él ya lo sabía.

—Sí, pero... —De nuevo, se abstuvo de aclarar que la tomaba más por la piel que por su vida sexual. Dean se acercó a la alacena. Abrió un cajón de la parte inferior, y sacó un paquete de condones que ella no había metido allí. A Blue no le gustó su premeditación, pero al mismo tiempo, apreció su sentido común.

—Dame eso —le arrancó la linterna de la mano, y dejó la caja de condones al lado de la almohada. El rayo de luz iluminó su camiseta MI CUERPO POR UNA CERVEZA—. Si crees que ver esa camiseta me va hacer cambiar de idea, estás muy equivocada. Aún sigo esperando.

—Quéjate a la poli de la moda.

—¿Y si me tomo la justicia por mi mano?

Ella se preparó psicológicamente... ¿Para qué?... ¿Para que le desgarrara la camiseta?, pero él la decepcionó deslizando la luz de la linterna por sus piernas desnudas.

—Muy bonitas. Deberías lucirlas más a menudo.

—No son largas.

—Pero son preciosas. Y hacen bien su trabajo. —Le levantó el dobladillo de la camiseta. Sólo unos centímetros. Lo justo para dejar a la vista la otra prenda que llevaba puesta, unas sencillas bragas de color carne—. Te compraré un tanga —dijo—. Rojo.

—Que no verás nunca.

—¿Lo crees de veras? —Movió el haz de la linterna sobre las bragas de una cadera a la otra, luego se centró en la base de operaciones.

—Si hago esto...

—Oh, lo harás, puedes estar segura.

—Si lo hago —dijo ella—. No se repetirá. Y estaré encima.

—Arriba, debajo, de espaldas. Te pondré en más posturas de las que puedas imaginar.

Una descarga erótica atravesó su cuerpo y encogió los dedos de los pies.

—Pero antes... —Con la linterna le frotó la unión de los muslos durante unos tentadores segundos, y luego la utilizó para levantar el borde de la camiseta. Al fin, el plástico frío se detuvo debajo de sus pechos, enviando un escalofrío por todo su cuerpo. Le ahuecó un pecho por encima de la suave tela—. No puedo esperar más a saborearlos.

Ella casi gimió. Obviamente su líbido no estaba al corriente de su política sexual.

—¿Por dónde voy a empezar? —La luz de la linterna bailó sobre ella. Blue la observó como si estuviera hipnotizada, esperando ver dónde aterrizaba el haz. Jugueteó entre sus pechos cubiertos, sobre el vientre desnudo y la tela de las bragas. Luego subió a los ojos de Blue. Ella entrecerró los ojos, el colchón se hundió a su lado y sus caderas se rozaron a través de la tela de los vaqueros cuando él dejó caer la linterna encima de la almohada.

—Empecemos por aquí. —Sintió las palabras en la mejilla cuando Dean se inclinó para amoldar su boca a la de ella, y Blue se sintió perdida ante el beso más apasionado que jamás había experimentado, suave un momento, brusco al siguiente. Dean bromeó y la atormentó, le exigió y la sedujo. Ella se estiró para rodearle el cuello con los brazos, pero él se alejó de su alcance—. No hagas eso otra vez —le dijo él con un ronco jadeo—. Conozco todos tus trucos.

«¿Ella tenía trucos?»

—Sé que quieres distraerme, pero no te va a funcionar. —Le quitó la camiseta por la cabeza y la dejó caer a un lado, dejándola sólo con las bragas. Cogió la linterna y le iluminó los pechos. Tener poco pecho no era algo tan malo, decidió ella. Sus pequeños pechos estaban firmes y preparados para lo que vendría a continuación.

Que era su boca.

El pecho desnudo de Dean le rozó las costillas mientras la lamía, y ella enterró los dedos en el colchón. Él se tomó su tiempo, usó los labios y la lengua. El suave roce de sus dientes la estimuló hasta que ya no pudo soportarlo más. Le apartó la cabeza con fuerza.

—No tan rápido —susurró Dean, acariciando con su cálido aliento la piel húmeda de Blue. Enganchó los pulgares en las bragas y tiró hacia abajo, luego las dejó a un lado y se puso de pie. La linterna abandonada reposaba sobre las sábanas, así que ella no podía ver lo que se ocultaba bajo los vaqueros. Intentó coger la linterna, luego se detuvo. Él era siempre el objeto del deseo, era perseguido y adorado. Dejaría que la conquistara.

Blue se cubrió con la sábana y deslizó la mano hacia la linterna para apagarla, dejando la caravana a oscuras. La novedad de ese juego erótico la dejaba tan débil como sus caricias, pero necesitaba asegurarse que en medio de esa oscuridad él sabía que estaba con Blue Bailey, no con alguna mujer sin rostro.

—Buena suerte —logró decir—. Es difícil conseguir que me quede satisfecha con menos de dos hombres.

—Eso será en tus sueños más pervertidos. —Los vaqueros cayeron al suelo con un suave frufrú—. ¿Dónde está la linterna? —La rozó con la mano mientras la buscaba. La encendió, y bajó la sábana, luego dejó que la luz se deslizara por el cuerpo desnudo de Blue, por los pechos, por el vientre y más abajo. Se detuvo—. Ábrete, cariño —le dijo suavemente—. Déjame verte.

Era demasiado, y Blue casi se derritió allí mismo. Él le abrió las piernas sin que ella ofreciera resistencia, y el plástico frío de la linterna le enfrió la piel suave del interior de los muslos.

—Perfecta —susurró él, observando cómo se humedecía.

Después de eso, sólo hubo sensaciones. Unos dedos abriéndola e indagando. Unos labios buscando. Unas manos explorando todo lo que ella había querido tocar y acariciar desde hacía tanto tiempo.

El pequeño cuerpo de Blue lo recibió ofreciendo la resistencia perfecta. Suave perfume y áspero terciopelo. Se movieron juntos. La linterna cayó al suelo. Él la embistió con dureza, se retiró y embistió otra vez. Ella se arqueó, exigente, se batió en duelo con él y, finalmente, se rindió.

Hacer el amor en una caravana sin agua no era tan romántico como parecía.

—¿Cómo hacían los pioneros? —se quejó Blue—. Necesito un baño.

—Usaremos tu camiseta. Puedes quemarla mañana. Ojalá, Dios mío.

—Si dices algo más sobre mi camiseta...

—Dámela.

—Oye, mira que... —ella contuvo el aliento cuando él le mostró un uso más imaginativo de la camiseta.

Tampoco estuvo encima la segunda vez. Pero la tercera vez, sin embargo, logró invertir los términos. O eso creía, ya que era ella quién estaba en posesión de la linterna. La verdad era que no sabía quién dominaba a quién y a dónde conducía todo aquello. Sólo tenía clara una cosa. No podría burlarse de él nunca más llamándole *Speed Racer*.

Se quedaron dormidos. La pequeña litera de la caravana no era lo suficientemente larga para albergar la estatura de Dean, pero se quedó allí de todas maneras, rodeándole los hombros con el brazo.

Blue se despertó muy temprano y pasó a gatas sobre Dean con tanto cuidado como pudo. Un sentimiento de ternura hizo que demorase un momento la mirada sobre él. La luz del amanecer entraba por la ventana de atrás, esculpiendo cada curva de sus músculos y tendones. Durante toda su vida, Blue siempre se había conformado con menos. Pero no había sido así la noche anterior.

Recogió su ropa y se dirigió hacia la casa donde se duchó rápidamente, se puso unos vaqueros y una camiseta y se metió todo lo que iba a necesitar en los bolsillos. Cuando volvió a salir, le echó una última mirada a la caravana gitana debajo de los árboles. Dean había sido el amante desinteresado y audaz con el que siempre había soñado. No se arrepentía ni en lo más mínimo de lo sucedido la noche anterior, pero el tiempo de los sueños había llegado a su fin.

Sacó la bicicleta más pequeña del granero y pedaleó hacia la carretera. Cada colina parecía una montaña, y pronto comenzó a faltarle la respiración. Cuando coronó la última colina y comenzó a descender hacia Garrison, tenía las piernas como espagueti recocido.

Como suponía, a Nita Garrison también le gustaba madrugar.

Blue entró en la desordenada cocina y la observó prepararse unos gofres en la tostadora.

—Cobro cuatrocientos dólares por un cuadro de uno por uno —dijo Blue—, con un adelanto de doscientos dólares a pagar hoy mismo. Tómelo o déjelo.

—Trato hecho —dijo Nita—. Estaba dispuesta a pagar bastante más.

—Además debe darme alojamiento y comida mientras hago el trabajo. —Apartó de su mente las imágenes de lo acontecido en la caravana gitana—. Tengo que conocer a *Tango* para captar su verdadera personalidad.

Tango levantó un párpado y la miró con un ojo legañoso.

Nita volvió tan rápido la cabeza que Blue llegó a pensar que se le caería la peluca.

—¿Quieres hospedarte aquí? ¿En mi casa?

Era lo último que Blue quería, pero, tras lo sucedido, no tenía más remedio.

—Es la mejor manera de pintar algo de calidad.

Un diamante y un rubí brillaron intensamente en el dedo nudoso de Nita cuando señaló hacia la cocina.

—No quiero ver ningún desorden en la cocina.

—Puedo asegurarle que su cocina no podría estar en mejores manos.

Nita le dirigió una mirada calculadora que no auguraba nada bueno.

—Ve y tráeme el jersey rosa. Está encima de la cama. Y no me toques el joyero. Si lo haces, lo sabré.

Blue asestó una puñalada mental en el negro corazón de Nita y atravesó la recargada sala de la anciana para dirigirse al piso de arriba. Podía acabar el retrato en una semana y salir de allí pitando. Había sobrevivido a cosas mucho peores que pasar unos días con Nita Garrison. Era la manera más rápida de salir del pueblo.

Todas las puertas que daban al pasillo del primer piso estaban cerradas menos una. Estaba todo más limpio que abajo, aunque la alfombra rosa no había visto una aspiradora en mucho tiempo y había un buen puñado de insectos muertos en el fondo del plafón del techo. La habitación de Nita, empapelada en tonos rosas y dorados, tenía muebles blancos, y las cortinas rosas que colgaban en las ventanas le recordaron a Blue a una funeraria de Las Vegas. Cogió el jersey rosa de una silla de terciopelo dorado y lo llevó abajo atravesando la sala decorada en tonos dorados y blancos, donde había un sofá de terciopelo, lámparas de cristal y moqueta rosa de pared a pared.

Nita la esperaba en la puerta, con los tobillos hinchados sobre unos zapatos ortopédicos Oxford; le tendió a Blue unas llaves.

—Antes de empezar a trabajar, tienes que llevarme a un sitio.

—Por favor que no sea al Piggly Wiggly.

Por lo visto Nita no había visto nunca *Paseando a Miss Daisy* porque no entendió el chiste.

—En Garrison no hay Piggly Wiggly. No permito que se instalen las cadenas multinacionales. Si quieres el dinero, tienes que llevarme al banco.

—Antes de que la lleve a ningún sitio —dijo Blue—, llame a sus perros y ponga fin al boicot. Dígales que vuelvan a trabajar en la granja de Dean.

—Más tarde.

—Ahora. La ayudaré a buscar los números de teléfono.

Nita asombró a Blue por la poca resistencia que ofreció, aunque le llevó una hora hacer las llamadas, durante la cual, le ordenó a Blue vaciar todos los cubos de basura de la casa, buscar sus Maalox antiácido, y bajar una pila de cajas a un sótano aterrador. Al final, sin embargo, Blue se situó detrás del volante de un deportivo Corvette Roadster rojo que tenía menos de tres años.

—¿Te esperabas un sedán azul de cuatro puertas, no? —Nita alzó la nariz en el asiento del pasajero—. O un Crown Victoria. El coche de una vieja.

—Esperaba un palo de escoba —masculló Blue, observando el polvoriento salpicadero—. ¿Cuánto tiempo lleva esta cosa sin salir del garaje?

—Ahora no puedo conducir por la cadera, pero pongo el motor en marcha una vez a la semana para que no se quede sin batería.

—Debería bajar la puerta del garaje mientras lo hace. En unos treinta minutos quedaría todo resuelto.

Nita chasqueó la lengua como si fuera a escupir fuego.

—¿Quién la lleva al pueblo? —preguntó Blue.

—El loco de Chauncey Crole. Conduce el taxi del pueblo. Pero siempre escupe por la ventanilla, y eso me revuelve el estómago. Su esposa dirigía el Club de Mujeres de Garrison. Me odian desde el día en que llegué.

—Menuda sorpresa. —Blue giró y enfiló por la calle mayor del pueblo.

—Lo pagaron caro.

—Júreme que no se ha comido a sus hijos.

—¿Tienes un comentario sarcástico para todo? Dirígete a la farmacia.

Blue deseó haber contenido la lengua. Oír más sobre la relación de Nita con las buenas mujeres de Garrison habría sido una buena distracción.

—Pensé que iba al banco.

—Primero tienes que recogerme una receta.

—Soy artista, no una recadera.

—Necesito mi medicina. ¿O traer la medicina de una anciana es demasiado trabajo para ti?

El estado de ánimo de Blue pasó del abatimiento al sufrimiento.

Después de parar en la farmacia —que tenía un letrero en el escaparate donde ponía que se hacían entregas a domicilio—, Nita la hizo entrar en un ultramarinos para comprar comida para perros y salvado, luego pararon en la panadería para comprar magdalenas de nueces. Al final, Blue tuvo que esperar mientras a Nita le hacían las uñas en la Peluquería-Spa de Barb. Blue aprovechó el tiempo para comprarse una magdalena de nueces para ella y una taza de café, con lo que gastó sus últimos doce dólares.

Quitó la tapa del vaso de café y esperó a que pasara una camioneta Dodge plateada para cruzar. Pero la camioneta no pasó. Frenó, y aparcó delante de una boca de incendios. Se abrió la puerta y salieron un par de familiares botas de gay, seguidas por un par de piernas delgadas igual de familiares embutidas en unos vaqueros.

Tuvo una ridícula sensación de vértigo antes de mirar con el ceño fruncido la brillante camioneta.

—No digas nada.

17

—¿Dónde coño te has metido? —Dean llevaba un Stetson y unas gafas de sol de alta tecnología con los cristales amarillos y la montura metálica. Varias horas antes, él había sido su amante, pero ahora se había convertido en un obstáculo en su camino. Desde el principio, le había entregado pequeños retazos de sí misma, pero la noche anterior le había entregado una parte importante, y ahora tenía intención de recuperarla.

Dean cerró la puerta de la camioneta con un portazo.

—Si querías montar en bicicleta esta mañana, deberías haberme despertado. Pensaba salir a dar una vuelta de todas maneras.

—¿Esta camioneta es tuya?

—No puedes tener una granja sin tener una camioneta. —La gente comenzó a asomar la cabeza por los escaparates de las tiendas. La agarró del brazo y la apoyó contra el lateral de la camioneta—. ¿Qué estás haciendo aquí, Blue? Ni siquiera me has dejado una nota. Estaba preocupado.

Ella se puso de puntillas y le plantó un beso rápido en esa mandíbula beligerante.

—Tenía que venir al pueblo para mi nuevo trabajo, y no tenía ningún medio de transporte, así que tomé prestada la bici. Te la devolveré.

Él se arrancó las gafas de sol.

—¿Qué nuevo trabajo? —Entrecerró los ojos—. No me lo digas.

Ella señaló con el vaso de café al deportivo Corvette descapotable de la acera de enfrente.

—No es un mal trato. Tiene un coche genial.

—No vas a pintar el perro de esa vieja.

—No tengo dinero suficiente ni para cubrir una de tus propinas en el MacDonald.

—Nunca he conocido a nadie tan obsesionado con el dinero como tú. —Se volvió a poner las gafas de sol—. Admítelo, Blue. Le das demasiada importancia al dinero.

—Bueno, vale, en cuanto me convierta en una deportista millonaria dejaré de hacerlo.

Él sacó bruscamente la cartera, cogió un fajo de billetes y se los metió en los bolsillos de los vaqueros.

—Tu fortuna acaba de dar un giro inesperado. Ahora, ¿dónde está la bicicleta? Tenemos cosas que hacer.

Ella sacó el dinero. Un montón de billetes de cincuenta. Su mirada resentida se reflejó en las lentes amarillas de Dean.

—¿Para qué es esto exactamente?

—¿Cómo que para qué es? Es para ti.

—Eso ya lo tenía claro, pero ¿qué he hecho para merecerlo?

Dean sabía con exactitud a dónde quería ir a parar, pero él era experto en hacer pases de *touchdown* a contrapié para despistar, así que lanzó uno.

—Te has pasado el fin de semana en Knoxville eligiendo muebles para mí.

—Acompañé a April a elegir tu mobiliario. Y me compensaron adecuadamente con grandes raciones de comida, un hotel de primera y un masaje. A propósito, gracias. Fue genial.

—Ahora eres mi cocinera.

—¿Cocinera? Si sólo te has comido tres tortitas y algunas sobras.

—¡Me has pintado la cocina!

—Pinté parte de la cocina y el techo del comedor.

—Ahí lo tienes.

—Y tú a cambio me has dado, comida, casa y transporte durante una semana —dijo ella—. Eso nos deja a la par.

—¿Llevas la cuenta? ¿Y que hay del mural que vas a pintar en el comedor? Murales. Quiero cuatro, uno en cada pared. Voy a hacer que Heath redacte hoy un jodido contrato.

Ella le metió los billetes en el bolsillo.

—Deja de intentar manipularme. No te importan nada esos murales. Eso fue idea de April.

—Sí que me importan. Me gustó la idea desde el principio, y me gusta cada vez más. Y es la solución perfecta. Pero por alguna razón, te da miedo pintarlos. Explícamelo. Explícame por qué te asusta tanto la idea de pintar unos murales para un hombre con el que estás en deuda.

—Porque no quiero hacerlo.

—Te estoy ofreciendo un trabajo digno. Tiene que ser mejor que trabajar para ese viejo murciélago loco.

—Ahórrate la saliva, ¿vale? Hasta ahora, el único servicio de verdad que te he proporcionado ocurrió anoche, e incluso un asno estúpido como tú tiene que darse cuenta de que no puedo aceptar tu dinero después de eso.

Él tuvo la desfachatez de burlarse.

—¿Estábamos en la misma cama? Porque tal y como yo lo recuerdo, yo fui el único que proporcionó un jodido servicio. ¿Quieres reducirlo todo a dinero? Maravilloso. Entonces deberías pagarme. De hecho, te voy a enviar la factura. ¡Mil dólares! Eso es. Me debes un montón de pasta por los servicios prestados.

—¿Mil dólares? Sí, ya. Cuando he tenido que fantasear con mis antiguos novios para poder excitarme.

No fue el golpe contundente que ella había esperado dar porque él se rio. No era una risa pesarosa, que le habría levantado el ánimo, sino una risa absolutamente divertida.

—¡Chica!

Blue se sobresaltó cuando Nita escogió ese momento para salir de la Peluquería-Spa de Barb con las garras recién pintadas en color carmín aferradas al bastón.

—¡Chica! Ven a ayudarme a cruzar la calle.

Dean le dirigió a Nita una sonrisa odiosamente alegre.

—Buenos días, señora Garrison.

—Buenos días, Señor Farsante.

—No soy farsante, señora. Soy Dean.

—No lo creo. —Le pasó el bolso a Blue—. Chica, llévame esto, es muy pesado. Y mira mis uñas. Será mejor que no hayas malgastado la gasolina mientras estaba ahí dentro.

Dean enganchó el pulgar en el bolsillo de los vaqueros.

—Me siento mucho mejor ahora que veo lo bien que os lleváis las dos.

Blue agarró a Nita por el codo y la ayudó a cruzar.

—Su coche está aquí.

—Ya lo veo.

—Pasaré por su casa para recoger la bicicleta cuando vuelva a la granja —gritó Dean—. Que tengan un buen día.

Blue fingió no escucharlo.

—Llévame a casa —dijo Nita mientras se volvía a sentar en el asiento del acompañante.

—¿Y el banco?

—Estoy cansada. Te haré un cheque.

«Sólo serán tres días», se dijo Blue a sí misma, mientras echaba un último vistazo a la camioneta.

Dean había apoyado un pie en la boca de incendio y una de las bellezas locales se le había colgado del brazo.

Cuando regresaron a la casa de Nita, la anciana insistió en que Blue llevara a *Tango* a dar un paseo para que se fueran conociendo. Como *Tango* debía tener unos mil años y no estaba por la labor, Blue lo dejó dormitar bajo un seto de hortensias mientras ella se sentaba a su lado fuera de la vista de la casa e intentaba no pensar en el futuro.

Nita la manipuló para que le hiciera el almuerzo, pero primero, Blue tuvo que limpiar la cocina. Mientras secaba la última cacerola, una camioneta plateada aparcó detrás de la casa. Observó cómo Dean salía y recogía la bici que había dejado en la puerta trasera. La tiró sobre la parte posterior de la camioneta y luego se volvió hacia la ventana donde ella permanecía de pie y la saludó con el Stetson.

Jack oyó primero la música y luego vio a April. Era de noche, pasaban de las diez, y ella estaba sentada en el porche delantero de la casita de invitados encorvada sobre una lámpara metálica, pintándose las uñas de los pies. Los años se evaporaron. Con el top negro y los pantalones cortos rosas se parecía tanto a la veinteañera que él recordaba que se olvidó por dónde iba y tropezó con la raíz de un árbol que sobresalía de la cerca de madera.

April levantó la vista. De inmediato volvió a bajarla. Se había pasado de rosca con ella la noche anterior, y a ella no se le había olvidado.

Durante todo el día había sido testigo de su implacable eficiencia mientras dirigía a los pintores que, al fin, habían aparecido, había discutido con el fontanero, había supervisado la descarga de un camión lleno de muebles y lo había evitado con total deliberación. Sólo las miradas que le dirigían los hombres le eran familiares.

Se detuvo al pie de las escaleras de madera y señaló con la cabeza la música estridente. Ella estaba sentada en una vieja silla Adirondack y apoyaba el pie en el asiento.

—¿Qué estás escuchando? —preguntó Jack.

—Skullhead Julie —April mantuvo la atención fija en los dedos de sus pies.

—¿Quiénes son?

—Un grupo alternativo de las afueras de Los Ángeles. —El pelo largo cortado en capas le cubrió la cara cuando se estiró para bajar el volumen. La mayoría de las mujeres de su edad se habían cortado el pelo, pero ella no seguía la moda. Cuando todas las demás imitaban a Farrah, April había optado por un corte geométrico que hacía resaltar esos asombrosos ojos azules, y la había convertido en el centro de atención.

—Siempre has sido única en descubrir nuevos talentos —dijo él.

—Ya no lo hago.

—Lo dudo.

Ella sopló para secarse los dedos, otra excusa para no mirarle.

—Si vienes a buscar a Riley, llegas tarde. Se cansó y se quedó dormida en uno de los dormitorios de invitados.

Jack apenas había visto a Riley a lo largo del día. Durante toda la mañana, ella había seguido a April, y por la tarde se había ido con Dean en una bicicleta púrpura que él había sacado de la camioneta nueva. Cuando regresaron, tenía el rostro encendido y sudoroso, pero estaba feliz. Debería haber sido él el que le comprara una bicicleta, pero no se le había ocurrido.

April metió el pincel en el bote de esmalte.

—Me sorprende que hayas tardado tanto. Podría haberle echado alcohol en su vaso de leche, incluso podía haberle llenado la cabeza con historias de tu sórdido pasado.

—Ahora estás siendo presuntuosa. —Apoyó un pie en el escalón inferior—. Anoche me pasé de rosca. He venido a disculparme.

—Adelante.

—Creía que acababa de hacerlo.

—Vuelve a intentarlo.

Él merecía eso y más, pero no pudo contener una sonrisa cuando subió los escalones del porche.

—¿Quieres que me humille?

—Para empezar no estaría mal.

—Lo haría, pero no sé cómo. Hace años que la gente no hace más que besarme el culo.

—Inténtalo.

—Empezaré por admitir que tú tenías razón —dijo él—. No sé qué hacer con Riley. Lo que me hace sentir estúpido y culpable, y como tampoco sé cómo resolver eso, me desquité contigo.

—Prometedor. Continúa.

—Dame alguna pista.

—Estás muerto de miedo y necesitas mi ayuda esta semana.

—Bueno, eso, también. —A pesar de su aire agresivo, él sabía que la había lastimado. Últimamente parecía lastimar a todo el mundo. Miró hacia el bosque donde las luciérnagas comenzaban a revolotear. La pintura descascarillada le arañó el codo cuando se apoyó contra uno de los pilares del porche—. Daría algo por un cigarrillo.

April bajó el pie del asiento y subió el otro.

—Yo no me muero por fumar. Ni por las drogas, si te digo la verdad. Para mí lo difícil es el alcohol. Me aterra pensar que voy a vivir el resto de mi vida sin una copa de vino o un margarita.

—Pero quizás ahora puedas controlarlo.

—Soy alcohólica —le dijo con una honestidad que lo sorprendió—. No puedo volver a beber nada, ni una gota.

En el interior de la casita de invitados, sonó el móvil de April. Con rapidez, cerró el bote de esmalte y salió disparada para contestar. Cuando la puerta mosquitera se cerró de golpe detrás de ella, él metió las manos en los bolsillos. Había encontrado un par de planos para el porche cubierto. Su padre había sido carpintero, y Jack había crecido entre planos y herramientas, pero no podía recordar la última vez que había sostenido un martillo entre las manos.

Él miró a través de la mosquitera la sala vacía y oyó la voz apagada de April. Al diablo con todo. Entró. Ella estaba de espaldas y pegaba la frente en el brazo que apoyaba contra uno de los muebles de la cocina.

—Sabes cuánto me importas —dijo ella en voz tan baja que Jack apenas entendió las palabras—. Llámame mañana, ¿vale?

Habían pasado demasiadas décadas para volver a sentir la vieja puñalada de los celos, así que centró la atención en el folleto que había sobre la encimera. Cuando lo cogió, ella cerró el móvil y le señaló el folleto.

—Es de un grupo en el que participo de voluntaria.

—¿Galería de corazones? No lo conozco.

—Son fotógrafos profesionales que se ofrecen voluntarios para hacer retratos asombrosos de niños que esperan ser adoptados. Los exhibimos en galerías locales. Son más personales que las fotografías identificativas que toman los de Servicios Sociales, y muchos de esos niños han encontrado una familia que los adopte por medio de las exposiciones.

—¿Cuánto tiempo llevas haciéndolo?

—Unos cinco años. —Regresó lentamente hasta el porche—. Comencé llevando la campaña de un fotógrafo que conozco, buscando ropa que reflejara la personalidad de los niños, ayudándolos a sentirse cómodos. Ahora soy yo la que hago las fotos. O por lo menos las hacía hasta que vine aquí. Te sorprendería cuánto me gusta.

Él se metió el folleto en el bolsillo y la siguió hasta el porche. Quería preguntarle por el tío que la había llamado, pero no lo hizo.

—Me sorprende que no te casaras nunca.

April cogió el esmalte de uñas y volvió a sentarse en la silla Adirondack.

—Para cuando maduré, había perdido interés en el matrimonio.

—Me cuesta imaginarte sin un hombre.

—Deja de sonsacarme.

—No estoy sonsacándote nada. Sólo digo que me cuesta conciliar a la April de antes con la de ahora.

—Quieres encasillarme —dijo ella con sequedad.

—Supongo.

—Quieres saber si sigo siendo la chica mala responsable de la caída de tantos hombres buenos demasiado débiles para mantener cerrada la cremallera.

—Algo así...

Ella se sopló el dedo gordo del pie.

—¿Quién era la morena que vino la semana pasada con tu séquito? ¿Tu ayuda de cámara?

—Una ayudante muy eficiente a la que nunca he visto desnuda. ¿Mantienes ahora una relación seria con alguien?

—Una muy seria conmigo misma.

—Eso está bien.

April siguió pintándose las uñas.

—Háblame sobre Marli y tú. ¿Estuvisteis casados cuánto... cinco minutos?

—Año y medio. La vieja historia de siempre. Yo tenía cuarenta y dos y pensé que ya era hora de sentar cabeza. Ella era joven, bella y dulce... o por lo menos eso creía en ese momento. Me encantaba su voz. Todavía me gusta. El infierno no se desató hasta que estuvimos casados, fue cuando descubrimos lo mucho que nos odiábamos mutuamente. Añadiré que esa mujer no captaba los sarcasmos. Pero no todo fue malo. Tuvimos a Riley.

Después de Marli, Jack había mantenido dos largas relaciones bien aireadas por la prensa. Aunque a él le habían gustado mucho ambas mujeres, siempre faltaba algo, y con un matrimonio fallido a las espaldas, no deseaba volver a cometer el mismo error.

April terminó de pintarse las uñas, cerró el bote de esmalte y extendió esas piernas interminables.

—No te deshagas de Riley, Jack. No la mandes a ningún campamento, ni con la hermana de Marli, y, sobre todo, no la envíes a un internado. Deja que viva contigo.

—No puedo hacerlo. Tengo una gira. ¿Qué se supone que haría con ella? ¿Llevarla de hotel en hotel?

—Ya se te ocurrirá algo.

—Tienes demasiada fe en mí. —Él se quedó mirando fijamente la desvencijada cerca—. ¿Te contó Riley lo que sucedió anoche con Dean?

April levantó la cabeza con rapidez, como una leona olfateando el peligro que acechaba a su cachorro.

—¿Qué pasó?

Jack se sentó en el escalón superior y le contó lo que había ocurrido con exactitud.

—No estoy tratando de disculparme —dijo al final—, pero Riley estaba gritando y él la perseguía.

April se levantó de la silla.

—Dean jamás le haría daño. No puedo creer que lo atacases. Tienes suerte de que no rompiera ese estúpido cuello tuyo.

Tenía razón. Aunque se mantenía en forma para dar lo mejor de sí en esos conciertos que llevaban su marca personal, no era digno rival para un deportista de élite de treinta y un años.

—Más tarde Dean y yo mantuvimos una pequeña charla, o al

menos la mantuve yo. Aireé todos mis pecados con total franqueza. Sobra decir cómo se lo tomó Dean.

—Déjalo en paz, Jack —le dijo ella con aire cansado—. Ya ha tenido suficiente mierda de nosotros dos.

—Sí. —Jack miró la puerta—. No quiero despertar a Riley. ¿Te importa si se queda a dormir aquí esta noche?

—No. —April se dio la vuelta para entrar, y él empezó a bajar las escaleras, pero se detuvo a la mitad.

—¿No sientes curiosidad? —dijo Jack, dándose la vuelta para mirarla—. ¿No te gustaría saber cómo serían ahora las cosas entre nosotros?

April detuvo la mano en el pomo de la puerta. Por un momento no dijo nada, pero cuando habló, su voz era tan fría como el acero.

—Ni lo más mínimo.

Riley no podía oír lo que hablaban su padre y April, pero las voces la habían despertado. Era una sensación agradable estar en la acogedora cama de la casita de invitados mientras ellos hablaban. Habían tenido a Dean, así que debían haberse querido en algún momento.

Se frotó la pantorrilla con el otro pie. Ese día se lo había pasado tan bien que se había olvidado de estar triste. April le había encargado cosas fáciles, como recoger flores para ponerlas en un jarrón o llevar agua a los pintores. Esa tarde había salido a montar en bicicleta con Dean. Pedalear sobre los caminos de tierra había sido duro, pero él no la había llamado gorda ni nada por el estilo, y le había dicho que tenía que lanzarle el balón por la mañana para poder practicar. Sólo de pensarlo se ponía nerviosa, y alborozada también. Blue se había ido, pero cuando le había preguntado a Dean por ella, él había cambiado de tema. Riley esperaba que Blue y Dean no rompieran. Su madre siempre estaba rompiendo con algún tío.

Oyó que April se acercaba, así que se cubrió con la sábana hasta la barbilla y cerró los ojos por si se decidía a entrar para ver cómo estaba. Riley ya había notado que April hacía ese tipo de cosas.

Durante los días siguientes, Blue se dijo a sí misma que era bueno que Dean se mantuviera alejado porque ella necesitaba todo su ingenio para tratar con Nita. Aun así, lo echaba muchísimo de menos. Quería creer que él también la estaba echando de menos, pero, ¿por qué iba a hacerlo? Ya había conseguido lo que quería.

Una familiar sensación de soledad la invadió. Nita había decidido que también quería salir en el retrato de *Tango*, pero quería que Blue la pintara como había sido en su juventud, no como era ahora. Eso había implicado rebuscar en un montón de álbums de fotos antiguos, con Nita pasando página tras página y señalando con una uña color carmín los defectos de todos los que se habían fotografiado con ella: un compañero en la escuela de baile, una compañera de piso con pinta de furcia o la larga serie de hombres que la habían agraviado.

—Pero, ¿a usted le gusta alguien? —dijo Blue con frustración la mañana del sábado sentada en un sofá de terciopelo blanco de la sala, rodeada de álbums descartados.

Nita señaló una página con un dedo nudoso.

—Me gustaron en su momento. Pero por aquel entonces era demasiado ingenua con respecto a la naturaleza humana.

A pesar de la frustración de Blue por no poder comenzar el cuadro, sentía cierta fascinación por la vida que Nita había llevado mientras crecía en el Brooklyn de la guerra y durante los años cincuenta y sesenta cuando daba clases de baile de salón. Había tenido un breve matrimonio con un actor de cine que según ella se pasaba la vida borracho, había vendido cosméticos, había trabajado como modelo en ferias de muestras y había sido azafata en algunos restaurantes de lujo de Nueva York.

Al principio de los años setenta, había conocido a Marshall Garrison y se había casado con él. En la foto de boda aparecía vestida de blanco; una voluptuosa rubia de larga melena platino, ojos muy maquillados y labios pintados de carmín que miraba con adoración a un distinguido hombre de mediana edad. Tenía caderas delgadas, piernas interminables y la piel de porcelana, el tipo de mujer que hacía volver la cabeza a los hombres.

—Creía que yo tenía treinta y dos años —dijo Nita—. Él tenía cincuenta y me preocupaba lo que pensaría cuando descubriera que en realidad tenía cuarenta. Pero estaba loco por mí, y ni siquiera le importó.

—Señora Garrison, en esa foto parece muy feliz. ¿Qué sucedió?

—Que vine a Garrison.

Al seguir mirando el álbum, Blue observó que, con el paso del tiempo, la sonrisa complaciente de Nita se había vuelto gradualmente amarga.

—¿De cuándo es ésta?

—Es la fiesta de Navidad de nuestro segundo año de casados. Cuando ya había perdido la esperanza de gustarle a la gente del pueblo.

Las expresiones resentidas de las mujeres mostraban con exactitud cómo les había sentado que la descarada mujer de Brooklyn con enormes pendientes y faldas demasiado cortas les hubiera birlado al soltero más cotizado del pueblo. En otra página, Blue estudió una foto de Nita en la fiesta de unos vecinos; mostraba una sonrisa tensa en la cara. Blue miró luego una foto de Marshall.

—Su marido era muy guapo.

—Eso pensaba él.

—¿A usted no le gustaba?

—Creía que era un hombre de carácter cuando me casé con él.

—Lo más probable es que se lo absorbiera mientras le chupaba la sangre.

Nita curvó los labios mostrando los dientes; era su manera favorita de mostrar desaprobación. Blue había oído el chasquido que lo acompañaba más veces de las que podía contar.

—Pásame la lupa —exigió Nita—. Quiero ver si la comadreja de Bertie Johnson aparece en esta foto. Es la mujer más fea que he conocido, pero tuvo el valor de criticar mi manera de vestir. Le dijo a todos los que la querían escuchar que yo era ostentosa. Por supuesto, me vengué de ella.

—¿Con pistola o con cuchillo?

Nita volvió a chasquear la lengua.

—Cuando su marido perdió el empleo, la contraté para que me limpiara la casa. A la señora Altiva y Poderosa no le gustó nada, sobre todo cuando la hacía limpiar los baños dos veces.

Blue no tuvo problema para imaginar a Nita sometiendo a la desafortunada Bertie Johnson. Era lo que Nita había estado haciendo con ella los últimos cuatro días. Le exigía que le hiciera galletas caseras, le ordenaba limpiar lo que *Tango* ensuciaba, e incluso le había encargado contratar una nueva mujer de la limpieza; algo imposible porque nadie quería trabajar para ella. Blue cerró el álbum.

—He visto fotos más que de sobra para empezar a trabajar. Tengo los bocetos previos acabados, y si me deja tranquila por un rato esta tarde puede que avance un poco.

Nita no sólo había decidido que quería aparecer en el cuadro, sino que también quería que el retrato fuera de gran formato para poder colgarlo en el vestíbulo. Blue le había informado que necesitaba una tela más grande y que le costaría más caro. De esa manera ganaría suficiente dinero para comenzar de nuevo en otra ciudad si es que alguna vez lograba salir de Garrison, algo que Nita se esmeraba en impedir.

—¿Cómo vas a pintar algo decente cuando te pasas el día soñando con ese jugador de fútbol americano?

—No sueño con él. —Blue no le había visto el pelo desde el martes, y cuando había ido a la granja para recoger sus cosas, él no estaba.

Nita cogió su bastón.

—Acéptalo, señorita fanfarrona. Tu compromiso se ha terminado. Un hombre así busca algo más en una mujer de lo que tú le puedes dar.

—Algo que usted no deja de recordarme.

Nita la miró con aire satisfecho.

—Sólo tienes que mirarte al espejo.

—¿Ha pensado alguna vez lo cerca que está de la muerte?

Nita curvó los labios y mostró los dientes.

—Te ha roto el corazón, pero no quieres admitirlo.

—No me ha roto el corazón. Para su información soy yo quien utilizo a los hombres, no ellos a mí.

—Ah, es cierto, se me olvidaba. Eres una auténtica Mata-Hari.

Blue cogió dos de los álbums.

—Me voy a mi habitación para ver si me pongo manos a la obra. No me interrumpa.

—No irás a ningún sitio hasta que me hagas el almuerzo. Quiero un sándwich de queso. Y de Velveeta, no esa porquería que compraste.

—Esa porquería es queso Cheddar.

—No me gusta.

Blue suspiró y se dirigió a la cocina. Mientras abría la nevera, oyó un golpe en la puerta de atrás. El corazón le brincó en el pecho. Se apresuró a abrir y vio que eran April y Riley. A pesar de cuánto se alegraba verlas, no pudo evitar sentir una pizca de desilusión.

—Entrad. Os he echado de menos.

—También nosotras te hemos echado de menos. —April le palmeó la mejilla—. En especial tu comida. Habríamos venido ayer a visitarte, pero me retrasé con cosas de la granja.

Blue abrazó a Riley.

—Estás muy guapa. —Desde que Blue no la veía, hacía cinco días, el cabello largo y sin forma de Riley había sido sustituido por un corte de pelo que le enmarcaba el óvalo de la cara. En lugar de esas ropas tan apretadas y de mal gusto, vestía unos pantalones cortos color beis que le quedaban como un guante, y una camiseta verde que resaltaba el color de sus ojos y su piel aceitunada que ya no estaba pálida.

—¿Quién anda por ahí? —La anciana se materializó en la puerta de la cocina y le dirigió a April una mirada despectiva—. ¿Y tú quién eres?

Blue frunció el ceño.

—¿Soy yo la única que oye un caldero hirviendo?

April contuvo una sonrisa.

—Soy el ama de llaves de Dean Robillard.

—Blue aún sueña con tu jefe —dijo Nita con mofa—. No ha venido a verla ni una sola vez, pero Blue no admite que se ha acabado del todo.

—Yo no sueño con él. Yo...

—La pobre vive en un cuento de hadas, creyendo que el Príncipe Azul vendrá a rescatarla de su patética vida. —Nita jugueteó con uno de sus collares y señaló a la niña—. ¿Cuál era tu nombre? Era algo raro.

—Riley.

—Parece el nombre de un niño.

Antes de que Blue pusiera a Nita en su lugar, Riley dijo:

—Quizá. Pero es mejor que Trinity.

—Si tú lo dices. Si hubiera tenido una niña la hubiera llamado Jennifer. —Señaló la puerta con el bastón—. Ven a la sala conmigo. Necesito unos jóvenes ojos que me lean el horóscopo. Cierta persona que yo me sé no se digna a hacerlo. —Fulminó a Blue con la mirada.

—Riley vino a verme a mí —dijo Blue—, y va a quedarse aquí.

—La estás mimando de nuevo. —Miró a Riley con desaprobación—. Ella te trata como a un bebé.

Riley se miró las sandalias.

—No es cierto.

—¿Bien? —dijo Nita con impaciencia—. ¿Vienes o no?

Riley se mordisqueó el labio.

—Supongo que sí.

—Ni se te ocurra. —Blue pasó el brazo por los hombros de Riley—. Te quedas aquí conmigo.

Para su sorpresa, Riley se retiró poco a poco tras un momento de vacilación.

—Ella no me da miedo.

Nita ensanchó las fosas nasales.

—¿Por qué debería darte miedo? A mí me gustan los niños.

—De cena —replicó Blue.

Nita le mostró los dientes, luego le dijo a Riley:

—Venga, muévete.

—Quédate donde estás —le dijo Blue a Riley que ya comenzaba a seguir a Nita a la sala—. Eres mi invitada, no la de ella.

—Lo sé, pero supongo que tengo que ir con ella —dijo Riley con tono de resignación.

Blue intercambió una mirada con April, que asintió imperceptiblemente con la cabeza. Blue se plantó una mano en la cadera y señaló a Nita con el dedo.

—Se lo juro, si le dice algo desagradable, le prenderé fuego a su cama después de que se quede dormida. Lo digo en serio. Riley, luego me cuentas todo lo que te ha dicho.

Riley se frotó el brazo con nerviosismo.

—Eh..., vale.

Nita frunció la boca y se dirigió a April.

—¿La has oído? Eres testigo. Si me pasa algo, llama a la policía. —Miró a Riley—. Espero que no escupas al leer. Es algo que no soporto.

—No, señora.

—Habla más fuerte. Y yergue esos hombros. Tienes que aprender a caminar derecha.

Blue esperaba que Riley mostrara una mirada de derrota, pero la niña aspiró profundamente, enderezó los hombros y la siguió a la sala.

—No des importancia a nada de lo que te diga —gritó Blue—. Es una mujer muy mezquina.

Cuando desaparecieron, Blue clavó la mirada en April.

—¿Por qué va con ella?

—Está probándose a sí misma. Anoche sacó a *Puffy* después de anochecer cuando no era necesario, y esta mañana, cuando vio una serpiente en el estanque, se obligó a acercarse para mirarla, aunque estaba blanca como el papel. —Le señaló a Blue una silla—. Es demasiado frustrante. Tuvo valor para escapar de Nashville, algo que me pone los pelos de punta, y se enfrentó a su padre, pero parece que le da miedo todo lo demás.

—Es una gran chica. —Blue se asomó a la sala para asegurarse de que Riley aún seguía con vida, luego sacó la caja de galletas de la alacena y la puso en la mesa de la cocina.

—¿Cómo puedes vivir con esa mujer? —April cogió una de las galletas que le ofrecía Blue.

—Me adapto a cualquier cosa. —Blue cogió otra galleta y se sentó en una de las sillas doradas de la cocina, enfrente de April—. Riley es una niña asombrosa.

—Sospecho que Dean es la razón de todas esas pruebas de valor que se hace Riley. Le oí sin querer decirle a la niña que tenía que ser fuerte de mente.

El tigre dorado había hecho irrupción en la cocina.

—¿Al final la ha aceptado como su hermana?

April asintió y le contó a Blue lo que había pasado el martes por la noche, la misma noche que Dean había asaltado su caravana y habían acabado haciendo el amor. Blue había sabido en su momento que él estaba dolido, y ahora entendía la causa. Mordisqueó la galleta y cambió de tema.

—¿Cómo van las cosas en la granja?

April se estiró como un gato.

—Los pintores ya han acabado, y han comenzado a llegar los muebles. Pero los carpinteros que iban a hacer el porche cubierto aceptaron otro encargo durante el boicot y no pueden volver hasta dentro de dos semanas. Aunque parezca mentira, Jack se ha puesto con él. Comenzó el miércoles.

—¿Jack?

—Cada vez que necesita que le echen una mano, le ladra a Dean para que le ayude. Hoy trabajaron juntos toda la tarde sin apenas dirigirse la palabra. —Cogió otra galleta y lanzó un suspiro de satisfacción.

—Dios mío, están buenísimas. No sé por qué os peleasteis Dean y tú, pero me encantaría que os reconciliarais para que volvieras y cocinaras. Riley y yo estamos cansadas de sándwiches y cereales.

Ojalá las cosas fueran tan sencillas.

—En cuanto acabe este retrato, me voy de Garrison.

April pareció decepcionada, lo que resultaba muy agradable.

—Entonces, ¿se supone que habéis roto oficialmente?

—Nunca hemos estado comprometidos. Dean me recogió hace dos semanas en la carretera de Denver. —Blue le contó todo sobre Monty y el traje de castora.

April no pareció demasiado sorprendida.

—Tienes una vida muy interesante.

En la sala, Riley terminó de leer el horóscopo que le auguraba a la señora Garrison un nuevo romance, lo que hizo que Riley sintiera tal vergüenza que deseó estar haciendo cualquier otra cosa. Como estar en la cocina con April y Blue. Pero Dean le había dicho que tenía que dejar de mostrar a la gente lo asustada que estaba. Le había dicho que observara cómo Blue se cuidaba de sí misma e hiciera lo mismo, pero sin tener que utilizar la fuerza a menos, claro está, que fuera absolutamente necesario.

La señora Garrison le arrebató el periódico como si pensara que Riley pudiera hurtarlo.

—Esa mujer de la cocina. Creí que se llamaba Susan. Es lo que decían en el pueblo.

Nadie salvo Blue sabía que April era la madre de Dean.

—Creo que April es su segundo nombre.

—¿Qué relación tienes con ella? ¿Qué pintas tú en la granja?

Riley pasó el dedo por el brazo del sofá. Deseaba poder decirle a la señora Garrison que Dean Robillard era su hermano.

—April es amiga de mi familia. Es algo así como mi madrina.

—Bah. —La señora Garrison clavó los ojos en ella—. Tienes mejor aspecto que la semana pasada.

Debía de ser por el pelo. April la había llevado a la peluquería, y también le había comprado ropa nueva. Aunque sólo hacía una semana, a Riley le parecía que se le notaba menos la barriga, seguramente porque no tenía tiempo de aburrirse y comer. Cada vez que quería ir a la casita de invitados tenía que caminar, y tenía que pasear a *Puffy*. Montar en bicicleta por las colinas era duro, y Dean quería que le lanzara el balón. Algunas veces deseaba poder sentarse con él y hablar, pero a él le gustaba estar en movimiento todo el rato. Había comenzado a pensar que era hiperactivo como Benny Phaler, pero tal vez fuera porque en el fondo era un chico y le gustaba jugar al fútbol.

—Me he cortado el pelo —dijo—. Además, no estoy comiendo tanto y he estado montando muchísimo en bici.

La señora Garrison hizo un mohín, y Riley observó que el lápiz de labios se le había corrido.

—Blue se puso hecha un basilisco en Josie's sólo porque dije que estabas gorda.

Ella se retorció las manos en el regazo y se recordó lo que Dean le había dicho sobre defenderse ella sola.

—Sé que lo estoy. Pero lo que me dijo me hizo daño.

—Entonces tienes que dejar de ser tan sensible cuando es obvio que alguien tiene un mal día. Además, ahora no pareces tan gorda. Es bueno que estés haciendo algo al respecto.

—No lo hago a propósito.

—Da lo mismo. Deberías estudiar baile para poder moverte con gracia. Yo daba clases de baile de salón.

—Fui a clases de ballet un tiempo, pero no se me daba bien, así que lo dejé.

—Deberías haber continuado. El ballet imprime carácter.

—La profesora le dijo a mi *au-pair* que yo la volvía loca.

—¿Y dejaste que se saliera con la suya? ¿Dónde está tu orgullo?

—No creo que tenga demasiado.

—Pues ya es hora de que hagas algo al respecto. Coge ese libro de ahí, póntelo en la cabeza y camina.

Riley no quería, pero cruzó la estancia hacia la mesa dorada donde estaba el libro y se lo puso encima de la cabeza. Se le cayó de inmediato. Lo recogió y volvió a intentarlo con más éxito.

—Extiende las manos hacia los lados para mantener el equilibrio —le ordenó la señora Garrison—. Expande el pecho y cuadra los hombros.

Riley probó y decidió que se sentía más alta y más mayor.

—Así. Ahora pareces alguien que tiene una buena opinión sobre sí misma. Quiero que de ahora en adelante, camines de esa manera, ¿entendido?

—Sí, señora.

April asomó la cabeza por la puerta.

—Riley es hora de irnos.

A Riley se le cayó el libro de la cabeza y se inclinó para recogerlo. La señora Garrison entrecerró los ojos como si estuviera a punto de decir que Riley era torpe y gorda, pero no lo hizo.

—¿Quieres trabajo, chica?

—¿Trabajo?

—A ver si te quitas la cera de los oídos. Vuelve la semana que viene y podrás sacar a *Tango* a pasear. Blue no sirve para eso. Ella dice que sí, pero en realidad lo único que hace es sacarlo ahí cerca y dejarlo dormir.

—Porque es demasiado viejo para caminar —gritó Blue desde la cocina.

La señora Garrison frunció el ceño como si estuviera pensando que ella también era demasiado vieja para caminar. Por alguna razón, Riley tenía menos miedo de ella. Le había gustado lo que le había dicho la señora Garrison de que al fin parecía alguien más segura de sí misma. April, Dean y su padre siempre le decían cosas bonitas, pero estaban tratando de que adquiriera autoestima, y Riley no se creía todo lo que decían. La señora Garrison no se preocupaba de cosas como la autoestima, así que si le decía algo bueno, debía ser verdad. Riley decidió practicar más con el libro cuando regresara a la granja.

—¡Blue, tráeme el bolso!

—¿Tiene un arma allí dentro? —preguntó Blue.

Riley no podía creer la manera en que Blue hablaba a la señora Garrison. La señora Garrison debía necesitarla de verdad o ya habría despedido a Blue. Se preguntó si Blue ya lo sabría.

Cuando la señora Garrison tuvo el bolso, sacó un billete de cinco dólares y se lo tendió a Riley.

—No te compres ni caramelos ni nada que engorde.

El padre de Riley siempre le daba billetes de veinte y no necesitaba más dinero, pero no podía rechazarlo.

—Gracias, señora Garrison.

—Recuerda lo que te enseñé sobre la postura. —Cerró el bolso—. Blue irá a buscarte en coche a la granja para traerte la semana que viene.

—No sé si todavía estaré por aquí —dijo Riley. Su padre no le había dicho qué día se irían, y le daba miedo preguntarle, más que nada, porque quería quedarse en esa granja durante el resto de su vida.

De camino a la granja, April palmeó la pierna de Riley. No dijo nada. Sólo le palmeó la pierna. También le daba un montón de abrazos y le acariciaba el pelo, y Riley había bailado con ella. A veces, April actuaba como una madre, pero ella no hablaba de calorías y novios. Además, la madre de Riley jamás habría dicho las palabrotas que April decía. A Riley le gustaba cómo olía April, a madera y flores, y a bloc de notas. Nunca lo reconocería abiertamente, pero algunas veces estar con April era todavía mejor que estar con Dean, porque Riley no tenía que correr de un lado para otro detrás del balón todo el rato.

Sonrió, aunque tenía un montón de preocupaciones. No podía esperar para decirle a Dean que había estado sola con la señora Garrison y que apenas se había asustado.

18

El dormitorio de Blue podía ser el más pequeño de la planta superior, pero también era el que estaba más lejos de la señora Garrison, y tenía un diminuto balcón que daba a la parte trasera. Blue estaba sentada con las piernas cruzadas sobre la lujosa alfombra rosa, y apoyaba la espalda contra el acolchado cubrecama de flores mientras estudiaba el dibujo que acababa de terminar. Los ojos de Nita parecían los de un hurón. Tendría que arreglarlo... o tal vez, no.

El reloj dorado de la mesilla de noche marcaba la medianoche. Dejó a un lado el bloc con los bocetos, bostezó y cerró los ojos. En su mente veía la imagen de la caravana bajo los árboles. Imaginó una luz titilante en la ventana, llamándola a casa. Pero la caravana no era su hogar, y pronto se repondría de esa pérdida de la misma manera que había superado la pérdida de los demás hogares en los que había estado, dejando atrás a todas las personas que le habían importado.

Sintió un golpe en la puerta del balcón y dio un respingo. Al mirar por encima del hombro, vio una figura amenazadora. El corazón se le aceleró. Una amalgama de emociones —anticipación, temor, cólera— la inundaron a la vez. Se levantó de la alfombra, se acercó a la puerta del balcón y la abrió de golpe.

—¿Qué crees que estás haciendo? Casi me da un infarto.

—Provoco ese efecto en las mujeres. —Dean entró en el dormitorio. Olía genial, a algo exótico y cálido, mientras que ella olía a croquetas de patata hervida con cebolla. Él le dirigió una mirada a la arrugada camiseta de Goodyear de Blue con viejas manchas de pintura en el logotipo. Ni siquiera se había lavado el pelo esa mañana porque Nita había aporreado con el bastón la puerta del cuarto de baño exigiendo el desayuno. Bueno, él parecía bastante más crítico con el dormitorio rosa que con ella.

—¿Dónde tienes las barbies?

—Podías haber llamado —replicó ella—. O, mejor todavía, podías haber continuado ignorándome. —Sonaba como una ex novia malhumorada, pero le dolía que él se hubiera mantenido apartado a pesar de que eso era lo que ella había querido que hiciera.

—Llamar no es divertido. —Dean vestía unos vaqueros descoloridos y una camisa negra con la parte delantera plisada como la camisa de un esmoquin. ¿A quién se le habría ocurrido semejante cosa? Y lo peor era que a él le quedaba genial.

—¿Cómo sabías que ésta es mi habitación?

Él le deslizó el dedo debajo de la manga de la camiseta de Goodyear para acariciarla.

—Es la única con luz.

Si no fuera tan tarde, si Nita no le hubiera robado hasta el último gramo de paciencia, y si Blue no le hubiera echado tanto de menos, podría haberle ocultado mejor sus maltratados sentimientos. Al final, apartó el brazo de un tirón.

—Llevas toda la semana ignorándome y ahora decides aparecer de pronto en mitad de la noche.

—Sabía que me echarías de menos si te daba tiempo.

—Vete.

Él la miró con esos ojos grises-azulados de ensueño y le acarició la mejilla con el pulgar.

—Estás agotada. ¿No has tenido suficiente?

A ella le costó apartar los ojos de la piel bronceada que asomaba por la V del cuello abierto de la camisa.

—He tenido de sobra.

—Vale. Dejaré que vuelvas.

Blue no pudo evitarlo y chasqueó la lengua.

Dean curvó los labios.

—Piensas continuar con tu habitual terquedad, ¿verdad?

—No sé actuar de otra manera. —Agarró una pila de ropa limpia y la metió en el cajón del tocador—. Vete. No te he invitado, y no quiero discutir contigo.

—Así que ésas tenemos. —Se sentó en la desgastada silla rosa del tocador. Debería parecer afeminado, pero por el contrario la silla lo hacía parecer incluso más viril—. Sólo piensas en ti, Blue. No digo que estés siendo egoísta, pero creo que deberías pensar en alguien más que en ti misma de vez en cuando. —Extendió las piernas y cruzó los tobillos—. Por ejemplo en Riley. No ha comido nada decente desde que te has ido.

—Contrata una cocinera. —Blue se arrodilló para recoger los bocetos de la alfombra.

—Sabes que no puedo hacerlo mientras Mad Jack ande por allí. Y ahora el muy condenado ha decidido que quiere levantar el porche él mismo. Hasta ahora, los trabajadores no le han reconocido, pero sólo porque se mantiene al margen, y nadie espera encontrarse a una figura legendaria del rock subido a una escalera con un martillo en la mano. —Estiró las largas piernas, embutidas en los vaqueros, por delante de ella—. Pero con una asistenta en casa la cosa sería otro cantar.

Ella recogió un lápiz de debajo del tacón de las botas de Dean.

—Jack se irá pronto, y Riley con él. Tus problemas desaparecerán con ellos.

—No estoy demasiado seguro de eso. —Dean apartó la pierna—. No pido favores con facilidad, pero necesito un poco de ayuda.

Ella recogió los últimos dibujos y se puso de pie.

—Ya tengo trabajo.

—Y no te gusta. —Se levantó de la silla.

Blue levantó la vista hacia él, el pequeño dormitorio parecía más pequeño todavía. Sólo había una manera segura de sacarlo de allí.

—¿Cuánto me pagarás?

Ella esperaba que comenzara a sacar billetes de cien dólares de los bolsillos para poder largarlo a patadas. Pero él simplemente se pasó el pulgar por el vendaje de la muñeca.

—Nada. Te pido un favor de amigo. Que cocines para nosotros el domingo.

Así, sin más, la había dejado sin argumentos.

—Sé que es mucho pedir —dijo él—, pero todos te lo agradeceríamos. Si me das una lista, compraré todo lo que haga falta.

Había estado absolutamente segura de que le ofrecería dinero, lo que le habría dado la excusa perfecta para tirarle a la cara la cena del domingo, pero él había manejado la situación con astucia y ahora se comportaría como una maleducada si se negaba. Dejó caer los bocetos en la cama y pensó en lo mucho que echaba de menos la granja. Quería hablar con Riley. Quería ver los muebles nuevos y pasear a *Puffy*, y quedar en evidencia delante de Jack. Quería todo aquello otra vez. De nuevo volvía aquel viejo sentimiento de debilidad de intentar pertenecer a donde no pertenecía.

—¿Van a estar todos allí?

Dean apretó la boca.

—Quieres volver a quedar como una idiota delante de Mad Jack, ¿no?

—Ahora soy más madura.

—Seguro. —Dean tomó los bocetos de la cama—. Sí, estarán todos. Dime qué necesitas.

Mientras la cosa fuera en familia, podría ir. Sólo esta vez. Revisó mentalmente el contenido de la despensa y le hizo una lista que Dean no se molestó en apuntar. Él recogió el boceto final y lo sostuvo en alto.

—Está genial, pero creía que estabas dibujando al perro.

—Nita decidió que también quería salir en el retrato. —Aunque se preocupaba más por las labores de Blue como criada que por la pintura—. ¿No te ibas?

La mirada de Dean se dirigió a la cama.

—Definitivamente, no.

Blue se apoyó la mano en la cadera.

—¿Crees que me voy a quitar la ropa sólo porque estás aburrido y decidiste asaltar mi habitación esta noche? Me parece que no.

Dean arqueó las cejas.

—Vaya, veo que te cabreó de verdad que me mantuviera a un lado. —Él la señaló con el dedo—. Pues no eres la única que tiene derecho a estar enfadada.

—¡Yo no te he hecho nada! Necesitaba un trabajo, y no me digas que me habrías dado uno porque no es verdad.

—Yo contaba contigo, y tú me volviste la espalda. Ni siquiera te importó cómo me sentía.

Él parecía disgustado, pero ella no se lo tragó.

—Sabes cuidarte tú solo. Lo que te cabrea de verdad es no salirte con la tuya. —Blue se acercó a la puerta del balcón para echarlo de una vez, pero cuando agarró la manilla, imaginó el cuerpo de Dean tirado en el suelo con las piernas rotas y retrocedió.

—Lo que de verdad me cabrea —dijo él a sus espaldas—, es haber creído que podía contar contigo.

Ella apretó los dientes ante la punzada de culpabilidad que sintió y atravesó el dormitorio.

—Será mejor que salgas por la puerta principal. No hagas ruido, o esto se convertirá en un suplicio chino.

Él le dirigió una mirada dura, pasó por su lado y abrió la puerta. Ella lo siguió al pasillo con una alfombra rosa, pasaron delante de un cuadro espantoso de un canal veneciano, y bajaron las escaleras; lo acompañó para poder cerrar la puerta con llave cuando él saliera. Al llegar al último escalón, Dean se detuvo en seco y se giró. Ella estaba un escalón más alto y sus ojos quedaban a la misma altura. Bajo la luz de la polvorienta lámpara de araña, la cara de Dean era misteriosa y familiar. Ella intentó hacerle ver que lo comprendía, pero, ¿cómo iba a hacerlo? Él vivía en las estrellas y ella con los pies en el suelo.

Se mantuvo inmóvil cuando él levantó las manos y le pasó los dedos por el pelo. La goma elástica que apenas le sujetaba la coleta se soltó cuando llegó a ella.

El beso fue duro y apasionado. Ella se olvidó de todo y le deslizó los brazos alrededor del cuello. Ladeando la cabeza, Blue abrió la boca para él. Él le ahuecó el trasero y lo apretó. Ella se acercó más y sus caderas se rozaron contra las de él.

Dean se apartó tan bruscamente que ella perdió el equilibrio y tuvo que agarrarse a la barandilla metálica para no caer. Por supuesto, él lo notó. Blue se pasó la mano por la cabeza, haciendo caer la goma que se le había enredado en el pelo.

—Estás demasiado aburrido.

—No estoy aburrido. —Su voz baja y áspera le rozó la piel como si fuera papel de lija—. Lo que siento es... —cerró la mano en torno al desnudo muslo de Blue, por debajo del dobladillo de los pantalones cortos—. Lo que siento es... un cuerpecillo cálido y apetecible...

Sus palabras se interrumpieron justo en los labios de Blue. Ella se relamió para saborearlo.

—Lo siento. Ahora que lo hemos hecho, he satisfecho mi curiosidad y ya no estoy interesada. No te ofendas.

Dean le sostuvo la mirada. Con toda intención le rozó el pecho con la yema de los dedos.

—No me siento ofendido.

Cuando el pezón de Blue se puso como un guijarro, él le dirigió una sonrisa satisfecha y se dio la vuelta para salir de la casa.

A la mañana siguiente, cuando salió a la acera para coger el periódico dominical de Nita, Blue sintió como si tuviera resaca. La noche anterior, Dean había intentado cambiar las reglas. No tenía derecho a estar enfadado con ella sólo porque no le besaba el culo como todos los demás. Ya se vengaría esa tarde cuando fuera a la granja. Lo provocaría y le haría perder la cabeza.

Al inclinarse para coger el periódico, oyó un siseo al otro lado de la cerca. Levantó la vista y vio a Syl, la dueña de la tienda de segunda mano, mirando nerviosa a un lado y otro de los arbustos a través de unas gafas rojas de ojos de gato. Syl tenía el pelo entrecano y unos labios finos que había perfilado con un lápiz de labios rojo oscuro. A Blue le había gustado su sentido del humor cuando se habían conocido en el Barn Grill después de la pelea, pero ahora parecía muy seria y siseaba como una manguera para que Blue se acercara.

—Ven, acércate. Tenemos que hablar contigo.

Blue se metió el periódico bajo el brazo y siguió a Syl donde le indicaba. Había un Impala dorado aparcado al otro lado de la calle de donde salieron dos mujeres: la administradora de Dean, Mónica Doyle; y una delgada mujer afroamericana de mediana edad a la que Syl presentó con rapidez como Penny Winter, la propietaria de la tienda de antigüedades El Ático de Tía Myrtle.

—Llevamos toda la semana intentando hablar contigo —dijo Syl cuando las mujeres se agruparon alrededor—. Pero cada vez que vas al pueblo, ella está contigo, así que decidimos vigilar la casa antes de ir a la iglesia.

—Todo el mundo sabe que Nita se pone histérica si no puede leer el periódico dominical. —Mónica sacó un pañuelo del bolso azul y amarillo de Vera Bradley que hacía juego con un elegante traje azul—. Eres nuestra última esperanza, Blue. Tienes que utilizar tu influencia con ella.

—Yo no tengo ninguna influencia —dijo Blue—. Ni siquiera me soporta.

Penny jugueteó con la cruz de oro que llevaba al cuello.

—Si eso fuera verdad, ya se habría librado de ti a estas alturas como ha hecho con todo el mundo.

—Sólo llevo aquí cuatro días —contestó Blue.

—Todo un récord. —Mónica se pasó el pañuelo por la nariz con un delicado toque—. No tienes ni idea de cómo avasalla a la gente.

A ella se lo iba a decir.

—Tienes que convencer a Nita para que apoye el proyecto Garrison Grow. —Syl se ajustó las gafas de ojos de gato—. Es la única manera de salvar este pueblo.

El proyecto Garrison Grow, según le contaron a Blue, era el plan que los dirigentes de la ciudad habían ideado para intentar levantar el pueblo.

—Los turistas pasan por el pueblo cada dos por tres camino de las Smokies —dijo Mónica—, pero no hay restaurantes decentes, ni hoteles, ni sitios donde comprar, y nunca se detienen. Si Nita nos dejara llevar a cabo el proyecto Garrison Grow, podríamos cambiar eso.

Penny jugueteó con el botón negro de la pechera de su vestido.

—Incluso sin las franquicias nacionales, podríamos aprovechar el factor nostalgia y convertir a Garrison en el reflejo de los antiguos pueblos americanos antes de que fueran invadidos por las grandes cadenas multinacionales como KFC.

Mónica volvió a colocarse el bolso en el hombro.

—Naturalmente, Nita se niega a cooperar.

—Sería muy fácil captar a los turistas si ella nos dejara hacer algunas mejoras —dijo Syl—. Nita no tendría que poner ni un centavo.

—Syl lleva años intentando abrir una auténtica tienda de regalos en el local junto a la tienda de segunda mano —dijo Penny—, pero Nita odiaba a su madre y no quiere alquilársela.

Cuando las campanas de la iglesia comenzaron a doblar, las mujeres le explicaron a grandes rasgos otras partes del proyecto Garrison Grow, que incluía un *Bed & Breadfast*, transformar Josie's en un restaurante decente, y dejar que alguien que se llamaba Andy Berillo añadiera una cafetería a la panadería.

—Nita dice que las cafeterías son sólo para los comunistas —dijo Syl con indignación—. Pero, ¿qué iba a hacer un comunista en el este de Tennessee, por Dios Bendito?

Mónica se cruzó de brazos.

—Y de todas formas, ¿a quién le preocupan los comunistas en estos tiempos?

—Lo único que Nita quiere es asegurarse de que todos los habitantes del pueblo sepan lo que ella opina de nosotros —dijo Penny—. No me gusta hablar mal de nadie, pero está dejando morir el pueblo sólo por despecho.

Blue recordó la expresión ansiosa que Nita mostraba en las fotos de sus primeros días en Garrison y se preguntó cómo serían las cosas ahora si las mujeres del pueblo le hubieran dado la bienvenida con los brazos abiertos en vez de rechazarla. No importaba lo que Nita dijera, Blue no creía que tuviera intención de vender el pueblo. Puede que odiara Garrison, pero no tenía otro lugar a donde ir.

Syl apretó el brazo de Blue.

—Eres la única persona que tiene influencia en ella ahora mismo. Convéncela de que estas reformas le llenarán los bolsillos. A ella le gusta el dinero.

—Os ayudaría si pudiera —dijo Blue—, pero la única razón por la que sigo aquí es porque le gusta torturarme. No escucha nada de lo que le digo.

—Puedes intentarlo —dijo Penny—. Es todo lo que te pedimos.

—Inténtalo —repitió Mónica con firmeza.

Nita se puso en pie de guerra por la tarde cuando Blue le anunció que iba a salir, pero Blue no flaqueó y, sobre las cuatro, en medio de amenazas de que llamaría a la policía, se dirigió a la granja en el Corvette descapotable. Desde su última visita habían cortado la hierba y reparado la cerca. Aparcó en el granero, junto al SUV de Jack. El aire caliente le golpeó la cara cuando cruzó el patio.

Riley salió disparada de la casa. La enorme sonrisa que lucía en la cara la hacía parecer una niña distinta de la triste niñita que Blue había encontrado dormida en el porche hacía tan solo una semana.

—¿Sabes qué, Blue? —le gritó—. ¡No nos vamos a casa mañana! Papá ha dicho que nos quedaremos más días para poder terminar el porche cubierto.

—¡Oh, Riley! Es genial. No sabes cuánto me alegro.

Riley la empujó hacia la puerta principal.

—April quiere que entres para poder enseñártelo todo. ¿Y sabes qué más? April le dio queso a *Puffy*, y *Puffy* empezó a soltar pedos apestosos, pero Dean me echó la culpa a mí y yo no lo hice.

—Sí, claro —dijo Blue con una sonrisa—. Échale la culpa a la perra.

—No, de verdad. Ni siquiera me gusta el queso.

Blue se rio y la abrazó.

April y *Puffy* las recibieron en la puerta principal. Dentro, el vestíbulo resplandecía como un atardecer gracias a la reciente capa de pintura color cáscara de huevo. Una alfombra estampada con remolinos en tonos terrosos cubría el suelo del vestíbulo. April le señaló a Blue con un gesto de la mano la ostentosa pintura abstracta que habían adquirido en una galería de Knoxville.

—¿A que queda genial? Tenías razón sobre lo de mezclar arte contemporáneo con las antigüedades.

El sinfonier de debajo era de madera y tenía una bandeja metálica donde reposaba la cartera de Dean y un juego de llaves, junto con una foto de él de niño donde aparecía con pantalones cortos y un casco de fútbol americano tan grande que le rozaba los hombros. Al lado del sinfonier, una percha de hierro forjado esperaba las chaquetas, y una rústica cesta de paja albergaba un par de zapatillas de lona y un balón de fútbol. Había una robusta silla de caoba con el respaldo labrado que ofrecía un lugar acogedor para cambiarse los zapatos o revisar el correo.

—Lo has diseñado todo para él. ¿Se ha dado cuenta de cómo lo has personalizado todo?

—Lo dudo.

Blue miró el espejo oval de la pared con el marco de madera tallada.

—Lo único que falta es un estante para su crema hidratante y el rizador de pestañas.

—No seas mala. ¿No te has dado cuenta de que casi nunca se mira en el espejo?

—Me he fijado. Pero no seré yo quien se lo diga.

A Blue le encantó el resto de la casa, en especial la sala, que estaba totalmente transformada con un par de manos de pintura pálida en tonos crema y una alfombra oriental de gran tamaño. Los paisajes que Blue había descubierto en la trastienda de una tienda de antigüedades combinaban a la perfección con la pintura contemporánea que April había colgado sobre la chimenea. Las sillas de piel que April había comprado ocupaban su lugar, junto con un mueble de nogal para albergar el equipo de música, y una mesita de café muy grande con cajones para los mandos y juegos de mesa. Había más fotos encima, algunas de él con amigos de la infancia, otras de adolescente y universitario. Por alguna razón Blue no creía que las fotos fueran cosa de él.

Dean estaba martilleando sin darse cuenta al ritmo de la música de Black Eyes Peas que salía de la cocina. Jack y él llevaban trabajando en el porche casi todo el día. Ya habían levantado las paredes, y comenzarían con el techo al día siguiente. Miró hacia la ventana de la cocina. Blue le había saludado con una inclinación de cabeza cuando llegó, pero no había salido a decirle hola y él tampoco había entrado. Estaba enfadado consigo mismo por haber perdido el control en las escaleras la noche anterior, pero al menos ahora la tenía en su terreno y no pensaba perder la ventaja. Blue amaba la granja, y si ella era demasiado terca para volver, él podía al menos recordarle lo que se estaba perdiendo. De una manera u otra, estaba determinado a obtener lo que quería... lo que ambos merecían.

Dentro, alguien subió el volumen de la música. Se suponía que April y Riley iban a ayudar con la cena, pero a April no le gustaba cocinar y vio cómo convencía a Riley de que dejara de pelar patatas para bailar con ella. Blue dejó la batidora a un lado y se unió a ellas. Se movía como un hada del bosque, agitando los brazos en el aire, mientras su coleta oscilaba de un lado a otro. Si hubiera estado sola, habría entrado a bailar con ella, pero no con April y Jack dando vueltas alrededor.

—Creía que Blue y tú lo habíais dejado. —La voz de Jack lo tomó por sorpresa. Aparte de pedirse alguna herramienta o sujetar algún tornillo, no se habían dirigido la palabra en toda la tarde.

—No exactamente. —Dean clavó un clavo a fondo. Había estado entrenando con el hombro malo y lo tenía resentido—. Estamos tomándonos un descanso, eso es todo.

—¿Un descanso de qué?

—Ya lo arreglaremos.

—Chorradas. —Jack se enjugó la cara con la manga—. No la tomas en serio. Para ti es sólo un rollo.

Blue le había estado diciendo eso mismo prácticamente desde el día que se conocieron, y Dean tenía que admitir que tenía parte de razón. Si la hubiera conocido en un bar o en la calle, no se habría fijado en ella, pero sólo porque ella jamás se le habría insinuado. Con tantas mujeres intentando llamar su atención, ¿cómo iba a fijarse en las que no lo hacían?

—Ten cuidado con ella —continuó Jack—. Parece que pasa de todo, pero sus ojos dicen lo contrario.

Dean se enjugó la frente con la manga de la camiseta.

—No confundas la realidad con la letra de tus canciones, Jack. Blue sabe exactamente lo que hay.

Jack se encogió de hombros.

—Supongo que la conoces mejor que yo.

Fue lo último que se dijeron hasta que Dean entró para ducharse.

Jack observó cómo Dean desaparecía mientras se limpiaba el sudor de la frente. Aunque había tenido intención de pasar sólo una semana en la granja, no se iba a ir por el momento. April tenía su método de expiación, y él el suyo. Ese porche que estaba construyendo con Dean era un ejemplo. Mientras crecía, Jack se había pasado varios veranos trabajando con su padre, y ahora hacía lo mismo con Dean. Sabía que a Dean le importaba un bledo ese ritual padre-hijo, pero a Jack sí que le importaba.

Le gustaba cómo estaba quedando el porche. Era sólido. Su viejo habría estado orgulloso.

Blue abrió la ventana de la cocina. A través del cristal, Jack observó bailar a April; se movía con un ritmo ágil y sensual, y los mechones de pelo se agitaban alrededor de su cabeza.

—Nadie con más de treinta años debería bailar como tú —oyó que decía Blue cuando acabó la canción.

Riley comenzó a hablar con voz jadeante tras haber bailado con April.

—Mi padre tiene cincuenta y cuatro años, y baila genial. Encima del escenario, claro. No creo que baile en ningún otro sitio.

—Solía hacerlo. —April se retiró el pelo de la cara—. Después de los conciertos, acabábamos en algún club y bailábamos hasta que cerraba. A veces los dejaban abiertos sólo para él. De toda la gente con la que he bailado él es... —Se detuvo, luego encogió los hombros y se inclinó para acariciar a la perra. Un momento después, sonó su móvil y ella salió de la cocina para atender la llamada.

El día anterior había oído sin querer cómo hablaba con un hombre que se llamaba Marc. Antes, había sido Brad. La misma April de siempre. Y ahí estaba el mismo Jack que se ponía duro cuando la tenía cerca. Quería hacer el amor con ella de nuevo. Quería derribar sus barreras y descubrir dónde residía su fuerza.

Tenía que marcharse para asistir a varias reuniones en Nueva

York y quería pedirle que cuidara de Riley unos días mientras él no estaba. Confiaba en ella para cuidar a su hija. Pero no confiaba en ella para cuidar de sí mismo.

Alguien comenzó a aporrear la puerta principal justo cuando Dean bajaba de darse una ducha. Abrió y vio a Nita Garrison. Detrás de ella había un polvoriento sedán negro. Dean se volvió hacia la cocina.

—Blue, tienes visita.

Nita le golpeó la rodilla con el bastón, y él retrocedió por instinto, dejando suficiente espacio para que ella se colara. Blue salió de la cocina seguida por una estela de deliciosos olores.

—Oh, Dios mío, no —gimió Blue cuando vio a Nita.

—Te dejaste los zapatos en las escaleras —la acusó Nita—. Me tropecé con ellos y me caí. Tengo suerte de no haberme partido el cuello.

—No me dejé los zapatos en las escaleras y usted no se cayó. ¿Cómo vino hasta aquí?

—Con el loco de Chauncey Crole. Escupió por la ventana como siempre. —Olisqueó el aire—. Huele a pollo frito. Jamás me haces pollo frito.

—Eso es porque no encuentro veneno que añadirle.

Nita chasqueó la lengua y luego volvió a golpear la rodilla de Dean por reírse.

—Tengo que sentarme. Por culpa de esa caída tengo magulladuras por todo el cuerpo.

Riley salió de la cocina con *Puffy* trotando tras ella.

—Hola, señora Garrison. Hoy he estado practicando con el libro.

—Tráelo y déjame ver cómo lo haces. Pero antes, búscame una silla cómoda. Hoy tuve una terrible caída.

—Hay una en la sala. La acompañaré. —Riley la guió hasta allí.

Blue se pasó el dorso de la mano por una mancha de harina que tenía en la mejilla. Y sin ni siquiera preguntar a Dean dijo:

—Será mejor que le diga a April que saque otro cubierto.

—Esa mujer no va a cenar con nosotros —dijo él.

—Entonces busca la manera de deshacerte de ella. Créeme, te será imposible.

Dean la siguió a la cocina sin dejar de protestar, pero Blue no le hizo ni caso. Él miró al comedor y vio que habían puesto en la antigua mesa Duncan Phyfe unos mantelitos individuales con flecos, unos platos antiguos azules y blancos, un cuenco con piedras que Riley había recogido y un jarrón con flores. Lo único que faltaba para completar la estancia era los murales que Blue se negaba a pintar. April lo ignoró olímpicamente mientras llenaba los vasos con té helado. Intentó ayudar a Blue, pero al final estorbaba más que ayudaba y se apartó de su camino. Jack apareció con pinta de haberse dado una ducha fría. A Blue se le cayó la cuchara de madera.

—Dichosos los ojos que te ven, Blue —dijo Jack cogiendo una cerveza de la nevera.

—Esto..., hola. —Tiró un paquete de harina cuando se inclinó a ciegas para recoger la cuchara.

Dean cogió unas servilletas de papel.

—Tenemos compañía inesperada en la sala, Jack, así que tendrás que esfumarte. —Señaló a Blue con la cabeza—. Estoy seguro de que tu fan número uno te llevará la cena.

Jack siguió a April con la vista, pero ella pareció no darse cuenta.

—No puedo estar escondiéndome todo el tiempo —dijo—. Tu granja es propiedad privada. Aunque la gente sospeche que estoy aquí, no podrán entrar.

Pero Dean se había pasado veinte años evitando que nadie lo relacionara con Jack, y no quería que Nita Garrison le contara a todo el mundo que Jack estaba allí.

—Papá entró hoy en la cervecería —dijo Riley desde la puerta—. Llevaba ropa de trabajo y no se puso los pendientes, así que nadie lo reconoció.

—¿Reconocer a quién? —Nita apareció detrás de ella—. ¿A ese jugador de fútbol americano? Todos saben que está aquí. —Vio a Jack—. ¿Y tú quien eres?

—Es mi padre —dijo Riley con rapidez—. Se llama... Weasley. Ron Weasley.

—¿Qué hace aquí?

—Es... es el novio de April.

April parpadeó mientras señalaba hacia el comedor.

—Espero que nos acompañe a cenar.

Blue soltó un bufido.

—Como si no fuera ésa su intención.

—No me importaría cenar con vosotros. Dame el brazo, Riley, así no me volveré a caer.

—La señora Garrison piensa que Riley es estúpido —anunció Riley sin dirigirse a nadie en particular.

—No pienso que tú seas estúpida —dijo Nita—, sólo tu nombre, y eso no es culpa tuya, es culpa de él. —Dirigió una mirada acusadora a Jack.

—Fue idea de su madre —comentó él—. Yo quería llamarla Rachel.

—Jennifer hubiese sido mejor. —Nita empujó a Riley hacia el comedor.

Jack miró a Blue.

—¿Quién demonios es ésa?

—Unos la llaman Satanás. Otros Belcebú. Tiene muchos nombres.

Dean sonrió.

—Es la patrona de Blue.

—Sí, mi patrona. —Blue apuñaló un pincho de la bandeja.

—Menuda suerte —dijo Jack.

Blue sacó una bandeja de espárragos asados del horno. Todos comenzaron a llevar platos a la mesa. Blue achicó los ojos cuando vio que Nita se había sentado en la cabecera de la mesa. Riley se sentó a su izquierda de inmediato. Dean dejó la panera sobre la mesa y se sentó con rapidez en la otra cabecera, tan lejos de la anciana como pudo. Jack colocó el puré de patata sobre la mesa con la misma rapidez y se apresuró a sentarse entre Riley y Dean. April y Blue se dieron cuenta a la vez de que sólo quedaban dos sillas vacías, una junto a Dean y otra junto a Nita. Las dos corrieron hacia la primera. April tenía ventaja, pero Blue jugó sucio y le dio un empujón. Cuando April perdió el equilibrio, Blue se sentó en la silla.

—*Touchdown*...

—Has hecho trampa —siseó April por lo bajo.

—Niñas... —dijo Jack.

April se sacudió el pelo y se dirigió hacia el último asiento libre junto a Nita que le estaba contando a Riley sobre lo criticona y mandona que era Blue. April se sentó. Y todos comenzaron a comer. Después de que April se llenara el plato, Dean se sorprendió al verla inclinar la cabeza sobre la comida durante unos momentos. ¿Cuándo había ocurrido eso? Nunca lo había hecho antes.

—Coge sólo un panecillo —le dijo Nita a Riley, cogiendo dos para sí misma—. Si tomas más volverás a engordar.

Blue abrió la boca para salir en defensa de Riley, pero Riley se defendió sola.

—Lo sé. Ya no tengo tanta hambre como antes.

Cuando Dean miró la mesa, vio una parodia de la típica familia americana. Era como una postal de Norman Rockwell. Una abuelita que no era abuelita. Unos padres que no lo eran. Blue, que no asumía ningún rol, salvo como admiradora de Mad Jack. Seguro que le servía a Jack el mejor trozo de pollo y se levantaba corriendo a traerle un tenedor limpio si se le caía por accidente. Dean recordó haberse sentado a las mesas de sus amigos cuando era niño, anhelando una familia propia. Debería haber tenido más cuidado con lo que deseaba.

Todos elogiaron la comida de Blue excepto Nita, que se quejó de que los espárragos necesitaban un poco más de mantequilla. El pollo estaba dorado y jugoso. El bacon salado y crujiente coronaba el puré de patatas que llevaba un aderezo picante. Blue no había quedado satisfecha con los panecillos, pero los demás no les había encontrado ninguna pega y los estaban devorando.

—La señora Garrison enseñaba bailes de salón —anunció Riley.

—Ya lo sabemos —dijeron Dean y Blue al unísono.

Nita observó a Jack.

—Me suenas de algo.

—¿Yo? —Jack se limpió la boca con la servilleta.

—¿Cómo era tu nombre?

—Ron Weasley —dijo Riley tomando un sorbo de leche.

Riley estaba aprendiendo buenas mañas, y Dean le guiñó el ojo. Esperaba que Nita no estuviera demasiado familiarizada con Harry Potter.

Creía que Nita seguiría con su interrogatorio, pero no lo hizo.

—Los hombros —dijo, y automáticamente Riley se irguió en la silla. Nita paseó la mirada de April a Dean—. Vosotros dos os parecéis mucho.

—¿De veras? —April se sirvió otro espárrago asado.

—¿Tenéis algún parentesco?

Dean se puso tenso, pero su hermanita se había nombrado a sí misma guardiana de los secretos familiares.

—La señora Garrison me ha estado dando clases de posturas —dijo—, ya sé caminar con un libro en la cabeza.

Nita señaló a Blue con el tercer panecillo que tomó de la panera.

—No es la única que necesita clase de posturas.

Blue la fulminó con la mirada y plantó los codos sobre la mesa.

Nita le dirigió una sonrisa triunfante.

—Pero qué chiquilla eres.

Dean sonrió. Blue estaba siendo muy infantil, pero se la veía tan bonita mientras lo hacía, con esa mancha de harina en la mejilla, el mechón de pelo cayéndole por el cuello y esa expresión testaruda. ¿Cómo una mujer tan dejada podía resultar tan atractiva?

Nita centró su atención en Dean.

—Los jugadores de fútbol americano ganan mucho dinero por no hacer nada.

—Bastante —dijo Dean.

Blue salió en su defensa.

—Dean trabaja muy duro en lo suyo. Ser *quarterback* requiere mucho esfuerzo físico. Y siempre es un desafío mental.

Riley respaldó a Blue de inmediato.

—Dean ha jugado la SuperBowl tres años consecutivos.

—Apuesto lo que quieras a que soy más rica que tú —dijo Nita.

—Tal vez. —Dean la miró por encima de una alita de pollo—. ¿A cuánto asciende su fortuna?

Nita soltó un bufido indignado.

—No pienso decírtelo.

Dean sonrió.

—Pues entonces no lo sabremos nunca.

Jack, que podía comprar y vender a los dos, soltó un bufido de diversión. La señora Garrison se metió un palillo entre los dientes y se dirigió a él.

—¿Y tú a qué te dedicas?

—Ahora mismo estoy construyendo el porche de Dean.

—Ven a echarle un vistazo a las repisas de mis ventanas la semana que viene. La madera está podrida.

—Lo siento —dijo Jack impertérrito—. No me dedico a las ventanas.

April le sonrió, y Jack le devolvió la sonrisa. Entre ellos se estableció una corriente íntima que dejó fuera a todos los demás. Sólo duró un momento, pero fue algo que no se le escapó a nadie de la mesa.

19

Después de la cena, Nita anunció que esperaría en la sala a que Blue terminara de recoger la cocina y pudiera llevarla a casa. April se levantó de inmediato.

—Yo lo haré. Si quieres puedes irte ya, Blue.

Pero Dean no quería que Blue se marchara tan pronto. Hasta ese momento, esa pequeña cena familiar sólo había servido para recordarle cuánto añoraba tener una amiga durante el día y una amante por la noche. Necesitaba arreglar las cosas.

—Tengo que quemar la basura —dijo él—. ¿Puedes ayudarme antes de irte?

Riley se esmeró en fastidiarle el plan.

—Yo te ayudaré.

—No tan rápido. —April comenzó a recoger los platos—. Cuando dije que recogería la cocina, me refería a que todos ayudaríais excepto Blue.

—Espera un momento —dijo Jack—. Nosotros hemos trabajado en el porche todo el día. Nos merecemos un poco de descanso.

Venga ya, ¿Jack y él eran de repente un equipo? Ni en un millón de años. Dean cogió la fuente vacía del pollo.

—Vamos.

Riley se levantó de un salto.

—Yo puedo cargar el lavavajillas.

—Tú eliges la música —dijo April—. Y escoge algo que se pueda bailar.

Blue metió baza.

—Si va a haber música, no pienso perdérmelo. Así que también echaré una mano.

Riley acompañó a Nita a la sala mientras todos los demás se levantaban de la mesa. Regresó con el iPod y lo conectó en el altavoz de April.

—No quiero oír música hortera —dijo Jack—. Radiohead estará bien, o quizá Wilco.

April se acercó al fregadero.

—O Bon Jovi. —Jack la miró fijamente. Ella se encogió de hombros—. Me gusta, y no pienso disculparme.

—Yo confieso que me gusta Ricky Martin —dijo Blue.

Miraron a Dean, pero él se negó a participar en esas agradables confidencias familiares, así que Blue habló por él.

—Clay Airen, ¿no?

Nita, que no estaba dispuesta a quedarse al margen, arrastró los pies desde la sala.

—Siempre me ha gustado Bobby Vinton. Y Fabian. Es muy guapo. —Se sentó a la mesa de la cocina.

Riley se acercó hasta el lavavajillas abierto.

—A mí me va Patsy Cline... mi madre tenía todos sus discos..., pero los niños se burlaban de mí porque no la conocían.

—Tienes buen gusto —dijo Jack.

—¿Y tú? —le preguntó April a Jack—. ¿A ti quién te gusta?

—Eso es fácil —se oyó decir Dean a sí mismo—. Le gustas tú, April. ¿No es cierto, Jack?

El silencio que invadió la cocina hizo que Dean se sintiera incómodo. Estaba acostumbrado a ser el alma de las veladas, no el aguafiestas.

—Perdonadnos —dijo Blue—. Dean y yo tenemos que ir a quemar la basura.

—Antes de que te vayas, señor Jugador de Fútbol Americano —dijo Nita—. Quiero saber exactamente cuáles son tus intenciones con respecto a mi Blue.

Blue gimió audiblemente.

—Por favor, que alguien me pegue un tiro.

—Señora Garrison, mi relación con Blue no le incumbe a nadie. —Sacó la basura de debajo del fregadero.

—Eso es lo que tú te crees —replicó ella.

April y Jack se detuvieron a observar, felices de que Nita se encargara de hacer el trabajo sucio. Dean empujó a Blue hacia la puerta lateral.

—Disculpadnos.

Pero Nita no pensaba dejarlo ir con tanta facilidad.

—Sé que ya no estáis comprometidos. Creo que jamás has tenido intención de casarte con ella. Sólo quieres llevártela al huerto. Los hombres son así, Riley. Todos.

—Sí, señora.

—No todos los hombres son así —le dijo Jack a su hija—. Pero la señora Garrison tiene parte de razón.

Dean utilizó la mano que tenía libre para agarrar a Blue por el brazo.

—Blue sabe cuidarse sola.

—Esa chica es un desastre andante —replicó Nita—. Alguien tiene que cuidar de ella.

Eso fue demasiado para Blue.

—A usted no le importo nada. Sólo quiere crear problemas.

—Eres una deslenguada.

—Seguimos comprometidos, señora Garrison —dijo Dean—. Vámonos, Blue.

Riley se interpuso en su camino.

—¿Puedo ser dama de honor o algo así?

—No estamos comprometidos en serio. —Blue sintió el deber de decirle la verdad—. Lo único que quiere Dean es divertirse.

Ese falso compromiso era demasiado conveniente para dejar que ella lo echara a perder.

—Estamos comprometidos —dijo—. Lo único que ocurre es que Blue está enfadada conmigo.

Nita golpeó el suelo con el bastón.

—Ven conmigo a la sala, Riley. Lejos de ciertas personas. Te enseñaré unos ejercicios para fortalecer los músculos de las piernas y que puedas volver a clases de ballet.

—No quiero ir a clases de ballet —masculló Riley—. Lo que quiero es ir a clases de guitarra.

Jack dejó la cacerola que estaba secando.

—¿Quieres tocar la guitarra?

—Mamá siempre decía que ella me enseñaría, pero jamás lo hizo.

—¿No te enseñó siquiera algunos de los acordes básicos?

—No. No le gustaba que anduviera toqueteando sus guitarras.

La expresión de Jack se volvió sombría.

—Tengo una de las mías en la casita de invitados. Vamos a por ella.

—¿De veras? ¿Me dejas tocar tu guitarra?

—Qué diantres, te regalo esa maldita cosa.

Riley lo miró como si le hubiera ofrecido una diadema de diamantes. Jack soltó el paño de secar los platos. Dean empujó a Blue afuera sin sentirse culpable de dejar a April sola con Nita y sus arrebatos.

—No estoy enfadada —dijo Blue mientras bajaban el porche lateral—. No deberías haber dicho eso. No está bien que dejes que Riley se haga ilusiones sobre ser dama de honor.

—Lo superará. —Le echó una mirada al bidón de gasolina donde quemaban la basura. Estaba lleno. Encendió una de las cerillas que April guardaba en una caja y la tiró dentro—. ¿Por qué no se largan todos? Jack no hace más que meter las narices en todos lados. April no se irá hasta que lo haga Riley. Y lo de esa vieja bruja ya es el colmo. ¡Quiero que se larguen todos de mi casa ya! Todos menos tú.

—Pero no es tan fácil, ¿verdad?

No, no era fácil. Mientras el fuego ardía, él se sentó en la hierba para observar las llamas. Esa semana había visto cómo crecía la confianza de Riley en sí misma. Su palidez había desaparecido, y las ropas que April le había comprado habían hecho el resto. También le gustaba trabajar en el porche, incluso aunque tuviera que hacerlo con Jack. Cada vez que clavaba un clavo sentía que imprimía su firma en esa vieja granja. Y no podía olvidarse de Blue.

Ella se movió a sus espaldas. Él recogió un trozo de plástico que había caído en la hierba y lo lanzó al fuego.

Blue observó cómo el trozo de plástico caía fuera del bidón, pero a Dean no pareció importarle haber errado el tiro. Su amenazante perfil estaba perfectamente silueteado contra la luz del crepúsculo. Se acercó para sentarse en la hierba a su lado. Tenía otro vendaje en la mano, éste en los nudillos. Se lo tocó.

—¿Un accidente de trabajo?

Él apoyó el codo en la rodilla.

—También tengo un chichón del tamaño de un huevo en la cabeza.

—¿Cómo van las cosas con tu compañero de trabajo?

—Él no habla conmigo, y yo no hablo con él.

Ella cruzó las piernas y miró al fuego.

—Al menos debería admitir lo que te ha hecho.

—Lo hizo. —Giró la cabeza hacia ella—. ¿Has tenido tú ese tipo de conversación con tu madre?

Ella arrancó una brizna de hierba.

—Las cosas son distintas con ella. —El fuego chisporroteó—. Mi madre es algo así como Jesús. ¿Habría tenido derecho la hija de Jesús a quejarse si él le hubiera arruinado la infancia porque estaba demasiado ocupado salvando almas?

—Tu madre no es Jesús, y si la gente tiene niños, debería estar con ellos para criarlos, o si no darlos en adopción.

Ella se preguntó si él tendría intención de criar a sus propios hijos, pero la idea de que él tuviera familia mientras ella andaba dando tumbos por el mundo la deprimía.

Él le deslizó un brazo alrededor de los hombros, pero ella no dijo nada. Las llamas brincaron más alto. A Blue se le calentó la sangre. Estaba harta de hacer siempre lo que fuera más conveniente. Por una vez en la vida, quería olvidarse de todo y dejarse llevar. La brisa de la noche le agitó el pelo. Se puso de rodillas y lo besó. Más tarde lo pondría en su lugar. Pero ahora, quería vivir el momento.

Él no necesitaba que lo animaran para devolverle el beso, y antes de que pasara mucho tiempo, estaban detrás del granero, ocultos entre la maleza y fuera de la vista de la casa.

Dean no sabía qué había hecho que Blue cambiara de opinión, pero como ella tenía la mano dentro de la cinturilla de sus pantalones, no pensaba preguntar.

—No quiero hacerlo —dijo ella abriéndole el botón de los vaqueros.

—A veces, uno debe asumir la responsabilidad en nombre del equipo. —Le bajó los pantalones cortos y las bragas hasta los tobillos, se puso de rodillas para acariciarla con la nariz. Ella era dulce y cálida, un perfume embriagador para los sentidos. Mucho antes de que él hubiera tenido suficiente de ella, Blue se separó. Dean la sujetó y tiró de ella hacia abajo, sosteniéndola para protegerla de la maleza que pinchaba su propio trasero. Era un pequeño sacrificio a cambio de la recompensa de conseguir ese cuerpo cálido y maleable.

Blue le sujetó la cabeza entre las manos, y rechinando los dientes, le dijo con ferocidad:

—¡Ni se te ocurra apurarte!

Él la comprendía, pero ella estaba demasiado excitada, demasiado húmeda, y él había llegado demasiado lejos para contenerse; le hundió los dedos en las caderas, la acercó hacia su erección y la penetró.

Luego, Dean, temiendo que ella tomara el control, la levantó contra su cuerpo y enganchó una de las piernas de Blue sobre su propia cadera. Besándola profundamente, penetró en su cuerpo. Ella se arqueó y tembló entre sus brazos. Sintió la necesidad de protegerla. Movió la mano y la hizo volar libremente.

Cuando terminaron, él le acarició el pelo que se le había soltado de la coleta.

—Sólo para refrescarte la memoria... —Le rozó el trasero bajo la camiseta—. Dijiste que yo no te excitaba.

Ella le mordió la clavícula.

—Y no me excitas... por lo menos no excitas a mi parte racional. Por desgracia, también tengo una parte de mujerzuela. Y a esa parte de mí, la vuelves loca.

Él no pensaba discutírselo, sino que se propuso acceder a esa parte de mujerzuela una vez más, pero ella rodó sobre él entre la maleza.

—No podemos quedarnos aquí fuera fornicando toda la noche.

Él sonrió ampliamente. Fornicando, no cabía duda.

Blue aún llevaba puesta la camiseta, pero por lo demás estaba desnuda. Se inclinó para buscar las bragas, y Dean tuvo una magnífica vista de su trasero mientras le hablaba.

—Riley es la única persona de esa casa que no sabe lo que hemos estado haciendo.

Blue encontró las bragas, se incorporó para ponérselas y tuvo el descaro de sonreírle con desdén.

—*Boo*, voy a dejarte las cosas bien claras. He decidido que tú y yo vamos a tener un rollo... breve y lujurioso. Te voy a utilizar, simple y llanamente, así que no te cuelgues demasiado por mí. No me importa lo que pienses. No me voy a preocupar por tus sentimientos. Todo lo que me va a importar es tu cuerpo; ¿estás de acuerdo o no?

Era la mujer más pirada que había conocido nunca. Cogió los pantalones cortos de Blue antes que ella.

—¿Y qué consigo yo a cambio de la humillación de ser utilizado?

La sonrisa desdeñosa reapareció.

—Me consigues a mí. El objeto de tus deseos.

Él fingió considerar la idea.

—Añade más cenas como la de hoy, y cerramos el trato. —Metió un dedo bajo el borde de las bragas—. En todos los sentidos.

Jack se sentó en una silla de la cocina de la casita de invitados y comenzó a afinar su vieja Martin. Había compuesto «Nacido en pecado» con ella, y en ese momento deseaba no haber sido tan impulsivo como para regalarla. Esos sonidos y rasgueos representaban los últimos veinticinco años de su vida. Pero saber que Marli no había dejado que Riley se acercara a sus guitarras lo había sacado de quicio. Debería haberse dado cuenta de cosas así, pero se había mantenido deliberadamente al margen.

Riley cogió otra silla, sentándose tan cerca que sus rodillas casi se tocaban. Con los ojos llenos de admiración miró el desafinado instrumento.

—¿Es mía de verdad?

El pesar se evaporó.

—Es tuya.

—Es el mejor regalo que me hayan hecho nunca.

La expresión soñadora de la cara de Riley le puso un nudo en la garganta.

—Deberías haberme dicho que querías una guitarra. Te habría enviado una.

Ella masculló algo que él no pudo entender.

—¿Qué?

—Te lo dije —dijo ella—. Pero estabas de gira y no me hiciste ni caso.

Él no recordaba que hubiera mencionado nunca una guitarra, pero rara vez prestaba atención a esas tensas conversaciones telefónicas. Aunque enviaba a Riley regalos con frecuencia —ordenadores, juegos, libros, CD's—, jamás había escogido personalmente ninguno de ellos.

—Lo siento, Riley. Supongo que se me pasó.

—No importa.

Riley tenía la costumbre de decir que no importaba cuando en realidad sí lo hacía, algo en lo que no se había fijado hasta ahora. Ésa era una de las muchas cosas que había pasado por alto. Con pagar las facturas y asegurarse de que asistía a una buena escuela, había creído que cumplía con su parte. No había querido ver más allá porque involucrarse más a fondo habría interferido en su vida.

—Sé algo más que los acordes básicos —dijo ella—. Pero el acorde de Fa es muy difícil de tocar. —Observó con fijeza cómo Jack afinaba la guitarra, memorizando todo lo que él hacía—. Busqué en Internet, y, durante un tiempo, Trinity me dejó practicar con su guitarra. Pero luego me hizo devolvérsela.

—¿Trinity tiene guitarra?

—Una Larrivee. Sólo fue a cinco clases antes de dejarlo. Piensa que tocar la guitarra es aburrido. Pero te apuesto lo que quieras a que la tía Gayle la obliga a ir de nuevo. Ahora que mamá ha muerto, tía Gayle necesitará una nueva pareja, y le dijo a Trinity que podían ser algún día como las Judd, sólo que más guapas.

Jack había visto a Trinity en el entierro de Marli. Incluso cuando era bebé, había sido irresistible, un querubín de mejillas sonrosadas con tirabuzones rubios y grandes ojos azules. Por lo que él recordaba, rara vez lloraba, dormía cuando debía y mantenía la leche en el estómago en lugar de expulsarla como un proyectil como hacía Riley. Cuando Riley tenía un mes, Jack había salido de gira, feliz de tener una excusa para alejarse de un bebé con cara de luna que no paraba de llorar y un matrimonio que era un craso error. Durante años llegó a pensar que él habría sido mejor padre si hubiera tenido una niña tan encantadora como Trinity, pero los últimos diez días le habían abierto los ojos.

—Un detalle por su parte dejarte su guitarra —dijo él—, pero apuesto cualquier cosa que fue a cambio de algo.

—Hicimos un trato.

—Me gustaría oírlo.

—Mejor no.

—Cuéntamelo, Riley.

—¿Tengo que hacerlo?

—Depende de si quieres que te enseñe una manera más fácil de tocar el acorde de Fa.

Ella clavó los ojos en el traste de la guitarra donde Jack tenía los dedos.

—Le dije a tía Gayle que Trinity estaba conmigo cuando estaba con su novio. Y tuve que comprarles tabaco.

—¡Si tiene once años!

—Pero su novio tiene catorce y Trinity es muy adulta para su edad.

—Ah, ya veo, muy adulta. Gayle debería vigilar a esa niña, se lo diré en cuanto tenga ocasión.

—No puedes hacer eso. Si lo haces, Trinity me odiará todavía más.

—Genial. Así se mantendrá apartada de ti. —Como aún no había resuelto los detalles, se contuvo de decirle a Riley que no vería demasiado a la princesita Trinity. Había decidido que no iba a dejar a Riley bajo el dudoso cuidado de Gayle. A Riley no le gustaría ir a un internado, pero planificaría las fechas de sus conciertos para pasar las vacaciones con ella, así no se sentiría abandonada.

—¿Cómo conseguiste los cigarrillos? —le preguntó.

—Por un tío que trabajaba en casa. Él me los compró.

Riley, por lo que él había observado, había convertido el soborno en una técnica de supervivencia. Se sentía avergonzado.

—¿Alguien ha estado pendiente de ti en algún momento?

—Sé cuidarme sola.

—No deberías tener que hacerlo. —Él no podía creer que Marli y él le hubieran negado algo tan básico como una guitarra—. ¿Le dijiste a tu madre que querías aprender a tocar la guitarra?

—Lo intenté.

De la misma manera que había intentado decírselo a él. Pero, ¿cómo podía culpar a Marli de que no prestara atención a su hija cuando él se había comportado mucho peor con ella?

—¿Me enseñas ahora el acorde de Fa? —dijo ella.

Y él le enseñó cómo tocar el acorde con las dos cuerdas superiores, algo que era más fácil para unas manos pequeñas. Al final, le ofreció la guitarra. Ella se secó las manos en los pantalones cortos.

—¿Es mía de verdad?

—Claro que sí, y no conozco a nadie mejor para dársela. —Y era cierto.

Ella colocó la guitarra contra su cuerpo. Él la animó.

—Venga. Prueba.

Jack sonrió cuando ella se colocó la púa entre los labios, del mismo modo que él hacía, mientras recolocaba el instrumento. Cuando se sintió satisfecha, cogió la púa de la boca y, mirando hacia la izquierda, colocó los dedos para tocar el acorde de Fa como él le había enseñado. Lo aprendió de inmediato, luego tocó otros acordes básicos.

—Lo haces bastante bien —dijo Jack.

Ella sonrió radiante.

—He estado practicando.

—¿Con qué? Creía que le habías tenido que devolver a Trinity la guitarra.

—Sí. Pero me hice una de cartón para poder practicar las posiciones de los dedos.

Jack se quedó helado. Se levantó de la silla.

—Ahora vuelvo.

Cuando cerró la puerta del baño, se sentó en el borde de la bañera y se cogió la cabeza entre las manos. Tenía dinero, coches, casas, habitaciones repletas de discos de platino. Tenía de todo y su hija había tenido que practicar con una guitarra de cartón.

Tenía que hablar con April. La mujer que antaño lo había vuelto loco parecía ser ahora la única persona a la que podía pedir consejo.

20

Junio, con todo su calor y humedad, llegó al este de Tennessee. Todas las noches, Blue recibía a Dean en el balcón para sus citas secretas; algunas veces aparecía sólo unos minutos después de haberse despedido de ella formalmente en la puerta principal tras haber cenado en el Barn Grill. Resistirse a él había resultado imposible, aunque sabía que jugaba con fuego. Pero ahora que ya no dependía de él para trabajar, tener dinero o un techo sobre la cabeza, había decidido que podía correr el riesgo. Después de todo, ella se iría en unas semanas. Se recreó la vista en él, desnudo contra las almohadas apiladas.

—No irás a ponerte a hablar, ¿verdad?

—Sólo iba a decir...

—Nada de conversaciones, ¿recuerdas? Todo lo que quiero de ti es sexo. —Ella comenzó a rodar hacia un lado, llevándose la sábana con ella—. Soy la mujer con la que sueñan todos los hombres.

—Más bien eres una pesadilla de proporciones bíblicas. —Con un rápido movimiento, le arrancó la sábana y la atrajo hasta su regazo para darle un cachete en el trasero—. Te has olvidado de que yo soy más grande y fuerte que tú. —Otro cachete, seguido por una suave caricia—. Y de que siempre desayuno niñitas como tú.

Lo miró por encima del hombro.

—Aún faltan ocho horas para el desayuno.

La tendió de espaldas.

—¿Qué te parece un tentempié nocturno?

—Deberías pensártelo dos veces antes de contrariarme, señorita Blue Bailey —decía Nita unos días más tarde cuando Blue le anunció que tenía intención de terminar el retrato en vez de hacer el pastel de chocolate que su patrona exigía—. ¿Recuerdas ese carpintero? Te crees que soy estúpida, pero supe quién era nada más verlo. Es Jack Patriot. Y en lo que respecta al ama de llaves de Dean, cualquier tonto puede darse cuenta de que es su madre. Si no quieres que llame a mis amigos de la prensa, te sugiero que entres en la cocina y te pongas con el pastel de chocolate.

—Usted no tiene amigos en la prensa —dijo Blue—, ni en ninguna otra parte si a eso vamos, excepto Riley, y sólo Dios sabe por qué ella la aprecia tanto. El chantaje es algo que puede volverse contra uno. Si no mantiene la boca cerrada, le contaré a todo el mundo lo de esos recibos que encontré cuando quiso que le limpiara el escritorio.

—¿De qué recibos hablas?

—De los recibos del dinero anónimo que le envió a la familia Olson después de que perdieran todas sus pertenencias en el incendio, o los del coche nuevo que apareció misteriosamente delante de la casa de esa mujer cuando murió su marido y ella tenía que mantener a todos esos niños, o lo de las medicinas gratis que reciben al menos una docena de familias necesitadas y que están siendo pagadas por cierta alma caritativa de la que nadie sabe nada. Podría seguir con la lista, pero no lo haré. ¿De veras quiere que todo el mundo sepa que la bruja malvada de Garrison, Tennessee, tiene el corazón más blando que un malvavisco quemado?

—No sé de qué hablas. —Nita salió de la habitación castigando el suelo a cada paso con el bastón.

Blue había ganado otra batalla contra el viejo murciélago, pero le hizo el pastel de todas maneras. De todas las mujeres con las que Blue había vivido a lo largo de los años, Nita era la primera que no quería deshacerse de ella.

Esa noche, Dean estaba sentado con las piernas cruzadas a los pies de la cama, con la pantorrilla de Blue apoyada sobre el muslo desnudo. Mientras se recuperaban de una maratón de sexo particularmente intenso, él le masajeaba el pie que asomaba por debajo de la sábana con la que ella se había cubierto. Blue gimió mientras le frotaba el empeine.

Dean se detuvo.

—¿No irás a vomitar otra vez?

—No vomito desde hace tres días. —Ella meneó el pie, animándolo a que continuara con el masaje—. Sabía que a los camarones de Josie's les pasaba algo, pero Nita insistía en que estaban buenos.

Dean le presionó el pulgar con fuerza en el empeine.

—Y te pasaste toda la noche alternando entre meter la cabeza en el inodoro y arrastrarte por el pasillo para ocuparte de esa vieja bruja. Aunque sólo fuera por una vez, me gustaría verte coger el teléfono para pedirme ayuda.

Ella no reconoció el tono mordaz que ocultaban sus palabras.

—Lo tenía todo bajo control. No había ninguna necesidad de molestarte.

—¿Has probado alguna vez a soltar las riendas y pedir ayuda? —Le apretó la planta del pie—. La vida no es un deporte individual, Blue. Algunas veces tienes que jugar en equipo y confiar en los demás.

Eso no ocurría así en su vida. Siempre había jugado en solitario. Desde el principio al final. Un mal presentimiento la invadió y luchó contra una oleada de pánico y desesperación. Había pasado casi un mes desde que Dean y ella se conocían, y era el momento de seguir adelante. El retrato de Nita estaba casi acabado, y aunque Blue se marchara tampoco iba a dejarla desamparada. Unos cuantos días antes, le había contratado a una estupenda ama de llaves, una mujer que había criado seis hijos y era inmune a toda clase de insultos. Blue no tenía motivos para quedarse en Garrison más tiempo, pero tampoco estaba preparada para dejar a Dean. Él era el amante de sus sueños: imaginativo, generoso, lujurioso. Nunca tenía bastante de él, y al menos por esa noche, pensaba aprovechar el momento y olvidarse de todo lo demás.

Le echó un vistazo a los ajustados boxers cortos de Zona de Anotación.

—¿Por qué te has puesto eso? Me gusta verte desnudo.

—Ya me he dado cuenta. —Su masaje se hizo más suave cuando descubrió un lugar sensible en la parte de atrás de la rodilla de Blue—. Eres una mujer insaciable. Ésta es la única manera de conseguir algo de tiempo para recuperarme.

Ella bajó la mirada a la verdadera zona de anotación.

—Es obvio que Thor, el Dios del Trueno, está absolutamente recuperado.

—Definitivamente, el descanso ha terminado. —Le arrancó la sábana de un tirón—. Vamos a por el segundo tiempo.

Jack sacó la bolsa del maletero del coche que había aparcado en el granero. Hacía mucho tiempo que no tenía que acarrear su propio equipaje, pero llevaba dos semanas haciéndolo; cada vez que abandonaba la granja para un rápido viaje a Nueva York u otro más largo a la costa Oeste. La gira estaba tomando forma. El día anterior había aprobado los presupuestos, y hoy había estado haciendo algunos anuncios promocionales del nuevo álbum. Por fortuna, el aeropuerto del condado era lo suficiente grande para alojar un jet privado, así podía ir y venir a su antojo. Con el piloto encargándose de los preparativos, él había logrado ir de un lado a otro sin ser reconocido.

Dean había estado de acuerdo en permitir que Riley se quedara en la granja hasta que llegara el momento de entrenar con los Stars, lo que sería dentro de un mes. De igual manera, April había pospuesto su regreso a Los Ángeles, algo que él sabía que no hacía demasiado feliz a Dean. Parecía que todos estaban haciendo algún tipo de sacrificio por su hija.

Eran casi las siete, y los trabajadores ya se habían marchado. Dejó la bolsa en la puerta lateral y se dio una vuelta para ver si el electricista había terminado de colocar la instalación eléctrica del porche cubierto. Las paredes y el techo estaban terminadas, y el olor a madera recién cortada le dio la bienvenida. Desde algún lugar le llegó una débil voz femenina, tan inocente, tan dulce, con una entonación tan perfecta que, por un momento, creyó que la estaba imaginando.

> *¿Recuerdas cuando éramos jóvenes*
> *y vivíamos cada sueño como si fuera el primero?*
> *Cariño, ¿por qué no sonreír?*

Él se olvidó de respirar.

> *Sé que la vida es cruel.*
> *Y tú lo sabes mejor que yo.*

Era la voz de un ángel caído; dulce e inocente, pero con un matiz de desencanto. En su imaginación podía ver las prístinas alas blancas rotas en las puntas y un halo de santidad ligeramente torcido. La voz improvisó en la estrofa final, subiendo una octava, poniendo el corazón en cada nota, algo que él no podía hacer con su áspera voz de barítono. Siguió la música hasta el porche trasero.

Ella estaba sentada contra la columna del porche con las piernas cruzadas y la vieja Martin de Jack acunada en el regazo. La perra estaba echada a su lado. La grasa infantil de Riley estaba desapareciendo, y un brillante rizo castaño le rozaba la mejilla. Al igual que él, ella se ponía morena con facilidad, y a pesar de la protección solar que April le obligaba a usar, la piel de Riley estaba casi tan morena como la suya. Estaba concentrada en tocar los acordes correctos para conseguir que la canción pareciera casi etérea.

Los acordes finales de «¿Por qué no sonreír?» se fueron desvaneciendo. Sin que se percatara de su presencia, Riley le habló a la perra:

—Ya está, ¿qué quieres que toque ahora?

Puffy bostezó.

—¡Me encanta esa canción! —Rasgó los acordes iniciales de «Sucio y rastrero», uno de los grandes éxitos de las Moffatts. Pero en las manos de Riley, la melodía country tenía más gancho. Percibió un deje de la voz melancólica de Marli y su propia voz arrastrada, pero la voz de Riley era única. Había heredado las mejores cualidades de cada uno y las había hecho propias. *Puffy* le dio la bienvenida con sus habituales ladridos agudos. Riley se detuvo en mitad de una estrofa, y Jack pudo ver su consternación. Su instinto le advirtió de que fuera cauteloso.

—Parece que toda esa práctica está dando su fruto. —Jack sorteó una pila de restos de madera que nadie se había molestado en retirar.

Riley apretó la guitarra contra el pecho, como si temiese que se la fuera a quitar.

—Creí que vendrías más tarde.

—Te echaba de menos, así que volví antes.

Ella no se lo creyó, pero era cierto. También había echado de menos a April; más de lo que creía. Y de alguna retorcida manera, incluso había extrañado la punzada de dolor que sentía al observar a Dean jugando con Riley, riéndose con Blue o incluso discutiendo con la anciana. Se sentó en el suelo al lado del único hijo que en realidad tenía, la niña que de alguna manera le había llegado al corazón.

—¿Cómo va ese acorde de Fa?

—Bien.

Recogió la púa que había caído sobre la hierba.

—Tienes una voz única. Lo sabes, ¿no? —Ella se encogió de hombros.

De pronto, recordó las palabras que Marli había pronunciado en una breve conversación telefónica el año anterior.

«Su profesor dice que tiene una voz maravillosa, pero nunca la he oído. Ya sabes cómo te besa el culo todo el mundo cuando eres una celebridad. Incluso utilizan a tus hijos para llegar hasta ti.»

Sí, aquél era un error más que añadir al equipaje. Había asumido sin cuestionarlo que Riley estaría mejor con su ex esposa que con él, aunque sabía con exactitud lo egocéntrica que era Marli. Jugó con la púa entre los dedos.

—Riley, cuéntame algo.

—¿Sobre qué?

—Sobre tu voz.

—No tengo nada que decir.

—No me vengas con ésas. Tienes una voz increíble, pero cuando te pedí que cantaras conmigo me dijiste que no podías. ¿Pensabas que no me gustaría?

—Sigo siendo yo —masculló ella.

—¿Qué quieres decir?

—Que sepa cantar no me convierte en una persona diferente.

—No comprendo lo que quieres decir. —Lanzó la púa hacia los restos de madera—. Riley, explícamelo. Dime lo que piensas.

—Nada.

—Soy tu padre. Te quiero. Puedes contármelo.

La incredulidad asomó a esos ojos tan parecidos a los suyos. Las palabras no la convencerían de lo que él sentía. Con la guitarra entre los brazos, se levantó de un salto. Los pantalones que April le había comprado le cayeron hasta las caderas.

—Tengo que darle de comer a *Puffy*.

Cuando se alejó corriendo, él se apoyó contra una de las columnas del porche. Riley no creía que la quería. ¿Y por qué debería hacerlo?

Unos minutos más tarde, April emergió del bosque haciendo *footing* con un ceñido top deportivo color carmesí y unos pantalones cortos ajustados de color negro. April sólo se sentía segura con él si había otras personas cerca, y sus pasos vacilaron. Él pensó que pasaría de largo, pero ella aminoró el ritmo y se dirigió hacia él. Ese cuerpo firme, con el estómago desnudo brillante de sudor, le hizo hervir la sangre.

—Pensaba que llegarías más tarde —dijo ella, intentando recobrar el aliento.

A Jack le crujió una de las rodillas cuando se puso de pie.

—Solías decir que el ejercicio era para perdedores que no tenían otras maneras más creativas de perder el tiempo.

—Solía decir un montón de tonterías.

Jack clavó los ojos en la gotita de sudor que se deslizaba por el valle entre sus pechos.

—No te detengas por mí.

—Estaba bajando el ritmo.

—Te acompaño.

Jack se colocó a su lado. Ella se interesó por su viaje. En otra época, le hubiera preguntado por las mujeres que viajarían con la banda y dónde se alojarían. Ahora hacía las típicas preguntas de una mujer de negocios sobre la venta anticipada de entradas y gastos generales. Se dirigieron hacia la cerca de madera recién pintada de blanco que rodeaba el pasto recién segado.

—Oí cómo Dean le decía a Riley que iba a comprar unos caballos en primavera.

—Siempre le han gustado —dijo ella.

Jack apoyó el pie en el travesaño inferior.

—¿Sabías que Riley canta estupendamente?

—Acabas de enterarte, ¿no?

Jack ya estaba harto de que todo el mundo le señalara sus errores cuando él era el primero en percatarse de ellos.

—¿Qué opinas?

April se tomó un momento antes de ir directa al grano.

—La oí la semana pasada por primera vez. —Apoyó los brazos en la cerca—. Riley estaba escondida detrás de las parras. Me quedé impresionada.

—¿Has hablado con ella sobre eso?

—No me dio oportunidad. En cuanto me vio, dejó de cantar y

me pidió que no te lo dijera. Es difícil imaginar una voz así en alguien tan joven.

Jack no lo dudaba.

—¿Por qué está tratando de ocultármelo?

—No lo sé. Puede que haya hablado del asunto con Dean.

—¿Podrías preguntarle?

—Eres tú el que tiene que dar la cara.

—Sabes que Dean no hablará conmigo —dijo él—. Caramba, hemos levantado ese jodido porche sin intercambiar más de veinte frases.

—Tengo la BlackBerry en la cocina. Mándale un correo electrónico cuando entres.

Bajó el pie de la cerca.

—¿No te parece patético?

—Lo estás intentando, Jack. Eso es lo que importa.

Jack quería más. Quería más de Dean. Más de Riley. Más de April. Quería lo que ella solía darle libremente, y le rozó la mejilla suave con los nudillos.

—April, yo...

Ella sacudió la cabeza y se alejó.

Dean no vio el correo electrónico sobre las aptitudes de canto de Riley hasta bastante más tarde, y le llevó un momento darse cuenta de que provenía de Jack y no de April. Lo leyó rápidamente y luego escupió la respuesta.

«Averígualo por ti mismo.»

Mientras salía, pensó en Blue, algo que llevaba haciendo con cierta frecuencia. Muchas mujeres pensaban que tenían que actuar como actrices porno para excitarlo y volverlo loco, pero en realidad todo se volvía muy artificial. Blue, por el contrario, parecía no haber visto nunca una película porno. Era torpe, espontánea, impulsiva, estimulante y siempre ella misma... tan imprevisible en la cama como en todo lo demás. Pero no confiaba en ella, y no le cabía duda de que no podía depender de ella.

Apoyó la escalera de mano contra un lateral del porche para subir y comprobar el tejado. En esta ocasión no le dolió el hombro. A un mes de comenzar los entrenamientos, nunca había tenido en mente más que una relación a corto plazo. Y era lo mejor, ya que

Blue era, fundamentalmente, una chica solitaria. Quería llevarla a montar a caballo la semana siguiente, pero ¿quién sabía si ella aún estaría por allí para entonces? Una noche treparía por el balcón y ya se habría ido.

Mientras se abrochaba el cinturón de herramientas para subir por la escalera de mano, tuvo clara una cosa. Puede que Blue le estuviera ofreciendo su cuerpo, pero se guardaba todo lo demás para ella, y eso no le gustaba nada.

Dos noches más tarde, Jack encontró a April bailando descalza al borde del estanque con el pelo recogido. Sólo la acompañaban el chirriar de los grillos y el susurro de los juncos. Agitaba los brazos en el aire y su pelo ondeaba como filamentos de oro alrededor de su cabeza, y sus caderas, esas caderas seductoras, enviaban un telegrama sexual: ven, nene..., dámelo todo, nene.

Toda la sangre se le concentró en la ingle. La ausencia de música la hacía parecer un hada: misteriosa, bella y algo chalada. April, con esa mirada de diosa y ese coqueto mohín..., era la chica que se había pasado los setenta sirviendo a los dioses del rock'n'roll. Él conocía ese baile mejor que nadie. Sus excesos, sus exigencias alocadas, sus desmanes sexuales habían sido un polvorín para un chico de veintitrés años. Un chico que él había dejado atrás hacía mucho tiempo. Ahora no podía imaginarla doblegando su voluntad a nadie que no fuera ella misma.

Mientas se mecía con ese ritmo imaginario, la luz que provenía de la puerta trasera de la casita de invitados iluminó brevemente el cable de los auriculares. No estaba imaginando la música después de todo. Estaba bailando al son de una canción de su iPod. No era más que una mujer de mediana edad echando una cana al aire. Pero saberlo no rompió el hechizo.

Sus caderas se contonearon una última vez. Su pelo brilló tenuemente antes de bajar los brazos y quitarse los auriculares. Él se volvió sigilosamente de vuelta al bosque.

21

Blue contempló el retrato acabado antes de salir de la casa. En él, Nita aparecía con un traje de noche azul claro de una exhibición de danza de los años cincuenta, y tenía el pelo recogido en un moño estilo años sesenta que dejaba a la vista unos pendientes de diamantes que Marshall le había regalado el día de su boda, en los setenta. Se veía delgada y encantadora. Tenía la piel perfecta y estaba maquillada sólo lo justo. Blue la había pintado posando en una majestuosa escalinata con *Tango* a sus pies. Nita había intentado que eliminara al perro del retrato.

—No es tan malo como esperaba —dijo Nita la primera vez que vio el retrato colgado sobre el empapelado dorado del vestíbulo.

Blue tomó eso como que le había encantado, y, a pesar de lo ostentoso que resultaba el cuadro, estaba muy orgullosa de lo bien que había captado la imagen que tenía Nita de sí misma: la mirada de gatita sexy en los ojos, la provocativa sonrisa de los labios rosados, y el toque perfecto de platino del peinado. Más de una vez había pillado a Nita estudiando el retrato en el pasillo, con una expresión de nostalgia en sus viejos ojos.

Ahora que Blue disponía de efectivo en la cartera no había ninguna razón para quedarse. Podía marcharse de Garrison cuando quisiera.

Nita apareció a sus espaldas y juntas partieron hacia la granja para la cena de los domingos. Dean y Riley hicieron hamburguesas en la parrilla y Blue se encargó del acompañamiento: frijoles con ensalada de sandía condimentada con menta y zumo de lima. No le había dado el primer bocado a la hamburguesa, cuando Dean empezó a incordiarla para que le hiciera los murales, acusándola de ingratitud, de cobardía artística, y alta traición; cosas fáciles de ignorar. Hasta que April metió baza.

—Sé lo mucho que amas esta casa, Blue. Me sorprende que no quieras dejar tu impronta en ella.

A Blue se le puso la piel de gallina, y mientras todos se dedicaban a tomar otra ración, ella supo que tenía que pintar los murales. No sólo para dejar su impronta en la casa como había dicho April, sino que también quería dejar su huella en Dean. Los murales durarían años. Cada vez que Dean entrara en esa habitación, él se vería forzado a recordarla. Podía olvidar el color de sus ojos, incluso su nombre, pero mientras esos murales estuvieran en las paredes, no podría olvidarla a ella. Blue empujó la comida a un lado del plato, se había quedado sin apetito.

—Vale, los haré.

A April se le cayó un trozo de sandía del tenedor.

—¿De verdad? ¿No cambiarás de idea?

—No, pero recuerda que te lo advertí. Mis paisajes son...

—Mierdas sentimentaloides. —Apuntó Dean con una sonrisa—. Lo sabemos. Enhorabuena, campanilla.

Nita levantó la vista de sus frijoles. Para sorpresa de Blue no protestó.

—Con tal de que me hagas el desayuno, y vuelvas a tiempo de hacerme la cena, no me importa lo que hagas.

—Blue se quedará ahora en la caravana —dijo Dean sin tapujos—. Será lo más conveniente para ella.

—¿No querrás decir que es más conveniente para ti? —replicó Nita—. Blue es tonta, pero no estúpida.

Blue podría habérselo rebatido. Pero no sólo era tonta, era completamente estúpida. Cuanto más tiempo permaneciera allí, mucho más le costaría luego marcharse. Lo sabía por experiencia. Bueno, tenía los ojos bien abiertos. Echaría muchísimo de menos a Dean cuando se fuera, pero se había pasado toda una vida diciéndole adiós a la gente que le importaba, así que ya debería estar acostumbrada.

—No hay motivos para que sigas viviendo en ese mausoleo —dijo Dean la noche siguiente cuando cenaban en el Barn Grill—. No cuando vas a trabajar todos los días en la granja. Sé cuánto te gusta dormir en la caravana. Incluso te instalaré un retrete portátil de Porta Potti para ti sola.

Ella quería quedarse en la granja. Quería escuchar el débil repiqueteo de la lluvia de verano sobre el techo de la caravana mientras se quedaba dormida, hundir los pies descalzos en la hierba mojada cuando saliera por la mañana, dormir toda la noche acurrucada junto a Dean. Quería todo aquello que sabía que la torturaría cuando se marchara de allí.

Blue dejó la jarra de cerveza sobre la mesa sin haber bebido ni un solo sorbo.

—De ninguna manera pienso renunciar a que mi Romeo trepe por el balcón todas las noches en busca de su golosina preferida.

—Cualquier día me partiré la cabeza por catar esa golosina.

Eso no ocurriría. Sin que Romeo lo supiera, Julieta había contratado a Chauncey Crole, que era el hombre para todo del pueblo, para reforzar la barandilla de hierro.

Syl apareció de pronto en la mesa. Una vez más quería conocer los progresos de Blue para convencer a Nita de que accediera al plan de mejora del pueblo. Por enésima vez, Blue intentó convencerla de lo inútil de esa tarea.

—Si yo digo blanco, ella dice negro. Cada vez que intento hablar con ella del tema, empeoro las cosas.

Syl le birló a Blue una patata frita y comenzó a mover el pie al ritmo de la canción «Honky Tonk Badonkadonk» de Trace Adkins.

—Tienes que adoptar una actitud más positiva, Blue. Díselo, Dean. Dile que nadie consigue nada sin una actitud positiva.

Dean le dirigió a Blue una mirada larga y penetrante.

—Syl tiene razón, Blue. Una actitud positiva es la clave del éxito.

Blue pensó en los murales. Pintarlos sería como mudar de piel, pero no de una manera natural como cuando uno se quema por el sol, sino de una manera dolorosa, como si la piel estuviera en carne viva.

—No puedes darte por vencida —dijo Syl—. No cuando todo el pueblo depende de ti. Eres nuestra última esperanza.

Cuando Syl se marchó, Dean pasó un trozo de perca asada al plato de Blue.

—Las buenas noticias son que la gente está tan ocupada dándote la lata que han dejado de prestarme atención a mí —dijo él—. Ahora ya puedo comer tranquilo.

No mucho después, Karen Ann arrinconó a Blue en el aseo de señoras. En el Barn Grill ya no le servían alcohol, pero eso no había mejorado su carácter.

—No sé si lo sabes Blue, pero Mister Perfecto se está tirando a todo el pueblo a tus espaldas.

—Ya lo sabía. De lo que no estoy tan segura es de si sabes que yo también me estoy tirando a Ronnie a tus espaldas.

—Gilipollas.

—Deberías intentar centrarte, Karen Ann. —Blue arrancó una toalla de papel del dispensador—. Tu hermana fue quien te robó el Trans Am., no yo. Yo soy la que te pateó el culo, ¿recuerdas?

—Sólo porque estaba borracha. —Se apoyó una mano en la cadera huesuda—. ¿Obligarás a esa vieja bruja a abrir el pueblo, sí o no? Ronnie y yo queremos poner una tienda de cebos.

—No puedo hacer nada. ¡Nita me odia!

—¿Y qué más da? Yo también te odio. Pero eso no quiere decir que debas hundirte en la miseria y dejarnos en la estacada.

Blue soltó la toalla de papel mojada en las manos de Karen Ann y regresó a la mesa.

El último día de junio, Blue cargó sus utensilios de pintura en el asiento de atrás del Vanquish de Dean, lo sacó del garaje de Nita, y enfiló hacia la granja. En lugar de abandonar Garrison, iba a comenzar a trabajar en los murales del comedor. Se había puesto tan nerviosa que no pudo desayunar y llevó todas las cosas adentro con el estómago revuelto. Simplemente con mirar las paredes en blanco, sentía que las manos se le ponían húmedas y pegajosas.

Todos excepto Dean asomaron la cabeza por allí mientras hacía los preparativos. Incluso apareció Jack. Blue lo había visto media docena de veces en las últimas semanas, pero aún se tropezaba con la escalera de mano cuando él andaba cerca.

—Lo siento —dijo él—. Creí que me habías oído llegar.

Ella suspiró.

—No habría servido de nada. Nunca dejaré de ponerme en ridículo en tu presencia.

Él sonrió ampliamente y la abrazó.

—Genial —masculló Blue—. Ahora no podré lavar esta camiseta en lo que me queda de vida, y era mi favorita.

Cuando él se marchó, ella pegó algunos bocetos en las paredes para poder mirarlos mientras trabajaba. Con un carboncillo, comenzó a esbozar los contornos por las paredes: las colinas y el bosque, el estanque, un pasto recién segado. Cuando estaba delineando la cerca, oyó que se detenía un coche en el camino de entrada y echó un vistazo por la puerta.

—Dios Bendito.

Salió al porche y observó cómo Nita salía del Corvette rojo. April había debido de oír también el coche, porque apareció por detrás de Blue y soltó un taco.

—¿Qué está haciendo? —le gritó Blue—. Creía que usted no podía conducir.

—Por supuesto que puedo conducir —le espetó Nita—. ¿Para qué querría un coche si no puedo conducirlo? —Señaló con el bastón hacia el sendero adoquinado—. ¿Qué tiene de malo el cemento? Cualquiera puede partirse la cabeza. ¿Dónde está Riley? Debería estar aquí ayudándome.

—Aquí estoy, señora Garrison. —Riley se acercó corriendo. Por una vez no llevaba la guitarra a cuestas—. Blue no me dijo que iba a venir.

—Blue no lo sabe todo. Sólo cree que lo sabe.

—Estoy maldita —masculló Blue—. ¿Qué he hecho para merecer esto?

Riley ayudó a Nita a entrar en la casa y la condujo directamente a la mesa de la cocina.

—Me he traído el almuerzo. —Nita sacó el sándwich que Blue le había metido en una bolsa antes de salir—. No quiero ser una molestia.

—Usted no es una molestia —dijo Riley—. Cuando acabe de comer, le leeré el horóscopo y le tocaré la guitarra.

—Necesitas practicar ballet.

—Lo haré. Después de tocar la guitarra.

Nita soltó un carraspeo.

Blue apretó los dientes.

—¿Qué está haciendo aquí?

—Riley, ¿podrías mirar si tenéis mayonesa de Miracle Whip? Como a Blue no le gusta esa marca, se cree que no le gusta a nadie más. Así es Blue. —Riley fue a la nevera a por un bote. Nita se lo quitó de las manos y le pidió a April un té helado—. Nada de esas cosas instantáneas. Y con mucho azúcar. —Le ofreció a Riley la mitad de su sándwich.

—No gracias. A mí tampoco me gusta esa mayonesa.

—Tienes que acostumbrarte a comer de todo.

—April dice que no se deben comer cosas que no te gustan.

—Eso valdrá para ella, pero no para ti. Sólo porque estuvieras algo gorda no significa que debas convertirte en una anoréxica.

—Olvídelo, señora Garrison —dijo April con firmeza—. Riley no se está convirtiendo en una anoréxica. Sólo presta más atención a lo que come.

Nita carraspeó de nuevo, pero si se trataba de April, sabía cuándo no discutir.

Blue regresó al comedor con la fuerte sensación de que ése no sería el único día que Nita se pasaría por allí.

Más tarde llegó Dean, sucio y sudoroso, de trabajar en el porche. Blue decidió que había una gran diferencia entre un hombre sudoroso que no se duchaba con regularidad y otro que se había duchado esa misma mañana. El primero era repulsivo, el segundo no. No es que quisiera precisamente acurrucarse contra su pecho húmedo, pero tampoco le desagradaba la idea.

—Tu sombra está echándose un sueñecito en la sala —le dijo Dean, ignorante del efecto que él y su camiseta húmeda tenían sobre ella—. Esa mujer tiene más agallas que tú.

—Por eso nos llevamos tan condenadamente bien.

Él examinó los bocetos que Blue había pegado en la puerta y en los marcos de las ventanas, luego centró la atención en la enorme pared, donde ella había empezado a trabajar en el cielo.

—Éste es un proyecto muy grande. ¿Cómo sabes por dónde empezar?

—De arriba abajo, de claro a oscuro, desde el fondo al primer plano, de las pinceladas más finas a las más gruesas. —Se bajó de la escalera de mano—. El hecho de que conozca la técnica no quiere decir que no vayas a lamentar haberme forzado a realizar este trabajo. Mis paisajes son...

—Mierda sentimentaloide. Ya lo sé. Me gustaría que dejaras de preocuparte. —Le pasó el rollo de cinta adhesiva que ella había dejado caer y estudió las latas de pintura—. Veo que son pinturas de látex.

—También trabajo con esmalte y óleo porque se secan más rápido, y las utilizo directamente del bote si quiero un color más intenso.

—Y la arena para gatos que saqué del coche...

—Es la mejor manera de eliminar la trementina con que limpio mis pinceles. La absorbe y luego puedo...

Riley entró a tropel en la habitación con la guitarra a cuestas.

—¡La señora Garrison me acaba de decir que su cumpleaños es dentro de dos semanas! Y nunca ha tenido una fiesta de cumpleaños. Marshall sólo le regalaba joyas. Dean, ¿podríamos hacerle aquí una fiesta sorpresa? Por favor, Blue. Podrías hacer un pastel y algunos perritos calientes y cosas así.

—¡No!

—¡No!

Riley frunció el ceño con gesto de disgusto.

—¿No creéis que os estáis pasando?

—Sí —dijo Dean—. Y no me importa. No voy a organizar una fiesta para ella.

—Hazlo tú, Blue —dijo Riley—. En su casa.

—No creo que me lo agradeciera. El agradecimiento no forma parte de su vocabulario. —Blue cogió la taza de plástico donde había echado la pintura y se subió a la escalera de mano.

—Puede que si todo el mundo dejase de ser tan borde con ella todo el rato, ella dejaría de serlo también. —Riley se fue enfadada.

Blue la siguió con la mirada.

—Nuestra niñita comienza a actuar como una niña normal y corriente.

—Lo sé. ¿A que es genial?

Era más que genial.

Dean finalmente se marchó para mirar algunos caballos. Blue cogió un poco de pintura blanca con el pincel, y Riley volvió a la carga sin soltar la guitarra.

—Apuesto lo que quieras a que nadie le manda siquiera una tarjeta de cumpleaños.

—Yo le mandaré una. Incluso le haré un pastel. Le daré una fiesta a la que sólo asistamos nosotras.

—Sería mejor si viniera más gente.

Cuando Riley regresó con Nita, a Blue se le ocurrió una idea interesante, y como era mucho mejor pensar en ello que en lo que estaba tomando forma en las paredes, consideró la idea un buen rato y, finalmente, llamó a Syl a la tienda de segunda mano.

—¿Quieres que el pueblo le dé a Nita una fiesta sorpresa de cumpleaños? —exclamó Syl después de que Blue le explicara su idea—. ¿Y dentro de dos semanas?

—Que sea dentro de dos semanas es el menor de nuestros problemas. Obligar a la gente a que asista es el verdadero reto.

—¿De veras crees que si le damos una fiesta se ablandará lo suficiente como para apoyar el plan del pueblo?

—Probablemente no —dijo Blue—. Pero a nadie se le ha ocurrido nada mejor, y a veces ocurren milagros, así que creo que debemos intentarlo.

—No sé. Deja que lo consulte con Penny y Mónica.

Media hora después, Syl volvió a llamarla.

—Lo haremos —dijo con una falta total de entusiasmo—. Pero tienes que asegurarte de que ella esté allí. Si Nita se huele algo y se niega a aparecer, habremos perdido el tiempo.

—Estará allí aunque tenga que dispararle y llevarla a rastras.

Tras media docena más de interrupciones, entre ellas varias de Nita, Blue cubrió las dos puertas que daban al comedor con el plástico que habían usado los trabajadores. Cuando lo había asegurado, añadió unos carteles donde se podía leer «NO ENTRAR. PELIGRO DE MUERTE». Ya estaba lo suficientemente nerviosa sin tenerlos a todos mirando por encima del hombro.

Al final del día, había hecho jurar a todos los miembros de la casa por sus iPods, guitarras, *Tango*, *Puffy* y cierto par de botas de Dolce & Gabbana que se mantendrían alejados del comedor hasta que los murales estuvieran listos.

Por la noche, se acercó al dormitorio de Nita cuando la anciana estaba quitándose la peluca, revelando su pelo corto y cano.

—Hoy he tenido una interesante llamada telefónica —dijo Blue mientras se sentaba en el borde de la cama—. No iba a decirle nada, pero acabará enterándose de todas formas y luego me echará la bronca por no habérselo contado.

Nita se cepilló el pelo. No se había anudado el kimono y Blue vio que llevaba puesto su camisón favorito de raso rojo.

—¿Qué tipo de llamada telefónica?

Blue alzó las manos.

—Un montón de idiotas pensaban darle una fiesta sorpresa por su cumpleaños. Pero no se preocupe. Les dije que no se molestaran. —Cogió el ejemplar de la revista *Stars* que había a los pies de la cama y fingió mirarla—. Supongo que algunos de los jóvenes del pueblo se enteraron de lo mal que la habían tratado en el pasado y querían compensarlo..., como si pudieran hacerlo..., con una fiesta en el parque, un pastel grande, globos y algunos discursos estúpidos de personas que odia. Por supuesto, lo dejé bien claro. Nada de fiestas.

Por una vez, Nita pareció quedarse muda. Blue siguió ojeando las páginas con fingida inocencia. Nita dejó el cepillo sobre el tocador y se ató con rudeza la faja del kimono.

—Podría ser interesante.

Blue ocultó una sonrisa.

—Sería un rollo. No se preocupe, ya me encargaré de que no la hagan. —Fingió que leía la revista—. Sólo porque al fin se hayan dado cuenta de lo mal que se portaron con usted no quiere decir que no pueda seguir ignorándolos.

—Creía que tú estabas de su lado —replicó Nita—. Siempre me andas recriminando sobre lo mucho que perjudico a la gente. Se supone que debería dejarlos abrir esas tiendas en las que nadie comprará nada. O poner un *Bed & Breadfast* que jamás hospedará a nadie.

—No son malos negocios, pero está claro que, usted es demasiado vieja para comprender la economía moderna.

Nita chasqueó la lengua y luego cargó contra Blue.

—Vuelve a llamarles ahora mismo para decirles que hagan la fiesta. ¡Cuánto más grande mejor! Me la merezco, y ya es hora de que se hayan dado cuenta.

—No puedo hacer eso ahora. Se supone que es una fiesta sorpresa.

—¿Crees que no puedo fingir que estoy sorprendida?

Blue se pasó un buen rato discutiendo, y cuanto más discutía, más se obcecaba Nita. Eso sí que podía considerarse un trabajo bien hecho.

Los murales, sin embargo, eran otra historia. Cada día que pasaba, Blue se desviaba más de lo que había dibujado en los bocetos hasta que finalmente los arrancó de las paredes.

A Dean se le ocurrió celebrar el Cuatro de Julio haciendo una excursión a pie por las Smokies con Blue. Con sus largas piernas y su ritmo incansable, tuvo que detenerse en varias ocasiones para esperarla, pero no intentó apresurarla en ningún momento. Incluso le aseguró que le gustaba ir a paso lento porque así no sudaba y no se le estropeaba la gomina. Blue no veía ni una sola gota de gomina en ese pelo dorado, pero él estaba siendo demasiado amable con ella para señalárselo. Odiaba cuando se hacía el simpático, así que cuando pararon a almorzar, intentó buscar bronca. Dean la empujó sin motivo aparente hacia un área sombreada cerca de una cascada y la besó hasta que ella estuvo demasiado jadeante para pensar con coherencia. A partir de ahí, él tomó ventaja.

—Tú —dijo él con brusquedad—. Contra el árbol.

Los cristales plateados del último y carísimo par de gafas de sol de Dean le devolvieron su imagen, pero la deliciosa amenaza que veía en su boca la hizo temblar.

—¿Qué quieres decir?

—Me ha presionado demasiado, señora. Es hora de jugar al juego pervertido de *Prison Break*.

Ella se humedeció los labios.

—Eso... eh... suena aterrador.

—Oh, y lo es. Por lo menos para ti. Si intentas huir lo lamentarás. Ahora date la vuelta y ponte de cara al árbol.

Blue sintió la tentación de huir para ponerlo a prueba, pero la idea del árbol era demasiado excitante. Desde el principio habían estado jugando a distintos juegos de dominación y sumisión. Mantenía la perspectiva de las cosas, justo como ella quería.

—¿Qué árbol?

—Elige la prisionera. Será tu última elección antes de que yo tome el mando.

Ella se demoró demasiado admirando los músculos que se marcaban bajo la camiseta de Dean. Él se cruzó de brazos.

—No me hagas tener que repetírtelo.

—Quiero llamar a mi abogado.

—Aquí no existe más ley que la mía.

Él aún podía sorprenderla. Estaba sola con más de ochenta kilos de macho dominante, y jamás se había sentido más segura o más excitada.

—No me hagas daño.

Dean se quitó las gafas de sol y las cerró lentamente.

—Eso dependerá de lo buena que seas cumpliendo órdenes.

Con las rodillas temblorosas por la excitación, Blue se acercó hacia un arce rojo rodeado por una alfombra de musgo. Ni siquiera las salpicaduras de agua de la cascada cercana apagaban su ardor. Cuando acabaran, tendría que recompensarlo del mismo modo, pero por ahora, simplemente se limitaría a disfrutar.

Él lanzó a un lado las gafas de sol y la agarró por el codo para dejarla de cara al árbol.

—Pon las manos en el tronco y no las muevas a menos que yo te lo diga.

Blue extendió los brazos sobre su cabeza con lentitud. El áspero roce de la corteza contra su piel aumentó la sensación erótica de peligro.

—Eh... ¿de qué va todo esto, señor?

—De la reciente fuga en la prisión de máxima seguridad de mujeres al otro lado de las montañas.

—Ah, eso. —¿Cómo podía un famoso deportista tener tanta imaginación?—. Pero yo no soy más que una excursionista inocente.

—Entonces no le importará si la registro.

—Bueno, pero sólo para probar mi inocencia.

—Una chica sensata. Ahora separe las piernas.

Ella abrió lentamente sus piernas desnudas. Él se arrodilló detrás de ella y se las acabó de separar con brusquedad. La barba de tres días de Dean rozó el interior del muslo de Blue mientras le bajaba los calcetines y le rodeaba los tobillos con los dedos. Le masajeó con el pulgar el hueco justo debajo del hueso del tobillo, despertando una zona erógena que ella ni siquiera sabía que existía. Él se tomó su tiempo para recorrerle las piernas desnudas con las manos. A Blue se le puso la piel de gallina. Esperaba que llegara al dobladillo de los pantalones cortos, pero se sintió frustrada cuando lo bordeó para levantar la parte trasera de la camiseta.

—Un tatuaje de prisión —gruñó él—. Tal como sospechaba.

—Bebí demasiado en una excursión del colegio, y cuando me desperté...

Los dedos de Dean se detuvieron en la suave curva de la espalda, justo encima de la cinturilla de los pantalones cortos.

—Ahórrese saliva. Sabe qué significa esto, ¿no?

—¿Que no podré ir a más excursiones del colegio?

—No. Tengo que cachearla sin ropa.

—Oh, por favor, eso no.

—No se resista o tendré que ponerme duro. —Le deslizó las manos debajo de la camiseta, le levantó el sujetador, y arrastró los pulgares por los pezones de Blue. Ella gimió y dejó caer los brazos.

Dean le pellizcó los pezones.

—¿Acaso he dicho que pueda moverse?

—Lo siento. —Si continuaba así iba a morir de éxtasis. De alguna manera consiguió levantar los brazos, que parecían de goma, hasta la posición anterior. Él le abrió la cremallera y le bajó los pantalones cortos y las bragas hasta los tobillos. El aire fresco le rozó la piel desnuda. Apretó la cara contra el duro tronco del árbol mientras le tocaba el trasero, amasándolo, rozando la hendidura de sus nalgas con los pulgares, como probando hasta dónde le dejaría ella llevar ese juego taimado.

Al parecer, muy lejos.

Al final, cuando ella ya estaba loca de necesidad, cuando apenas se mantenía en pie, Blue oyó el sonido de la cremallera de Dean.

—Y por último... —dijo él con voz ronca.

Entonces la giró hacia él y se quitó los calzoncillos y los pantalones cortos de una patada. Tenía los ojos entrecerrados, oscuros de deseo. Como si pesara menos que una pluma, la tomó en brazos y le apoyó la espalda contra el tronco del árbol. Le abrió las piernas y se acomodó entre ellas. Ella le rodeó las caderas con las pantorrillas y entrelazó los brazos alrededor de la firme columna de su cuello. Dean la abrió con los dedos, explorando su deseo, y, al fin, reclamó lo que era, en ese momento, indiscutiblemente suyo.

Era tan fuerte que mientras la penetraba profundamente, se aseguró de que el áspero tronco no le dañara la piel. Blue enterró la cara en el cuello de Dean, tomó aire y llegó al clímax mucho antes de lo que quería. Él esperaba más de ella. Después de dejarla descansar un momento, siguió moviéndose en su interior, llenándola, incitándola, ordenándole que se uniera a él.

El agua de la cascada fluía junto a ellos. El sonido del chorro cristalino se mezclaba con sus entrecortadas respiraciones, con sus ásperas órdenes y sus roncas palabras de cariño. Sus bocas se amoldaron, tragándose las palabras. Él le apretó el trasero. Una embestida más y ellos, también, se unieron a la corriente.

Luego no dijeron nada. Cuando volvieron sobre sus pasos, él se adelantó a ella que, asombrada, sintió que se le llenaban los ojos de lágrimas. Esos viejos sentimientos de querer pertenecer a alguien habían arraigado en su alma de nuevo.

Dean caminó más rápido, aumentando la distancia entre ellos. Blue lo comprendía demasiado bien. Dean entraba y salía de las relaciones como otros se cambiaban de chaqueta. Amigos, amantes..., eso era fácil. Cuando una relación llegaba al final, había una larga cola de mujeres esperando para iniciar otra.

Dean se giró y la llamó..., le gritó algo sobre que se le había abierto el apetito. Ella se forzó a sonreír, el placer del encuentro había desaparecido. Lo que había comenzado como un absurdo juego sexual había dejado sus sentimientos tan frágiles e indefensos como los de la niña que había sido una vez.

Al día siguiente, Blue recibió una carta de Virginia reenviada desde Seattle. Cuando Blue la abrió, encontró una foto dentro. Seis chicas con ropas mugrientas y sonrisas llorosas posaban delante de un sencillo edificio de madera en medio de la selva. Su madre estaba de pie en el medio, parecía exhausta y triunfante. En el dorso, Virginia había escrito un escueto mensaje: «Están a salvo. Gracias.» Blue contempló la foto durante mucho tiempo. Mientras observaba la cara de cada una de las chicas que su dinero había salvado, se olvidó de su resentimiento.

La tarde del jueves, cuatro días después de la excursión a las Smokies y dos días antes de la fiesta de Nita, Blue dio los últimos retoques a las paredes. Los murales no guardaban más que un superficial parecido con los dibujos originales, pero tampoco se parecían a los empalagosos paisajes que había pintado en la universidad. Éstos le gustaban más —aunque eran inadecuados—, pero no pensaba borrarlos.

Todos habían cumplido la orden de mantenerse alejados del comedor, y había programado la inauguración para el día siguiente por la mañana. Se enjugó el sudor de la frente con la manga. El aire acondicionado se había averiado esa mañana, y a pesar del ventilador portátil y las ventanas abiertas del comedor, tenía calor y náuseas. Se sentía un poco asustada, ¿y si...? No, no pensaría en eso hasta después de la fiesta de Nita. Se separó la camiseta húmeda del cuerpo y se quedó quieta para observar el desastroso e inapropiado trabajo. Jamás había pintado nada que le gustara más.

Había terminado de difuminar —usando un trozo de gasa para aclarar algunas sombras— y había comenzado a limpiar los materiales cuando oyó unos coches aproximándose a la casa. Se asomó por la ventana abierta y vio que dos grandes limusinas blancas se detenían en el camino de entrada. Se abrieron las puertas y salió un grupo de gente guapa. Los hombres eran enormes, con gruesos cuellos, bíceps protuberantes e imponentes torsos. A pesar de las diferencias en el color de la piel y los peinados de las mujeres, podrían haber salido de una fábrica de clonación de gente joven y guapa. Llevaban gafas de sol caras sobre la cabeza, bolsos de diseño en la mano, y ropas provocativas que mostraban sus cuerpos ágiles. La verdadera vida de Dean Robillard acababa de llamar a la puerta.

Dean se había marchado de nuevo a la cercana granja de caballos, April y Riley estaban haciendo recados y Jack estaba recluido en la casita de invitados componiendo una canción. Nita se había quedado en su casa por una vez. Blue se deshizo la coleta floja, se peinó el pelo sudoroso con los dedos y volvió a recogérselo en una coleta alta. Cuando apartó a un lado el plástico y salió al vestíbulo, oyó las voces de las mujeres a través de la mosquitera de tela metálica.

—No esperaba que fuera algo... tan rural.

—Tiene un granero y todo.

—Mira por donde pisas, amiga. No veo vacas, pero eso no quiere decir que no las haya en alguna parte.

—*Boo* sí que sabe montárselo bien —dijo uno de los hombres—. Quizá debería hacerme con un sitio como éste.

Cuando Blue salió al porche, las mujeres repararon en su apariencia desaseada: los pantalones cortos y la camiseta, raídos y manchados con restos de pintura. Un hombre con el cuello como el tronco de un árbol y los hombros más anchos que había visto nunca se acercó a ella.

—¿Dónde está Dean?

—Salió a mirar unos caballos, pero debería estar de vuelta en una hora más o menos. —Se limpió las palmas de las manos en los pantalones cortos—. El aire acondicionado está estropeado, pero podéis sentaros en el porche trasero para esperarlo.

La siguieron a través de la casa. El porche, con el nuevo suelo de pizarra gris, tenía las paredes recién pintadas de blanco y el techo muy alto; era la estancia más fresca y espaciosa después del comedor. Tres elegantes ventanas paladianas horadaban las paredes, proyectando sombras moteadas sobre las sillas de mimbre y la mesa de hierro forjado negro que había llegado unos días antes. Los cojines de color verde claro contrastaban con el negro y conferían un aire elegante al acogedor espacio.

Había cuatro hombres y cinco mujeres. Ninguno de ellos perdió el tiempo en presentaciones, aunque ella captó un nombre aquí y otro allá: Larry, Tyrell, Tamiza y... Courtney, una morena alta y hermosa que no parecía estar con ninguno de los hombres. Blue no tardó en averiguar por qué.

—En cuanto acabe la concentración de entrenamiento, voy a pedirle a Dean que me lleve a San Francisco un fin de semana —dijo Courtney con una sacudida de su pelo brillante—. Nos lo pasamos muy bien allí en San Valentín y me merezco un poco de diversión antes de regresar a dar clases de cuarto grado.

Genial. Courtney ni siquiera era una chica bonita y tonta.

Las mujeres comenzaron a quejarse del calor, a pesar de la brisa que proporcionaban los ventiladores del techo, recién instalados. Todos dieron por hecho que Blue formaba parte del servicio de la casa y comenzaron a pedirle cerveza, té helado, bebidas *light* y agua fría. Poco después, Blue se encontró haciendo perritos calientes, cortando rodajas de queso y fiambre para picar. Uno de los hombres quería la programación de la tele, otro un tylenol, y un guapo pelirrojo quería comida tailandesa, pero como muy bien le informó Blue, esa clase de comida aún no había llegado a Garrison.

April llamó a Blue mientras ésta estaba en la despensa buscando patatas fritas.

—He visto que Dean tiene compañía, así que nos vamos a la casita de invitados. Riley viene conmigo. Nos quedaremos allí hasta que no haya moros en la costa.

—No tienes por qué esconderte —contestó Blue.

—Es lo mejor. Además, Jack quiere que escuche su nueva canción.

Blue también deseaba poder irse con ellas y escuchar la nueva canción de Jack Patriot en lugar de atender a los amigotes de Dean.

Cuando Dean finalmente apareció, todos se levantaron para saludarle. Si bien olía a caballo y a sudor, Courtney, que había estado quejándose de lo mal que olía el abono, se lanzó sobre él.

—¡Dean, mi amor! ¡Sorpresa! Pensábamos que no aparecerías nunca.

—Hola, *Boo*. Bonito lugar te has agenciado.

Dean ni siquiera miró en dirección a Blue. Ella se retiró a la cocina, donde empezó a meter los productos perecederos en la nevera. Unos minutos después él apareció en la cocina.

—Oye, gracias por echar una mano. Me daré una ducha rápida y volveré enseguida.

Cuando desapareció, Blue se preguntó si le había sugerido que siguiera atendiendo a sus amigos o si esperaba que se uniera a la fiesta. Cerró de golpe la nevera. A la mierda. Iba a volver al trabajo.

Pero antes de poder escaquearse, Roshaun apareció de pronto en la puerta pidiendo helado. Fue a llevar más platos y quitó los que habían usado. Mientras llenaba el lavavajillas, Dean volvió de darse la ducha.

—Gracias otra vez, Blue. Eres la mejor.

Momentos después lo oyó en el porche con los demás, riéndose con sus amigos.

Ella se quedó allí, observando la cocina que tanto amaba. Así que eso era todo, ¿no? Tenía que saberlo con seguridad. Con manos temblorosas, puso un par de Coca-Colas *light* en una bandeja, añadió la última botella de cerveza fría y lo llevó todo al porche.

Courtney estaba junto a Dean, con el brazo rodeando su cintura; un brillante mechón de pelo rozaba la manga de la camisa gris. Con los tacones era casi igual de alta que Dean.

—Pero *Boo*, tienes que volver a tiempo para la fiesta de Andy y Sherrilyn. Les prometí que iríamos.

«¡Es mío!», quiso gritar Blue. Pero en realidad no lo era. Nadie le había pertenecido nunca y jamás lo haría. Llevó la bandeja ante él. Los ojos de Blue se encontraron con esos familiares ojos azules que tan a menudo se habían reído de ella. Iba a decirle que había reservado la última cerveza fría para él, pero antes de que pudiera abrir la boca, él apartó la mirada como si ella fuera invisible.

Se le hizo un nudo en la garganta. Dejó la bandeja con suavidad sobre la mesa, entró, y, a ciegas, se abrió paso hacia el comedor.

Hasta ella llegaron más risas. Cogió los pinceles y comenzó a limpiarlos. Trabajaba mecánicamente, cerrando las tapas de los botes, guardando los utensilios, doblando las telas del suelo, decidida a acabar de limpiar todo para no tener que volver allí. El plástico de la puerta crujió y Courtney asomó la cabeza en el comedor. A pesar de haber dado a entender que era profesora, parecía que no sabía leer el cartel de «NO ENTRAR».

—Tengo una pequeña emergencia —dijo ella sin dirigir una mirada a los murales—. Los chóferes se han ido a comer y tengo una espinilla gigante. No tengo aquí ninguna crema correctora. ¿Podrías ir hasta el pueblo y traerme Erace o cualquier corrector por el estilo? Y ya de paso, ¿no te importaría traer unas botellas de agua mineral fría? —Courtney se alejó—. Voy a preguntar si alguien quiere algo más.

Blue quitó el carro de pintura de su camino y se dijo a sí misma que le daría a Dean otra oportunidad. Pero fue Courtney quien regresó, con un billete de cien dólares entre los dedos.

—El corrector, el agua mineral y tres bolsas de Cheetos. Quédate con el cambio. —Soltó el dinero en la mano de Blue—. Gracias, cielo.

Por la mente de Blue cruzaron varias opciones. Escogió la única que le permitía conservar su dignidad.

Una hora más tarde, regresó a una casa vacía y dejó caer la barra de corrector, el agua mineral, los Cheetos y el cambio en la encimera de la cocina. Sentía el pecho como si alguien le hubiera amontonado piedras encima. Terminó de barrer el comedor, colocó las sillas, cargó el coche de Nita y desgarró el plástico de las puertas. No había nada como el presente para poner fin a algo que nunca debería haber empezado.

Cuando terminó, le echó una última mirada a los murales y los vio como lo que eran. Mierda sentimentaloide.

22

Dean se detuvo al borde del camino. Estaban bailando. Los tres. Detrás de la casita de invitados, bajo las estrellas, con la música que salía a todo volumen del radiocasete que habían colocado en los escalones del porche. Al observar a su padre, Dean comprendió de dónde provenían sus genes de deportista. Había visto bailar a Jack en vídeos y en un concierto al que se vio forzado a asistir con los compañeros del equipo de la universidad. Pero observarle aquí era diferente. Recordó que algún descerebrado crítico del rock había comparado la manera de bailar de Jack con la de Mick Jagger, pero Jack no tenía nada que ver con ese andrógino baile contoneante y escurridizo. Él era pura fuerza.

Riley, que a esas horas debería de estar en la cama, bailó en torno a Jack con los movimientos torpes, pero llenos de energía, de un cachorrillo, algo que habría hecho sonreír a Dean si no se hubiera sentido tan infeliz.

April bailaba descalza. Una falda larga y vaporosa se arremolinaba en torno a sus caderas. Arqueó la espalda y se levantó el pelo. Cuando esbozó un mohín sensual, Dean vio a la madre imprudente y autodestructiva de su infancia, la mujer que había sido esclava de los dioses del rock'n'roll.

Riley se quedó sin aliento y se dejó caer en el césped al lado del perro. Jack y April cerraron los ojos. Él respondió al *shimmy* de April con un movimiento de pelvis. La luz del porche arrancaba destellos de los brazaletes de su madre. Se movían al mismo ritmo, como si llevaran años bailando juntos. April se contoneó, frunciendo los labios en un mohín húmedo. Jack le respondió con el característico gesto de mofa de los rockeros.

Dean no habría ido allí esa noche si April se hubiese dignado a contestarle los correos electrónicos días atrás. Y allí estaba, observando a las personas que lo habían concebido bailando ante sus ojos. Un final perfecto para un día de mierda. Courtney había sido un auténtico coñazo, y había sentido un enorme alivio cuando las otras mujeres la habían arrastrado de regreso a Nashville para ir de compras. Los tíos se habían quedado un poco más. Demasiado en realidad. Dean sólo quería estar con Blue, pero cuando llegó a casa de Nita Garrison, la casa estaba a oscuras. De todas maneras había trepado hasta el balcón, pero la puerta estaba cerrada y a través del cristal había visto la cama vacía de Blue. Sintió una fuerte punzada de dolor antes de recuperar la cordura. Ella no se iría hasta el sábado, después de la fiesta de Nita. Al día siguiente arreglaría las cosas, o al menos lo intentaría.

Nada había sido lo mismo desde la excursión del Cuatro de Julio. Algo se había torcido en ese jueguecito sexual que habían disputado. Al principio, todo había sido un entretenimiento erótico, incluyendo todos los cómicos intentos de Blue por parecer una mujer aterrada. Pero al final, cuando estaban juntos, se había sentido invadido por la ternura, y algo había cambiado en su interior. Algo que no estaba preparado para analizar.

Riley recuperó el aliento y se reincorporó al baile. Dean se mantuvo fuera del charco de luz. Lejos de ellos. Tal y como quería estar.

Jack se acercó a Riley, y ella empezó a pavonearse delante de él, mostrando todo un repertorio de movimientos torpes y caprichosos. April sonrió ampliamente mientras se alejaba bailando. Su falda formaba remolinos. Ladeó la cabeza. Giró. Y entonces vio a Dean.

Sin perder el ritmo, le tendió la mano.

Dean se quedó inmóvil. Se acercó bailando hacia él, moviendo los brazos, incitándolo para que se uniera a ellos.

Él se quedó paralizado, aturdido, prisionero de su ADN. La música, el baile lo atraían a un lugar donde no quería estar. Esas hélices de material genético que había heredado habían sido canalizadas hacia el deporte, pero ahora, esas estructuras entrelazadas lo arrastraban a sus orígenes. Al baile.

Su padre bailaba.

Su madre bailaba y quería que él también se uniera a ellos.

Les volvió la espalda y se dirigió a paso vivo hacia la casa.

Jack se rio cuando April dejó de bailar de repente.

—Mira, Riley. Somos demasiado para ella.

Jack no había visto a Dean. April forzó una sonrisa. Jack y Riley estaban aprendiendo a divertirse juntos, no iba echarlo a perder todo ahora con su tristeza.

—Tengo sed —dijo ella—. Iré a por algo de beber.

Al llegar a la cocina, cerró los ojos. Era dolor lo que había visto en la cara de Dean, no desprecio. Había querido unirse a ellos —lo había sentido—, pero no había sido capaz de dar el primer paso.

Se concentró en hacer un zumo de naranja para Riley y ella. No podía controlar los sentimientos de Dean, sólo los suyos. «Que sea lo que Dios quiera.» Sirvió un té helado para Jack. Él quería una cerveza, pero no era su día de suerte. Ella no había contado con él esa noche. Riley y ella habían estado sentadas en el patio trasero hablando de chicos y escuchando un viejo álbum de Prince cuando apareció Jack. Antes de saber cómo, los tres se habían puesto a bailar.

Jack y ella siempre habían sido la pareja de baile perfecta. Tenían el mismo estilo y energía. Cuando se encontraba bajo el hechizo de la música, no pensaba en la insensatez de tener cincuenta y dos años y seguir fascinada todavía por Jack Patriot. Fuera, la música trepidante dio paso a una balada. Ella salió con las bebidas y se detuvo en los escalones al ver cómo Jack intentaba convencer a Riley para que bailara esa canción lenta.

—Pero si no sé —protestó ella.

—Súbete a mis pies.

—¡No puedo hacer eso! Soy demasiado pesada. Te aplastaría los dedos.

—¿Una pollita flaca y huesuda como tú? A mis dedos no les pasará nada. Venga. Súbete. —Él la tomó entre los brazos y ella subió sus pies desnudos encima de las zapatillas de lona de su padre. Se la veía muy pequeña al lado de él. Y hermosa, con ese pelo rizado, los ojos brillantes y la piel dorada. April se había quedado prendada de ella.

Se sentó en los escalones y los observó. Cuando era niña, había visto a una chica de su edad bailar con su padre de esa manera. Su propio padre, sin embargo, la había tratado como si no fuera más que un estorbo, y recordaba haberse encerrado en el baño para que nadie la viera llorar. Pero se había vengado bien de él cuando se hizo mayor. Había conocido a un montón de chicos a los que darle todo el amor que él había rechazado. Uno de ellos había sido Jack Patriot.

Riley tenía sentido del ritmo y finalmente se sintió lo suficientemente confiada para bajarse de los pies de su padre e intentar dar los pasos ella sola. Jack la guiaba con facilidad. Al final, la hizo girar sobre sí misma y le dijo que era una campeona, dejando a Riley mareada y orgullosa. April sirvió las bebidas. Cuando terminaron, Jack anunció que ya era muy tarde y que Riley debía acostarse, así que la llevó de vuelta a la casa. April estaba demasiado intranquila para entrar en la casita y acostarse, así que cogió una manta y se tumbó para mirar las estrellas. Blue se marcharía en cuatro días, Dean en una semana y media, y ella volvería a Los Ángeles justo después. En cuanto estuviera allí, se dedicaría por entero al trabajo, al fin había logrado su propósito en la vida.

—Dean está en la casa con Riley —dijo una voz ronca y familiar—. No la he dejado sola.

Ella levantó la vista y vio que Jack se dirigía hacia ella a través del césped.

—Pensé que te habías ido a dormir.

—No soy tan viejo. —Se acercó al radiocasete y buscó entre los CD's dispersos en el escalón. Lucinda Williams comenzó a cantar «Like a rose»—. Se acercó a la manta y le tendió la mano—. Baila conmigo.

—Es una mala idea, Jack.

—Algunos de nuestros mejores momentos han sido el resultado de malas ideas. Deja de comportarte como una anciana.

A ella le sentó fatal que le dijera eso —algo que él ya esperaba— y rápidamente se puso en pie.

—Si intentas meterme mano...

Los dientes de Jack brillaron cuando esbozó una amplia sonrisa de pirata, y la tomó entre sus brazos.

—Mad Jack sólo se aprovecha de las mujeres menores de treinta años. Aunque, ahora está oscuro y...

—Cállate y baila.

Él solía oler a sexo y cigarrillos. Ahora olía a roble, a bergamota, y a la noche. Su cuerpo también era diferente al de aquel chico flaco que ella recordaba. Todavía era delgado, pero había desarrollado músculo. Su rostro también había perdido esa apariencia demacrada que tenía cuando había llegado. La letra de la canción de

Lucinda los envolvió. Se acercaron más hasta que sólo una brizna de aire separaba sus cuerpos. De pronto ni siquiera fue eso. Ella le rodeó el cuello con los brazos. Él le colocó los suyos en torno a la cintura. April se permitió descansar contra él. Tenía una erección, pero era algo que estaba ahí. Manifestándose sin exigir nada.

April se dejó llevar por la música. Estaba muy excitada, sentía que flotaba en un mar húmedo y resbaladizo. Él le acarició el pelo de la nuca y enterró los labios en el hueco de la oreja. Ella giró la cabeza y dejó que la besara. Fue un beso profundo, dulce, mucho más excitante que otros besos de borrachos que se habían dado. Cuando por fin se separaron, la pregunta implícita en los ojos de Jack atravesó el estado de ensueño de April. Ella negó con la cabeza.

—¿Por qué? —susurró él, acariciándole el pelo.

—Ya no tengo rollos de una noche.

—Te prometo que esto durará más de una noche. —Le acarició la sien con el pulgar—. ¿Acaso no te preguntas cómo sería si nos dejáramos llevar?

Más de lo que él podía imaginar.

—Siempre me hago preguntas sobre cosas que no son buenas para mí.

—¿Estás segura? No somos críos.

Ella se apartó.

—Ya no me atraen los rockeros guapos.

—April...

Sonó el móvil en los escalones. «Gracias, Dios mío.» Ella se apresuró hacia el porche.

—No irás a contestar... —dijo él.

—Tengo que hacerlo. —Mientras se acercaba a los escalones, se apretó los labios con el dorso de la mano, pero no sabía si era para borrar el beso o para conservarlo—. ¿Sí?

—April, soy Ed.

—Ed. Estaba esperando tu llamada. —Entró con rapidez en la casita de invitados.

Transcurrió media hora antes de que ella dejase de hablar por teléfono. Salió para recoger las cosas y se quedó sorprendida al ver a Jack todavía allí, tumbado sobre la manta, mirando las estrellas. Tenía una rodilla doblada y el brazo bajo la cabeza. Se sintió demasiado feliz al ver que la había esperado.

Jack le habló sin mirarla.

313

—Háblame de él.

Ella oyó el tono áspero de su voz y recordó aquellos viejos ataques de celos. Si no hubiera dejado esos juegos hacía mucho tiempo, le habría dicho que se fuera al infierno, pero se sentó en la manta y dejó que la falda formara pliegues alrededor de sus rodillas.

—Ellos.

—¿Cuántos?

—¿Ahora mismo? Tres.

Ella se puso rígida cuando él se giró para mirarla de frente. Pero no la atacó.

—Entonces no son tus amantes.

Fue una afirmación, no una pregunta.

—¿Cómo lo sabes?

—Lo sé.

—Esos hombres me llaman a todas horas.

—¿Por qué lo hacen?

April sólo percibió curiosidad en su tono. O a él no le importaba que estuviera con ellos, o había comenzado a entender a la mujer en la que se había convertido. Se recostó en la manta.

—Soy alcohólica y drogadicta rehabilitada. Llevo años en Alcohólicos Anónimos. Ahora mismo soy la orientadora de tres hombres y una mujer, pero no resulta fácil al no estar en Los Ángeles, aunque ellos no quisieron cambiar de orientador.

—Comprendo que no lo hicieran. Seguro que eres muy buena. —Se apoyó en un codo para mirarla—. Jamás te he olvidado, ¿lo sabes, no?

Ella tenía que recordar cómo eran las cosas realmente, y no cómo quería que fueran.

—No soy yo lo que no puedes olvidar. Es la culpabilidad que sientes por Dean.

—Conozco la diferencia, y eres la única mujer que jamás he podido olvidar.

Mientras April lo miraba fijamente a los ojos, él inclinó la cabeza y la besó otra vez. Su boca se volvió suave y maleable bajo la de él. Pero cuando sintió la mano de Jack entre las piernas, recordó que los sentimientos de Jack hacia ella siempre comenzaban y terminaban debajo de los pantalones. Salió de debajo de él y se puso de pie.

—Ya te lo he dicho. Ahora no hago estas cosas.

—¿Esperas que crea que has renunciado al sexo?

—Sólo con los rockeros. —Se dirigió a los escalones para apagar la música y recoger las cosas—. He mantenido tres largas relaciones desde que estoy sobria. Un policía, un productor de televisión y el fotógrafo que me introdujo en Galería de Corazones. Todos eran tíos estupendos, y ninguno cantaba. Ni siquiera en los karaokes.

A través de la oscuridad, ella vio la suave sonrisa burlona de Jack cuando se puso de pie.

—Pobre April. Mira que privarte de toda esa pasión de los rockeros.

—Al menos, me respeto a mí misma. Que es más de lo que tú puedes decir.

—Sé que te sentirás decepcionada, April, pero hace mucho tiempo que dejé los rollos de una noche. Ahora tengo relaciones de verdad. —Recogió la manta y la arrastró hacia ella—. Es lo único que tú y yo no hemos intentado nunca. Quizá haya llegado el momento de que lo probemos.

Ella se quedó tan aturdida que no pudo más que clavar los ojos en él. Jack le puso la manta en las manos, la besó suavemente en la mejilla, y la dejó sola.

A las siete de la mañana siguiente, Dean llegó al porche trasero de la casa de Nita. Odiaba saber que había lastimado a Blue el día anterior. La única razón de que la hubiera mantenido al margen era que no quería contestar a las preguntas que sus amigos le harían. ¿Cómo podía explicarles quién era ella cuando ni él mismo se aclaraba? Sabía cómo manejar a las mujeres como amante o como amigo, pero no como ambas cosas a la vez.

Una paloma sobrevoló el tejado de Nita cuando llegó a la puerta trasera. Entró sin llamar. Nita estaba sentada a la mesa de la cocina con una enorme peluca rubia y una bata con flores de muchos colores.

—Voy a llamar a la policía —dijo ella, más molesta que enfadada—. Te arrestarán por allanamiento de morada.

Él se acuclilló para rascar detrás de las orejas a un *Tango* semidormido.

—¿Puedo tomar antes un café?

—Son apenas las siete. Deberías haber llamado.

—No estaba de humor para hacerlo. Es lo mismo que cuando usted se presenta en mi casa sin molestarse en llamar.

—Mentiroso. Siempre llamo. Y Blue aún está durmiendo, así que vete y no la molestes.

Él llenó dos tazas con el café cargado de Nita.

—¿Qué hace en la cama tan tarde?

—Eso no te incumbe. —Finalmente la indignación de Nita burbujeó hacia la superficie, y lo apuntó con el dedo índice como si fuera una pistola.

—Le has roto el corazón. Y ni siquiera te importa.

—Blue está enfadada, no dolida. —Miró a *Tango*—. Déjenos solos un rato.

La silla chirrió cuando ella se levantó bruscamente de la mesa.

—Un consejo señor Casanova. Si yo fuera tú, le echaría un vistazo a lo que ella oculta bajo el lavabo del baño.

Ignorándola, se dirigió arriba.

A Blue no le sorprendió oír a Dean hablando con Nita en la planta de abajo. Los rayos de sol entraban por las puertas del balcón mientras terminaba de subirse los vaqueros. No hubiera podido soportar que entrara por el balcón la noche anterior, así que había pasado la noche en el dormitorio que había junto al de Nita. Ahora él intentaría engatusarla para congraciarse con ella. Vaya suerte la suya.

Al sentarse en la cama para ponerse las sandalias, él apareció por la puerta. Rubio, macizo e irresistible. Blue tiró con brusquedad de la correa de la sandalia.

—Tengo que hacer un montón de cosas antes de la fiesta de mañana para Nita, y no quiero discutir ahora.

Él dejó la taza de café en la mesilla de noche.

—Sé que estás cabreada.

Estar cabreada sólo era la punta del iceberg, luego estaba ese otro asunto que era un secreto.

—Más tarde, *Deanna*. Los hombres de pelo en pecho evitan este tipo de discusiones.

—Déjate de tonterías. —Como siempre, la voz del *quarterback* que llevaba dentro la tomó por sorpresa—. Lo de ayer no fue nada personal. No de la manera que crees.

—Te aseguro que lo sentí como algo muy personal.

—Crees que me avergonzaba presentarte a mis amigos por esas

ropas que llevas y tu aspecto descuidado, pero nada más lejos de la verdad.

Ella se puso de pie con rapidez.

—No malgastes saliva. No soy el tipo de mujer con el que tus amigos esperan ver a *Malibú* Dean, y no querías ponerlos a prueba.

—¿Realmente piensas que soy así de mezquino?

—No. Creo que te comportaste como un caballero, tratando de no ponerme en evidencia presentándome como si fuera sólo una amiga con derecho a roce.

—Eres más que una amiga, Blue. Eres uno de mis mejores amigos.

—¿Y eso qué significa? ¿Que soy tu coleguita o... un amiguete?

Él se pasó la mano por el pelo.

—No tenía intención de lastimarte. Sólo quiero que lo que hay entre nosotros siga manteniéndose en privado.

—Como todas las demás cosas de tu vida que quieres mantener en privado. ¿No te pierdes con tanto secretismo?

—No tienes ni idea de lo que significa ser un personaje público —replicó él—. Tengo que ser precavido.

Ella cogió la taza de café y agarró con rapidez el bolso de los pies de la cama.

—Lo que quiere decir que me he convertido en otro de tus sucios secretitos.

—Ése es un golpe bajo.

Ella no podía continuar con aquella discusión, no cuando tenía su propio secreto que ocultar.

—Te lo voy a poner bien fácil. Hoy es viernes. Mañana es la fiesta de Nita. Tengo que resolver unas cosas el domingo, pero a primera hora del lunes pondré rumbo a lo desconocido.

La expresión de Dean se volvió furiosa.

—No digas gilipolleces.

—¿Por qué? ¿Por qué lo dejo yo y no tú? —Todas las emociones que ella no quería sentir (tristeza, miedo, dolor), la invadieron de golpe, pero las contuvo a fuerza de voluntad—. La vida es corta, *Boo*. Ya tengo un coche de alquiler, y compré un mapa de carreteras nuevecito. Ha sido un placer estar contigo, pero ya es hora de que siga mi camino.

Ella se estaba comportando de una manera irracional, y cerró los puños.

—Por lo que se ve, necesitas tiempo para madurar. —Sus palabras fueron tan frías que ella medio esperaba ver una nubecilla de vapor saliendo de su boca—. Hablaremos de esto mañana en la fiesta de Nita. Tal vez entonces puedas pensar como un ser humano racional. —Salió a grandes zancadas de la habitación.

Ella se recostó en la cama, deseando tontamente que él la hubiera tomado entre sus brazos para pedirle perdón. Esperaba como mínimo que le hubiera dicho algo sobre los murales antes de comenzar el asalto. Ya los habría visto a esas alturas. El día anterior, había recibido un sobre en el buzón de Nita con un cheque de April. Eso era todo. Ninguna nota personal. April y Dean tenían un gusto impecable. Estaba claro que odiaban los murales. Había sabido que lo harían. Pero, a pesar de todo, había esperado que no lo hicieran.

Dean recorrió la alfombra rosa del pasillo. Si se concentraba en retorcerle el cuello a Blue, no tendría que pensar en que se había comportado como un imbécil. Odiaba saber que la había lastimado. Blue creía de verdad que a él le avergonzaba presentarla a sus amigos, pero no era vergüenza lo que sentía. Si esos tíos se hubieran molestado en hablar con ella en vez de tratarla como a una criada, se habrían enamorado de Blue al instante. Pero Dean no quería que nadie —en especial sus compañeros de equipo— vieran algo personal en la relación que mantenía con Blue cuando todavía era algo muy reciente. Caramba, ni siquiera hacía dos meses que la conocía.

Y ahora ella pensaba dejarle. Debería haber comprendido desde el principio que no podía contar con ella. Pero después de cómo la había tratado ayer, tampoco podía culparla.

Al bajar las escaleras recordó algo que le había dicho Nita. A la anciana le encantaba meter cizaña, pero también era cierto que se preocupaba por Blue a su retorcida manera. Se dio la vuelta y volvió arriba.

El baño de Blue tenía las paredes rosas, toallas del mismo color y una cortina de ducha estampada con botellas de champán. Una toalla, húmeda de la ducha, colgaba torcida del toallero. Él se inclinó frente al lavabo, abrió la puerta del mueble, y clavó los ojos en la cajita que tenía delante.

Oyó unos pasos apresurados a sus espaldas.

—¿Qué estás haciendo? —dijo ella sin aliento.

Cuando la mente de Dean registró lo que veía, se le subió la sangre a la cabeza. Cogió la caja y de alguna manera logró ponerse de pie.

—¡Deja eso! —gritó ella.

—Me dijiste que tomabas la píldora.

—Y la tomo.

Además, también habían usado condones. Con excepción de un par de veces..., la miró. Ella estaba paralizada, con los ojos muy abiertos y la piel pálida. Él sostuvo en alto el kit de la prueba del embarazo.

—Supongo que esto no pertenece a Nita.

Ella intentó dirigirle una mirada obstinada, pero no pudo. Las pestañas le rozaron las mejillas cuando bajó la mirada.

—Hace unas semanas, después de tomar esos camarones en mal estado en Josie's, vomité la píldora. En aquel momento no me di cuenta.

Un tren de alta velocidad se acercaba para arrollarlo.

—¿Me estás diciendo que vomitar la píldora puede hacer que te quedes embarazada?

—Es posible, supongo. Tenía que haber tenido la regla la semana pasada, y no sabía por qué no me venía. Luego recordé lo sucedido con la píldora.

Él giró la caja entre las manos. El pitido del tren le taladraba la cabeza.

—No la has abierto.

—Mañana. Después de la fiesta de Nita.

—No. Ni hablar. —La hizo entrar en el cuarto de baño y cerró la puerta con la palma de la mano. Sintió que se le entumecían los dedos—. Lo harás hoy. Ahora mismo. —Desgarró el celofán de la cajita.

Blue lo conocía al dedillo, y sabía que ésa era una pelea que no iba a ganar.

—Espera en el pasillo —dijo ella.

—Ni de coña. —Abrió la cajita de un tirón.

—Acabo de hacer pis.

—Pues vuelve a hacerlo. —Sus manos, normalmente tan ágiles, le temblaron cuando intentó desdoblar el prospecto.

—Date la vuelta —dijo ella.

—Déjalo ya, Blue. Acabemos con esto de una vez.

En silencio, ella tomó la cajita. Él permaneció allí, observándola. Esperando. Al final, Blue consiguió acabar el trabajo.

El prospecto decía que debían esperar tres minutos. Él controló el tiempo en el Rolex. Tenía tres esferas, una de ellas era un tacómetro, pero a él lo único que le interesaba era el lento recorrido del segundero. Mientras pasaba el tiempo, una docena de pensamientos a los que no podía dar nombre —a los que no quería dar nombre—, cruzaron por su cabeza.

—¿No ha pasado ya el tiempo? —dijo ella finalmente.

Él estaba sudando. Parpadeó y asintió.

—Mira tú —susurró ella.

Él cogió la varilla con las manos húmedas y pegajosas, y la estudió. Al final levantó la mirada y buscó la de ella.

—No estás embarazada.

Ella asintió, indiferente.

—Vale. Ahora vete.

Dean dio vueltas en la camioneta durante un par de horas y acabó en una carretera secundaria. Detuvo el vehículo en el arcén y se bajó. No eran ni las diez y ya se preveía que sería un día abrasador. Oyó el sonido del agua y lo siguió hasta el bosque, donde llegó hasta un riachuelo. En la orilla había una lata de aceite oxidada junto a unas llantas viejas, los muelles de un colchón, unos conos de señalización y más trastos abandonados. No estaba bien que la gente tirara tanta mierda.

Se puso manos a la obra y comenzó a sacar la basura del agua. Poco después tenía las deportivas empapadas y estaba cubierto de lodo y grasa. Resbaló en unas rocas llenas de musgo y se mojó los pantalones cortos, pero el agua fría le sentó bien. Le habría gustado que hubiera más basura que recoger así podría pasarse allí todo el día, pero en poco tiempo el riachuelo estaba limpio.

Su mundo se desmoronaba. Cuando subió a la camioneta, casi no podía respirar. Daría una caminata al llegar a la granja para aclarar las ideas. Pero no fue eso lo que hizo. Sin querer, se encontró recorriendo la estrecha senda que llevaba a la casita de invitados.

El sonido de la guitarra llegó a él cuando salió de la camioneta. Jack estaba sentado en el porche en una silla de la cocina, tenía los tobillos desnudos cruzados sobre la barandilla, y la guitarra contra el pecho. Tenía barba de tres días, una camiseta de Virgin Records, y unos pantalones cortos de deporte de color negro. Los calcetines enlodados de Dean colgaban alrededor de sus tobillos y las deportivas rechinaban cuando se acercó al porche. Una cautela familiar asomó a los ojos de Jack, pero siguió tocando.

—Parece que has perdido un concurso de lucha de cerdos.

—¿Hay alguien más por aquí?

Jack rasgueó un par de acordes.

—Riley está montando en bicicleta, April salió a correr. Creo que estarán pronto de vuelta.

Dean no estaba allí por ellas. Se detuvo al pie de los escalones.

—Blue y yo no estamos comprometidos. La recogí en las afueras de Denver hace un par de meses.

—Me lo dijo April. Es una pena. Me gusta esa chica. Me hace reír.

Dean se frotó los pegotes de barro que tenía entre los nudillos.

—Fui a ver a Blue esta mañana. Hace un par de horas. —Ahora notaba el estómago revuelto, e intentó respirar profundamente—. Ella creía que podía estar embarazada.

Jack levantó la cabeza y dejó de tocar.

—¿Lo está?

Un pájaro cantó en el tejado de cinc. Dean negó con la cabeza.

—No.

—Felicidades.

Dean se metió las manos en los bolsillos húmedos y pegajosos y luego las sacó otra vez.

—Esas pruebas de embarazo que se compran en las farmacias, tienes que... quizá ya lo sabes. Tienes que esperar tres minutos para conocer el resultado.

—Ya.

—La cosa es... que tuve que esperar esos tres minutos y... y un montón de pensamientos cruzaron por mi cabeza.

—Supongo que es normal.

Los escalones rechinaron cuando Dean subió al porche.

—Pensaba en que tendría que pagarle a Blue un seguro médico y me preguntaba si debía confiar a mi abogado la manutención del niño o dejar que lo hiciera mi agente. O cómo lograría mantenerlo al margen de la prensa. Ya conoces el percal.

Jack se levantó y dejó la guitarra en la silla.

—Una reacción motivada por el pánico. Recuerdo los síntomas.

—Sí, bueno, cuando tuviste esa reacción de pánico ¿tenías qué... veinticuatro años? Yo tengo treinta y uno.

—Tenía veintitrés, pero para el caso es lo mismo. Si no pensabas casarte con Blue, al menos tenías que dejar arregladas algunas cosas.

—No es lo mismo. April estaba como una cabra. Blue no. Es una de las personas más cuerdas que conozco. —Tenía intención de detenerse en ese momento, pero no pudo—. Me dijo que la he convertido en uno de mis sucios secretitos.

—Las personas que no han padecido la fama no lo entienden.

—Eso es lo que le dije a ella. —Se frotó el estómago revuelto—. Pero en esos tres minutos y... lo que estuve pensando. Con tantos planes que hacer: el abogado, la manutención del crío...

—Es normal que toda esa clase de mierda te cruce por la cabeza de vez en cuando. Olvídalo.

—¿Cómo se supone que debo hacerlo? De tal padre, tal hijo, ¿no?

Dean se sentía como si le estuviera abriendo su corazón, pero Jack se burló.

—No te pongas a mi nivel. Te he visto con Riley. Si Blue hubiera estado embarazada, no le habrías vuelto la espalda a ese niño. Habrías estado a su lado mientras crecía.

Dean debería poner punto y final a la conversación, pero se le doblaron las rodillas y se encontró sentado en el escalón.

—¿Por qué hiciste las cosas de esa manera, Jack?

—¿Por qué demonios crees que lo hice? —replicó Jack sarcástico—. Podría endulzarlo para ti, pero el meollo del asunto es que no sabía cómo tratar a April, y no quería preocuparme por ti. Era una estrella del rock, nene. Un icono americano. Estaba demasiado ocupado concediendo entrevistas y dejando que todos me besaran el culo. De haber cedido, habría tenido que comportarme como un padre, y ¿dónde estaría la diversión entonces?

Dean dejó caer las manos entre las rodillas y jugueteó con la pintura descascarillada del escalón.

—Pero cambiaste, ¿no?

—Nunca.

Dean se puso de pie.

—No digas gilipolleces. Recuerdo esas reuniones padre-hijo cuando tenía catorce y quince años. Intentabas compensar todos esos años perdidos mientras yo te escupía a la cara.

Jack agarró la guitarra.

—Mira, estoy trabajando en una canción. Justo porque ahora quieras escarbar en esa vieja mierda no quiere decir que yo también tenga que coger una pala.

—Sólo dime una cosa. Si tuvieses que volver a hacerlo desde el principio...

—No puedo hacerlo, así que déjalo.

—Pero si pudieras...

—¡Si pudiera hacerlo de nuevo, te habría arrancado de su lado! —dijo ferozmente—. ¿Y sabes qué? En cuanto te hubiera tenido conmigo, habría aprendido a ser un padre. Por fortuna para ti, eso no ocurrió porque, como bien sabes, has sabido encontrar tu propio camino y te ha ido estupendamente. Cualquier hombre se enorgullecería de tener un hijo como tú. Ahora, ¿estás satisfecho ya o tenemos que darnos un jodido abrazo?

El nudo del estomago de Dean se aligeró por fin. Ahora podía respirar con alivio.

Jack dejó la guitarra a un lado.

—No puedes hacer las paces conmigo hasta que no las hagas con tu madre. Se lo merece.

Dean se frotó la puntera enlodada de la deportiva contra el escalón inferior.

—No es fácil.

—Es mejor que seguir sufriendo.

Dean se dio la vuelta y enfiló hacia la camioneta.

Dean dejó los calcetines y las deportivas enlodadas en el porche. Como siempre, nadie se había acordado de cerrar la puerta principal. Dentro, la casa estaba fresca y tranquila. Había gorras suyas colgadas en el perchero. Al lado de la bandeja metálica donde dejaba las monedas y las llaves había una foto de él de cuando tenía ocho o nueve años. Tenía el pecho desnudo y huesudo, las rodillas nudosas bajo los pantalones cortos, y un casco de fútbol americano sobre su pequeña cabeza. April se la había tomado un verano cuando estaban viviendo en Venice Beach. Las fotos de su infancia estaban por toda la casa, incluso las que ni siquiera recordaba.

La noche anterior, Riley había intentado forzarle a ver los murales, pero él había querido verlos con Blue por primera vez, y se había negado. Ahora, pasó por delante del comedor sin asomarse y llegó a la sala. Los sofás, muy largos, eran perfectos para su estatura, y el televisor había sido colocado de manera que él pudiera ver los partidos sin que la luz se reflejara en la pantalla. El vidrio tallado que protegía la mesita de madera de café hacía que fueran innecesarios los posavasos. Los cajones tenían todo lo que podía necesitar: libros, los mandos a distancia, cortaúñas. En el piso superior, ninguna de las camas tenía pies, y las encimeras de los baños estaban más altas de lo normal. Las duchas eran espaciosas y de los toalleros colgaban toallas enormes, sus preferidas. Y era April quien lo había hecho todo.

Oyó el eco de sus sollozos de borrachera.

«No te enfades conmigo, cariño. Todo mejorará. Te lo prometo. Dime que me quieres, cariño. Si me dices que me quieres te prometo que no beberé más.»

La mujer que lo había asfixiado con su amor tortuoso y errático no podría haber creado ese oasis en el que se había convertido su casa.

Ya había tenido suficiente por ese día. Necesitaba tiempo para analizar todos esos sentimientos confusos con calma, salvo que ya había tenido años, y, ¿para qué habían servido? A través de la puerta corredera, vio que April subía al porche cubierto. Jack y él habían construido ese porche, pero ella lo había creado: techos altos, ventanas paladianas, suelos de color pizarra que se mantenían frescos incluso en los días más cálidos.

Ella se llevó las manos a los lumbares mientras se recuperaba de la carrera. Su cuerpo brillaba de sudor. Llevaba pantalones cortos de ciclista de color negro, un top en azul eléctrico, y se había recogido el pelo en una coleta torcida mucho más elegante que el peinado descuidado de Blue.

Dean necesitaba una ducha. Necesitaba estar a solas. Necesitaba hablar con Blue, que lo comprendía todo. Pero lo que hizo fue agarrar la manilla de la puerta corredera y salir en silencio al porche.

La temperatura ya había alcanzado los treinta grados centígrados, pero el suelo estaba frío contra sus pies desnudos. April le daba la espalda. Él había movido las sillas la noche anterior cuando había regado el porche con la manguera, y ella las estaba colocando de nuevo. Dean se dirigió hacia el reproductor de CD's que había encima de una estantería de hierro forjado. No se molestó en mirar qué CD estaba puesto. Si era de su madre, serviría. Le dio al botón.

April se giró de golpe cuando la música salió con estrépito de los pequeños altavoces. Abrió la boca, sorprendida. Observó que estaba cubierto de barro y comenzó a decir algo, pero él habló primero.

—¿Bailas?

Ella lo miró fijamente. Pasaron unos agonizantes segundos sin que dijera nada. No podía pensar en nada para animarla, así que comenzó a llevar el ritmo. Con los pies, las caderas, los hombros. Ella estaba paralizada. Él le tendió la mano, pero su madre —esa mujer que vivía para bailar cuando el resto de los mortales andaban— había olvidado cómo moverse.

—Puedes hacerlo —susurró él.

Ella soltó un sollozo ahogado, un sonido entre el llanto y la risa. Luego arqueó la espalda, levantó los brazos y se abandonó a la música.

Bailaron hasta que el sudor resbaló por sus cuerpos. De rock a rap, se esmeraron en sus movimientos, cada uno intentando superar al otro. A April se le pegaban los mechones de cabellos al cuello, y las gotas de lodo caían de las piernas desnudas de Dean al suelo de pizarra. Mientras bailaban, él se acordó de que ésa no era la primera vez. Había bailado con él cuando era niño. Lo arrancaba de los videojuegos o la tele, algunas veces incluso de su desayuno si ella llegaba tarde a casa. Al parecer, se había olvidado de los buenos ratos.

En medio de una canción, la música se interrumpió de repente. Se oyó el graznido de un cuervo rompiendo el silencio. Vieron que una Riley enfadada había apagado el reproductor de CD's y los miraba con las manos en las caderas.

—¡Está demasiado alto!

—Oye, vuelve a ponerlo —dijo April.

—¿Qué estáis haciendo? Es hora de almorzar, no de bailar.

—Cualquier momento es bueno para bailar —dijo Dean—. ¿Tú que opinas April? ¿Deberíamos dejar que mi hermanita bailara con nosotros?

April alzó la nariz.

—Dudo que pueda llevar nuestro ritmo.

—Claro que puedo llevarlo —dijo Riley—. Pero tengo hambre. Y vosotros oléis fatal.

Dean se encogió de hombros mirando a April.

—No puede llevar nuestro ritmo.

Riley arrugó el ceño ante la afrenta.

—¿Quién lo dice?

April y Dean la miraron fijamente. Riley les devolvió la mirada con cólera. Luego puso de nuevo la música, y bailaron todos juntos.

23

Blue se aplicó un poco de colorete en los pómulos. El suave tono rosa se complementaba a la perfección con el nuevo lápiz de labios brillante y el rímel negro. Además se había pintado los ojos con lápiz negro y lo remató con un poco de sombra gris. Estaba guapísima.

Vaya cosa. Esto era una cuestión de orgullo, no de belleza. Tenía que probarle algo a Dean antes de largarse de Garrison.

Cuando salía del cuarto de baño, vio la caja vacía de la prueba del embarazo que había tirado a la papelera el día anterior por la mañana, justo después de que Dean se fuera. No estaba embarazada. Genial. Más que genial. No podía hacerse cargo de un niño, no con su estilo de vida nómada. Lo más probable es que jamás tuviera un hijo, y eso también estaba bien. Al menos nunca haría que un niño pasara por todo lo que ella había pasado. Simplemente era algo más que tendría que superar.

Se dirigió a la habitación de Nita. El dobladillo del vestido veraniego que se había comprado para la fiesta le rozó las rodillas. Tenía el mismo amarillo del sol con el borde desigual y un *bustier* que resaltaba la línea del busto. Llevaba unas sandalias nuevas de color púrpura brillante atadas a los tobillos con unas delicadas cintas. El color púrpura hacía juego con los pendientes que Dean le había regalado y le confería al vestido un toque vibrante y muy femenino.

Nita se estaba echando un último vistazo delante del espejo. Con su enorme peluca rubia platino, los pendientes de araña de diamantes y un caftán color pastel, parecía salida de un desfile de carrozas patrocinado por los jubilados de un burdel, pero de alguna manera lo llevaba con estilo.

—Vamos, Rayo de sol —dijo Blue desde la puerta—. Y recuerde, debe parecer sorprendida.

—Todo lo que tengo que hacer es mirarte a ti —dijo Nita recorriéndola con los ojos de pies a cabeza.

—Es lo más adecuado, eso es todo.

—Demasiado tarde. —Cuando Blue se acercó más, Nita extendió la mano y ahuecó el pelo de Blue—. Si me hubieras escuchado, habrías permitido que Gary te hiciera un corte así hace mucho tiempo.

—Si la hubiera escuchado, ahora sería rubia platino.

Nita resopló por la nariz.

—Era sólo una idea.

Gary había estado deseando poner las manos en el pelo de Blue desde la noche que la había conocido en el Barn Grill. Una vez que la tuvo sentada en la silla de la peluquería, le había cortado el pelo en pequeñas capas, justo por debajo de las orejas, y le había dejado un flequillo desfilado que le resaltaba los ojos. El corte era demasiado bonito para que Blue se sintiera cómoda, pero había sido necesario.

—Deberías haberte arreglado así para ese jugador de fútbol americano desde el principio —dijo Nita—. Quizá entonces te habría tomado en serio.

—Él me toma en serio.

—Sabes exactamente a qué me refiero. Podría haberse enamorado de ti. Igual que tú lo estás de él.

—Estoy loca por él, pero no enamorada. Hay una gran diferencia. Yo no me enamoro. —Nita no lo entendía. Toda esa charada era la manera que Blue tenía de salir con la cabeza bien alta. Tenía que asegurarse de que Dean jamás volviera a sentir por ella ni la más leve pizca de piedad.

Blue condujo a la anciana hasta el coche. Nita se miró el lápiz de labios en el espejo retrovisor mientras Blue salía marcha atrás del garaje.

—Deberías avergonzarte de huir por culpa de ese jugador de fútbol americano. Deberías quedarte en Garrison, y dejar de dar tumbos por la vida.

—No puedo ganarme la vida en Garrison.

—Ya te dije que yo te pagaría si te quedabas. Bastante más de lo que puedes ganar pintando esos estúpidos cuadros.

—A mí me gusta pintar esos estúpidos cuadros. Lo que no me gusta es pasarme la vida siendo una sirvienta.

—Yo soy aquí la única sirvienta —la contradijo Nita— por la manera en que me mangoneas. Eres tan terca que le estás dando la espalda a una oportunidad de oro. No viviré para siempre, y sabes que no tengo a nadie a quien dejar mi dinero...

—Vamos, usted es un vampiro. Nos sobrevivirá a todos.

—Haz todos los chistes que quieras, pero valgo millones, y cada uno de ellos podría ser tuyo algún día.

—No quiero sus millones. Si tuviera un poco de decencia, se lo dejaría todo al pueblo. Lo que quiero es irme de Garrison. —Blue frenó en un stop antes de tomar la calle de la iglesia. Había llegado justo a tiempo—. Recuerde —dijo—. Sea amable.

—Trabajé en Arthur Murray. Sé comportarme.

—Pensándolo bien, limítese a mover los labios y yo seré la que hable por usted. Será más seguro de ese modo.

El bufido de Nita sonó parecido a una carcajada, y Blue supo en ese momento que echaría de menos a ese viejo murciélago. Con Nita, Blue podía ser ella misma.

Igual que con Dean.

La pancarta adornada con globos cruzaba la calle de la iglesia y en ella se podía leer FELIZ 73 CUMPLEAÑOS SEÑORA GARRISON. Dean sabía que Nita tenía setenta y seis, y no le cabía duda de que Blue había contribuido a esa mentirijilla.

En el parque se habían reunido cerca de cien personas. Había más globos entre los árboles, que se mezclaban con las serpentinas rojas, azules y blancas que habían quedado de la celebración del Cuatro de Julio de la semana anterior. Un grupo de adolescentes con camisetas negras y lápiz de ojos a juego terminó de cantar una versión punk del «Cumpleaños feliz». Riley le había dicho a Dean que era la banda de rock del sobrino de Syl, los únicos que cantarían ese día.

En la parte delantera del parque, cerca de una pequeña rosaleda, Nita había comenzado a cortar una tarta de cumpleaños del tamaño de un campo de minigolf. Dean se había perdido todos los discursos de la celebración, pero a juzgar por las caras de todo el mundo, no habían sido memorables. Había más serpentinas en las largas mesas donde estaban las jarras de ponche y té helado. Divisó a April y a Riley cerca de la mesa del pastel, hablando con una mujer con un vestido amarillo. Algunos de los habitantes del pueblo lo llamaron a gritos, y él los saludó con la mano, pero lo único que quería era encontrar a Blue.

El día anterior había sido uno de los peores y mejores días de su vida. Primero estaba aquel desagradable encuentro con Blue; luego su dolorosa y liberadora conversación con Jack; y finalmente el maratónico baile con April. Después, April y él no habían hablado demasiado, y no había habido ningún «jodido abrazo», como Jack había dicho, pero los dos sabían que las cosas habían cambiado. Él no sabía cómo sería exactamente esa nueva relación, sólo que era el momento adecuado para que madurara y conociera a la mujer en la que se había convertido su madre.

Escudriñó el parque de nuevo, pero seguía sin ver a Blue, y quería hablar con ella. Tenía que arreglar las cosas de alguna manera. Nita se llevó un plato a la silla reservada para ella justo cuando Syl y Penny Winters comenzaba a repartir el resto del pastel entre la gente. Nita comenzó a señalar al cantante de la banda, que estaba imitando a Paul McCartney con un demencial «Tú dices que es tu cumpleaños...». Riley y la mujer del vestido amarillo seguían de espaldas a él, April señaló hacia la banda de rock, y Riley se fue con ella para acercarse más.

Syl lo divisó cuando dejó caer un trozo de pastel en un plato de plástico.

—Ven aquí, Dean. Las rosas de azúcar no tardarán en desaparecer. Blue, acompáñalo hasta aquí. Tengo un pedazo de pastel con su nombre.

Dean miró a su alrededor, pero no vio a Blue por ningún lado. Luego, la mujercita del vestido amarillo se giró, y él se quedó sin aliento como cuando le hacían el primer placaje de la temporada.

—¿Blue?

Por un momento, ella pareció tan vulnerable como la niña que la había acusado de ser. Luego, alzó la barbilla.

—Lo sé. Estoy de miedo. Por favor, ahórrate el cumplido.

Ella estaba más que guapa. April había convertido a la pastorcilla en un figurín. El vestido era perfecto. Tenía el largo justo y realzaba los pequeños encantos de Blue. El *bustier* se pegaba a sus curvas, y las modernas sandalias de color púrpura enfatizaban sus delgados tobillos. La había imaginado así. Ese alocado corte de pelo acentuaba la delicada estructura ósea de Blue y el maquillaje la favorecía, haciéndola parecer muy femenina. Dean siempre había sabido que no hacía falta hacer mucho para que ella estuviera increíble. Y así era. Bella, elegante, sexy. No demasiado diferente de las demás mujeres bellas, elegantes y sexys que él conocía. Y odiaba eso. Quería recuperar a su Blue. Cuando por fin recobró el habla, sólo dijo:

—¿Por qué?

—Me cansé de que todo el mundo me dijera que eres el más guapo.

Ni siquiera pudo esbozar una sonrisa. Quería verla de nuevo con sus ropas desarregladas y que tirara esas frágiles sandalias a la basura. Blue era Blue, y no había ninguna otra como ella. No necesitaba todo eso. Pero si se lo decía, ella pensaría que él se había vuelto loco, así que sólo se limitó a pasarle el pulgar por el estrecho tirante del vestido.

—April estará encantada.

—Es gracioso. Eso fue lo que me dijo de ti cuando me vio. Pensó que esto era cosa tuya.

—¿Te has arreglado tú sola?

—Soy artista, *Boo*. No soy más que otra tela en blanco, y una no muy interesante, por cierto. Ahora me voy a darle coba a Nita. Hasta ahora no ha apuñalado a nadie, pero la tarde es joven.

—Antes tenemos que hablar. De lo que pasó ayer.

Ella se puso tensa.

—No puedo dejarla sola. Ya sabes cómo es.

—Una hora, y luego vendré a buscarte.

Pero Blue ya se alejaba.

April lo saludó con la mano por encima de la cabeza de Riley. La familiar carga de los viejos resentimientos rechinó en su mente, pero cuando se asomó a su interior, sólo vio polvo. Si quería, podía pararse con su madre para charlar. Que fue exactamente lo que hizo.

April se había vestido para la celebración con unos vaqueros, un sombrero vaquero de paja y un top ceñido al cuerpo que parecía de Pucci. Señaló con la cabeza hacia la banda de rock.

—Con un poco de práctica, podrían llegar a ser mediocres.

Riley se unió a la conversación.

—¿Has visto a Blue? Al principio no sabía que era ella. Parece una auténtica adulta y todo.

—Simple apariencia —contestó Dean con firmeza.

—Pues yo no opino igual. —April lo miró con fijeza desde debajo del sombrero—. Y dudo que todos esos hombres que han estado intentando llamar su atención estén de acuerdo contigo. Ella hace como que no los ve, pero nada pasa desapercibido para nuestra Blue.

—Mi Blue —se oyó decir Dean.

April encontró eso muy interesante.

—¿Tu Blue? ¿La mujer que va a dejar el pueblo dentro de dos días?

—Ella no se irá a ningún lado.

April pareció preocupada.

—Entonces te queda un arduo trabajo por delante.

Un hombre con una gorra de béisbol calada hasta las cejas y grandes gafas plateadas ocultándole los ojos se acercó hasta ellos. Riley dio un pequeño salto de alegría.

—¡Papá! Pensé que no ibas a venir.

—Te dije que lo haría.

—Lo sé, pero...

—Pero te he decepcionado tantas veces que no me creíste.

Jack se había quitado los pendientes y las pulseras y se había vestido de manera anodina con unos vaqueros cortos y una camiseta de color verde oliva, pero nada podía enmascarar ese perfil famoso, y una mujer con un bebé lo miró con curiosidad.

April parecía haber desarrollado un súbito interés por la banda de rock y Dean ya tenía suficientes líos en la cabeza para intentar averiguar lo que estaba ocurriendo entre ellos.

—¿Es Blue la que viene hacia nosotros? —preguntó Jack.

—¿A que está magnifica? —dijo Riley con admiración—. Es una gran artista. ¿Sabías que Dean aún no ha visto los murales del comedor? Díselo, papá. Dile lo bonitos que son.

—Son diferentes.

Blue regresó antes de que Dean pudiera preguntar a qué se refería.

—Vaya —dijo Jack—. Si eres una mujer, después de todo.

Blue se sonrojó como siempre que Jack se dirigía a ella.

—Es algo temporal. Requiere mucho esfuerzo y no soy de las que pierden el tiempo. —Jack sonrió ampliamente, y Blue miró a Riley—. Siento ser portadora de tan malas noticias, pero Nita quiere hablar contigo. —A través de un hueco en la multitud, Dean vio cómo Nita señalaba furiosamente su silla. Blue frunció el ceño—. Le dará un ataque si no vas. Voto por que no nos apresuremos con los primeros auxilios.

—Blue siempre dice cosas así —le confió Riley a los demás—. Pero en realidad adora a la señora Garrison.

—¿Ha estado bebiendo otra vez, señorita? Pensé que ya habíamos hablado sobre eso. —Blue cogió a Riley por el brazo y se la llevó.

—Veo que llega compañía —dijo Jack—. Será mejor que me esfume.

Cuando él se marchó, el juez Haskins y Tim Taylor, el director del instituto, llegaron junto a Dean.

—Hola, *Boo*. —El juez no podía apartar la mirada de April—. Es agradable verte por aquí asumiendo tus responsabilidades cívicas.

—Por muy desagradables que éstas sean —dijo Tim—. Tengo que pasar la mañana del sábado con alumnos de cuarto. —Los dos hombres contemplaron a April. Cuando nadie dijo nada, Tim le tendió la mano—. Soy Tim Taylor.

Dean debería haberlo visto venir. Como April se había mantenido apartada de lugares como el Barn Grill, no los había conocido. Ella le tendió la mano.

—Encantada, soy Susan...

—Es mi madre —dijo Dean—. April Robillard.

Los dedos de April perdieron fuerza. Les estrechó la mano a los dos hombres, pero bajo el ala del sombrero, comenzaron a llenársele los ojos de lágrimas.

—Lo siento. —Agitó los dedos delante de la cara—. Es la alergia.

Dean posó la mano sobre el hombro de April. No había pensado hacer eso —no había pensado nada—, pero se sintió como si hubiera ganado el partido más importante de la temporada.

—Mi madre ha trabajado para mí de encubierto, utilizando el nombre de Susan O'Hara.

El tema requería algunas explicaciones, que Dean fue inventando sobre la marcha mientras April parpadeaba y tosía como si de verdad tuviera alergia. Cuando los hombres se marcharon, April se volvió hacia él.

—No digas nada o perderé la compostura.

—Como quieras —dijo él—. Vayamos a por un trozo de tarta.

Una vez que consiguieron el pastel, él tosió y se golpeó el pecho como si también hubiera desarrollado una repentina alergia.

April logró al fin apartarse del gentío. Encontró un lugar protegido tras unos arbustos en la zona más alejada del parque, se sentó en el césped contra la cerca, y se permitió a sí misma llorar a lágrima viva. Había recuperado a su hijo. Aún tenían que ir con pies de plomo, ya que ambos eran tercos como mulas, pero tenía fe en que lo resolverían todo con el tiempo.

A lo lejos, el cantante de la banda de rock se atrevió con un rap de chico blanco que sonaba de pena. Jack apareció por una esquina de los arbustos, invadiendo su santuario privado.

—Detén a ese chico antes de que los niños de este parque sufran daños emocionales. —Al sentarse a su lado, fingió no darse cuenta de sus ojos rojos por el llanto.

—Prométeme que nunca cantarás algo como eso —dijo ella.

—Sólo en la ducha. Aunque ahora que lo dices...

—Prométemelo.

—De acuerdo. —Le cogió la mano, y ella no intentó apartarla—. Te he visto con Dean.

Los ojos de April volvieron a llenarse de lágrimas.

—Me presentó como su madre. Fue algo maravilloso.

Jack sonrió.

—¿Lo hizo? Me alegro.

—Espero que algún día vosotros dos...

—Estamos en ello. —Le acarició la palma con el pulgar—. He estado pensando sobre tu aversión a los rollos de una noche. Creo que la solución es que tengamos citas como adultos normales.

—¿Quieres salir conmigo?

—Ya te dije ayer que ahora prefiero las relaciones de verdad. Necesito un lugar permanente donde establecerme ahora que voy a vivir con Riley, y bien puede ser en Los Ángeles. —Jugueteó con sus dedos, llenándola de una dulce y dolorosa tensión—. Espero que esto me dé puntos para nuestra próxima cita.

—Qué poco sutil. —April no debería haber sonreído.

—No podría ser sutil contigo ni aunque me obligaran. —La diversión desapareció de los ojos de Jack—. Te deseo, April. Con cada parte de mi ser. Quiero verte y tocarte. Quiero saborearte. Quiero estar dentro de ti. Lo quiero todo.

Ella finalmente apartó la mano.

—¿Y después qué?

—Volveremos a empezar desde el principio.

—Para eso hizo Dios a las *groupies*, Jack. Personalmente, me gustan las cosas un poco más profundas.

—April...

Ella se puso de pie y se fue a buscar a Riley.

Dean logró al fin apartar a Blue de la multitud y conducirla cerca del viejo cementerio de la Iglesia Baptista. La llevó hacia la sombra del monumento más impresionante del cementerio, un monolito de granito negro dedicado a Marshall Garrison. Se dio cuenta de que ella estaba nerviosa y que intentaba ocultarlo.

—¿Cómo se han enterado de que April es tu madre? —dijo ella—. Todo el mundo habla de ello.

—No vamos a hablar de April. Vamos a hablar de lo que sucedió ayer.

Ella apartó la mirada.

—Sí, qué alivio, ¿verdad? ¿Puedes imaginarme con un bebé?

Por raro que pareciera, sí que podía. Blue sería una madre estupenda, tan ferozmente protectora como cualquiera de sus compañeros de equipo. Apartó la imagen de su mente.

—Hablo de tus estúpidos planes de abandonar el pueblo el lunes.

—¿Por qué son estúpidos? Nadie considera estúpido que tú te vayas a entrenar el viernes siguiente. ¿Por qué tú sí puedes marcharte y yo no?

Ella estaba siendo demasiado sensata. Él quería recuperar a la pastorcilla.

—Porque no hemos terminado, por eso —dijo él—, y no hay razón alguna para apresurar el final de algo que ambos estamos disfrutando.

—Hemos terminado del todo. Soy una nómada, ¿recuerdas?, y es hora de que me ponga en movimiento.

—Bien. Pues acompáñame cuando regrese en coche a Chicago. Te gustará aquello.

Ella deslizó la mano por el canto del monumento a Marshall.

—Demasiado frío en invierno.

—No es problema. Todas mis casas tienen chimeneas y radiadores que funcionan a la perfección. Puedes instalarte allí.

Él no supo cuál de los dos se había quedado más asombrado por sus palabras. Ella se quedó paralizada y luego sus pendientes púrpuras brillaron contra sus rizos oscuros cuando se volvió hacia él.

—¿Quieres que viva contigo?

—¿Por qué no?

—¿Quieres que vivamos juntos?

Dean jamás había permitido que una mujer viviera con él, pero pensar en compartir el mismo espacio que Blue era una idea maravillosa.

—Claro. ¿Cuál es el problema?

—Hace dos días, ni siquiera querías presentarme a tus amigos. Y, ¿ahora quieres que vivamos juntos? —No parecía tan ruda como de costumbre. Tal vez fuera el vestido, o esos rizos suaves que le enmarcaban la cara. O puede que fuera el pesar que vislumbró en esa mirada de pastorcilla. Le colocó un mechón de pelo detrás de la oreja.

—Hace dos días estaba confundido. Ahora no lo estoy.

Ella se apartó bruscamente.

—Ya entiendo. Al final te parezco lo suficientemente respetable para aparecer en público contigo.

Él se envaró.

—Tu apariencia no tiene nada que ver con esto.

—Ahora me dirás que es una simple coincidencia. —Lo miró directamente a los ojos—. Es algo difícil de creer.

—¿Por qué clase de imbécil me tomas? —contraatacó él sin darle tiempo a que replicara—. Quiero enseñarte Chicago, eso es todo. Y necesito tiempo para pensar hacia dónde se dirige nuestra relación.

—¡Venga ya! Yo soy aquí el único cerebrito, ¿recuerdas? Tú eres el que recorre las tiendas y se prueba los perfumes.

—Basta ya. Deja de bromear sobre algo tan importante.

—Mira quién habla.

Sus tácticas no estaban dando resultado, y Dean sentía que comenzaba a perder la paciencia, así que intentó aferrarse a un tema neutral.

—También tenemos un asunto pendiente. Te pagué por unos murales, pero aún no he dado el visto bueno.

Ella se frotó la sien.

—Sabía que los odiarías. Te lo advertí.

—¿Cómo podría odiarlos? Ni siquiera los he visto.

Ella parpadeó.

—Quité el plástico de las puertas hace dos días.

—Pero no he ido a verlos. Se suponía que me los enseñarías tú, ¿recuerdas? Era parte de nuestro trato. Con el dinero que he invertido en esas paredes, merezco verlas por primera vez con la artista que las pintó.

—Estás intentando manipularme.

—Los negocios son los negocios, Blue. Aprende a distinguir la diferencia.

—Bien —le espetó ella—. Iré mañana.

—Esta noche. Ya he esperado suficiente.

—Deberías verlos a la luz del día.

—¿Por qué? —dijo él—. Lo más seguro es que cene allí todas las noches.

Ella le dio la espalda al monumento, y a él, y se dirigió hacia la entrada.

—Tengo que llevar a Nita a casa. No tengo tiempo para esto.

—Te recogeré a las ocho.

—Iré yo sola. —El dobladillo desigual revoloteó sobre sus rodillas mientras se alejaba del cementerio.

Dean deambuló entre las lápidas un rato, intentando poner sus pensamientos en orden. Le había ofrecido algo que jamás le había ofrecido a otra mujer, y ella se lo había tirado a la cara como si no significara nada. Estaba intentando jugársela a un *quarterback*, pero no era rival para él. No sólo no sabía hacerse cargo del equipo, ni siquiera sabía ocuparse de sí misma. De alguna manera, tenía que arreglar todo eso, y no tenía demasiado tiempo.

Riley tiró un montón de platos de plástico a la basura y regresó para sentarse con la señora Garrison. La gente empezaba a marcharse, pero había sido una buena fiesta, y la señora Garrison se había comportado bien con todo el mundo. Riley sabía que se alegraba de que hubiera ido tanta gente, y de que hubieran hablado con ella.

—¿Se ha dado cuenta de lo agradable que ha sido hoy todo el mundo? —dijo, sólo para asegurarse.

—Saben a lo que atenerse.

La señora Garrison tenía lápiz de labios en los dientes, pero Riley tenía algo en mente, y no se lo dijo.

—Blue me contó lo que ocurre en el pueblo. Esto es América, y creo que debería dejar que la gente hiciera lo que quisiera con sus tiendas y todo eso. —Hizo una pausa—. También creo que debería comenzar a dar clases de baile gratuitas para quienes no puedan permitírselas.

—¿Lecciones de baile? ¿Quién iba a venir? Los chicos de hoy en día sólo bailan hip-hop.

—A algunos también les gustan los bailes de salón. —Ella había conocido ese día a dos chicas de secundaria muy simpáticas que le habían dado la idea.

—Veo que tienes muchas opiniones sobre lo que yo debería hacer, pero ¿qué pasa con lo que yo quiero que tú hagas? Es mi cumpleaños y sólo te he pedido una cosa.

Riley deseó no haber sacado el tema a colación.

—No puedo cantar en público —dijo ella—. No toco la guitarra lo suficientemente bien.

—No digas tonterías. Te he dado un montón de lecciones de baile, y ni siquiera me quieres hacer ese pequeño favor.

—¡No es pequeño!

—Cantas mejor que cualquiera de esos monos que están subidos al escenario. Jamás he oído una cosa tan espantosa.

—Cantaré para usted en su casa. Sólo nosotras dos.

—¿Crees que no estaba asustada la primera vez que bailé en público? Estaba tan asustada que casi me desmayé. Pero no dejé que el miedo me detuviera.

—No tengo aquí la guitarra.

—Ellos tienen guitarras. —Señaló hacia la banda de rock.

—Son eléctricas.

—Excepto una.

A Riley le costaba creer que Nita se hubiera dado cuenta de que el guitarrista había cambiado la guitarra eléctrica por una acústica cuando cantaron «Time of your life» de Green Day.

—No puedo pedirles la guitarra. No me la dejarían.

—Ya nos ocuparemos de eso.

Para horror de Riley, Nita se levantó de la silla y se acercó arrastrando los pies hasta la banda. Quedaba menos de la mitad de la gente, sobretodo familias con niños y adolescentes. Dean llegó por una entrada lateral y ella atravesó el césped con rapidez para alcanzarlo.

—La señora Garrison quiere que cante como regalo de cumpleaños.

A Dean no le gustaba la señora Garrison y esperaba que Riley le plantara cara, pero él parecía estar pensando en otra cosa.

—¿Vas a hacerlo?

—¡No! Sabes que no puedo. Todavía hay mucha gente.

Él miró a la multitud por encima de la cabeza de Riley como si estuviera buscando a alguien.

—No tanta.

—No puedo cantar delante de la gente.

—Cantaste para mí y para la señora Garrison.

—Eso fue diferente. Era en privado. No puedo cantar delante de desconocidos.

Por fin, pareció que él centraba su atención en ella.

—¿No puedes cantar delante de desconocidos o no quieres cantar delante de Jack?

Cuando le había explicado cómo se sentía ella respecto a eso, le había hecho prometer que nunca se lo mencionaría a nadie. Ahora lo estaba utilizando en su contra.

—No lo entiendes.

—Lo entiendo. —Le pasó el brazo alrededor de los hombros—. Lo siento, Riley. Tendrás que resolverlo tú.

—Tú nunca hubieras subido ahí para cantar cuando tenías mi edad.

—Yo no canto como tú.

—Cantas bastante bien.

—Jack lo está intentando —dijo él—. El que cantes no cambiará lo que siente por ti.

—Eso no lo sabes.

—Ni tú. Quizá sea el momento de averiguarlo.

—Ya lo sé seguro.

La sonrisa de Dean pareció un poco forzada, y ella pensó que quizás estaba un poco decepcionado con ella.

—Está bien —dijo él—. Deja que vea si puedo entretener al viejo murciélago para que no te dé la lata.

Mientras él se dirigía hacia la señora Garrison, Riley comenzó a sentirse mareada. Antes de llegar a la granja, siempre había tenido que buscarse la vida ella sola, pero ahora, Dean daba la cara por ella, igual que lo había hecho cuando su padre quería llevarla de regreso a Nashville. Y no era el único. April y Blue la defendían delante de la señora Garrison, aunque ella no las necesitara para nada. Y su padre la había defendido aquella noche cuando pensó que Dean le estaba haciendo daño de verdad.

La señora Garrison estaba hablando con el guitarrista cuando Dean se acercó a ella. Riley se mordisqueó una uña. Su padre permanecía oculto al lado de la cerca, pero ella había observando que más de una persona lo miraba fijamente. April estaba ayudando a recoger, y Blue estaba envolviendo la tarta sobrante para que la señora Garrison se la llevara a casa. La señora Garrison decía que la gente que se infravaloraba, acababa apagándose como la luz de una vela, y Riley no quería acabar así. Tenía que empezar a ser realmente ella misma.

Estaba sudando y a punto de vomitar. ¿Y si cuando comenzara a cantar, desafinaba? Miró fijamente a su padre. O peor todavía, ¿y si lo que cantaba era una mierda?

Jack se incorporó al ver a su hija caminar hacia el micrófono del escenario con una guitarra en los brazos. Incluso desde el otro extremo del parque, podía ver lo asustada que estaba. ¿Iría a tocar de verdad?

—Me llamo Riley —susurró ella al micrófono.

Se la veía muy pequeña e indefensa. No sabía por qué estaba haciendo eso, sólo que no iba a permitir que sufriera. Echó a andar, pero ella ya había empezado a tocar. Nadie se había molestado en conectar el micro de la guitarra y, al principio, la gente la ignoró. Pero Jack sí escuchaba, y si bien el sonido apenas era audible, reconoció los acordes de «¿Por qué no sonreír?» Se le puso un nudo en el estómago cuando Riley comenzó a cantar.

> *¿Recuerdas cuando éramos jóvenes*
> *y vivíamos cada sueño como si fuera el primero?*
> *Cariño, ¿por qué no sonreír?*

No importaba si lo reconocían. Tenía que subir allí. Ésa no era una canción para una niña de once años, y no iba a dejar que la ridiculizaran.

No espero que lo entiendas.
Con todo lo que has visto. No te pido eso...

Su voz suave y cadenciosa era tan diferente al alarido desafinado de la banda que la gente empezó a guardar silencio. Su hija quedaría destrozada si se reían de ella. Apretó el paso y April se acercó a su lado para detenerlo.

—Escucha, Jack. Escúchala.

Y lo hizo.

Sé que la vida es cruel.
Y tú lo sabes mejor que yo.

Riley se equivocó en un acorde, pero su voz no falló.

¿Cariño, por qué no sonreír?
¿Cariño, por qué no sonreír?
¿Cariño, por qué no sonreír?

La gente se había quedado en silencio, y las mofas inmaduras de los miembros de la banda se desvanecieron. Escuchar a una niña cantar esas palabras de adulto debería haber resultado gracioso, pero nadie se rio. Cuando Jack cantaba «¿Por qué no sonreír?» sonaba como un duelo fiero y mortal. En la voz de Riley, por el contrario, sonaba pura y enternecedora.

Finalizó la canción con un Fa en vez de Do. Riley había estado tan concentrada en los cambios de acorde que no había mirado al público, y pareció asustada cuando comenzaron a aplaudir. Jack esperaba que se marchara del escenario a toda prisa, pero en vez de eso se acercó más al micrófono y dijo suavemente:

—Esta canción era para mi amiga, la señora Garrison.

La gente comenzó a pedir un bis a gritos. Dean sonrió, y Blue también. Riley sujetó la púa entre los labios y afinó la guitarra de nuevo. Sin pararse a pensar en los derechos de autor o el secretismo que rodeaba a una canción nueva de Patriot, Riley comenzó a tocar «Llora como yo», una de las canciones en las que él había estado trabajando en la casita de invitados. No podría haber estado más orgulloso. Al final, la gente aplaudió y ella se puso con «Sucio y rastrero» de las Moffats. Jack se dio cuenta de que elegía las canciones más por la facilidad de los acordes que por la propia canción. Esta vez, cuando terminó, dio las gracias con sencillez y devolvió la guitarra, ignorando a la gente que le pedía un bis. Pero como todo buen cantante, sabía cuándo debía retirarse.

Dean llegó hasta ella el primero y se pegó a Riley como una lapa cuando la gente la rodeó para felicitarla. A Riley le costaba mucho reconocer a nadie. La señora Garrison parecía tan orgullosa como si hubiera sido ella la que cantara. Blue estaba resplandeciente, y April no paraba de reírse.

Riley no miraba a Jack. Jack recordó el correo electrónico que había enviado a Dean cuando había intentado averiguar por qué ella mantenía en secreto lo bien que cantaba.

«Averígualo por ti mismo», había dicho Dean.

En aquel momento, Jack había pensado que Riley temía que él no la amase si no cantaba lo suficientemente bien, pero ahora comprendía mejor a su hija. Riley sabía de sobra lo bien que cantaba, por lo que no se trataba de eso.

Cuando la multitud comenzó a dispersarse, algunas personas lo miraron con fijeza. Alguien lo reconoció. Una mujer de mediana edad lo miró con ojos perspicaces.

—P-perdón..., pero..., ¿no es usted Jack Patriot?

Dean, que lo había visto venir, se puso inmediatamente a su lado.

—¿Podría darle un respiro?

La mujer se sonrojó.

—No puedo creer que sea él. Aquí en Garrison. ¿Qué está haciendo aquí, señor Patriot?

—Me gusta este pueblo. —Miró por encima de la mujer para ver cómo Nita y Blue protegían a Riley.

—Jack es amigo mío. Se hospeda en la granja —dijo Dean—. Ha venido a Garrison porque aquí puede encontrar privacidad.

—Claro, entiendo.

De alguna manera, Dean logró mantener alejados al resto de los curiosos. Blue y April acompañaron a Nita al coche. Dean le dio un empujón a Riley para que se acercara a su padre y luego desapareció, sin darle más opción que dirigirse hacia Jack. Ella parecía tan ansiosa que a Jack le dolió el corazón. ¿Y si se equivocaba en sus conclusiones? Pero no tenía tiempo de hacer más conjeturas. Le dio un beso rápido en la coronilla. Riley olía a tarta de cumpleaños.

—Estuviste genial allí arriba —le dijo—. Pero no quiero que mi hija se convierta en una estrella de rock para adolescentes.

Ella levantó la cabeza con rapidez. Él contuvo el aliento. Los ojos de Riley se convirtieron en grandes charcos de incredulidad.

—¿De veras? —dijo, soltando un largo suspiro.

Había hecho muchos avances con ella ese verano, y el más leve paso en falso podría estropearlo todo.

—No estoy diciendo que me niegue a que vayas a clases de canto, eso es decisión tuya, pero tienes que mantener la cabeza en su sitio. Tienes una voz asombrosa, pero tus verdaderos amigos son aquellos que te quieren por ser quien eres y no porque seas buena cantando. —Hizo una pausa—. Como yo.

Los ojos castaños de Riley —tan parecidos a los de él— se agrandaron.

—O Dean y April —añadió él—. O Blue. Incluso la señora Garrison. —Estaba pasándose un poco, pero necesitaba asegurarse de que ella lo comprendía—. No tienes que cantar para conseguir la amistad ni el amor de nadie.

—Lo comprendes —susurró ella.

Él fingió no oírla.

—Llevo muchos años en este negocio. Y he visto de todo.

Ahora ella comenzó a preocuparse.

—Pero aún puedo cantar para alguna gente, ¿no? Además quiero aprender a tocar bien la guitarra.

—Eso es cosa tuya. Pero nunca dejes que nadie te juzgue sólo por tu voz.

—Te lo prometo.

Él le pasó el brazo por los hombros y la atrajo hacia él.

—Te quiero, Riley.

Ella apoyó la mejilla contra su pecho.

—Yo también te quiero, papá.

Era la primera vez que ella se lo decía.

Se dirigieron hacia el coche agarrados por la cintura. Pero antes de llegar, ella le dijo:

—¿Podemos hablar de mi futuro? No me refiero al canto, sino a la escuela, dónde voy a vivir y todo eso.

En ese mismo momento, él supo con exactitud cómo iban a ser las cosas de ahora en adelante.

—Demasiado tarde —dijo Jack—. Ya he tomado una decisión.

La vieja mirada de precaución apareció en los ojos de Riley.

—No es justo.

—Yo soy el padre, y yo tomo las decisiones. Odio ser el portador de malas noticias, estrellita, pero no pienso dejar que te vayas a vivir con tu tía Gayle y Trinity por más que me lo pidas.

—¿De veras? —Las palabras surgieron en un ahogado susurro.

—Aún no he resuelto todos los detalles, pero nos iremos a vivir a Los Ángeles. Buscaremos allí un buen colegio para ti. Y ya te aviso de que no será un internado. Te quiero lo suficientemente cerca de mi para poder vigilarte. Contrataremos a un ama de llaves que nos guste a los dos para que se quede contigo cuando tenga que viajar. Y por supuesto, verás a April... pero aún estoy trabajando en esa parte. ¿Qué te parece?

—¡Creo... creo que es lo mejor que podía pasarme!

—Eso mismo opino yo.

Cuando se subió al coche, Jack sonrió. El rock'n'roll podía mantenerte joven, pero había algo maravilloso en madurar.

24

Blue llegó a la granja una hora más tarde de lo acordado. Se había cambiado el vestido amarillo por un top blanco y unos pantalones cortos de color caqui que le quedaban como un guante. Dean esperaba que Jack y Riley no los interrumpieran tal como les había pedido.

—No quiero hacer esto —dijo Blue cuando entró en el vestíbulo.

Para no caer en la tentación de besarla, Dean cerró la puerta principal.

—Lo mejor es hacerlo de una vez. Entra tú primero en el comedor y enciende todas las luces, así me llevaré el susto de golpe.

No consiguió arrancarle ni la más leve sombra de una sonrisa. Era extraño ver a Blue tan deshecha.

—Será lo mejor. —Ella y sus nuevas sandalias color púrpura entraron con rapidez en el comedor delante de él. Dean quería tirar esos zapatos a la basura para hacerle poner esas horrorosas botas negras militares. Blue encendió las luces del comedor.

—Vas a odiar estos murales —dijo ella desde dentro.

—Creo que ya lo has mencionado antes. —Dean esbozó una sonrisa—. Tal vez deberías beber un trago para relajarte. —Él se acercó y entró en el comedor. Su sonrisa se desvaneció.

Dean estaba preparado para un montón de cosas, pero no para lo que vio. Blue había creado un bosque lleno de luz y fantasía. Pálidos rayos de sol asomaban entre las hojas de los árboles. Un columpio hecho de vides en flor colgaba de una rama curva. Un montón de flores imaginarias crecían como si fueran una brillante alfombra alrededor de un carromato gitano asentado al lado de un estanque de fantasía. No se le ocurría nada que decir. Salvo lo que no debía.

—¿Eso es un hada?

—S... sólo una pequeñita. —Ella levantó la vista para observar la diminuta criatura que los miraba con atención desde encima de la ventana principal. Luego enterró la cara entre las manos—. ¡Lo sé! ¡Está fatal! No debería haberla pintado, pero el pincel se movió solo, cobró vida. Debería haberla borrado. A ella y... y a todas las demás.

—¿Hay más?

—Lleva un rato verlas. —Se dejó caer en una silla entre las ventanas y dijo con un tono bajo y afligido—: Lo siento. No tenía intención de hacerlo. Esto es un comedor. Estos murales son para el dormitorio de... de un niño... o una niña. Pero las paredes eran perfectas, y la luz era exquisita, y no sabía que en realidad quería pintar algo así.

Parecía que Dean no lograba asimilarlo. Donde quiera que mirara, veía algo nuevo. Un pájaro con una cestilla colgando del pico volaba por el cielo. Un arco iris por encima del marco de la puerta, y una nube con la cara de un anciana de mejillas sonrosadas mirando hacia el carromato gitano. En la pared más larga, un unicornio metía el hocico en el agua de la orilla del estanque. No era extraño que a Riley le encantaran esos murales. Y no era extraño que April pareciera tan preocupada cuando él le había preguntado por ellos. ¿Cómo podía Blue, que era famosa por su dureza y testarudez, haber creado algo tan tierno y mágico?

Tal vez porque ella no era dura en absoluto. La dureza de Blue era sólo una armadura que se había construido para poder sobrevivir. Por dentro era tan delicada y frágil como las gotas de rocío que había pintado sobre unas campanillas.

Blue enterró la cara entre las manos, entrelazando los dedos en los rizos.

—Son terribles. Sabía que lo estaba haciendo mal mientras los pintaba, pero no podía detenerme. Fue como si algo se liberase en mi interior, y tuviera que plasmarlo. Te devolveré el cheque, y si me das unos meses, te reembolsaré lo que te cueste repintar el comedor.

Él se arrodilló delante de ella y le apartó las manos de la cara.

—Nadie va a repintar nada —dijo Dean mirándola a los ojos—. Lo quiero así.

«Y también te quiero a ti.»

La certeza de amarla lo atravesó como un soplo de aire fresco.

Había encontrado su destino cuando se detuvo en esa carretera a las afueras de Denver. Blue lo desafiaba, lo fascinaba, lo volvía loco... Dios, lo volvía loco siempre. Pero, sobre todo, ambos se comprendían mutuamente. Esos murales dejaban al descubierto a la soñadora que llevaba dentro, la mujer que estaba decidida a alejarse de él el lunes por la mañana.

—No tienes por qué fingir—dijo ella—. Te he dicho muchas veces cuánto odio que te hagas el simpático. Cuando tus amigos vean esto...

—Cuando mis amigos vean esto, no tendré que preocuparme por que nos quedemos sin tema de conversación en la cena, eso seguro.

—Pensarán que has perdido el juicio.

«No después de que te conozcan.»

Con una mirada seria que él nunca le había visto antes, Blue le pasó una mano por el pelo.

—Tú tienes estilo, Dean. Esta casa es masculina. Todo en ella lo es. Sabes lo poco que pegan aquí esos murales.

—Cierto, no pegan nada, pero son increíblemente hermosos. —«Igual que tú»—. ¿Te he dicho ya lo asombrosa que eres?

Ella le escrutó la cara. Siempre había tenido habilidad para calarlo, y la expresión de Blue se volvió gradualmente interrogativa.

—Te gustan de verdad, ¿no? No lo dices sólo porque tengas buen corazón.

—Jamás te mentiría sobre una cosa tan importante. Son maravillosos. Tú eres maravillosa. —Comenzó a besarla... en los ojos, en la curva de la mejilla, en los labios. Los murales lanzaron un hechizo sobre ellos, y pronto la apretó contra su cuerpo. La tomó en brazos y la llevó fuera, moviéndose de un mundo mágico a otro... hacia el refugio que era la caravana gitana. Bajo las vides y las flores de fantasía, hicieron el amor. En silencio. Con ternura. Todo era perfecto. Finalmente, Blue era suya.

La almohada vacía a su lado a la mañana siguiente era el resultado de no haber dispuesto la instalación de esa letrina portátil de Porta Potti. Dean se puso los pantalones cortos y la camiseta. Blue debía de haber ido a hacer café. Tenía intención de tomárselo sentado en el porche con ella mientras hablaban de lo que harían el resto de sus vidas. Pero cuando atravesaba el patio, vio que el Corvette rojo no estaba. Se apresuró a entrar en la casa y rápidamente contestó al teléfono que sonaba en ese momento.

—¡Vente para acá ahora mismo! —gritó Nita cuando respondió—. Blue piensa marcharse.

—¿De qué está hablando?

—Nos mintió al decirnos que se iba el lunes. Durante todo este tiempo planeaba marcharse hoy. Chauncey Crole la llevó a recoger el coche de alquiler, y ahora mismo está cargando sus cosas en el coche. Sabía que algo no encajaba. Ella estaba...

Dean no esperó a escuchar el resto.

Quince minutos más tarde, entraba en el callejón detrás de la casa de Nita dando un frenazo que hizo saltar los cubos de basura que estaban delante del garaje. Blue estaba metiendo sus cosas en el maletero de un Corolla último modelo. A pesar del calor, llevaba puesta una camiseta negra sin mangas, unos vaqueros y las botas militares. Dean no se habría sorprendido ni aunque la hubiera visto con un collar de púas en torno al cuello. El único toque femenino que aún conservaba era ese corte de pelo vaporoso. Salió de la camioneta de un salto.

—Gracias por despedirte.

Ella dejó caer una caja con sus utensilios de pintura en el maletero. El asiento trasero ya estaba cargado.

—Me harté de decir adiós cuando era niña —dijo ella con frialdad—. Y me niego hacerlo ahora. Por cierto, te alegrará saber que me ha venido la regla.

Dean jamás había lastimado a una mujer en su vida, pero ahora mismo tenía unas ganas locas de sacudirla hasta que le castañearan los dientes.

—Estás como una cabra, ¿lo sabes, no? —Se cernió sobre ella—. ¡Te quiero!

—Bueno, bueno, yo también te quiero. —Metió la bolsa en el maletero.

—Lo digo en serio, Blue. Estamos hechos el uno para el otro. Debería habértelo dicho anoche, pero estabas tan jodidamente nerviosa que quise preparar el terreno para que no salieras corriendo.

Ella se plantó una mano en la cadera intentando parecer dura, pero sin conseguirlo.

—Di la verdad, Dean. No me amas.

—¿Tanto te cuesta creerlo?

—Pues sí. Tú eres Dean Robillard, y yo soy Blue Bailey. Tú vistes ropa de marca, y yo soy feliz con cualquier cosa del Wall-Mart. Soy una perdedora, mientras que tú tienes una carrera brillante. ¿Necesitas oír más? —Cerró de golpe el maletero.

—Ésas son sólo cosas superficiales y sin sentido.

—Seguro. —Sacó unas gafas de sol baratas del bolso que había dejado sobre el capó y se las puso con rapidez. La bravuconería de Blue flaqueaba y le tembló el labio inferior—. Tu vida ha dado un vuelco este verano, *Boo*, y yo sólo fui la chica de turno que te ayudó a afrontarlo. No niego que he disfrutado cada minuto de las últimas siete semanas, pero nada de esto ha sido real. Sólo ha sido otra versión de *Alicia en el país de las Maravillas*.

Dean odiaba sentirse impotente y contraatacó.

—Créeme, conozco la diferencia entre la realidad y la fantasía mejor que tú a juzgar por los murales del comedor. ¡Y encima ni siquiera te has dado cuenta de lo buenos que son!

—Gracias.

—Blue, tú me amas.

Ella apretó la mandíbula.

—Estoy loca por ti, pero no estoy enamorada.

—Sí, lo estás. Pero no tienes agallas para reconocerlo. Blue Bailey perdió el valor hace mucho tiempo.

Él esperó el contraataque de Blue, pero ella inclinó la cabeza y hundió la punta de la bota en la grava del suelo.

—Soy realista. Algún día me lo agradecerás.

Todo el descaro y la desfachatez de Blue habían desaparecido. Todas sus bravatas se habían desvanecido en el aire. En su lugar, mostraba lo que llevaba en el interior: falta de confianza y vulnerabilidad. Él se esforzó por intentar recuperar la calma, pero no lo consiguió.

—Yo no puedo hacer esto por ti, Blue. O tienes el valor de arriesgarte o no lo tienes.

—Lo siento.

—Si te vas, no iré detrás de ti.

—Ya supongo, lo entiendo.

Dean no podía creer que ella estuviera haciendo eso. Mientras la observaba subir al coche, esperaba que reuniera el suficiente valor y se quedara, pero Blue no dudó en poner el coche en marcha. Un perro ladró a lo lejos y ella salió del callejón dando marcha atrás. Una abeja zumbó hacia él desde las malvas mientras el coche se alejaba.

Siguió esperando a que se detuviera. A que diera media vuelta en el último momento. Pero no lo hizo.

La puerta trasera de la casa se cerró ruidosamente y Nita bajó las escaleras, haciendo ondear la bata sobre un camisón rojo. Él se subió a la camioneta antes de que le diera alcance. Un pensamiento horrible cruzó por su mente. Intentó ignorarlo, pero mientras aceleraba callejón abajo, aquel pensamiento se hizo más persistente. ¿Y si Blue le había dicho la verdad? ¿Y si era el único que se había enamorado?

¿Sería cierto? Se preguntó Blue mientras recorría la calle de la iglesia por última vez. ¿Estaba comportándose como una cobarde? Se quitó las gafas de sol y se enjugó los ojos con el dorso de la mano. Dean creía que la amaba, o jamás se lo habría dicho. Pero muchas personas le habían dicho que la amaban, y ninguna había dudado en abandonarla. Dean no sería la excepción. Los hombres como él no se enamoraban de mujeres como ella.

Blue había sabido desde el principio que estaba jugando con fuego y aunque había puesto el máximo empeño en mantener a raya sus emociones, al final había entregado su corazón. Tal vez algún día sus palabras de amor se convertirían en un dulce recuerdo, pero ahora eran como un cuchillo clavado en el corazón.

Las lágrimas comenzaron a rodar libremente por sus mejillas. Ella no podía olvidar sus palabras dañinas: «Blue Bailey perdió el valor hace mucho tiempo.»

Dean no la entendía. A pesar de lo mucho que Blue se había esforzado, nadie la había amado lo suficiente como para continuar a su lado. Nadie.

Inspiró profundamente mientras sobrepasaba el letrero de salida del pueblo a toda velocidad. Buscó a tientas un pañuelo de papel en el bolso. Mientras se sonaba la nariz, miró fríamente en su interior y vio a una mujer a la que le daba miedo tomar las riendas de su vida.

Aminoró la marcha. No podía abandonar el pueblo. Dean podía ser muchas cosas, pero no tenía un pelo de tonto. Y no le entregaba su corazón a cualquiera así como así. ¿Le daba miedo aceptar su amor, o estaba siendo demasiado realista?

Se dispuso a dar la vuelta en la carretera cuando oyó la sirena de un coche policía.

Una hora más tarde, miraba sobre el escritorio de acero gris al jefe de policía, Byron Wesley.

—No he robado ese collar de diamantes —dijo ella por centésima vez—. Nita lo metió en mi bolso.

El jefe miró por encima de la cabeza de Blue hacia la televisión, donde se estaba emitiendo la rueda de prensa de los Meets.

—¿Por qué iba a hacer algo así?

—Para que no me marche de Garrison. Ya se lo he dicho. —Blue golpeó el escritorio con el puño—. Quiero un abogado.

El jefe se sacó el palillo de la boca.

—Hal Cates juega al golf todos los domingos por la mañana, pero puedes dejarle un mensaje.

—Hal Cates es el abogado de Nita.

—Es el único abogado del pueblo.

Por lo que a Blue no le quedaba otra alternativa que llamar por teléfono a April.

Pero April no le cogió el teléfono, y Blue no tenía el número de Jack. Nita era quien la había hecho detener, así que no creía que estuviera dispuesta a pagar la fianza. Sólo quedaba Dean.

—Enciérreme —le dijo al jefe de policía—. Necesito tiempo para pensar.

—¿Vas a ir hoy a ver a Blue? —le preguntó Jack a Dean la tarde del lunes, un día después del arresto de Blue, mientras estaban subidos a unas escaleras de mano pintando el granero de blanco.

Dean se enjugó el sudor de la frente.

—No.

April lo miró desde el suelo, donde estaba pintando el marco de la ventana. El gran pañuelo rojo que se había atado a la cabeza estaba salpicado de pintura blanca.

—¿Estás seguro de que sabes lo que haces?

—Segurísimo. Y no quiero hablar de ello. —Porque no estaba seguro en absoluto. Sólo sabía que Blue no había tenido valor para quedarse. Si Nita no la hubiera detenido, a esas horas ya habría recorrido medio país. Cuando Dean se levantó esa mañana había tenido que decidir entre emborracharse hasta perder el conocimiento, o pintar ese condenado granero hasta estar tan cansando que no pudiera moverse.

—La echo de menos —dijo Jack.

Dean se cargó una telaraña con la brocha. A pesar de todo lo que él le había dicho, ella se había marchado.

Riley metió baza desde el suelo.

—Pero Dean y Blue no son los únicos que han tenido una pelea. April y tú también habéis discutido, papá.

Jack siguió pintando y sin apartar la mirada dijo:

—April y yo no hemos discutido.

—Yo creo que sí —dijo Riley—. Apenas os habéis dirigido la palabra desde ayer, y nadie quiere bailar.

—Estamos pintando —dijo April—. No se puede estar bailando todo el rato.

Riley fue directa al grano.

—Creo que deberíais casaros.

—¡Riley! —April, que jamás se avergonzaba por nada, se puso colorada como un tomate. Sin embargo la expresión de Jack era ilegible.

Riley continuó.

—Si os casarais, Dean no sería un... ya sabéis... —susurró— un bastardo.

—Tu padre sí que es un bastardo —explotó April—. No Dean.

—Eso no ha sonado muy bien. —Riley recogió a *Puffy*.

—April está loca por mí —dijo Jack, sumergiendo el rodillo en la lata de pintura que había junto a la escalera—. Está enfadada porque le pedí una cita.

Dean se obligó a dejar su sufrimiento a un lado y miró a Riley.

—Vete.

—No quiero.

—Tengo que hablar con ellos —dijo él—. Cosas de adultos. Te lo contaré todo más tarde. Te lo prometo.

Riley se lo pensó un momento, y luego se fue con *Puffy* hacia la casa.

—No quiero salir con él —siseó April cuando Riley desapareció—. No es más que otro burdo intento para llevarme a la cama. ¿De verdad parezco tan irresistible?

—Por favor. No delante del niño —dijo Dean haciendo una mueca.

April apuntó a Jack con la brocha, y un chorrito de pintura le cayó por el brazo.

—A ti te gustan los retos, y eso es lo que yo soy para ti. Un reto.

A pesar de lo chocante que resultaba oír hablar de la vida sexual de sus padres —o la falta de ella—, Dean tenía un papel en esa conversación y se obligó a no moverse de allí.

—El verdadero reto —dijo Jack—, sería lograr que te olvidaras del pasado.

Aquello dio pie a toda clase de improperios, los dos estaban tan preocupados por defenderse que no percibían el daño que le hacían al otro, pero Dean sí se daba cuenta. Se bajó de la escalera de mano. El que su vida estuviera del revés no quería decir que no supiera lo que era mejor para otras personas.

—Significaría mucho para mí que en realidad os gustarais —dijo—, pero supongo que eso es problema mío. Sé que no queréis hacer que me sienta como un error, aunque será algo que tendré que asumir con el tiempo.

Era una treta pésima y Blue no habría picado, pero ella estaba encerrada en la cárcel municipal por robar un collar que la propia Nita le había metido en el bolso, y estas dos personas que tenía delante rezumaban culpabilidad por todos los poros.

—¿Un error? —exclamó April, dejando la brocha a un lado—. No puedo permitir que te sientas como un error.

Jack se bajó de la escalera y se colocó a su lado; de repente, los dos estaban del mismo bando.

—Tú has sido un milagro, no un error.

Dean se frotó la pintura de la mano.

—No sé, Jack. Cuando los padres de uno se odian...

—Nosotros no nos odiamos —gritó Jack—. Ni siquiera llegamos a odiarnos en nuestros peores momentos.

—Eso era entonces, y esto es ahora. —Dean se quitó más pintura de la mano—. Tal y como yo lo veo... No importa. No sé ni para qué me molesto. Me conformaré con lo que tengo. Cuando vayáis a mis partidos, os conseguiré los asientos más separados que haya.

Blue ya habría puesto los ojos en blanco, pero April se llevó una mano al pecho, dejando una mancha de pintura.

—Oh, Dean, no tienes que mantenernos separados. No es eso.

Él fingió quedarse perplejo.

—¿Cómo que no? Será mejor que me lo expliques porque estoy algo confundido. ¿Tengo una familia o no?

April se quitó el pañuelo de la cabeza.

—Amo a tu padre, aunque es la mayor estupidez que he cometido en mi vida. Lo amaba entonces, y lo amo ahora. Pero eso no quiere decir que él pueda entrar y salir de mi vida cada vez que se le antoje. —Su madre sonaba más ultrajada que enamorada, y Dean no se sorprendió cuando Jack se ofendió.

—Si me amas, ¿por qué demonios me lo estás haciendo pasar tan mal?

Su viejo no estaba manejando las cosas como debería, así que Dean rodeó los hombros de su madre con un brazo y dijo:

—Porque ella ya no tiene rollos de una noche, y eso es todo lo que le ofreces. ¿No es así, April? —Acto seguido se dirigió a su padre—. La llevarás a cenar un par de veces y luego te olvidarás de que existe.

—Deja de decir chorradas —contestó Jack—. Y de todas maneras, ¿tú de qué parte estás?

Dean consideró la idea.

—De la de ella.

—Muchas gracias. —El pendiente de Jack se balanceó cuando giró bruscamente la cabeza hacia la casa—. Piérdete tú también. Tu madre y yo tenemos algunas cosas que aclarar.

—Sí, señor. —Dean cogió una botella de agua y desapareció. De todas maneras quería estar a solas.

Jack cogió a April por el brazo y la guió al interior del granero donde podrían disfrutar de un poco de privacidad. Estaba ardiendo y no solo por el calor del mediodía. Lo consumían las llamas de la culpabilidad, del miedo, de la lujuria, y de la esperanza. El polvoriento granero todavía conservaba un olor apenas perceptible a heno y abono. Empujó a April a uno de los establos.

—Ni se te ocurra volver a decir que todo lo que quiero de ti es sexo, ¿me oyes? —Le dio una pequeña sacudida—. Te amo. ¿Cómo podría no amarte? Estamos hechos el uno para el otro. Quiero compartir mi vida contigo. Y creo que deberías haber resuelto esto sin tratar de conseguir que nuestro hijo piense que soy un asco.

April no se amilanó.

—¿Cuándo te diste cuenta exactamente de que me amabas?

—Desde el principio. —Jack vio el escepticismo en los ojos de April—. Tal vez no la primera noche. Quizá no fue tan inmediato.

—¿Tal vez ayer?

Él quiso mentir, pero no pudo.

—Mi corazón lo sabía, pero mi cabeza aún no se había dado cuenta. —Le rozó la mejilla con los nudillos—. Tú eres más valiente que yo. Cuando has dicho esas palabras, algo estalló dentro de mí y al fin pude ver la verdad.

—¿Y qué verdad es ésa?

—Que mi corazón late de amor por ti, mi dulce April —dijo Jack con la voz ahogada por la emoción, pero ella no se conformó y lo miró directamente a los ojos.

—Quiero oír más.

—Te escribiré una canción.

—Eso ya lo has hecho. ¿Quién podría olvidarse de esa memorable letra sobre la belleza rubia que estaba destrozando su cuerpo?

Él sonrió y tomó uno de los mechones rubios entre los dedos.

—Esta vez escribiré una canción más agradable. Te amo, April. Me has devuelto a mi hija, y a mi hijo. Hasta hace unos meses, he vivido en un mundo que había perdido su luz, pero cuando te vi, todo empezó a brillar de nuevo. Eres un regalo mágico e inesperado, y creo que no podría sobrevivir si desaparecieras.

Aunque Jack no esperaba que cediera tan pronto, una sonrisa curvó la suave boca de April cuando llevó las manos a la cinturilla de sus pantalones.

—Vale. Te creo. Quítate la ropa.

Jack soltó una carcajada y la arrastró a lo más profundo del establo. Encontraron una vieja manta y rápidamente se deshicieron de sus ropas sudorosas y salpicadas de pintura. Sus cuerpos habían perdido la tonicidad de la juventud, pero las suaves curvas de April complacieron a Jack y ella lo acarició como si él aún tuviera veintitrés años.

Jack no podía decepcionarla. La acostó sobre la manta donde se besaron una y otra vez. Él exploró sus curvas mientras los rayos de sol que se filtraban por los tablones del granero caían sobre sus cuerpos como delgados hilos dorados que los unirían para siempre.

Cuando ya no pudieron tolerar más aquel doloroso placer, Jack se colocó suavemente sobre ella. April abrió las piernas y lo dejó entrar. Estaba mojada y apretada. El duro suelo puso a prueba sus cuerpos —algo que pagarían al día siguiente—, pero, por ahora, no les importaba. Jack comenzó a moverse dentro de ella. Éste era un amor espiritual. Un amor sincero y puro. Sin las prisas de la juventud podían mirarse fijamente a los ojos sin apartar la mirada. Podían transmitirse mensajes sin palabras y establecer compromisos mutuos. Se movieron juntos. Se mecieron juntos. Subieron hasta la cima y cuando todo acabó, se regocijaron del milagro que acababa de ocurrir.

—Me has hecho sentir como una virgen —dijo ella.

—Tú me has hecho sentir como un héroe —dijo él.

Envueltos por el polvo y los olores del sexo y el sudor, permanecieron abrazados. Y a pesar del duro suelo que ya hacía que se les resintieran las articulaciones, sus corazones cantaban de alegría. El largo pelo rubio de April cayó sobre el cuerpo de Jack cuando ella se apoyó sobre el codo para besarlo en el pecho. Él le acarició la espalda.

—¿Qué vamos a hacer ahora, mi amor?

Ella sonrió a través de la cortina dorada de su pelo.

—Poco a poco, cariño. Iremos poco a poco.

Estar entre rejas no era tan terrible como Blue había imaginado.

—Me gustan los girasoles —dijo Carl Dawks, el policía de guardia, pasándose la mano por el pelo afro—. Y las libélulas parecen bastante reales.

Blue limpió el pincel y fue hasta el final del pasillo para comprobar las proporciones de las alas.

—Me gusta pintar insectos. Voy a añadir también una araña.

—No sé. A la gente no le gustan las arañas.

—Ésta les gustará. La telaraña parecerá hecha de lentejuelas.

—Tienes unas ideas estupendas, Blue. —Carl estudió el mural desde otro ángulo—. El jefe Wesley piensa que deberías pintar una bandera pirata en el pasillo como advertencia de que hay que obedecer la ley, pero le dije que no pintabas ese tipo de cosas.

—Hiciste bien. —Su estancia en la cárcel había sido bastante tranquila, salvo que no podía dejar de pensar en Dean. Ahora que había comenzado a pintar lo que quería de verdad, las ideas inundaban su mente con tanta rapidez que no daba abasto.

Carl salió de la oficina. Era jueves por la mañana. La habían arrestado el domingo, y había estado trabajando en el mural del pasillo de la cárcel desde la tarde del lunes. También había hecho lasaña para el personal en la cocina de la cárcel y había estado contestando el teléfono un par de horas cuando Lorraine, la secretaria, había pillado una infección de orina. Hasta ahora la habían visitado April, Syl, Penny Winters, Gary, el peluquero, Mónica, la administradora de Dean, y Jason, el camarero del Barn Grill. Todos le mostraron su simpatía, pero salvo April nadie quería que saliera de la cárcel hasta que Nita hubiera firmado los papeles accediendo a las mejoras del pueblo. Ésa era la primera condición que había impuesto Nita en la mesa de negociaciones. Blue estaba tan furiosa con ella que ni siquiera podía expresarlo con palabras.

La única persona que no la visitó fue Dean. La había advertido de que no iría tras ella, y no era hombre que amenazara en vano.

El jefe Wesley asomó la cabeza en el pasillo.

—Blue, acabo de hablar con Lamont Daily, pasará por aquí para tomar una taza de café.

—¿Y quién es ése?

—El sheriff del condado.

—Ya lo capto —Dejó el pincel en el suelo, se limpió las manos, y volvió a la celda sin cerrar. En ese momento era la única ocupante de la cárcel, aunque Ronnie Archer había pasado un par de horas después de que Carl lo hubiera pillado conduciendo con un carnet caducado. A diferencia de Dean, Karen Ann había pagado la fianza a su amante. Pero claro, la fianza de Carl era sólo de doscientos dólares.

La celda de la cárcel había resultado un buen lugar para pensar en su vida y tomar decisiones. Syl le había enviado un sillón y una lámpara de pie. Mónica le había llevado un par de libros y algunas revistas. Los Bishops, el matrimonio que quería poner el *Bed & Breadfast*, le habían llevado ropa de cama decente y toallas. Pero Blue no podía dejar de pensar en Dean. Al día siguiente, se iría a entrenar. Había llegado el momento de escapar de la cárcel.

Una luna en cuarto menguante brillaba en el cielo sobre la casa de la granja. Blue aparcó en el granero, que había sido pintado recientemente, y se dirigió hacia la puerta lateral, para descubrir que estaba cerrada con llave, así que se encaminó hacia la puerta trasera. Una idea horrible cruzó por su cabeza. ¿Y si Dean ya se había ido? Pero cuando llegó al patio trasero, oyó el chirrido del balancín del porche, y pudo distinguir una silueta de anchos hombros allí sentada. La puerta mosquitera estaba abierta. Entró. El tintineo de unos cubitos de hielo atrajo su mirada hacia la figura. Dean la vio, pero no dijo ni una sola palabra.

Ella se retorció las manos.

—No he robado el collar de Nita.

El balancín volvió a chirriar.

—Nunca creí que lo hubieras hecho.

—Ni tú ni nadie, incluyendo a Nita.

Él apoyó el brazo en el respaldo del balancín.

—Ya he perdido la cuenta de cuántos de tus derechos constitucionales han pasado por alto. Deberías poner una denuncia.

—Nita sabe que no lo haré. —Ella se acercó a la pequeña mesa de hierro forjado que había al lado del balancín.

—Yo lo haría.

—Eso es porque no te sientes tan cerca de la comunidad como yo.

Dean estuvo a punto de perder los nervios.

—Y si eso es así, ¿por qué diablos quieres marcharte?

—Porque...

—Ah, cierto. —Dejó el vaso encima de la mesa con un golpe seco—. Huyes de todo lo que te importa.

Ella no encontró la energía necesaria para defenderse.

—La verdad es que soy una cobarde. —Odiaba sentirse tan vulnerable, pero ése era Dean, y ella le había hecho daño—. Muchas personas buenas se han preocupado por mí a lo largo de los años.

—Y todas pasaron de ti. Eso ya lo sé. —Por la expresión de su cara dedujo que eso a él le traía sin cuidado. Blue agarró rápidamente el vaso de Dean, tomó un largo trago, y se atragantó. Dean jamás bebía nada más fuerte que cerveza, pero eso era whisky.

Él se levantó y encendió la lámpara de pie nueva del porche, como si no quisiera estar solo con ella en la oscuridad. Tenía la barba descuidada y más crecida de lo que estaba de moda, el pelo aplastado de un lado y una mancha de pintura en el brazo, pero aún podría haber posado para un anuncio de Zona de Anotación.

—Me sorprende que te hayan dejado libre —dijo él—. Oí por ahí que eso no ocurriría hasta que Nita aprobara formalmente el proyecto del pueblo la semana que viene.

—No me han dejado libre exactamente. Más bien me he fugado.

Eso captó la atención de Dean.

—¿Qué quieres decir?

358

—No creo que nadie lo descubra, siempre que devuelva el coche del jefe Wesley antes de que regrese. Entre nosotros, creo que ha ido a algún tipo de redada.

Le arrebató el vaso.

—¿Te has escapado de la cárcel y has robado el coche patrulla?

—No soy tan estúpida. Es el coche particular del jefe Wesley. Un Buick Lucerna. Y sólo lo he tomado prestado.

—Sin decírselo. —Dean tomó un trago.

—Te aseguro que no le importará. —La sensación de abandono salió a la superficie. Ella se sentó en el sillón de mimbre frente al balancín—. Y gracias por venir corriendo a pagar la fianza.

—Te han fijado una fianza de cincuenta mil dólares —dijo él secamente.

—Casi lo que te gastas en productos capilares.

—Sí, pero había un alto riesgo de que te fugaras. —Volvió a sentarse en el balancín.

—¿Te ibas a marchar a Chicago sin ir a verme? ¿Ibas a dejar que me pudriera allí?

—No veo que lo hayas pasado tan mal. —Se reclinó en los cojines—. He oído que el jefe Wesley te consiguió pinturas al óleo ayer por la mañana.

—Me concedió una especie de tercer grado. —Entrelazó las manos sobre el regazo—. Te alegraste de que me arrestaran, ¿verdad?

Él tomó un pequeño sorbo como si considerara la idea.

—Y qué más da. Si Nita no hubiera hecho eso, tú ya habrías desaparecido a estas alturas.

—Me gustaría que al menos me hubieras visitado.

—Dejaste muy claros tus sentimientos la última vez que hablamos.

—¿Y has dejado que esa pequeñez te detuviera? —le preguntó con la voz entrecortada.

—¿Por qué estás aquí, Blue? —Dean sonaba cansado— ¿Acaso quieres hundir un poco más el cuchillo?

—¿Es eso lo que piensas que hice?

—Supongo que hiciste lo que debías. Ahora es mi turno.

Ella levantó las piernas hasta apoyarlas en el balancín.

—Admito que tengo un pequeño problema de falta de confianza.

—Tienes problemas de falta de confianza, problemas de autoestima, problemas de feminidad y no olvidemos tu pequeño problema con la moda, no, espera, eso ya entra en la categoría de feminidad.

—¡Estaba a punto de regresar al pueblo cuando el jefe Wesley me detuvo! —exclamó ella.

—Claro.

—Es verdad. —No se le había ocurrido que él no pudiera creerla—. Tú tenías razón. Lo que me dijiste en el callejón. —Inspiró profundamente—. Te amo.

—Lo que tú digas. —Los cubitos de hielo tintinearon cuando él se terminó el whisky de golpe.

—Te amo. De verdad.

—¿Entonces por qué parece como si estuvieras a punto de vomitar?

—Es que me estoy haciendo a la idea. —Amaba a Dean Robillard, y sabía que tenía que lanzarse al vacío—. He tenido... he tenido un montón de tiempo para pensar últimamente, y... y...—Se le quedó la boca seca y tuvo que forzar las palabras—. Iré a Chicago contigo. Viviremos juntos un tiempo. Veremos cómo van las cosas.

Sobre ellos se extendió un silencio pesado. Ella comenzó a ponerse nerviosa.

—Esa proposición ya no está en pie —dijo él en voz baja.

—¡Si sólo han pasado cuatro días!

—No eres la única que ha tenido tiempo para pensar.

—¡Sabía que ocurriría esto! Lo que siempre te dije que pasaría. —Se puso de pie—. No he sido más que una novedad para ti.

—Y tú has probado mi teoría. La razón de por qué no debo confiar en ti.

Ella quiso arrojarlo del balancín.

—¿Cómo puedes decir eso? ¡Si soy la persona más leal del mundo! Sólo tienes que preguntarles a mis amigos.

—¿A esos amigos con los que sólo hablas por teléfono porque jamás permaneces en la misma ciudad que ellos más que unos meses?

—¿No acabo de decir que iría a Chicago contigo?

—No eres la única que necesita sentirse segura. He tardado mucho tiempo para enamorarme. Por qué de ti, no lo sé. Una de esas ironías del destino, supongo. Pero te diré una cosa. No estoy dispuesto a despertarme cada mañana preguntándome si todavía estás conmigo.

Ella se sintió mareada.

—¿Entonces, qué?

Dean la miró con una expresión terca.

—Tú dirás.

—Ya te lo he dicho. Empezaremos yendo a Chicago.

—¿Es eso lo que quieres? —Prácticamente se lo escupió a la cara—. Tú sólo eres feliz viajando. Son las raíces las que te molestan.

Ahí había dado en el clavo.

Dean se levantó.

—Supongamos que vamos a Chicago. Te presento a mis amigos. Nos lo pasamos en grande. Nos reímos. Discutimos. Hacemos el amor. Pasa un mes. Luego otro. Y luego... —Se encogió de hombros.

—Y luego tú te despiertas una mañana y yo me he ido.

—Paso bastante tiempo fuera durante la temporada. Imagina cómo te sentará eso. Y lo de las mujeres. Se lanzan sobre cualquiera que lleve uniforme. ¿Qué harás cuando encuentres lápiz de labios en el cuello de mi camisa?

—Mientras no lo encuentre en tus calzoncillos de Zona de Anotación, creo que podré soportarlo.

Él no le rio la gracia.

—No lo comprendes, Blue. Las mujeres me persiguen todo el tiempo, y no está en mi carácter mandarlas a paseo sin dedicarles al menos una sonrisa, o decirles que me gusta su pelo, o sus ojos, o cualquier otra jodida cosa bonita que tengan, porque eso las hace sentirse bien, y hace que yo también me sienta bien, yo soy así.

Un auténtico encanto. Amaba a ese hombre

—Jamás te haría daño intencionadamente. —Bajó la mirada hacia ella—. Porque eso tampoco forma parte de mi manera de ser. Pero, ¿cómo vas a creerlo, cuando siempre estarás buscando la prueba de que no te amo... algo que te convenza de que soy como todos los demás que te han dejado tirada? No puedo vigilar cada cosa que hago, no puedo medir cada palabra que digo por temor a que te vayas a las primeras de cambio. No eres la única que tiene miedo.

La irrefutabilidad de su lógica la asustó.

—Se supone que tengo que hacerme un hueco en el equipo Robillard, ¿es eso?

Ella esperaba que lo negara, pero no lo hizo.

—Bueno, supongo que sí.

Blue se había pasado la infancia intentando hacerse digna del amor de otras personas. El resentimiento casi la ahogó. Ahora Dean le pedía que hiciera justo eso, pero algo en la expresión de él la detuvo. La profunda vulnerabilidad del hombre que lo tenía todo. En ese momento comprendió lo que tenía que hacer. Quizá le costaría caro, o quizá no. Tal vez estaba a punto de alcanzar un nuevo nivel de angustia.

—Me quedaré aquí.

Dean inclinó la cabeza, como si no la hubiera oído con claridad.

—El equipo Bailey se queda aquí —dijo ella—. En la granja. So-la. —Su mente trabajaba a marchas forzadas—. No quiero que vengas a visitarme. No nos veremos hasta.... —se detuvo buscando una fecha significativa— hasta el Día de Acción de Gracias. Y si todavía estoy aquí. Si tú todavía me quieres... —Tragó saliva—. Observaré cómo los árboles cambian de color, pintaré; por supuesto, torturaré a Nita por todo lo que me ha hecho. Podría ayudar a Syl a montar la nueva tienda de regalos, o... —Su voz se quebró—. Para serte sincera, puede que me entre el pánico y me largue.

—¿Vivirás en la granja?

«¿Lo haría?» Asintió bruscamente con la cabeza. Tenía que hacer eso por ellos, pero principalmente tenía que hacerlo por sí misma. Estaba cansada de no echar raíces, asustada de la persona en la que podría llegar a convertirse si seguía viviendo como lo había hecho hasta ahora, con toda su vida en una maleta.

—Lo intentaré.

—Lo intentarás. —La voz de Dean sonó cortante.

—¿Qué quieres de mi? —gimió ella.

El hombre de acero echó hacia delante la mandíbula.

—Quiero que seas tan fuerte como das a entender que eres.

—¿Crees que esto no está siendo suficientemente difícil para mí? Él apretó la boca. Un ominoso presentimiento la invadió.

—No, no es lo suficientemente difícil —dijo él—. Será el todo por el todo. —Se cernió sobre ella—. El equipo Robillard no visitará la granja, pero tampoco te llamará, ni siquiera te enviará un mísero correo electrónico. El equipo Bailey tendrá que vivir a base de fe. —Apretó las tuercas aún más, desafiándola a sucumbir—. No sabrás dónde estoy o con quién estoy. No sabrás si te echo de menos, o si ya paso de ti, o si estoy pensando en cómo dejarlo. —Por un momento, Dean guardó silencio. Cuando volvió a hablar, su agresividad se había desvanecido, y sus palabras le acariciaron la piel—. Llegarás a creer que me estoy alejando de ti como todos los demás.

Blue percibió la ternura en su voz, pero no le sirvió de consuelo.

—Tengo que regresar a la cárcel. —Se dio la vuelta para irse.

—Blue... —le tocó el hombro.

Ella corrió hacia la puerta, salió a la noche. Luego corrió a toda velocidad, tropezando en el césped hasta llegar al coche del jefe de policía. Dean lo quería todo de ella, y no le daba nada a cambio. Nada, salvo su corazón, que era tan frágil como el de ella.

25

Al principio Blue pintó una serie de carromatos gitanos, unos estaban escondidos en rincones secretos, otros rodaban por caminos vecinales hacia torreones imponentes con cúpulas doradas. Luego siguió dibujando pueblos mágicos con caminos sinuosos, caballos blancos y corcoveantes, y alguna que otra hada posada en la boca de una chimenea. Pintó como una loca, apenas terminaba un cuadro, empezaba otro. No dormía y apenas comía. En cuanto completaba un lienzo, lo guardaba.

—Te infravaloras igual que lo hacía Riley —declaró Nita por encima de los ruidos del Barn Grill una mañana de domingo a mediados de septiembre, dos meses después de que Dean hubiera vuelto a Chicago—. Hasta que reúnas el suficiente valor para dejar que la gente vea tu trabajo, no tendrás mi respeto.

—Vaya. Ahora ya no podré pegar ojo —replicó Blue—. Y no actúe como si no los hubiera visto nadie. Sé que le envió a Dean una copia de esas fotos digitales que me obligó a sacar.

—Aún me cuesta creer que sus padres y él hayan vendido la exclusiva de su vida secreta a esa asquerosa revista sensacionalista. Casi me dio un ataque cuando vi ese titular: «Estrella del fútbol americano es hijo natural de Jack Patriot.» Pensaba que tendrían un poco más de dignidad.

—Esa asquerosa revista fue la que más pagó —señaló Blue—. Y usted lleva años suscrita a ella.

—Eso no tiene importancia —replicó Nita.

El reportaje había visto la luz la segunda semana de agosto, y Dean, Jack y April aparecieron en una entrevista exclusiva para una cadena de televisión no mucho después. April le dijo a Blue que

Dean había decidido hacer público el secreto el día de la fiesta del cumpleaños de Nita. Jack se había sentido tan emocionado que apenas había podido hablar. Habían decidido vender la exclusiva al mejor postor con la intención de crear con el dinero recibido una fundación para ayudar a los niños sin hogar. Sólo Riley había protestado. Ella había querido que el dinero fuese destinado a los perritos abandonados.

Blue hablaba con todos ellos por teléfono... con todos menos con Dean. April no hablaba mucho de él, y Blue no podía preguntar.

Nita se tironeó de un pendiente color rubí.

—Si me preguntaras, te diría que el mundo se ha vuelto loco. Ayer, cuatro RVs se peleaban por las plazas de aparcamiento que hay enfrente de esa librería nueva. Lo siguiente que veremos es un McDonald en cada esquina. Y jamás entenderé la razón de por qué le has dicho al club de mujeres de Garrison que de ahora en adelante pueden reunirse en mi casa.

—Y yo jamás entenderé por qué usted y esa horrible Gladis Prader, una mujer a la que odiaba a muerte, se han hecho tan amigas. Algunos piensan que han formado un aquelarre.

Nita chasqueó la lengua con tal fuerza que Blue temió que se tragase un diente.

Tim Taylor apareció de pronto a su lado.

—Va a empezar el partido. A ver si los Stars se espabilan por fin. —Señaló la pantalla instalada en el Barn Grill para que todos pudieran seguir los partidos de los Chicago Stars las tardes de los domingos—. Esta vez intenta no cerrar los ojos cada vez que placan a Dean, Blue. Pareces una cobardica.

—Métete en tus asuntos —le espetó Nita.

Blue suspiró y dejó caer la cabeza sobre el hombro de Nita. Permaneció así un buen rato. Al final, dijo algo que sólo Nita pudo escuchar:

—No voy a poder aguantar mucho más.

Nita le palmeó la mano, le acarició la mejilla con un nudillo nudoso y luego se lo hincó en las costillas.

—Ponte derecha o te va a salir joroba.

En octubre, el juego de Dean había mejorado, pero no su estado de ánimo. La poca información que le sonsacaba a Nita no le bastaba. Blue estaba todavía en Garrison, pero nadie sabía por cuánto tiempo, y esos cuadros brillantes y mágicos de carromatos gitanos y lugares lejanos que había visto en las fotos que Nita le enviaban no lo animaban demasiado. El revuelo mediático que había suscitado el parentesco entre Jack y Dean comenzaba a desvanecerse poco a poco. A veces algún miembro de su familia acudía a un partido, siempre que se lo permitía el trabajo o las vacaciones escolares. Pero a pesar de lo mucho que Dean quería a su familia, el vacío que sentía en su interior aumentaba día a día, y le parecía que Blue se alejaba más de él. Al menos había descolgado el teléfono una docena de veces para llamarla, pero siempre se arrepentía en el último momento. Blue tenía su número, y era ella la que tenía algo que probar, no él. Tenía que hacer eso por ella misma.

Y luego, una lluviosa mañana de un lunes a finales de octubre, abrió el Chicago Sun Times, y sintió cómo la sangre le huía del rostro. Una gran foto a color le mostraba en Waterworks, uno de sus clubs favoritos, con una modelo con la que había salido un par de veces el año anterior. Él tenía una botella de cerveza en una mano y con la otra le rodeaba la cintura a la chica mientras se daban un beso muy íntimo.

«A Dean Robillard y a su antigua novia Ally Tree-Bow se les vio juntos la semana pasada en Waterworks. Ahora que han vuelto a salir, ¿estará dispuesto el *quarterback* de los Stars a renunciar al título de soltero más cotizado de Chicago?»

Dean oyó el rugido de la sangre en los oídos. Esto era exactamente lo que estaba esperando Blue. Tiró el café al suelo en su prisa por coger el teléfono. Le dejó varios mensajes, pero no obtuvo respuesta. Llamó a Nita. Ella estaba suscrita a todos los periódicos de Chicago, así que Blue vería la foto tarde o temprano, pero Nita tampoco contestó. Tenía que estar en el campo de entrenamiento de los Stars en una hora para la reunión de los lunes. Pero en lugar de ir allí, saltó al coche y enfiló hacia O'Hare, el aeropuerto de Chicago. De camino, tuvo que enfrentarse por fin a la verdad sobre sí mismo.

Blue no era la única que tenía que implicarse personalmente en esa relación. Mientras ella utilizaba su agresividad para mantener a la gente apartada, él usaba su encanto con la misma eficacia. Le había dicho que no confiaba en ella, pero ahora, eso le parecía una tontería. Podía ser muy valiente en un campo de fútbol, pero actuaba como un cobarde cuando se trataba de la vida real. Siempre se contenía, tan asustado de perder, que voluntariamente se sentaba en el banquillo en lugar de jugar el partido hasta el final. Debería haberla llevado con él a Chicago. Hubiera sido mejor arriesgarse a que lo dejara de esa manera. Había llegado el momento de madurar.

Una tormenta de hielo y nieve en Tennessee provocó la cancelación de su vuelo, y para cuando llegó a Nashville ya era media tarde. Hacía frío y llovía. Alquiló un coche y salió disparado hacia Garrison. De camino, vio árboles caídos y varias camionetas del servicio eléctrico reparando los cables de alta tensión que había derribado la tormenta. Al fin, tomó el camino enlodado que conducía a la granja. A pesar de los árboles sin hojas, el pasto mojado, y el estómago revuelto, sintió que había llegado a casa. Cuando vio luz brillando por la ventana de la sala, respiró por primera vez desde que había abierto el periódico por la mañana.

Dejó el coche cerca del granero y corrió bajo la lluvia hacia la puerta lateral. Estaba cerrada y tuvo que abrirla con su propia llave.

—¿Blue? —Se quitó los zapatos mojados, pero se dejó el abrigo puesto mientras recorría la casa fría.

No había platos sucios en el fregadero, ni cajas de galletas saladas abiertas en las estanterías de la cocina. Todo estaba inmaculado. Un escalofrío lo atravesó. La casa parecía un mausoleo.

—¡Blue! —Se dirigió hacia la sala, pero la luz que había visto por la ventana provenía de la lámpara de un reloj—. ¡Blue! —Subió las escaleras de dos en dos, pero incluso antes de llegar al dormitorio, supo que lo encontraría vacío.

Blue se había ido. Sus ropas no estaban en el armario. Los cajones del tocador, donde ella había guardado su ropa interior y sus camisetas, estaban vacíos. Había una pastilla de jabón, todavía sin abrir, en la repisa de la ducha sin usar, y los únicos artículos que había allí le pertenecían a él. Sintió las piernas pesadas cuando entró en el dormitorio de Jack. Nita había mencionado que Blue trabajaba allí para aprovechar la luz que entraba por las ventanas de la esquina, pero allí no había ni un tubo de pintura.

Bajó las escaleras. En su prisa, ella se había olvidado una sudadera, y había dejado un libro en la sala, pero incluso los yogures de ciruela que siempre guardaba en la nevera habían desaparecido. Volvió a entrar en la sala, se dejó caer en el sofá, clavando los ojos en la luz parpadeante de la televisión, pero sin ver nada. Había lanzado los dados y había perdido.

Sonó su teléfono. Ni siquiera se había quitado el abrigo, y sacó el móvil del bolsillo. Era April, para preguntarle qué tal le había ido, y cuando él oyó la preocupación en la voz de su madre, apoyó la frente en la mano.

—No está aquí, mamá —dijo entrecortadamente—. Blue se ha ido.

Al final, se quedó dormido en el sofá con un programa de televenta de fondo. Se despertó avanzada la mañana siguiente con el cuello tieso y el estómago revuelto. La casa todavía estaba fría, y la lluvia repiqueteaba en el tejado. Fue a la cocina para hacer café y se le quemó.

No sabía lo que haría el resto de su vida. Temía el viaje de regreso al aeropuerto. Todos esos kilómetros para pensar en los pasos en falso que había dado. Los Stars jugaban contra los Steelers el domingo. Tenía que ver películas de partidos y planear una estrategia, pero ahora todo eso le importaba una mierda.

Se obligó a tomar una ducha, aunque no fue capaz de afeitarse. Sus ojos sin vida le devolvieron la mirada desde el espejo. El verano pasado había encontrado a su familia, pero acababa de perder a su alma gemela. Se envolvió la toalla alrededor de la cintura y se dirigió a ciegas al dormitorio.

Blue estaba sentada con las piernas cruzadas en medio de la cama. Dean vaciló.

—Hola —dijo ella con suavidad.

Le flaquearon las rodillas. Hacía tanto tiempo que no la veía que al parecer se había olvidado de lo hermosa que era. Algunos rizos negros le caían sobre la frente, rozándole las comisuras de esos ojos violetas. Llevaba puesto un jersey verde ajustado y unos pulcros vaqueros que le ceñían las delgadas caderas. Había un par de mocasines color verde oscuro sobre la alfombra al lado de la cama. En lugar de parecer desolada, parecía alegrarse de verle, y su sonrisa era casi tímida. Fue como si le cayera un rayo encima. ¡Después de toda la agonía por la que le había hecho pasar, ella no había visto la foto! Tal vez la tormenta de nieve había impedido el reparto de los periódicos. Pero entonces, ¿dónde había estado metida todo ese tiempo?

—¿Por qué no me dijiste que venías? —dijo ella.

—Yo... esto... te dejé un par de mensajes. —Cerca de una docena en realidad.

—Me olvidé el móvil. —Le dirigió una mirada inquisitiva.

Dean quería besarla hasta que los dos se quedaran sin aliento, pero no podía hacerlo. Todavía no. Quizá nunca.

—¿Dónde están tus cosas?

Ella ladeó la cabeza.

—¿Qué cosas?

—¿Dónde están tus ropas? ¿Tus pinturas? —Alzó la voz sin poder evitarlo—. ¿Dónde está esa crema que usas? ¿Y tus jodidos yogures? ¿Dónde está todo eso?

Ella lo miró como si hubiera perdido la cabeza.

—Pues por todos lados.

—¡No, no están!

Ella estiró las piernas, como si se sintiera incómoda.

—He estado pintando en la casita de invitados. Ahora estoy trabajando con óleos en vez de acrílicos. Si pinto allí, no tengo que dormir con todos esos olores.

—¿Y por qué no me lo has dicho? —«Oh, Dios mío», estaba gritando. Intentó tranquilizarse—. ¡Aquí ni siquiera hay comida!

—Como en la casita de invitados, así no tengo que venir hasta aquí cada vez que me entra hambre.

Dean respiró profundamente para intentar controlar el torrente de adrenalina que corría por sus venas.

—¿Y tu ropa? No está aquí.

—No, no está —contestó ella, pareciendo bastante confusa—. Llevé mis cosas a la habitación de Riley. Odiaba dormir aquí sin ti. Adelante, ríete.

Él apoyó las manos en las caderas.

—Créeme. Ahora mismo no tengo ningunas ganas de reírme. —Tenía que asegurarse bien—. ¿También has dejado de utilizar este baño? No has usado la ducha.

Ella pasó las piernas por encima del borde de la cama, frunciendo el ceño.

—El otro baño me queda más cerca. ¿Te sientes bien? Empiezas a asustarme.

No se le había ocurrido mirar en los otros cuartos de baño ni acercarse a la casita de invitados. Había visto sólo lo que había esperado encontrar, una mujer en la que no podía confiar. Pero había sido él quien no merecía esa confianza, no había estado dispuesto a entregar su corazón sin condiciones. Intentó rehacerse.

—¿Dónde te has metido?

—Fui a Atlanta. Nita no hacía más que darme la lata sobre mis cuadros, y allí hay un buen representante que... —Se interrumpió—. Ya te lo contaré después. ¿Te han mandado al banquillo? Es eso, ¿no? —Una llamarada de indignación brilló en sus ojos—. ¿Cómo han podido? ¿Y qué más da si no estabas en tu mejor momento en septiembre? Has jugado genial desde entonces.

—No me han mandado al banquillo. —Se pasó la mano por el pelo húmedo. El dormitorio estaba condenadamente frío, tenía la piel de gallina, y no había resuelto nada—. Tengo que contarte algo, y tienes que prometerme que me dejarás acabar antes de perder la calma.

Ella dio un grito ahogado.

—¡Oh, Dios mío! ¡Tienes un tumor cerebral! Y todo este tiempo, yo he estado aquí perdiendo el tiempo...

—¡No tengo un tumor! —Fue directo al grano—. Ayer salió una foto mía en el periódico. Una que tomaron en una cena benéfica a favor de la lucha contra el cáncer a la que fui la semana pasada.

Ella asintió.

—Nita me la enseñó cuando fui a verla.

—¿Ya la has visto?

—Sí. —Blue seguía mirándolo como si estuviera chiflado.

Dean se acercó más.

—¿Has visto la foto que publicó ayer el Sun Times? ¿Esa donde aparezco besando a otra mujer?

La expresión de Blue cambió al fin.

—Sí, ¿y qué? Debería darle una patada en el trasero.

Tal vez Dean había sufrido una conmoción cerebral porque comenzaba a marearse y tuvo que sentarse en el borde de la cama.

—Nita estaba que echaba fuego, créeme. —Blue agitó la mano y comenzó a pasear de arriba abajo por la habitación—. A pesar de lo bien que le caes, todavía cree que todos los hombres son escoria.

—¿Y tú no?

—No todos los hombres, pero no me hables de Monty, el perdedor. ¿Sabes que tuvo el descaro de llamarme y...?

—¡Monty me importa una mierda! —Se levantó de golpe—. ¡Quiero hablar de esa foto!

Ella se sintió algo molesta.

—Pues adelante. Continúa.

Dean no entendía nada. ¿No era Blue la mujer que se despertaba todas las mañanas pensando que todos la habían abandonado? Se apretó el nudo de la toalla que estaba a punto de caérsele.

—Estaba de pie en la barra cuando esa chica se acercó a mí. Salimos un par de veces el año pasado, pero no llegamos a nada. Estaba borracha como una cuba y se me echó encima. Literalmente. La sujeté para que no se cayera.

—Deberías haberla dejado caer. Hay gente que no siente respeto por nadie.

Ahora la actitud de Blue comenzaba a molestarle.

—Dejé que me besara. No la aparté.

—Lo entiendo. No querías que ella se sintiera avergonzada. Había gente por todos lados y...

—Exacto. Sus amigos, mis amigos, un montón de desconocidos y ese jodido fotógrafo. Pero tan pronto como me liberé de sus labios, la aparté a un lado. Estuvimos charlando un rato de nuestras relaciones o la falta de ellas. No volví a pensar en eso hasta que vi el periódico de ayer. Intenté llamarte, pero...

Ella lo miró con suspicacia, y luego su expresión se volvió fría.

—No habrás volado hasta aquí sólo porque pensaste que había huido o algo parecido, ¿verdad?

—¡Besé a otra mujer!

—¡Pensaste que había huido! ¡Lo hiciste! Por una estúpida foto. ¡Después de todo lo que he hecho para probarte que puedes confiar en mí! —Sus ojos lanzaron chispas de color violeta—. ¡Eres idiota! —Salió del dormitorio dando un portazo.

Dean no se lo podía creer. Si él hubiera visto una foto de Blue besando a otro hombre, se le habría caído el mundo encima. Se apresuró por el pasillo tras ella, con la toalla húmeda y resbaladiza que se enfriaba por momentos.

—¿Me estás diciendo que no pensaste, ni por un instante, que yo podría haberte abandonado?

—¡No! —Blue empezó a bajar las escaleras, y luego se volvió de golpe—. ¿Esperas que me dé un ataque cada vez que otra mujer se te echa encima? Porque, si así fuera, acabaría con una crisis nerviosa antes de finalizar la luna de miel. Ahora bien, si esas tías se atreven hacerlo delante de mí...

Dean sintió un atisbo de esperanza.

—¿Te estás declarando?

Ella se envaró.

—¿Tienes algún problema con eso?

El marcador se iluminó, y le mostró al mundo un pleno.

—Dios mío, te quiero.

—¿Y crees que eso me impresiona? —Blue se dio la vuelta y siguió bajando las escaleras—. Yo confié ciegamente en ti, pero... después de todo lo que he hecho... de haber cambiado toda mi vida por ti... ¡Ni siquiera confiaste en mí!

La prudencia le indicó que ése no era el mejor momento para sacar a colación el pasado de Blue. Además, ella tenía razón. Mucha razón, y él tenía que confesarle todo eso que había averiguado sobre sí mismo, aunque no en ese momento. Salió disparado tras ella.

—Es que... soy un imbécil insensible demasiado guapo para su bien.

—Exacto. —Ella se detuvo junto al perchero—. Te he dado demasiado poder en esta relación. Es obvio que ha llegado el momento de que yo tome el control.

—¿Podrías empezar por desnudarte? —Blue arqueó las cejas con rapidez. Ella no se lo iba a poner fácil, y Dean cambió rápidamente de tema—. ¿De dónde has sacado esa ropa?

—April me la ha enviado. Sabe que no puedo perder el tiempo en tonterías. —Sus rizos se balancearon—. ¡Y estoy demasiado disgustada y furiosa para desnudarme!

—Entiendo. Estás cabreada conmigo. —Una sensación de paz absoluta lo atravesó, tan sólo rota por la enorme erección que ni siquiera la toalla fría había podido refrenar—. Háblame de Atlanta, cariño.

Una sabia maniobra por su parte porque ella se olvidó por el momento de que él se había comportado como un imbécil inseguro y enamorado.

—Oh, Dean, fue maravilloso. Es el representante de arte más prestigioso del Sur. Nita no cerraba la boca sobre mis cuadros, y me dio tanto la lata que al final le envié unas fotos. Me llamó al día siguiente. Quería verlo todo.

—¿Y no podías llamarme al móvil y contarme algo así de importante?

—Tienes demasiadas cosas en qué pensar ahora mismo. Con sinceridad, Dean, si ese desagradable línea ofensiva tuyo no te protege mejor, yo...

—Blue... —Dean ya había llegado al límite de su paciencia.

—El caso es que... ¡le encantó todo! —añadió—. Me va a montar una exposición. Y no te vas a creer lo que quiere cobrar por los cuadros.

Ya era suficiente.

—Pagaremos la boda con eso. —Acortó la distancia entre ellos en dos zancadas, la tomó en brazos, y la besó como había soñado hacer durante esos dos meses. Ella le devolvió el beso. ¡Caramba si lo hizo!—. Definitivamente nos vamos a casar, Blue. En cuanto se acabe la temporada.

—De acuerdo.

—¿Así como así?

Blue sonrió y le acarició la mandíbula.

—Tú eres mi hombre, Dean Robillard. Cuanto más pintaba, más evidente se hacía para mí. ¿Y sabes qué más se me hizo evidente? —Le pasó el dedo por el labio inferior—. Yo soy tu mujer. Puedes confiar en mí, y soy tan fuerte como parezco. —Él la apretó contra sí. Ella descansó la mejilla contra su pecho—. Me dijiste que tenía que echar raíces, y tenías razón. Era fácil ser feliz cuando estábamos juntos. Y tenía que probarme a mí misma. Saber que tengo una familia me ayudó bastante. Eso, y que dejé de tener miedo.

—Me alegro. April es...

—Oh, no April —ella levantó la boca hacia él—. April es una de mis más queridas amigas, pero, no te equivoques, tú siempre estarás antes que ella. —Blue puso cara de disculpa—. Lo cierto es que Nita me quiere para bien o para mal. Y, créeme, seguirá formando parte de nuestras vidas hasta que alguien le clave una estaca en el corazón. —Sonrió cuando le preguntó—: ¿Te parece bien que le pidamos a April que nos organice la boda? Yo soy un desastre para esas cosas, y francamente, prefiero aprovechar el tiempo pintando.

—¿No quieres planear tu propia boda?

—Pues no demasiado. Las bodas no me interesan. —Lo miró con la mirada más tierna y soñadora que él jamás le había visto—. Por otro lado, casarme con el hombre que amo me interesa muchísimo.

Él la besó con ferocidad hasta dejarla sin aliento y Blue lo apartó con fuerza.

—No resisto más. Espera aquí un momento.

Blue subió, y a pesar de que Dean estaba próximo a sufrir una hipotermia, se sentía más que dispuesto a esperarla. Dio unas vueltas para calentarse y vio que habían aparecido más criaturas mágicas en las paredes del comedor, incluyendo un dragón con pinta de bueno. También se percató de que en la puerta de la caravana había pintado una ventana abierta con dos diminutas siluetas.

Oyó un ruido de pasos a sus espaldas y se volvió. A parte de las botas militares negras, Blue sólo llevaba puesto un sujetador rosa de encaje y unas bragas diminutas a juego. Su Blue con ropa interior rosa. Apenas se lo podía creer. Había encontrado valor para ponerse ropa femenina y pintar cuadros mágicos.

—¡Tonto el último! —Con una sonrisa de desafío, ella tomó ventaja con rapidez mientras atravesaba la cocina y salía por la puerta lateral; sus pequeñas nalgas asomaban por debajo de las bragas como si fuera un melocotón partido en dos. Él perdió unos segundos recreándose en la vista, pero incluso así logró alcanzarla a mitad de camino. Comenzaba a caer aguanieve otra vez, y había perdido la toalla, lo que lo convertía en un machote desnudo y descalzo, y muerto de frío. Ella corrió por delante de él y llegó primero a la caravana. Se rio, tan traviesa como cualquiera de los duendecillos que pintaba. Los copos de nieve centelleaban en su pelo, y las sombras de los pezones se revelaban a través de la seda mojada de su sujetador. La siguió al interior.

En la caravana hacía mucho frío. Ella se quitó las botas militares. Él le quitó las bragas húmedas. Mientras se abrazaban, cayeron en la litera fría. Él cogió la manta para cubrir sus cuerpos mojados y temblorosos, y la subió hasta quedar ocultos bajo ella. En esa oscura caverna, se calentaron el uno al otro con caricias, con besos apasionados, con el calor de sus cuerpos, y con promesas de amor.

La cellisca golpeaba en el tejado de la caravana, en las pequeñas ventanas y en la puerta azul. Pero ellos yacieron juntos perfectamente protegidos.

Epílogo

Ciertamente, los esmóquines debían haber sido diseñados en honor a Dean Robillard, pensó Blue a su lado en el altar. Estaba tan arrebatador que tuvo que desnudarle mentalmente para no sentirse intimidada, aunque ella también estaba muy guapa gracias al vestido de novia de Vera Wang que April había escogido para ella. Dejar la organización de la boda en manos de April había sido la segunda mejor decisión que había tomado Blue; la primera había sido casarse con ese hombre que había resultado tener tantas inseguridades como ella.

Centenares de orquídeas blancas llegadas de todas partes del mundo adornaban la iglesia. Pedrería cosida a mano centelleaba en los pálidos lazos azules que adornaban los bancos de la iglesia y los pedestales de flores. Sobre el arco del pasillo central, más pedrería formaba las iniciales de los novios. La iglesia estaba abarrotada con los amigos de Dean, sus compañeros de equipo, y los nuevos amigos que habían hecho en Garrison. Gracias a Dean, los Stars sólo habían perdido un partido de la Copa AFC, una hazaña increíble considerando el mal comienzo de temporada que habían tenido.

Jack, que actuaba de padrino, estaba de pie al lado de Dean. El esmoquin le quedaba tan impecable como a su hijo, pero a diferencia de éste, llevaba además unos pendientes plateados y negros. Como madrina de la boda, April había elegido un vestido largo de color azul hielo mucho más formal que el vestido veraniego que ya había elegido para su propia boda que tendría lugar en Hawai. Esa otra boda se celebraría en la intimidad familiar, aunque April y Jack iban a dejar que Riley llevara a su mejor amiga del colegio para que tuviera a alguien de su edad con quien estar. Dean ya había regalado a sus padres las tierras del estanque y pronto derribarían la casita de invitados para construir su propia casa de vacaciones.

—¿Quién entrega a la novia?

Nita se levantó del banco delantero. Estaba majestuosa con un caftán suelto en tonos azules.

—Yo —dijo con una voz que no daba lugar a dudas. Nita había acompañado a Blue por el pasillo, algo que les había parecido perfecto a las dos. Virginia todavía estaba en Colombia, defendiendo a los que no tenían ni voz ni voto. Dean le había enviado un móvil, y Blue y ella habían hablado con más frecuencia, pero Blue sabía que el móvil no tardaría en acabar en algún orfanato o en el bolsillo de algún médico.

Riley se levantó del banco delantero de la iglesia. Estaba muy hermosa y parecía muy feliz con su vestido de color azul pastel y los capullos de rosa blancos adornando su pelo oscuro. Jack cogió la guitarra para hacer los acompañamientos en la balada que habían compuesto juntos para la ceremonia. La asombrosa voz de Riley resonó en la iglesia, y cuando Jack se le unió en los coros, los pañuelos aparecieron por todas partes.

Era el momento de pronunciar sus votos. Dean bajó la mirada hacia ella, sus ojos brillaban con ternura tal como Blue sospechaba que brillaban los suyos. A su alrededor todo era perfecto: la luz de las velas, las orquídeas, su familia y sus amigos.

Blue se puso de puntillas.

—Gracias a April —susurró ella—, tienes la boda con la que soñabas desde que eras una niñita.

La explosión de risa de Dean era una razón más para que Blue amara a ese hombre con todo su corazón.

Pasaron la noche de bodas a solas en la casa de la granja. Por la mañana tomarían el avión privado de Jack para pasar la luna de miel en la casa que éste poseía en el sur de Francia, pero esa noche se conformaban con estar desnudos y saciados en la confortable cama que habían colocado delante de la chimenea de la sala.

Ella deslizó una rodilla entre los muslos de Dean.

—Pues para ser dos tíos que se burlan de los hombres que se abrazan, Jack y tú habéis dado hoy un buen espectáculo.

Dean apretó los labios contra su pelo.

—Al menos no nos hemos peleado, que es más de lo que tú puedes decir.

—No fue culpa mía. ¿Cómo iba a saber que Karen Ann tenía intención de colarse en el banquete?

—Apuesto lo que quieras a que jamás amenazará a otro pastel de boda. Pasaste por encima de dos *linebackers* para llegar hasta ella.

Blue sonrió.

—Mi parte favorita es cuando April empezó a gritar «¡No, Blue! ¡Te cargarás el Vera Wang!»

Dean se rio entre dientes.

—La mía es cuando Annabelle se acercó corriendo para echarte una mano.

Comenzaron a rozarse las narices. Una cosa llevó a la otra, y pasó algún tiempo antes de que reanudasen la conversación.

—Todavía estoy tratando de acostumbrarme a tener una esposa rica —dijo él.

—Es duro. —Bueno, era cierto que sus cuadros se estaban vendiendo como churros. La gente normal, que no sabía nada de arte, pero sabía muy bien lo que le gustaba, se los quitaba de la mano en cuanto los terminaba. Su trabajo también le había dado a Dean una orientación sobre a qué se dedicaría en el futuro. April y él iban a dedicarse a los negocios, y comenzarían por comercializar una línea de ropa basada en los fantásticos diseños de Blue. April creía que para el año siguiente tendría a la venta los primeros artículos. Para cuando Dean se retirara, y si la cosa marchaba bien, esperaban ampliar la línea con muebles y decoración para el hogar. Considerando el impecable gusto y la perspicacia comercial de Dean, Blue no dudaba del éxito que tendrían.

Dean observó el enorme lienzo que dominaba la pared más larga de la sala, era la razón de que celebraran allí la noche de bodas y no arriba, en el dormitorio. Acarició el hombro de Blue.

—No creo que ningún novio haya tenido un regalo de boda mejor.

—Lo vi en un sueño. —Blue acomodó la cabeza en el hueco del cuello de Dean—. Es exactamente como va a ser nuestra vida. Apenas dormí mientras lo pintaba.

Blue había pintado la granja, pero como en todas sus creaciones, ése era un mundo mágico donde el verano daba paso al invierno, la primavera al otoño. Había abierto las paredes de la casa de la granja para mostrar qué ocurría en el interior. En una habitación, todos estaban sentados alrededor de un árbol de Navidad. En otra, rodeaban a una anciana que apagaba la vela de una tarta de cumpleaños. Los perritos retozaban en la cocina. Había una fiesta por la victoria de la Superbowl en el patio trasero, y la celebración del Cuatro de Julio se desarrollaba en el patio lateral. En el porche delantero, una diminuta figura vestida con un traje de castor, pero sin cabeza, estaba sentada sobre una calabaza de Halloween. Un camino llevaba al estanque, donde un padre y su hija tocaban la guitarra al lado del agua y una mujer con una larga melena rubia levantaba los brazos al cielo. Había caballos pastando. Unos pájaros de fantasía estaban posados en el tejado del granero. Y muy por encima de la granja, descendía un globo con un par de bebés sonrientes en la canasta, cada cuál más encantador.

El anillo de boda de Dean brilló bajo la tenue luz de las llamas cuando señaló hacia el lado izquierdo de la tela.

—Después del globo, esa parte es la que más me gusta.

Blue no tuvo problema en adivinar a qué parte se refería.

—Sabía que sería así.

La caravana gitana, que tanto amaba, estaba asentada bajo un manto de árboles. Gruesas vides sujetaban las ruedas firmemente en su lugar. Dean y ella estaban de pie al lado, y todos sus seres queridos bailaban a su alrededor.

Nota de la autora

Sé que escribir se considera una profesión solitaria, pero hay tantas personas que me ayudan y me dan ánimos que no me siento sola. Doy las gracias a los lectores que me envían esos preciosos correos electrónicos y también a las participantes del Message Board de mi web *www.susanelizabethphillips.com*. Es ahí donde he conocido a Beverly Taylor, que fue lo suficientemente amable para compartir conmigo sus vastos conocimientos sobre el este de Tennessee (No, Susan. No puedes poner Tennessee del Este). Les doy las gracias también a Adele San Miguel por aportarme una nueva visión sobre Tennessee y al doctor Bob Miller por asesorarme una vez más sobre las lesiones de los jugadores de fútbol americano. Varias maestras me ayudaron a entender «qué significa tener once años», incluyendo a Nelly LeSage y a mi estimada amiga Susan Doenges. También agradezco a los encantadores profesores de cuarto y quinto grado que me guiaron en la dirección correcta. Gracias por todo.

Mi mayor apoyo, como siempre, es mi marido Bill; mi hermana Lydia; mis maravillosos hijos; y las mejores nueras del mundo, Dana Phillips y Gloria Taylor. Además, doy gracias todos los días a mis talentosas, divertidas y perspicaces amigas escritoras, especialmente a Jill Barnett, Jennifer Crusie, Jennifer Greene, Kristin Hannah, Jayne Ann Krentz, Jill Marie Landis, Cathie Linz, Lindsay Longford, Suzette Van, Julie Wachowski y Margaret Watson. Y a todos los libreros y bibliotecarios que continuamente me encuentran nuevos lectores. Lo aprecio de verdad.

En el ámbito profesional, cuento con el más fabuloso equipo del mundo, comenzando por el personal de William Morrow y Avon Books, y continuando con mi editora, Carrie Feron. Es un placer trabajar con tantas personas extraordinarias del mundo del arte y del mundo editorial, así como de los procesos de comercialización, producción, publicidad y ventas. Sí, soy una persona afortunada. Steven Axelrod ha sido mi agente desde la escuela primaria. Ha sido un gran socio. Sharon Mitchell, es mi brillante ayudante, sabe todo lo que hay que hacer y estaría perdida sin ella.

Finalmente, mi especial agradecimiento a mi hijo Zach Phillips por dejarme usar dos de sus canciones, «Why not smile?» (© 2006) y «Cry like I do» (© 2003). Zach, eres un auténtico roquero.